2014年

散 文 随 笔 选 粹

陈克海 / 主编

山西出版传媒集团　北岳文艺出版社

图书在版编目（CIP）数据

2014年散文随笔选粹 / 陈克海主编.—太原：北
岳文艺出版社, 2014.12
　　ISBN 978-7-5378-4357-7

　　Ⅰ.①2… Ⅱ.①陈… Ⅲ.①散文集—中国—当代
Ⅳ.①I267

中国版本图书馆CIP数据核字（2014）第302235号

书　　名	2014年散文随笔选粹
主　　编	陈克海
责任编辑	赵　勤
装帧设计	昭惠文化

出版发行	山西出版传媒集团·北岳文艺出版社
地　　址	山西省太原市并州南路57号
邮　　编	030012
电　　话	0351-5628696（太原发行部）
	010-57427288（北京发行部）
	0351-5628688（总编办）
传　　真	0351-5628680　010-57571328
网　　址	http：//www. bywy. com
E - mail	bywycbs@163. com
经 销 商	新华书店
印刷装订	山西人民印刷有限责任公司

开　　本	720 × 1030　1/16
字　　数	257千字
印　　张	20
版　　次	2014年12月第1版
印　　次	2015年1月山西第1次印刷
书　　号	ISBN 978-7-5378-4357-7
定　　价	42.00元

2014年散文随笔选粹序

陈克海

我挺喜欢"选集"对应的英文词:anthology。这个词源起希腊,意为一束采集起来的鲜花。汉语散文,倘也用花作比,堪称异彩纷呈,可供采集的,太多了。想想方方正正的汉字,最初的出生,本就是象形,指事,会意,形声,以供记事,交流。有意无形中,又为这花,平添了一份视觉上的魅力。

但花朵再多,因了个人的趣味,总得有所择选。这就得感慨了,编选一部出色的年度散文随笔并不容易。一则是每年正式发表的作品,不知凡几,再则编者精力有限,难免挂一漏万,有遗珠之憾,再加上个人趣味不同,成书视野肯定也有影响。好在去年编过一回,攒了些经验,这回上手,倒也没有忙乱。平日就注意搜罗,碰到中意的文章,先就存着,偶或与师友交流,听到有分量的作品,也会找来一读,看能不能佐证印象。如此一来,又存下不少。

不敢妄言书中所选文字篇篇有趣,至少当时读得激动难捺。都说文无定法,但在编选的过程中,还是做了一个大致分类。这些形式,谈不上是编选的原则,目的也不是追求新奇,就是因为恰恰在搜罗的作品中,找到了这么多同类项,就是想和读者分享,作家们在处理同类题材,为什么偏偏做出迥然相异的选择。比如同样是写人,都是在读书,立意不同,视野自然也大有区别。相信读者诸君,自会在这对比中,发现阅读的乐趣,一窥散文堂奥。

不知哪一天，看到马尔克斯的一句话，大意是：一个作家能够为一场革命服务的最佳方式就是尽量写得好些。这话我琢磨了好几遍。他虽然是左派，立场也激进，但就这句话而言，他的本意应该不是强调革命，也不是提倡服务，而是强调写作者的态度：尽量写得好些。这朴素的话语背后，自有一股动人力量。他道出了好作文者的基本写作伦理。尤其是当下的语境中，揣摩他的话，就更耐人寻味。什么样的文章就是好，每个人口味不同，经见的事物有别，味蕾颤抖的动静自然也大不一样。也是受此观念影响，所选散文随笔，力求关照当下，囿于自我，吟吟风月之类，本就不喜，自然也不在搜选范围之内。

　　具体到篇目，为什么偏偏就选中了它？都在每篇文章的最后写明了理由。在此，要特别感谢小强兄，因为他的信任，去年放手让我混闹了一回，今年又让我继续。我欣喜的，不单是又可以随心所欲，而是能把我喜欢的文章汇集成书。这就好比，这一路看到的风景，到了年根岁尾，终是没有散布成过眼云烟。春暖花开，还能时时翻阅，回味。天底下，哪里还有比这更美妙的事？

2014 年 7 月 24 日

目 录

第一辑　新经验

自从我妈从台湾旅游回来　　　　　　　　　　李　娟 / 3

满语课　　　　　　　　　　　　　　　　　　格　致 / 11

草原上的农民　　　　　　　　　　　　　　　冯秋子 / 20

被语言争夺的舌头　　　　　　　　　　　　　帕蒂古丽 / 45

历史与"我"的几个瞬间　　　　　　　　　　梁　鸿 / 56

第二辑　读书会

艾芜小说里的坏人形象　　　　　　　　　　　韩石山 / 71

一个洋人在中国边陲　　　　　　　　　　　　葛兆光 / 76

历史漫长的终结　　　　　　　　　　　　　　刘　瑜 / 87

《柳如是别传》可当小说读　　　　　　　　　谢　泳 / 106

顿悟性时刻　　　　　　　　　　　　　　　　张悦然 / 115

一个人和他的国　　　　　　　　　　　　　　任晓雯 / 119

这始终关乎爱情，没有人知道　　　　　　　　朵　渔 / 128

活着是为了不再口渴 　　　　　　　　　　　　　　　云也退 / 138

···

第三辑　微观史

惊心 　　　　　　　　　　　　　　　　　　　　　　赵　瑜 / 147

营救常医生 　　　　　　　　　　　　　　　　　　　赵　瑜 / 152

少校的荣耀 　　　　　　　　　　　　　　　　　　　林天宏 / 157

我的"大批判组"生涯 　　　　　　　　　　　　　　张　鸣 / 172

雪夜对酒长谈 　　　　　　　　　　　　　　　　　　杨　渡 / 178

八十年代的严打(外一篇) 　　　　　　　　　　　　叶兆言 / 189

汪曾祺在张家口 　　　　　　　　　　　　　　　　　苏　北 / 195

木刻家轶事 　　　　　　　　　　　　　　　　　　　苍　耳 / 200

···

第四辑　人间世

黄美丽 　　　　　　　　　　　　　　　　　　　　　桑格格 / 213

活在做官狂想中的老同学 　　　　　　　　　　　　十年砍柴 / 219

耻 　　　　　　　　　　　　　　　　　　　　　　　塞　壬 / 223

奶奶本纪 　　　　　　　　　　　　　　　　　　　　周同宾 / 239

县城 　　　　　　　　　　　　　　　　　　　　　　黄孝阳 / 248

我的大学 　　　　　　　　　　　　　　　　　　　　王云超 / 256

···

第五辑　宇宙风

茶园日记 　　　　　　　　　　　　　　　　　　　　唐　望 / 271

物质还原 　　　　　　　　　　　　　　　　　　　　黄永玉 / 278

杨苡和她的《青春者忆》 　　　　　　　　　　　　毕飞宇 / 282

《老生》后记 　　　　　　　　　　　　　　　　　　贾平凹 / 286

目　录

随笔三则　　　　　　　　　　　　　王祥夫 / 293

说说赵际滦的画　　　　　　　　　　续小强 / 298

过渡的空白　　　　　　　　　　　　崔蔓莉 / 301

十诫　　　　　　　　　　　　　　　小　宝 / 305

第一辑　新经验

自从我妈从台湾旅游回来 | 李娟

自从我妈从台湾旅游回来，可嫌弃我们大陆了，一会儿嫌乌鲁木齐太吵，一会儿嫌红墩乡太脏。整天一幅"这日子简直没法过下去"的模样。抱怨完毕，换了衣服，立刻投入清理牛圈打扫鸡粪的劳动中，毫不含糊。

之后，足足有半年的时间，无论和谁聊天，她老人家总能在第三句或第四句话上成功地把话题引向台湾。

如果对方说：某店的某道菜不错。

她立刻说：嗨！台湾的什么什么那才叫好吃呢！

接下来，从台湾小吃说到环岛七日游。

对方：好久没下雨了。

她：台湾天天下雨！

接下来，从台湾的雨说到环岛七日游。

对方：这两天感冒了。

她：我也不舒服，从台湾回来，累得躺了好几天。

接下来，环岛七日游。

问题是她整天生活在红墩乡三大队这样的地方，整天打交道的都是本分的农民，人家一辈子顶多去过乌鲁木齐。你却和他谈台湾，你什么意思？

好在对方是本分的农民，碰到我妈这号人，也只是纯朴地艳羡着。无论听多少遍，都像第一次听似的惊奇。

事情的起因是一场同学会。同学会果然没什么好事。毕业四十年，大家见了面，叙了情谊，照例开始攀比。我妈回来后情绪低落。说所有同学里就数她最显老，头发白得最凶。显老也罢了，大家说话时还插不进嘴。那些老家伙们，一开口就是新马泰，港澳台，最次也能聊到九寨沟。就她什么地方也没去过，亏她头发还最白。

她一回来就买了染发剂，但还是安抚不了什么。我便找旅行社的朋友，帮她报了个台湾环岛游的老年团。

总之事情就是这样的：去年年底初冬的某一天，我妈拎了只编织袋穿了双新鞋去了一趟台湾。这是她老人家这辈子第一次真正意义上的旅行。几乎成为她整个人生的转折点。

回来后，第一件事是掏出一枝香奈儿口红扔给我。轻描淡写道："才两百多块钱，便宜吧？国内起码三四百。"——在此之前，她老人家出门在外渴得半死也舍不得掏钱买瓶矿泉水，非要忍着回家喝开水。

那是最后的购物环节，大家都在免税店血拼，我妈站在一边等着，不明所以状。有个老太太就说了："你傻啊你？这多便宜啊，在国内买，贵死你！"

可在我妈看来那些东西也不便宜，一个钱包八千块。一支眉笔五六百。（后来我听了直纳闷，我明明给我妈报的是老年团啊？又不是二奶团，都消费些什么跟什么……）

还有的老太太则从另外角度怂恿："钱嘛，生不带来死不带去，咱都这把年纪了，再不花还等什么时候？"

我妈是有尊严的人。最后实在架不住了，只好也扎进人堆，挑选了半天，买了支口红。

这么一小坨东西，说它贵嘛，毕竟两百多块钱，还能掏得起。说它便宜吧，毕竟只有一小坨。于是，脸面和腰包都护住了。我妈还是很有策略的。

除此之外，她还在台湾各景区的小摊小贩处买了一堆罕见的旅行纪念品。幸好带的编织袋够大。但是不久后，我在阿勒泰各大商场、超市分别看到了同样的东西。价格也差不多。

在台湾,她第一次近距离接触大海,感到忧心忡忡。

她说:"太危险了,也不修个护栏啥的。你不知道那浪有多大!水往后退的时候,跑不及的人肯定得给卷走!会游泳?游个屁,那么深,咋游!"

她还喜滋滋地说:"我趁他们都不注意的时候,偷偷尝了一下海水,果然是咸的!"

又说:"海边的风那个大啊,风里支个小棚,人人都进去吃东西,一拨人吃的时候,另一拨人旁边等着。太厉害了!"

我:"这有啥厉害的,不就在海边吃个东西嘛。"

她:"我是说,老板的生意厉害!"

之前她看了朱天衣的《我的山居动物同伴们》一书。无限神往。

她说:"每到一个有山的地方,我就使劲地看啊,使劲地找啊,特别想找到那一家人,去打个招呼。好多山上都有她说的那种沥青路,细细的,弯弯曲曲伸到林子里。我猜肯定就在路尽头。我还和前后左右的老头儿老太太都说了这家人的事。"

最后说:"给我在台湾买个房子吧?"

另外被她反复提及的还有司机的一条小狗。她说一路上小狗一直跟着,司机开车时就卧在他脚下。到地方了,司机就抱它下去解手。一解完就赶紧往车上跳。

她特别提到有一次车下一只野猫引起了狗的注意,它在车门边虚张声势地冲猫大喊大叫,猫理都不理它。司机抱起狗下车放到猫旁边。刚松手,狗嗖的一声就窜回了车上。

我不知道这件事有什么特别的。她起码说了五遍。

她说:"要是带上我赛虎(我家小狗,十一岁半)一起去就好了。我赛虎从没去过台湾。"

我问："导游好不好？"

她说："好！就是辛苦得很。一路上每个人都要照顾到。"

我："司机好不好？"

她："司机也辛苦，特准时，从来没让我们等过。"

我："临别你给了多少小费？"

她："给屁，我可没钱。"

想了想，又不好意思地说："别人都给了，都给得多，不缺我这份。"

又说："别人塞钱的时候，我就装没看到。"

我估计就算给人家小费，人家也未必肯要。我把在冬牧场用过的那个缠满透明胶带、漆面剥落的卡片相机转赠给她了。她去台湾后，到处请人使用这个相机帮她拍照。况且拎的还是只编织袋。

我问："台湾的东西真有那么好吃？"

她怒道："别提了，去了七天，拉了三天肚子！"

又说："那些水果奇形怪状，真想尝尝啊，又不敢。一吃就拉！"

又说："满桌子菜色漂亮得很，什么都有，可惜全是甜的，吃得犯恶心。"

又说："后来饿得头晕眼花。特想家里的萝卜干。幸亏同行的老太太带了一瓶剁椒酱——她们出门可有经验了。她把剁椒酱帮我拌在米饭里，这才吃得下去。"

最后说："拉了三天啊，腿都软了，连导游都害怕了。担心出事，都想安排我提前回去。"

我说："听起来很惨啊。都病那样了，还玩屁啊。"

她说："病归病，玩归玩。总的来说，还是很不错！"

去之前，我倒是没考虑过闹肚子这个问题。唯一担心的是她晚上睡不好觉，她长年神经衰弱。

我问："和谁一个房间？她打不打呼噜？吵不吵你？"

她害羞地说："她不打呼，倒是我打呼……把她吵得一连几天都没睡好。只好白天在大巴车上睡。"

我惊道："那人家不烦死你了！"

她："我拼命地道歉，还帮她拿行李，她就不生气了。还安慰我，还帮我打听治打呼的药。"

飞机从台北飞乌鲁木齐，六七个小时。下飞机时，她几乎和满飞机的人都交上了朋友，互留了电话。

大家都是出门旅行的，所参的团各不相同，免不了比较一番：你们住的酒店怎样？你们伙食开得如何？你们引导购物多吗？……踊跃吐槽，很快将各大旅行社分出了三六九等。丝毫不考虑旁边各旅行社的领队感受如何。

接下来又开始分享各自的旅行经验：出门带什么衣物穿什么鞋，到哪哪儿少不了蚊子油，哪哪儿小偷多，哪哪儿温泉好……我妈暗记在心。回来以后，向我提了诸多要求：买泳衣、买双肩背包（终于发现编织袋有点不对了）、买遮阳帽、买某某牌的化妆品、去北欧四国……

北欧四国……就算了吧，毕竟出钱的是我。我劝道："那些地方主要看人文景观，你素质低，去了也搞屎不懂。还是去海南岛吧。"

看来人生的第一次旅行不能太高端，否则会惯坏的。

她开始研究我的世界地图。

一会惊呼一声："埃及这么远！我还以为挨着新疆呢！"

一会儿又惊呼："原来澳大利亚不在美国！"

最后令她产生浓厚兴趣的是印度南面的一小片斑点："这些麻子点点是啥？"

我说："那是马尔代夫。"又顺手用手机搜出了几张图片给她看。（多事！）

她啧啧赞叹了五分钟，掏出随身小本，把马尔代夫四个字庄重地抄了下来。

我立刻知道坏事了。

当天她一回到红墩乡，就给我旅行社的朋友打电话，要预约马尔代夫的团。

我的朋友感到为难，说："阿姨，马尔代夫好是好，但那里主要搞休闲旅行，恐怕没有什么丰富的观光活动。不如去巴黎吧，我们这边刚好有个欧洲特价团。"

我妈认真地说："不行，我女儿说了，我的素质低，去那种地方会丢人现眼的。"

以前吧，我家的鸡下的蛋全都攒着，我妈每次进城都捎给我的朋友们。如今大家再也享受不了这样的福利了。我妈开始赶集，鸡蛋卖出的钱分文不动，全放在一只纸盒子里，存作旅游基金。

但赶集是辛苦的事，我只好在朋友圈里帮着吆喝：请买我妈的鸡蛋吧，请支持我妈的旅游事业吧。

大家纷纷踊跃订购。我妈一看生意这么好，很快又引进了十只小母鸡。估计到今年初夏，日产量能达到十五到二十个蛋。

我们这里土鸡蛋售价为一元五一个，算下来月收入至少七百元。一年下来八千多。我家的奶牛基本上一年半产一头小牛犊，五个月大的小母牛售价四五千，小犍牛可卖三四千。李娟再给补贴一点——好嘛，一年远游一次，什么北欧四国马尔代夫，统统不在话下。

另外，她老人家作为半道开闪的兵团职工，前两年刚刚把手续又办回了兵团，为此交了一大笔费用。但是从今年开始正式领退休金了，每个月一千多。农村生活花不了什么钱，省着点用，到年底存个万儿八千不成问题。于是乎，一年内游两次，什么秦皇岛峨眉山，也不在话下。

总之，台湾之行是我妈一生的转折点。令她几乎抵达一生中最幸福的时光。之前她拍照时总是抿着嘴，板着脸，丝毫不笑，冒充知识分子。

如今完全放开了，一面对镜头，笑得嘴角都岔到后脑勺了。还学会了无敌剪刀手和卖萌包子脸。

不但染了头发，还穿起了花衣服。

我建议："妈，穿花衣服也不是不可以。但是，当你穿花衣服的时候能不能别穿花裤子？或者穿花裤子的时候别穿花衣服？"

她不屑一顾："你没见人家台湾人，男的都比我花！"

在台湾，她还学会了四种丝巾的系法，回家后一一示范给我。

她说："当时大家在上厕所。厕所门口就是卖丝巾的摊子，只要买他的丝巾，他就教你怎么系。"

"你买了？"

"没买。"

她很自豪："我记性真好，只教了一遍就全记住了！"

我心想："要是教了好几遍还学不会，还不买人家的丝巾——好意思吗？"

她一边扯着丝巾在镜子前扭来扭去，一边感慨："这是去台湾最大的收获！"

我哼道："好嘛，花了我八千块学费，就学了个这！"

突然有一天，我妈认真地说："从此以后，我要放下一切事情，抓紧时间旅游！"

我以为她彻悟了什么："什么情况？"

她说："听说六十六岁以后再跟团，费用就涨了。"

选自新浪博客2014年3月2日

　　读李娟的文章,不经意间就被打动了。她对经眼的事物,总是满怀好奇。这篇也不例外。看起来,只是写母亲出国前后状态的对比,其实却有两种文化的冲撞。最特别的,她没有简单的抒情,更无俗滥的批判,她写得兴趣盎然,读来也是意犹未尽,欲罢不能。

满语课 | 格 致

被叙述的满语课

　　2013年10月24日，我又一次进入乌拉街满族镇采访。我采访的对象是乌拉街镇的行政领导，采访内容是镇领导对镇内文物古迹进行保护的所作所为。关于乌拉街小学开设满语课一事我原是不知道的，它是镇领导就文物保护的叙述中忽然掉落的一个句子。显然，镇领导并未把这一事情作为他们的工作成绩做详尽解说，他似乎是一时说跑了题，然后立即回到了叙述的正轨——乌拉古城复原内城护城河的话题上来。他陷入对护城河、吊桥、箭垛的描述里不能自拔。一座古朴的明朝满族部落城堡被他用汉语快速建设了起来。但我跟着他的叙述进入满语课这条岔道后，我没能跟着他回去。他从满语课这条杂草丛生的小路折回复建明古城的大道时，我在这里停了下来，有点挪不动步了。满语如同我一直寻找的一只濒临灭绝的珍稀动物，当满语华丽的斑纹在枝叶间一闪而逝之后，我站在那里已经惊呆了。而镇领导醉心描述的复原明古城的愿景，已经在我的远处，成为背景。我的心里，在同一时间，只能容纳一件事儿，我一直是顾此失彼的。他接下来的叙述就是离我越来越远的叙述了。从礼节上我不便打断他，我站在那条岔道上耐心地等待他说完。

　　"我想去小学看看?"我在他讲完后提出继续走这条岔道。

　　"行啊。我给校长打电话。学校离这里很近。"吴书记对我的采访一直是全力支持的。

　　小学校离镇政府很近，近到只隔一个街道。五分钟我就到了学校。但镇领导的电话还是比我走得快，我到校门口的时候，已经有负责特色教育的闫主任在那里等候了。

因为去小学是我的一个临时行动,离午休不到二十分钟了。

我向闫主任询问满语课的事,她说满语课是2011年开的,但只有一位满语老师。满语课不列入各级升学考试内,因此满语教学是一个特色教育,也处在尝试阶段。而且一个老师不能做到每个班都开课。闫主任说他们学校还编了一套满族文化历史教材,但并未向我出示这套教材,当我提出要看一看教材时,说现在学校只有一套。我想教材应该学生手里都有,被大量复印的才对。只有一套那么这怎么教呢?闫主任从桌子上拿起一本东北师大出的满语一年级教材递给我,说这个你可以拿去。我如获至宝。

我问那个满语老师的名字时,闫主任说出了胡彦春这个很平常的名字。

我没有提出马上见胡彦春,这事太突然,我得平静平静。这个坡太陡,我得慢慢的才行。我寻找多年的满语竟然是以这样令人振奋的姿态出现。她不仅存在,而且在教授。这等于我一直寻找的神兽,不但存在,而且已经被圈养了起来。我向前移动一下脚步就可以看见她的全貌,甚至可以伸手触摸。满语在我心里是消亡了的语言,她已经死去了,我一直想看见她的遗骸,多年前我写过一篇文章《寻找满文》,我多方寻找未果,最后在一个偶然的电视节目里,看到了满文字。当满文字以特有的竖体出现在电视屏幕上时,我是那么激动。现在,我忽然获知满语有人能够说出、能够书写和认读,我的反应就是后退,然后小心翼翼地靠近。

母亲在乌拉街学的是日语

从母亲的叙述得知,母亲少年就读于乌拉街民国小学。此前她在乡下还读过私塾。民国小学是新学,已经有了数学课、体育课、美术课等私塾没有的课程。语文已经是白话文了。但是母亲会忽然对我们说一句日语：比如，深腮偶哈腰狗撒一玛斯……母亲当成哄我们玩的一种办法对我们说日语的时候，我正读小学。我的课程表里只有语文、数学、体育、美术。老师只有两个人。既教语文又教数学，还教美术。这两位老师里如果有男老师，那么他就要教体育。我们的课程相当单调。在东北腹地的一所村小里，这样就是很好的了。但是我的母亲她竟然会说外国话，我感到她上学的学校与我的学校很不同。

母亲说后来学校里来了日本校长。学生要唱日本国歌。日语也是日本校长上任后开设的。我从乌拉后府后人赵清兰的回忆录《忆后府》中得知，这所建在娘娘庙旁的小学，是他的父亲赵海珠创建的："民国初年，父亲于旧街娘娘庙旁，开学堂并任校长。"——《忆后府》。看来母亲就读在这所学校的时候，赵青兰的父亲已经卸任。母亲赶上了日本人掌握乌拉街行政权力的时候。

母亲没有说过满语。在乌拉街这座满族古城里读书的我母亲，课程表里没有满语。她成年后，想逗她的孩子玩时，说的是日语。如果她说满语，我们一样会睁大惊奇的眼睛——满语对于我们也是外语。而作为一个满族人，对于满语这种"外语"，我是不知道她的存在的。在我们的生活环境、社会环境里，几乎没有满语的一丝痕迹。她被迅速扫除，干干净净完全彻底。几乎所有的满族后裔，不知有满语的存在，更不知满语是通行近三百年的官方用语。我成年后，有了一点民族的意识，我想看一看满文的样子。当我产生看一看满文的样子时，正是 20 世纪 90 年代。90 年代是以经济建设为中心的，"研究导弹的不如卖茶蛋的。"就是那个年代的民间总结。文化是被全民忽视的，尤其像满语这种边缘文化，就更是边缘的边缘，甚至踪迹皆无。我写过一篇文章《寻找满文》，我为寻找满文做了一些努力，但是我没有找到。后来有一天的午夜，我失眠看央视，正碰到播故宫的一个纪录片。在屏幕上，我突然看见了满文。我竟然是那么激动。我迅速记录下纪录片中一位懂满语的专家的名字,我想日后有机会去见他。通过这个纪录片,我知道,在这个世界上,满语还存在着。在新疆伊犁,锡伯族人还在使用满语。这让我很安慰。我记下伊犁这个名字。并筹划去伊犁亲耳倾听满语作为日常用语,像清风和空气一样在我的身边流动。我当时的感觉就像寻找失散多年的亲人,终于有了消息,虽然不能马上相见,但得知亲人在一个遥远的地方存在着、活着。

这么多年,满语是我心中的一个节,它一直在那里,已经休眠了。我没想到我会突然遇到满语,并这么近地与她见面。

"那只是对外宣传"

三天后,我又一次进入乌拉街镇采访,这次我没有和镇领导打招呼。人家都很忙,再说我只是要拍一些照片,重点是明古城墙遗迹。中午的时候,被乌拉本地的一位朋友撞上,我们就到满族火锅店吃饭。朋友找了好几位朋友陪我。我一边吃火锅一边打听我想知道的事情。其中就有:"小学的满语课还在开吗?"我这么问是因为我感到这件事难度太大了,我有点怀疑这个行政级别为乡镇的单位无力做这件抢救古文字的大事。这些朋友中有一位在教育界,他说,没有。那只是对外宣传。我立刻相信了这位朋友的话,加上那天去小学疑点很多,而且我也没有见到胡彦春这个人。而闫主任从始至终对我说话非常谨慎似有防范。我感到她很谨慎也有一点紧张。感觉她说的满语课和满族游戏珍珠球进入体育课都是他们课程表上的一个名词而已。我甚至不好说出要见胡彦春。我担心满语课和胡彦春都来自叙述。

满语是已经消亡了的语言。已经没有任何的语言环境。懂满语的老人已经基本没有了。剩下一两个专家是从字典硬学来的。这就是满语的现实。开满语课谈何容易。满语课仅仅是课程表上的一个名词的可能性是很大的。我悲观了起来。

我的满语课笔记

我应该把满语课忘掉。但回家好几天了,我还在想这件事情。我想摆脱这种焦虑,于是给闫主任打电话,我想证实他们学校的满语课是假的,如朋友说的是对外宣传。我这么做恰恰证明我是怀着一丝希望的。我和闫主任提出采访胡彦春。我想如果他们没有胡彦春,那么一切不言自明。最关键的是这位满语教师存在不存在。满语教师存在,满语课就会存在。

谁知闫主任说那你给他打电话吧。于是我拿到了胡彦春的电话号码。我竟然那么快就拿到了胡彦春的电话号码!那么这个人是存在的了?那么神秘的满语课也应该是存在的了!

这一切已经接近真实的了。

胡彦春是位男老师,说话的背景很嘈杂,应该恰处在下课那十分钟。我说:"胡老师,现在说话方便吗?"

他说:"那你得快说,我一会儿有课。"他对于我这种突然的电话,耐心很少,但礼貌还是够的。

我立刻问:"满语课吗?"

他说:"是啊。"

我说:"您下午还有满语课吗?"

他说有两节。我问了时间,我可以赶上他下午的第二节课。

"我听一节满语课行吗?"

"行啊。"

"我现在从吉林出发,能赶上您第二节课。"

听课的事就这么说定了。放下电话我还有些不敢相信这是真的。这么多年困难重重的一件事，就这么到了眼前了吗？这一切都太突然了，让我回不过神来。虽然我已经平静了好几天，现在面对我还是感到心没能平静下来。我的心一遇到满语，就特别不容易平静下来。

　　这一切都是真的吗？我想，等我进了课堂，一切都真相大白。我是教师出身，虚假的课，临时准备的课，我是能听出来的。

　　我匆忙去单位食堂吃午饭，然后赶到客运站，顺利坐上还有一分钟就要启动的开往乌拉街镇的中巴车。我看了一下手表，12点20分。胡彦春的满语课第一节是12点45上，到1点20分下课，第二节是1点30分上课。这个车要运行一小时。我1点20分能到镇里，走五分钟到学校，课前还有五分钟时间。车顺利地在规定时间到了目的地，我在还有五分钟上课的时候赶到学校，在闫主任的介绍下，见到胡彦春老师。

　　下面是我上胡老师满语课的笔记
　　时间：2013年11月4日下午1点30分
　　地点：乌拉街镇中心小学（母亲就读的乌拉国民小学已经迁到了这里）
　　课程：满语语文
　　教师：胡彦春
　　班级：6年1班

　　胡彦春老师一看就是满族人。也许很难说出满族人在容貌上的特征，但我一眼就能看出来。我能从其他满族人身上找到与我的父亲兄弟一样的痕迹。多年前我第一次见到《民族文学》副主编李霄明时，感到他既像我弟弟又像我堂哥。眼前的胡老师又是既像我弟弟又像我堂哥。

　　在闫主任办公室，她很忧虑地说，明年胡老师就退休了，满语课没人能教了。那么胡老师应该是个慈祥的老头了。但眼前的胡老师完全是一个中年人的状态。想想我身边的满族人和家人族人，都是很抗老的。我哥哥五十岁的时候，状态还像小伙子。我妈说，你爸死时一根白发都没有，牙齿是雪白的。那年我爸已经五十一周岁。

这节课胡老师讲第一字头bi（这是拉丁语）。第一字头满族字我在这里写不上来。它的形状接近于上面一个圆圈，里面一竖，下面是汉语的万字去掉上面那横。第一字头上节课已经学过了，这节课是讲第一字头处在字中、字尾、字头时的变体。

第一字头变体中的下面一撇是往左拐的。胡老师说，以前我们学的字都向右拐，今天向左拐，这是为什么呢？他把笔停在那里，看看学生说不上来为什么今天向左拐，就自问自答地说，因为今天有人来听课啊。就有一些小脸扭过来看我——这个竟然能使下边那一撇向左拐的人。我坐在教室的最后一排。我发觉胡老师很幽默。我想那节课学生差不多都能记住那个字的下面一笔是向左拐的。如果有记不准的会在眼前浮现我坐在那里的样子。而我与满语的第一字头下面一笔向左拐已经被胡老师连接上了。我已经成了胡老师手里的教具。没想到我坐在那里对于帮助四十多个孩子记住满语的第一字头起到了重要作用。

而第一字头处在字中时，圆圈里的那一竖上面是出头的。在帮助学生记住这一点时，胡老师发现我已经没有什么利用价值，就说"加天线"。

当所有的变体教完，胡老师就要求学生写出句子。到这里我才明白。满语的一个字那么长，其实那不是一个字，而是一个词语甚至是一个句子。有个学生在黑板上写"寻求"这个词时，上中下的结构不是很匀称。胡老师说，写对了。但上身长下身短，这人不是馋就是懒。

这种上身长下身短的样子也不是所有学生都能写出来，胡老师说："把你那神奇的小本子打开。"胡老师把学生上满语课的笔记本叫作"神奇的小本子"。我发现学生没有教科书，一切都靠上课记笔记。

到这，我知道胡老师的课真的已经上了好久了。学生都翻开了笔记本。接下来胡老师又让学生写出"没有效果"这句话。这句话也是由字头字中字尾竖着叠成一个字的样子。这是和汉语完全不同的语言。汉语是一个字一个字横着组合成一句话，而满语是把一句话像挂东西一样挂在一根木棍上。

胡老师说："中间一根棍，两边都是刺。加上圈和点，就是满族字。"胡老师下来看了看学生写的句子，说："有的同学写那个棍太弯曲了，这就不对了。我们满族人都是抬头挺胸的，满族人的民族精神就像满族字一样，中间有一根笔直的精神。"

最后他教大家写："我是乌拉街镇这个地方的人。"

临下课的时候，胡老师拿出手机也许是其他录音设备，他给学生播放一支满语歌曲。

歌曲是宋继忠老师唱的。我听着像蒙古歌曲。我听着很感动。歌曲是悠扬的、缓慢的、舒展的。

这时走廊里有先下课的学生，嘈杂从半开的门涌进来。胡老师快速把门关上，神秘地说："咱不让别人听。"他抓住一切情节来让满语课生动有趣。一副认真哄小孩的样子。加上他的语气和神态，这节课我都觉得时间过得很快。

从开始上课一直到临近下课，胡老师总是兴致勃勃地不断说出可笑的话。他使一门考大学不考、考中学也不考的课程赢得了学生的喜爱。可是，也许距离下课就剩一分钟了，胡老师突然生气了。

在听那支胡老师不知从哪里录到的满语歌曲时，一个小男孩一直在笑。我坐在后面，我看到的是学生的后背和后脑勺，那是什么样的笑我看不到。但一直风度翩翩、幽默有趣的胡老师忽然就被那小孩的笑惹急眼了。

"你笑什么？满族歌曲很可笑吗？"

这是整个一节课,胡老师唯一脸上没有笑容说出的一句话。

我想胡老师是太过敏了。一涉及民族语言,他就过敏了。而这过敏反应一定是有因由的。

选自《乌喇紫线》,时代文艺出版社2014年版

评鉴与感悟

格致的散文朴素,大气,她铺排文字的能力,让人眼前一亮。这篇采访性的文章,更是喜怒不形于色。但还是能通过她内省式的笔触,看出了她的立场,她的担忧。她写出了世界同步化过程中,满语的处境。她敏锐地观察到了快速发展对我们文化的影响。

草原上的农民 | 冯秋子

草原上，前十几年，搂地毛的农民有很多。

地毛和发菜，是同一件事。内蒙古当地人，管生长在内蒙古中北部特定区域的一种稀有植物叫地毛；别的省市区的人们，还有书面语，称它是发菜，源源不断运往南方的装地毛的塑料袋上也标注"发菜"的字样。

专业术语这样解释"地毛"或"发菜"：旱生蓝藻类低等植物。

地毛或发菜，营养价值高，味道鲜美，口感柔软、滑溜，是野生食用藻类植物。每一百克干发菜，内含蛋白质约二十克，约是鸡蛋的一点六倍，是牛肉的一点三倍，牛奶的七倍左右。它含有比较多的钙、磷等矿物元素及微量元素铁、锰、锌、铜、钴等，并含有多种氨基酸和丰富的碘、海胆酮、蓝藻素以及蓝藻叶黄素。中医认为，发菜性寒味甘，有利尿、化痰止咳、清热解毒、顺肠理肺和滋补健身的功效。常吃发菜，对于医治高血压、佝偻病、营养不良、慢性气管炎、内热结痰、甲状腺肿大和妇科病症多有助益。此外，发菜因与"发财"谐音，在南方的广东、港澳等地备受追捧，人们喜食发菜，以图日子适润、吉祥，生意兴旺、隆盛，发财致富、长升不衰。而且又能在形象上、形式上低调、谦和与质朴，如发菜那样自然而然地生存不殆。这一物质生活和精神生活的强烈诉求，使发菜的需求量陡增，以至美国和一些西欧国家也对发菜产生了浓厚兴趣。发菜成了国际市场上的一匹黑色骏马，一路狂奔。内蒙古的汉族老乡路人皆说：一吨发菜实打实可以兑换"十五辆汽车"。

我按内蒙古当地人的说法，叫它地毛。

这种金贵东西，柔软而有刚性，铺展在内蒙古的荒野上，经风历雨，似乎很粗糙地生长着，实际是百般挑剔生长的地方。它多长在砂岩沉积物和风积物造就的红土裸地里，海拔一千至二千八百米高处，而且须是干旱、半干旱的一部分荒漠草原和荒漠地带，具有典型的大陆干旱性的气候条件。

地毛紧贴住潮湿的草滩和沙地生长，速度极其缓慢，天然产量非常低。在内蒙古草原，凡有地毛分布的区域，植被以旱生或真旱生多年生草本植物为主，草势低矮、稀疏，降水稀少，干燥度高，昼夜温差大，四季刀刻一般分明。内蒙古中北部地区，合乎地毛生长的基本条件，为适宜地毛求生之地。

地毛无根、无叶、无茎，呈黑色，油光发亮，形如人发，丝网一般缠绕在其他植物的茎基或枯枝落叶等死地被植物的上面，是干旱、半干旱草原特有的一种混生苔草。

千百年来，地毛匍匐在北方的草地上，与北方的芸芸众生一起，聆听草地的声息，追随自然的召唤，动静自如，从容地顺应着上天，款留着行走于草地的灵敏的动物群落，与他们达成了休戚与共的默契。

地毛若是遭遇搬家，便是在土地被动物狂暴地践踏之后，或是在其他外力的作用下——比如风，它的身体发生断裂，脱离土地，被风搬运到别处，被动迁徙他乡，重新分布。地毛搬迁至何处，由风决定，风是地毛进行再分布，或者扩大分布范围的主要动力因素之一。如果没有天灾人祸的侵扰，草原上百草均衡生长，地毛能够随风而动，逐年扩大其分布的范围。

20世纪80年代初开始，持续二三十年时间，规模庞大的集团军式的农民，开进草地搜刮地毛，成为另一种使地毛搬家的前所未有的强大动因。不同的是，风搬运地毛，是使地毛重新分布，自然进入"扩大再生产"的循环规律。被风带走的、断了骨节儿的地毛，一旦找到适宜的地方，便脚踏实地，坠落土地而后再生。人搬运地毛，是做彻底的分割，使地毛及与之相伴生的杂草与土地割裂，阻断了地毛的生长可能，彻底消灭了、或者说剥夺了地毛这一草本植物的自然资源，并在同一时间，由此同一行为，对地毛赖以生存的土地造成根本性毁坏，直接导致北方草原的生态环境严重失衡、失序，并最终呈现无序的状态。

搂地毛，算不算一个自发的系统工程？有进入第一线搂的，有走村串户收购的，有固定地点加工、出售的，有不断上升的客户需求消费……

采访搂地毛的农民的过程，我一直被他们处于底线的生存境况所困扰。贫穷与落后的现实，是那些参与或间接参与搂地毛的农民及他们的家庭深陷的沟壑，也使我的脚步沉重如铅，迈不出、绕不开这一残酷的壁垒。北方地区的农民，因贫穷、落后，日常生活、精神渴求和想望，受到自然条件和人文因素的严重制约。基本的生存、发展问题，长期困顿不前，当某一天，不得不去寻找个人的出路，他们会做何选择？真实情况摆在人们的眼跟前。

我想，贫穷和落后是不是万恶之源？贫穷和落后是否使沙漠化的进程加深了、加剧了？

我们不妨在这一思路里做些盘桓。

21 世纪初启的两年，我跟踪采访内蒙古乌兰察布盟（后改为市）商都县一个乡的农民，对他们大规模开进草地搂地毛的行动和事件做社会调查。亲眼所见，土地日益沙漠化的现实是怎样地严酷和惨烈，由此造成的草地退化的形势又是怎样日益紧迫，似乎再没有消极、迟缓和拖延的余地。这样的现实情景，对人们有限的生存空间造成了严重的威胁和挑战。处于这样的生存现实，好像无从谈及对美好生活的念想或者梦想，来不及构造一个人的精神生活，来不及发挥个人潜在的创造性，来不及舒缓而放松地做个甜美的、风和日丽的梦。因为在大规模沙漠化的趋势逼近下，人们节节后退。商都县农民郭四清的家乡，也有一大半土地沙化，没成家的年轻人已经走光，有家口的中年人纷纷举家迁移，能多远就多远，逃离开祖祖辈辈生长于斯、埋葬于斯的村庄。辽阔的内蒙古草原，常年经受风沙的侵袭，到处可见被掀出的脊梁骨。那些日见增多的沙丘，条条缕缕，割破了草原，形似一道道伤痕，在许许多多个昏黄的日子，不能自已地呜呜。

为了生活，为了有所收益，甚至获取暴利，人们选择了对地毛下手。

地毛是人的希望。地毛成为人们吃苦耐劳的理由。

风是为了什么而起呢？风由小而大，由大而无法无天，以至疯狂扫荡，打破常规、恣意妄为。

但是对地毛来说，风无论如何只是辅助性动因。真正的主因是人，人才是决定地毛生死存亡的根本性因素。人所处的决断的地位和形势，在人的生存条件、生存意欲和文明要求相互间不甚和谐时，他们的所作所为，常常表现出不加掩饰的、赤裸裸的欲望和急功近利的野蛮粗暴形态。人对地球的无序开发，便是明证。这股邪性力量侵扰、裹挟着草原，日益地把草原推向了没落和毁灭的边缘。其他的，比如风，会因人而改变习性，改变它们对地球的态度和姿势。这一点，不是那个叫郭四清的农民做或不做搂地毛的事情，就能够改变的。

我只是被郭四清打动，想看见个人的真实世界。想看见20世纪末、21世纪初，风沙下的某个人生存的理由和方式。想知道进到草原的农民，跟草地的深重关系曾经有过什么样的格局，是怎样建立、又怎样呈现的。

我想从客观的、人的角度进去，见识和思量一些真实存在的东西，如果走出来的时候，还能保持客观的、人的形状，再好不过，我希望。

回内蒙古，我想找一个人。就是郭四清。

介绍我找郭四清的人，是跟我这么介绍郭四清的：

"我给你说不上个甚，也不能说个甚。你看看那个二不愣去哇，看他给不给你说。那是个人物。"

我问他，你说的"人物"，是什么意思。

他说，敢说敢做，没怕的，打起架来不要命，外号叫个二不愣。

在内蒙古汉族居住区域，很多男性被称作"二不愣"。这是一个广泛的，对不怕死、不惜命的男子的称谓，就像我们旗，喊叫有点莽撞的男子和女子为"愣道尔吉"一样，是没有恶意、但有浩浩荡荡之感的一种称号或者标识。所以"二不愣"特别多，如我们旗的"愣道尔吉"特别多一个道理。

2001年5月3日，我在乌兰察布盟所辖的商都县一个村庄，问询到郭四清的家。郭四清的两间土坯房子，堵着窗帘，上着锁，久无人烟的冷僻样子。院里靠墙的地方，滋长了几根孤零零的灰灰菜。从叶片片到根茎，挂牵着零敲碎打的、灰白色的蜘蛛网络。

隔一堵院墙，就是郭四清的父母家。郭家老人居住一堂一屋两间低矮的泥土房。外间贴墙那里，堆聚了七七八八的杂物和农具，几口黑瓷大缸上架着木板，木板上摞着大大小小的纸箱，黑暗阴凉。里间屋住人，一盘大炕上铺了两块接不住缝儿的烂炕席。炕头那里坐着一位棱角分明的老汉，他相貌温和，正抽吸着烟袋锅。看起来比老汉苍老不下十岁的妇女，是郭四清的母亲，她正窝在灶坑那里，费力地呼嗒风箱，在烧一锅开水。

郭老汉说，二小子郭四清外出打工两年多了，人不在本村。

他反过手，从炕席底下抽出一张从田字格作业本上撕下来的纸。

是郭四清留给父母的下落地点？

郭老汉说，是郭四清的地点。

他说，字写得丑，你甭见笑。你看一下，知道个大概方向。

我跨上腿，坐在后炕沿上，跟郭家二老聊起家常。

是郭老汉三小子的儿子，小家伙去了一趟郭四清那儿，老汉指拨他，这回逛了城市,长短得写个作文。小东西不给写作文,一回回推脱,老汉不饶过,"小的儿"写了这么一行字交给郭老汉顶作文。

郭老汉说:"找郭四清,你得去白音察干。"

郭四清的母亲硬让我喝一碗水再动身。她说,不喝水不能行。哪有不喝一碗水就动身这种道理。

抄下这个没有街道、门牌,只有"汽车站东刘二铁匠房后过马路再往东一拐左面大院里小南房"的联络地址,喝下一大瓷碗郭四清的母亲为我搅拌均匀的白糖水,我驱车赶往乌兰察布盟察哈尔右翼后旗的旗所在地白音察干。费了些周折,到太阳快要落下去时,找到了那个"小南房"。

郭四清不在家。

他妻子说,郭四清还在外头劳动。我提出,去郭四清劳动的现场看一看。她说我的车进不去那条沟。一定要去,她领我,走路去看郭四清劳动的"沟底"。她说,说不定走到半路能碰上。

出城不久,遇见郭四清了。

郭四清开动一辆农用小四轮,从距离白音察干七八里、洪水冲刷出的一条沟里,正往旗里行驶。车厢装满沙子,上面插着一把大铁锹。小股细沙不时地从铁皮车厢边缘的缝隙流泻到马路上。

这位男子穿戴简陋,像庄稼地里插的木头人,套衣裹裳,是长一截里儿、短一截面儿,搭挂起来看,没有一件衣裳的年头不长。他身上,隐隐地留存着过去的印记,不仅仅层层叠叠、零零落落的衣裳是过去年代的,人的神志,也有跟过去纠扯不清的既简单虚浮又复杂深远的东西。

风一吹,男子的衣裤掀向后边,跟他一心一意想往前方开拔自己、开拔那台小四轮机器,反着方向。声音也是两种,农用小四轮的突突声,和兜风的衣裤奋力的抖擞声,在空旷的道路上呼呼啦啦地呱嗒。而他高大的身躯和衣裳一样,也在风中颠簸,描画着另外一些形状和模样。

我注意到,郭四清是黄眼珠,高鼻梁,高眼眶骨,还有一对大耳朵。

大约他的家族有北方哪个少数民族的遗血。在这里，不到一定的熟悉程度，不便问询这个问题。但我和他年龄相差无几，不似对老年人，不可以造次；加之我是内蒙古人，他不介意我怎样想。我想的是，他是汉族人。

郭四清说：我们就是汉人。

郭四清给一个建筑工地拉沙子。

我随郭四清的妻子，跳上他的小四轮，两条腿旋即被车斗子里的细沙裹住、埋死。

虽然已进深秋，包工头还没有给郭四清结算今年大半年的工钱。他托亲戚跟包工头斡旋，包工头最后同意预支他的柴油费，将来，这部分钱从工钱里扣除，至于工钱何时结算，包工头说"年底看啦"。我问郭四清，今年这半年多时间，使用柴油，一共花费了多少钱？他说半年多天气已经花销了两千多块。别的生活开销有多少？他说不吃个什么，就是水电和烧的煤炭这些费钱。亲戚他们帮了不少。面哩，从老家带出来，肉啦菜啦，亲戚给一些，一年再买个一回两回，就可以了（后来，郭四清跟他妻子劳花多次对我说起，郭四清的亲戚经常接济他们吃的用的，现在家里头使唤的零七碎八用具，也是从亲戚家拿过来的。孩子们在城里上学，是亲戚的二女子托人办理的。这辆小四轮，是亲戚家的孩子们七凑八凑"帮衬"买下来的，等他们将来有了钱再慢慢还上）。

小四轮在土路上颠达，老有要翻倒的惊险时刻出现。我不敢和郭四清多说话，怕有风他听不清，分散注意力，路面发生危险情况时看不着，真的把车翻倒。

与郭四清交谈几次以后，我发现，他的记忆力严重受损。一般情况下，问一句答一句，话少，用的词语也少。问他那次出去遇见什么事情，比如天灾人祸？他说"没有"。遇见没遇见大雪？他说："有了。"前后矛盾，而且错着位的时候也比较多。于是我们常就一个问题反复交谈，有时候能理清思路，有时候怎样努力也是枉然。但是很快，也许歇息了一晚以后,他又重新回到模糊状况。

不过,偶尔,郭四清也会沿着单一线条走进回忆。那时候,他显得和缓、安静,脸上分布着笑容。他慢慢地在自己的思路上行走,把一件事情讲述得比较清楚。接触时间长了,我把握到一点规律,每当讲到当初身心困顿、深陷麻烦的时候,他的意识就会混乱,两眼散失光亮,整个儿人看起来离心别意,神不守舍。那种情况下和他说话,他只用一两个词,算作一句话,然后坐成一个墩儿,干不刺咧地待着,谈话很难往下进行。

郭四清确实是个少言寡语的人。他讲,以往,他打的架比说的话多。自从一架打断人家鼻梁骨,赔了一只老母鸡,他送过去;赔了二百六十块钱,他父母一搭儿送到人家里,一回、一回让人家父母亲数落,又听自己的父母亲数落了个够,他觉得"啥事情嘛,这是个,真没意思",于是就不想再打架。不过打架已经打出了名,远近村子的人们,习惯上还是怕他说不对付就会上手。的确有过,他是用手和脚"说话"。那时,郭四清好说:不行? 不行咱们打得看,高低上下,打个结果出来。他总能把别人打到对他表示服帖为止。

郭四清谈论起打架的话题,语调干净、利落,显出北方常见的横、狠的"淘气英雄"的本色。

他笑说,一搭儿去搂地毛的人,轻易不招惹他。一说,人家二不愣咋的、咋的……没人敢欺负他。

那一天,对打架的话题叙谈了很久。

隔天再聊,是什么季节出发,去了什么地方,怎么样一个过程,他说:"哎呀,想不起来了。"

我说,你再遇到着急上火的事,会不会动手打架?

他说,不。不愿意打架。现在脾气没了。

有几次,我和他妻子劳花聊天,劳花告诉我,头天晚上郭四清接受完我的采访,回去以后不睡,又和她讲了好多那些年月的事。劳花对我说

27

了她能记住的一部分。但等我再和郭四清面对面交谈时,郭四清说:"哎呀,没个甚哇,想不起来了。"仅仅隔了一天,他就想不起来了,又跟原先一样,问一句答一句,而且常常答非所问。为了采访能够继续下去,我改变了一点方式,先和郭四清的妻子劳花聊,再和郭四清聊。带着从劳花那儿听到的点点滴滴,摘要处理以后,请郭四清回忆,从他讲述的事情里面再做追究。采访虽然断断续续的,总算得以进行。我相信,他不是因为顾忌什么而有所保留,是确实记不住那些过往的事情了。

劳花告诉我,郭四清的头痛病、腰痛病就是那些年月落下了病根。他一年四季喊叫头疼、腰疼、腿关节痛。睡在热炕头,感觉稍微舒服一些,但不解决根本问题。随着年龄增长,疼痛越发严重起来。如果有一点着凉,情形就会变得更糟。郭四清的肠胃也损坏了,见到小孩拉屎,他肚里的东西就往上翻,没完没了呕吐。还有记性不好,也是那些年给生生地吓出来的。原来不是这样,那时候在村里,郭四清学习功课正经比他哥哥强。他哥哥郭子义是他们家唯一的高中毕业生。郭子义受的苦少,所以能上完高中;郭四清上到高一,就不去学校了,他去了草地。一趟又一趟进去草地,落下病根,好身体没有了,好记性没有了……

劳花说:"真个是患得患失。唉,哪个多、哪个少?人穷没法办,穷人没办法。"

2001年10月2日,内蒙古察哈尔草原,降温,下雪。

时隔五个月,我又回到内蒙古。

晚上八点多,如约去见农民工郭四清。郭四清收工不久,刚吃罢晚饭。一个大一点儿的女孩和一个小一点儿的男孩正趴住炕沿写家庭作业。灶台根儿,一只低矮的烧火板凳上,坐着郭四清的妻子劳花。她从烧火板凳上站起,过意不去地笑一笑,说:"你们坐哪里呀?"郭四清在一旁搓手,很不好意思,跟着笑。没地方坐,也不便打扰小孩子写作业,我和郭四清出去，坐在院子里随手捡起的砖头上说话。以后又有几次，是去路旁的小吃店，或者去他的亲戚家，聊过去的日子，郭四清记忆中进草原搂地毛的事情。

随后几天的采访也在傍晚进行，在郭四清收工以后，就是郭四清说的"认灯"以后——郭四清管天黑了，电灯亮了，叫作"认灯"。他说，过去点煤油灯，叫惯"认灯"了，现在还是"认灯""认灯"的。其实电灯跟人没啥亲近的关系，不像煤油灯，得"认"它，"认"了它才能亮。"认，不是去点一下灯这么一个动作上的事，不全是。"他努力地捕捉"认灯"的含义或者含量。他们家的煤油灯，是他哥哥用完的墨水瓶做的，再往前，是他爹用完的墨水瓶做的，再往前，是个铜油壶……他们家用过的煤油灯多了，他能记住的是这三种灯壶壶。灯台是那把铜的、高的，郭四清父亲小时候就用这把灯台。

我想象，很早、很早以前，煤油灯亮起，郭四清一家人守着墨水瓶做成的煤油灯，由高高的铜质墩座、向上的铜柄杆儿、小孩巴掌心大的铜头托儿，架起的那盏黑暗中的灯。大大小小人们的脸面上，定是清明而寂静的。那时，全家人操劳完，闲下手，坐在煤油灯周围，有一句没一句说着话，眼睛盯住煤油灯，一齐聚集在那儿，灯明心亮的地方。看不够，想不够。日久天长，把煤油灯看进脑子里头，看进心里头，在心里头的心里头，就是灵魂里头，认住了它、认下了它，互相谁也跑不脱，谁也不想真的去跑脱，使煤油灯成了他们摘除不开的一部分，他们成了煤油灯那个曾经的好东西的见证人。

像饥饿的经历，在中国人心里形成根深蒂固的记忆一样？

聊到天完全黑，大约二十二点以后，不能再占郭四清的时间了，于是采访停止。郭四清该回家歇息，攒够力气第二天赶清早出工。等郭四清回家的劳花和孩子们也该歇息了。

郭四清,1964年出生,祖籍山西省天镇县,能数上来的一代又一代老辈人都是读书、教书的。祖父为躲避日本人在1937年9月12日起连续三天对天镇屠城,从天镇城的血海死尸里钻出来,逃亡到"口外",定居内蒙古乌兰察布盟商都县——今乌兰察布市商都县。郭四清的父亲知书达理,在村里享有很高名望。母亲是山西省阳高县人,因为战乱和穷困,随整个村庄移民口外。母亲兄弟姐妹四个,都在这个村庄里扎了根,因而郭四清的兄弟姊妹拥有众多的表兄弟、表姊妹,走不出十步就能碰到一个。父亲这一脉,相比照,显得微弱单薄一些。郭四清行二,出生时,正有"四清"工作队进村,母亲抓拿住"四清"这个新词汇再没松手,她执意为襁褓中的男孩命名了"四清"。她说,这个家族到了他们这一支才开始多子,读书人家人轻命薄,如果继续听从丈夫,起那些没用的名字,他们家以后指望不上兴旺发达……郭四清的母亲遂夺取了子女的命名权。她的丈夫吭哧半天保留住他们的长子,即郭四清前面的老大,沿用他起的名字"子义"——郭子义;从老二开始,改路数了,掀起夺天统地的变革,便有了叫作"四清""文革""进联"的男孩,和叫作"改变""丽缎"的女孩……郭四清说,其实,他们家结束世代单传,生下一大堆娃娃们,是听了风水先生的指点,把郭四清爷爷的坟自山西老家天镇县移葬到内蒙古商都县,一处背靠青山、面临麦田和羊肠大道的山坡上。但是,郭四清母亲认为,是她为孩子们搜寻出来的好名字,起了实际作用。

郭四清从1981年、十七岁上,与同村、邻近村庄的农民结伴,开始搂地毛。此后十七八年间,每年的早春、深秋、初冬大季,野草枯萎,墨绿色的地毛(发菜)显露出来的时节,他们开进戈壁荒原,把搂地毛这件事当成具有一定专业知识和专业技能的职业,然后又进一步,把搂地毛当作"一头犟牛也拉不回来"的执着事业。

在深草地里,他们用特制的钢丝耙子边找边扒,把地毛,连同草叶、茅根一起"抓拿"回来。每一次向北行进、开往草地,随行二三百人,有时候三四百人,分乘两三辆、三四辆、四五辆不等的解放牌大卡车。平均一年进入草地十七八次。以郭四清不算太长、也不算太短这样一位个体行为人的经历,他搂地毛的时间长达"十七八年"(郭四清计算了好几次,都告诉我这个数字)。从少年、青年、单身汉,搂到结婚、生子,搂到两个孩子上了学。郭四清和媳妇劳花一致认为,两个孩子,是靠他们卖地毛养大的。

按郭四清讲的,二十亩草地可以净搂一市斤地毛的比例计算,他去一趟草地,平均搂到五斤地毛(郭四清说七八斤、十来斤也有过。这里暂作低估),郭四清一人共搂十七年(他讲是十七八年,姑且按十七年计),一年平均去十五趟(他讲是十七八趟,有时一年去二十来趟,但早先有过一年去五六趟、七八趟的记录),保守估算,青年农民郭四清一人,大约耙搂了二万五千五百多亩草地。而这一支二三百人、三四百人的队伍,那些年耙搂了多少亩草地呢?如果按二百人计算,每年、每人进草地十五次,一次搂五斤,约耙搂、毁损草地五百一十万亩;如果是三百人的队伍,约毁损草地七百六十五万亩;如果是四百人的队伍,约毁损草地一千○二十万亩。这是一些较为保守的数字,取了真实存在的最低计算值。

进入新时期以后的二三十年中,在郭四清居住的村庄以外,又有多少支像郭四清他们这样搂地毛、也即搂发菜的队伍呢?加上别的盟——现在改盟制为市,别的省,此类情势甚为突出的比如宁夏,每年宁夏回族自治区无固定收入的二十万人马,进入内蒙古地界采集地毛。这些结集自宁夏四面八方的队伍,多年来实施地毯式扒搂、扫荡的草地又是多少呢?

20世纪90年代中"发菜"烘热时期,仅在宁夏同心县,发菜交易量每年达到三百至四百吨,交易额在六千至八千万元人民币。1998年中央政府实施西部大开发战略以后,国家明令禁止野生发菜的采集和交易,宁夏同心县发菜交易市场——这个中国唯一的发菜集散地被取缔了。在国家取消贸易、禁止采购的高压政策发布以后，发菜的交易似乎消失了，但是在流通领域里，黑市交易依然存在，而且方式更加灵活多样。仍以宁夏的同心县为例，过去红火一时的发菜集市贸易表面上看是被取缔了，但是在隐蔽中，收购和销售发菜的交易从未停止。2003年，采集发菜又掀起新一轮高潮。

郭四清居住的村庄和相邻的四五个村庄，集结去到北部草原搂地毛的二三百人、三四百人，均是青年和中年人，即使年长一点的、不超过五十岁。他们每年都去，每家都有人去，而且去过的人，回回再去的时候不落下，除非发生了极为特殊的情况，这次去不成，下回也一定相跟上向北开进的队伍。所以，称搂地毛是轰轰烈烈的事业，是因为有全套应衬它的事实。

人，就是这些个人。但是这些个人，只面向一种东西，就是草原上的地毛。

郭四清家兄弟四人，只有老四和郭四清的父亲没有从事过搂地毛这种事业。父亲没去搂地毛，是因患有严重的陈年腰腿疼病，没法去。在他有力气的年月，尚未时兴走这样一条发财致富的路径。老四没去是因为年幼，他的三个兄长都去，也就把小的饶过了。郭四清是郭家去草地次数最多的愣小子，因为郭四清"急活"（灵活）、肯下力，耐得了苦寒。

一年中，出行的次数，视天气和人的状况而定。郭四清讲，有时一年能去二十来次，有时一年去十五六次。头一二年去五六趟、七八趟，那是因为不能适应草地的生活，吃不下苦，以后就没有过这种情况了。这种因吃不下苦而放弃生路、放弃发财的机会，对一个男人来说，不是一个好记录。郭四清向我解释，男人们都是把力气使出去，没啥意外的话不会停下。

"停下算咋回事嘛？'停下'这种改变生活的营生，不算好事哇。不说别的，单就面皮上，挂不住，让人笑话死了。"

每次在草地坚持待十天左右。十天，是一个极限。不到万不得已，不超过十天。一过十天，天不作乱，人自己就出问题了。抵抗不住没明没夜的生活，身体脱水、发烧的，打哆嗦、说胡话的，过敏、溃疡、烂胳膊烂腿的，饿死、胀死的，精神突然崩溃发了疯的，被草原站和牧民抓住以后打伤的，落下腰腿疼起不来的，饿得没东西填塞肚子昏死过去的……每回去，每回有意外情况出现。赶上谁，谁都跑不了。不是一个人两个人遇到的麻烦，像饥饿，北上搂地毛的人几乎都面临这个问题，饿得一步走不动。走不动，就回不了家。回不了家，你说，什么结局？

郭四清帮着埋过好几个老乡，都埋在草原上了。返家以后，通知死者家属，搭帮结伙去做了记号的那片草地，挖出临时掩埋的死者，运回旧土故乡，重新安葬。

谁家死下人，谁家的人哭塌天。

在郭四清的记忆里，最长的一次，他们在草地耽搁了十四天。

一般情况下，郭四清他们这支队伍，是向西北，去乌兰察布盟四子王旗的乌兰锡勒，还去正西北方向的西苏旗、东苏旗（即西乌珠穆沁旗、东乌珠穆沁旗。两个苏旗原归属乌兰察布盟，十几前划归锡林郭勒盟）。郭四清和他的老乡，跨上解放牌大卡车，超高、超载，被运输进深草地。

乘车的众人，一起出资，雇佣这些敞篷车辆。一个人来回一趟交七十块、八十块或者更多，车费随地毛的价格涨落。地毛贵，来回乘坐一趟就花得多，最贵的一次，每一个搭乘的老乡出资一百八十块。上路以前，把来回的车钱一并地提早交给司机。这个司机名叫张秉忠，专做包租车生意。他熟悉草地的地理、气候、牧民、草情，就像熟悉他喜欢的女人。张秉忠话不多，动作小，说合个啥事情比较痛快，一般人赶不上他那股劲。无论什么事，张秉忠都知道，迎风的西坡上生长的地毛多，除了原生的,还有随风吹落过来再生的;背风的东坡上地毛稀少,或者根本不长地毛。哪块草地有地毛,哪块草地是干板,他开着车,远远儿瞅一眼,就能知道。至于草地里头更深的学问,他的精通程度,经常让人惊奇得回不过神来。大多数事吧,他一讲,总能八九不离十。张秉忠的能耐,四邻八乡,尽人皆知。"他顶一个向导"。

出发前,郭四清他们跟张秉忠讲好,哪天返回,张秉忠到约定的时间,准时赶到草地去接人。接了人,连夜南下,长途跋涉运送人们返家。之后,张秉忠再去别的草地接送别的一些村子集合起来的搂地毛的队伍。来来回回,不分白明黑夜,一年里不知道要跑多少趟。比起郭四清他们,司机张秉忠更忙、更累,责任更大,当然挣的钱也更多。张秉忠是远近村庄里最富有的人。他家养的汽车,由早先的一辆,发展到两辆,又由两辆发展到后来的三辆。在郭四清眼里,张秉忠算是汽车专业运输大户,是个厉害的人。

张秉忠的车队赶到远天远地的草原,和郭四清他们一干人碰面。若是在太阳高照时,在外十余天,担惊受怕、苦寒难耐的人们,迎见张秉忠的车队以后,还需要拿出耐心,车队和搂地毛的人们,分散隐蔽起来,继续等待一个合适的上路时机。为了安全,人们相互之间保持着高度的默契。

寒冷时节,天黑得早,张秉忠会把车先藏到低凹处隐蔽起来,等到天傍黑、下午四点钟左右,把车开到几里以外、人们聚合的地点。每个人都装进敞篷车厢了,张秉忠把几辆大车快速检视一遍,超载的大车得到指令:走狗日的哇。他们狂奔疾走一黑夜,第二天早上八九点钟、太阳初步升起时,能赶到家。天气暖和以后,白天长、黑夜短,上路既不能早,也不能晚,赶天擦黑的时候动身,也得到晚上九十点钟了。

而白天"万万不敢冒险走动"。白天很容易碰到牧民,或者是草原站的人。

万一真的碰到了，牧民或者草原站的人骑马、开车追赶他们，"硬是往下拦截我们，到手的地毛就全被没收了"。功亏一篑，万万使不得。来的时候，他们带着十几天里吃用的东西，返回的时候，全部的家当就剩一点地毛了。来的时候，是偷偷摸摸地集体潜伏进来；回的时候，是偷偷摸摸地全线逃跑，仅只为了"这些些儿地毛"。

进草地的时候，郭四清他们，每人攥握一把钢丝大耙。齐刷刷的、银光闪闪的大耙子，由百十几根钢丝钳木扎成，头朝上，树立在男人们的身跟前、头顶上。跟一把古老的战器一般样子，或者它就是一面钢丝盾牌，高高地矗立在解放牌大卡车的车厢上空，在风驰电掣的前进中，发出咝咝啦啦的含蓄乐音，有时擦出短促、尖锐的和声。乍一看，威严肃穆，有给掌控它们的男子汉提气壮胆那么一点意思。其实是没别的放处、没别的放法，耙子竖立于身跟前，耙头伸到清凉的高空，由各自的主人控制着，不歪、不倒、不碰到他人。再者，耙子贴身直立，占据的空间少，在严重超载的卡车上，这是最简捷的办法。卡车的目标大，车上的人，和他们手里的耙子，把什么都告诉别人了。也就是说，这样的解放牌大卡车，和这样一车、一车脸色表情单纯执着的人，没有什么能够把守住的秘密。

而一旦结束此行的搂扒重任，手里的耙子就成了第一没用的东西。耙子的个头高得超过人，它的重量大，目标自然也大，带着耙子回家，没有任何可能。敞篷车厢里没有耙子落脚的地方，一条细丝丝缝也没给耙子剩留，这是一；二呢，不能允许高大威猛、招摇过市的耙子把人和大车暴露无遗。但是从内心说，谁也舍不得丢弃自己的劳动工具，何况他们亲手制造了它，尽着力往好了做，花在它身上的钱每一分都得来不易。可怜的耙子，倒霉的伙计，让人心生疼痛的宝贝圪蛋子。唉，这是"耙子的命"。再好一个东西，它短命，没得办法。用完了，就跟人生离死别，惨落风沙雨雪中，或者惨落敌手。

告别耙子，容易，也不容易。但是，没有犹疑，每个人做了他们能够做的。和牢牢拖曳的、装地毛的编织袋相比，和作为人的他们相比，耙子是唯一能被丢弃的东西。

他们动手做出耙子。每个准备出远门、进草地的人，都精心地编制一把得心应手、质量尚佳的钢丝大耙子。这需要投入一些财力、物力和人力，对生活艰辛的他们，出力不在话下，往往出拽钱，有点难度。但为了将有的收获，耗费在耙子上的那些花销，没有一户人家、一个出行者为之犹豫。老人们肯说，"是不是个好皮匠，还得看有没有一个好抓杖（工具）"。绝对是，必需的。耙子不得劲，就是睁眼瞎，白跟着时间瞎颠达哩。没有一把好耙子，搂地毛的动力就攒不齐。用郭四清的话说，跟别人吃的是一样的苦，你耙子不行，搂不下甚东西，耙子底下不出营生，命都快搭上了，苦得不值。

郭四清他们手里的耙子，已经更新换代好几次了。一开始做的是小耙子，头部有一尺宽。后来小耙子不适应了，换成大耙子，头部有一米大，齐刷刷的，人人都做了这种大耙子。现在他们手里拿的是第三茬，头部更大了，在草里一铺展开，下一耙子顶一耙子。但耙头过大，搂的时候颠头拾肚，稳定性欠缺，人们琢磨出，在耙头上绑压一个重物，于是布袋子成了每个远行者的必备物件。他们的女人或者母亲，在他们出行前已为他们缝制好一个结实的布袋。在草地里，动耙子前，各自往布袋里装二十来斤土，人拉着耙子往前走，有扎得紧紧的、有分量的布袋压在耙头上起到稳定的作用，如此，耙子就能下得深，凡耙子到过之处，地毛基本上没跑漏的，连给地毛提供倚伴浮生的其他杂类草，也跟随地毛、跟随这个钢木结构的巨型多齿排钉，被"摧枯拉朽"了，剥离了土地，滚滚而去。

当人疲累了，放下耙子，粗略挑拣一番以后，大部分杂草随风消逝，一小部分杂草跟随地毛被塞进随身携带的编织袋。

郭四清第一次跟村里人结伴而出，年岁不大，心思也粗浅，就想能帮上他的爹妈，能给家里搭把手。他们那次结集了四十多人，去了西苏旗地片。那时候相关部门对搂地毛的人和事盘查不严，郭四清他们一干人马下了火车，说说笑笑，敢在白天走路，有人还敢放声唱两句蛮汉调调，就是流行于乌兰察布盟地区的爬山情歌，比如"二斤黑豆十五斤草，我盼亲亲哪阵好"，"走了一黑夜耍了半黑夜水，不为盼你不受这些罪"，"想妹妹想得睡不着觉，嘴唇上烤起个大燎泡"，"刮一股大风过一回云，见一个走路的问一声"，"盼见大路上一伙人，直往前走来不进村"……被争先恐后地唱出。谁有山野歌子，都不会藏在肚子里不让它出来放放风，见见光，跑跑场。歌声被草地里散落的黑金丝线——地毛切断。离车站四五十里地，就有地毛，众人扔下歌子迅速行动，就在那里铺展开家伙，掀动手脚，搂那些如同金子一般在他们眼前、在他们心里闪闪跳跃的地毛。

那以后，郭四清从没间断过进草地。每次出远门，身上背负很重，两只皮毛腿套，一件棉腰子一瓶治感冒的药，一瓶治拉肚子的药，一瓶止痛药，二十大几斤其他食物，六七十个白面饼子——一个白面饼子三两大，一天吃两顿，每顿吃三几个，不敢多吃。郭四清跟同伴都带这么些，一是怕早早吃完断了口粮；再一个，因为睡的是湿地皮，吃多了睡在凉地坑里怕患染胃病。另外，再少带一点生面和食盐，心细的人捎带一点素油。没蔬菜，去哪儿找蔬菜呢？想买没处买。还有，随身带块毛毯，带一个白塑料水卡子，再者，就是一个布袋，和两个大塑料编织袋。

除了白面饼子，每人再装一袋炒面，这部分口粮要匀兑至最后、即回家的路上吃。在草地，没有干的吃食，干的吃完了，拿铁筒热一点水冲着、伴着喝点炒面，简单对付一下，赶回家以后再补吃些干的。出门前准备下的这个小铁筒，用处比较大，进草地以后常用石头架起铁筒，点火烧点热水；返家的路上还用这个小铁筒做拌汤喝。做拌汤用的面，是莜面炒面，搂地毛的日子不敢吃、不能吃，吃了莜面肠胃受不了，因为莜面结气滞重，不好消化。要是白面饼子能凑凑合合扛到回家，一般情况下人们尽量不吃莜面炒面。莜面是专为苦寒人生长出来的粮食，那是有热炕头睡，胸口处有衣裳遮挡，又赶上没有多少别种类粮食充饥，才能充分享受到它的好处的口粮。人在野外饥不择食，莜面于人，是个好东西，却也埋伏着危险。

水没有其他的办法解决。上路早，农历二月初，北方草原地冻雪封。除了地表的雪和黄毛毛草踩上去是软的，哪儿哪儿都坚硬得跟铁似的。进入草地以后，化雪、化冰当作水喝，解渴，暖和身体。入了伏天，喝淖尔泊子里的水，郭四清叫作"旱海泊子的水"。他说："那家伙，那个绿、那个稠，虫虫牛牛掺和得满满的，进了肚子还能感觉到虫虫在里头爬蹭了，营养成分估计足多没少。"他说现在一天不喝水，一点不觉得渴，不觉得想喝个水啥的，练出来了。估计古代匈奴人啊蒙古人啊打仗，就是这么练出来的，那些少有对手的兵，横扫下半个欧亚大陆，唉，谁们能敌。

我们的谈话停顿下来。

郭四清自顾自抽烟，神情散漫。一条腿搭架在另一条腿上，脚上的解放鞋帮子陷进去，大鞋的胶檐直楞楞地向上，看起来鞋子大过了脚，两只鞋后跟底下各粘着一块黑胶掌。

突然，他开口问我："你喝些不？"起身倒了一搪瓷茶缸开水，放到我面前，"喝些水。"

他没有给自己倒水。

我说："你不渴吗？"

他说："吃完饭喝一碗水，连解渴带洗碗都有了，再不喝了。"

我说，不喝是没去喝，不等于不渴，一个人一天大约需要六杯到八杯水，咱们这儿干燥，估计得喝八杯以上。

郭四清没接我的话。

稀稀拉拉又拉呱了些别的，娃娃们进了城里的学校，女子跟不上，没有一门功课及格。原来学习还可以，在乡里的学校算不上第一，也没跑脱第二，在城里就不灵验啦，日怪得很。现在，女子那儿，形势有点往上走，总算及格了。

小子却不行了。小子脑子活络，一听就会，可这家伙不给你好好听课，手上、脚上动作过多，一会儿也坐不住。人坐不住，那张嘴一阵儿也不失闲，嘴跟着人动。没人搭理，他就跟自己说话，有的话也不知道是跟谁说哩。除了动自己不说，还爱动人家别的孩子，有几次又说又动，被老师一怒之下撵出了教室。他们两口子去给老师说了一箩筐好话，不顶甚用，老师到今天还生气哩。亲戚的女子去说项，老师气消了一些，小子又能坐进教室了。以后，小家伙再乱动弹，老师上去就给他一个大耳刮子，扇得口鼻流血。你说，这叫甚日子哩。

也是不争气，不消停一天，脸蛋子还没消肿，灰小子又想动弹了。

越动，动静越大，现在这个灰圪蛋不给你上消（学）了。

说到儿子，虽然是说儿子的麻烦，说他惹是生非没有消停时候，郭四清虽然无奈，还是面带微笑。

郭四清的媳妇劳花头一天也跟我说起他们的两个孩子。她说，女子脱下衣裳、袜子自己洗；小子脱下的袜子直不愣登站着，没人给他洗他就不穿，脱到哪儿就让它站在哪儿。你说脏到个甚程度，袜子脱下来，直戳戳地立住不倒。你看不下去，你就去洗。反正没他甚事情。

劳花说，小子"过于灰"，真是个不开窍的"灰猴脑袋"（捣蛋鬼）。这是郭四清硬惯出来的。郭四清不让她指摘小子，她实在看不下去想说叨说叨小子，刚要张嘴，郭四清就当着小子的面呲打她，眼珠子瞪得激灵灵的，都快跌出来了。小子现在不学好，老想跟你要点钱，说学校让买甚、买甚，给了他，拿起钱就进了游戏厅。劳花经常满街跑窜那些游戏厅找赖鬼小子，那才容易呢，东找西找，找不见。原来他出出进进，跟她捉迷藏哩。你总有个时间限制，不能一天到晚跟他捉迷藏，进过了一家游戏厅不好意思再进去,你不嫌乏,游戏厅的人看你也看乏了,一个当妈的进人家的店寻找自己的孩子,寻找起来没个完,实在没脸面。这个赖小子就钻你空子,见你来了,他从这家游戏厅跑出来,进了你才去过的另一家游戏厅。你喊喝小子,小子反过来喊喝你,他说:"让不让人活啦?"眼睛瞪得跟𤞚灵(北方民间传说中一种威猛怪兽)的一般大。现在,她感觉到实在没能力了,说不响她的小子。

郭四清没觉得有那么严重。他认为,"不到这程度"。

还不严重?他现在都敢赊账打游戏机、买西装、买大皮鞋了。无底洞已经揭起盖子,你还蒙头睡大觉哩。劳花顶撞郭四清。等他上房揭了瓦才叫严重?说给你,你不当回事,揪你头皮、揭你瓦,迟早有那么一天,等着看哇。你惯他,一眼眼看的你惯他,你快把他惯成武义东西了(不忠不孝之子)。

郭四清瞪媳妇一眼。劳花一直撇着嘴,显然不服气,但不再吭气了。

郭四清的思路又慢慢回到搂地毛的事。

他说白天不得不躲起来,若被当地牧民发现,事情就不会那么简单了。在两丈深的沟里,再掘地一尺把半、二尺深。挖的坑,不甚讲究,只要能藏得下人,身子能够展开,人能够睡进去就可以。坑底部铺一层他们带来的塑料筒子,再铺一块毛毯,或者是一块线毯,连铺带盖全在这个坑里了。

白天躲在地坑里面,当地牧民从地表看不见他们的身影。但是,这种地坑,睡一天,腰杆没有不疼的。这一点已经作为这干人的普遍真理:再好的腰杆熬不过一天。一天以后,腿关节也全部跟着疼,人像一架出了毛病的机器,哪儿哪儿都跟你别着劲。

每天傍晚六点钟左右出发。若是早春,天已经黑下来;若是夏天,太阳把半个天照成红色的,一层一层的金光倾泻、流漏出来,别提多好看了。大家拎着耙子,拎着那只用来盛土镇压耙子的空布口袋,从驻地悄悄出动,向草地深处走去,神不知鬼不觉的大规模行动即将拉开序幕,他们要在深草地搂一通宵地毛。

天快亮的时候,他们背着从草地搂扒出来的杂草和附生其上的地毛,从几十里外的深草滩悄悄返回驻地。紧接着要做的,是把地毛和连带的杂草一起埋进睡觉的地坑旁挖好的小地坑。他们吃一块干皮饼子,喝几口从水坑里舀上来的冒绿泡的"老汤水",潜伏进各自的地坑里,蒙头睡觉,把白天当成一个完整的黑夜,囫囵着睡过去。

又是一天过去,又有一天将来。

不用担心有人去搂地坑附近的地毛,没有这种人。不单单儿因为"兔子不吃窝边草"。

搂过地毛的草地,百草被搂地毛的大耙子连根拔起。草地没有了草,光秃秃的一片荒凉。三五年这块草地不见草叶生长,而眼见着草地干枯、结板,显露沙层。慢慢地,被改变了草生秩序和性质的土地,孤零零地冒出几根蒿子秆,牛羊饿死也不会去吃它。草地最终从上苍的手上滑落。

过不了多久,这里便演变成沙漠荒地。

搂过的草地,远远地就能辨识出来。所以,他们人人心知肚明,除了让自己的动静尽可能小一些、少一些,没有任何其他选择。事关每个人的身家性命,只有自觉遵守这项约定俗成的规矩。出于安全考虑吧。安全是第一位的,绝对不能毛糙,每个人很清楚这一点,就像清楚自己的性别、家庭成分一样,在这个原则问题上,谁也不敢有丝毫一丁点的马虎。

不暴露目标,被众人视为至高无上的戒律。睡觉的地坑周围,除了分布埋地毛杂草的坑,还挖了埋食粮的坑。这是搂地毛的农民的屯号、埋伏地点,凭管谁,不可以随意把他们的营地暴露给外人。因此必须拉着队伍到远离宿营的二三十里的地方去挥舞钢耙。人群中另有一则不成文的条律,谁引出了事,拿谁问罪,亲兄弟、亲父子概莫能外。就是说,他们有私设的刑堂？我将试着在以后的篇幅里作些探究。

背回来的地毛，混在沙土柴草里，只能叫作"毛菜"。人们在紧挨自己睡觉的地坑边，再挖一些小坑，把新搂的混合了杂草的地毛埋进小坑里。一天挖一个小坑，埋进这一夜搂回来的地毛和杂草。有时候两天埋一个坑。有那些特别能干的，每次能搂十大几斤、二十几斤，他挖的坑就会大而且多。在人睡觉的坑洞旁边，他挖的小坑星罗棋布，像一个规模不错的家族墓园，看上去有点奇妙，蔚然壮观。

坑挖得越多，挖得越大，证明你搂的地毛越多。郭四清特别强调地告诉我这一点。

郭四清初进草地时，只能搂四五斤，这里说的是净菜，毛菜当然多了，不过相比较还是没有别的人多。不为别的，没人家能吃苦。郭四清很清楚，总结出自己比别人下的力气少导致这种结果。郭四清睡一天腰杆酸疼不能坚持，可人家能扛担住，耐苦负重，再苦再疼也不会停下手脚，尽在草地里头下死力气搂哩。说实在的，连抬眼看一看草原的夜空那些个忽闪忽闪的星星们也顾不上，更别提享受那种"草原的夜色有多美"的感觉。有人说，看，星星多得……旁边冒出年岁大点的人，提醒他，好东西是闲汉们的。星星再好，能给你吃了、喝了？能帮你送孩子到学校？能给你老人们看病？能帮您买买煤油、火柴厢厢？星星是逗城里头当官的跟富裕人笑的，引致他们咿咿呀呀讨论感情呀啥的那种闲荡东西。你好好盯住看你的路哇。

郭四清微笑着说，要是想看星星，你搂不出地毛。

搂地毛，也就是搂一点钱。

腰腿疼痛，每个人都是。郭四清慢慢适应下来。不过，搂地毛的人都坐下了腰腿疼的病。没一个人能逃脱这种命运。而且至今没听说过有谁治好了这个缠人的病。

到了晌午或者下午，夜里下了苦的人们睡醒一觉。如果谁想活动一下身体，就在这条沟里面动弹动弹。不想活动的话，窝在地坑里继续睡回笼觉。

整天朝夕相处，三四百号人在一起，相互之间会不会有摩擦，发生冲突，打不打架？这也是我比较关心的。关于这个问题，我和郭四清交谈了两个傍晚。

庞大的队伍，一面齐心协力，一面各怀心思，人人顾自己，为了顾自己，才不得不顾到集体。但又因为行动要冒很大的风险、行为是半地下状态，集体的概念在这一特殊群体里，被他们自觉地维护着，而且出乎意料地牢固。在这个过程里，每个人都愿意把握住一个底线，就是不能因为个人暴露了大家。暴露了大家，个人的利益即刻间不复存在，甚至生命安全也难以保障。这一点人人明确地认识到了。这是需要每个人遵守和把持的最后尺寸，对他们来说，这是一个根本性尺寸。但是毕竟远离家乡、远离家人，身临异族自治的草场区域，缺油少水，风餐露宿，有不少生存难题，也时也会有残酷的牺牲，并且这个不小的阵营里，混凝了多种元素和色彩；还有，被长年累月搂扒过的草地，出现了什么样的飞沙走砾的荒漠情况，这些，是我另外的篇目里要叙述的。这里不作赘述。

郭四清说，出去的人通常不打架。在村里挨处（相处）再不对付的人，出去有点病病灾灾的时候，人们还是会把带的药啦什么的拿给他吃，谁也不打架，谁也不闹意见，都跟亲弟兄一样。在郭四清看来，去了草地，人们比在村子里头挨处得还好。

也不知道是怎么回事，郭四清笑。单单儿一件事他不明白，就是人家来叼地毛的时候，打我们的人的时候，谁也不敢出面反抗。看着自己的人叫人家打伤，谁也不会站出来说一句话，眼睁睁地站在圈外头观看，没有人动一下嘴，别说动一动胳膊跟腿了。都跟吓傻了似的。

你在这种情况，会不会站出来？

不会。我也不能站出来。

43

为什么,你怎么想的?

怎么想的? 这可复杂了。

郭四清说,到现在,我也没想明白。不瞒你说,我想得头发早就白了,也没想出个道道来。问题是,我得养活家,所以想不清楚没啥了不得。我是一介农民,谁还能把我咋整了? 大不了还是个农民。这么个活法,算是到了底线吧。我现在,就想好好睡一觉,半夜醒来,心不慌忙,眼不乱跳,腰不疼痛。我才三十七。劳花不去学校开家长会,怕孩子们笑话她穿戴不合城里头的人,硬让我去开,我去了。孩子们说啥了,说我是赖小子的爷爷。你看,活成个甚。

郭四清有点无奈地笑一笑。

明天是星期天,郭四清一大早还要出工。我告辞出来。

选自《十月》2014年第2期

<u>评鉴与感悟</u>

虽然"人性纪实"这个词听起来有点陈腐,但用来形容冯秋子的这篇文章倒也恰当。这一回,冯秋子把笔触伸向了草原上的一个农民。她和他聊天,谈论生活。看似枝枝蔓蔓,其实却剥落了所有伪装,呈现出辽阔的世界,生命的故事自在流淌。作家坦率描写她在草原上看到的一切,既不加评论,也不虚设立场。但毫无疑问,每一个她所看到的细节,或者说她写下来的细节,还是经过了选择。我看重的,仍是作家的情怀,在她的关照之下,日常时光,折射出历史沧桑。

被语言争夺的舌头 | 帕蒂古丽

1

刷我家的木门时,剩了不多的蓝色和绿色两种油漆,父亲混合起来刷上去,最初那些搅拌不匀的油漆,蓝不蓝绿不绿的颜色很怪异,热天冒起许多小泡泡,像青蛙的皮肤,冷天北风一吹就龟裂剥落。门上的油漆不断改变自己的形态努力适应着气候的变化。后来,黏稠的绿色以绝对的比例优势占了上风,几乎将蓝色的油漆挤了出去。剥落后的绿色只剩下斑斑点点,最终门变回了蓝色。

我们家庭里语言的演变,就像那扇木门颜色的演变,最初占主导地位的母亲的回族话,随着她患上严重的精神分裂症而弱化(除了自言自语,几乎丧失了正常的语言能力),父亲的维吾尔语占了上风。他们各自的语言和生活习性,像蹩脚的油漆匠刷的油漆或者拙劣的泥工墁的墙皮,像两种不同的油漆或者泥巴,混合着斑斑驳驳地粘贴包裹在我身上,其间有弥合不了的裂纹,它们组成了我在这个"混血"的家庭生长出来的、类似鱼鳞或者蛇皮一样的文化斑纹,就像我难以分辨混合后的两种颜色的油漆一样,我已经难以分辨哪一种印痕来自于父亲,哪一种印痕来自于母亲。

那些杂糅交错的印痕,像是针刺的刺青,最初刺刻上去时的那种刺痛、灼热感已经消失,红肿也已消退,血渍被擦拭干净后,溃烂的伤口渐渐愈合,结的疤痂也在岁月中脱落,留下的那些若隐若现的瘢痕,已经成了我隐秘的"文身",唯有我自己看得见。

父亲和母亲不同族别的亲戚,他们观察我的样子,就像我看家里不蓝不绿的油漆木门，他们一半是在观察隐藏在我身体里的母亲，一半是想从我身上找出父亲的影子来，他们各自接受了我的一半，争抢着改造他们所陌生的另一半。

喀什来的维吾尔族姑姑为我辫的满头小辫子，在外婆家备受敌视，被小姨撕扯着拆散。父亲为我缝制的连衣裙，被外婆夺过去扔进了灶火，我被逼迫换上小姨的长衣长裤。从那时候起，我告别了裙子几十年，这对于一个以长裙为主要装扮的维吾尔女孩，是多么不可思议的事情，对于长期生活在两个民族夹缝里的我，这一切似乎都发生得自然而然、合情合理。即使父母的宗教信仰是同一个，生活习惯和禁忌也不尽相同。种种习俗交织，互融或者相争，慢慢地我理解了母亲和外婆、父亲和姑姑，双方都希望我在接受另一方文化的同时，竭力维护好他们各自的民族自尊心。

在一个多民族聚集区，一个孩子在成长中难免被各种不明的潜流裹挟。维吾尔族的父亲、回族的母亲、哈萨克族邻居、汉族老师灌输给我不同的语言，不同的文字，不同的习惯。在家里，父母亲念《古兰经》的不同发音，都会演变为没完没了的家庭争端。外婆教我念天水张家川口音回民调子的《古兰经》，父亲一次又一次试图用他标准的阿拉伯语发音和语调来修正，外婆的口音却成为不可更改的模板，被牢牢搁置在我的记忆里。

我不知道这是不是文化，作为孩子也不知道该听从谁的。常常是大人各执一词，我照着先讲的一个的做，照着后讲的一个的改。不同的语言对我的名字不断地修改，不同时期不同的民族用不同的叫法称呼我的名字，从回族的法图麦，到哈萨克族的芭迪玛，再到汉族的李英兰，一直到维吾尔族的帕提古丽，给穿梭在各种族群间摇摆不定的我打上了一个个不同的结。我的认知过程里，到处是涂改液和橡皮擦的痕迹。那种渴望包容的诉求，在童年时也许只是一个期望，这样的期望被迫搁置，深深陷入迷茫中不容逃脱的我,唯有盲从。到头来我发现,在模糊的比较中本能地接受下来的,都是些天生基因里就有亲切和认同感的东西。

2

我家先出生的三个孩子很幸运地掌握了维吾尔语,自从我和弟弟、妹妹上了汉语学校后,从第四个孩子开始,家庭的语言开始出现分岔。连父亲也不得不操着僵硬的舌头吃力地迎合我们流利的普通话。第四个孩子学了维汉翻译,他是家里唯一一个由父亲亲自护送到大学的孩子,可见父亲对于他的专业是多么的在意。自此以后,后面出生的孩子都使用纯汉语。一个家庭出现了两种语言势均力敌的局面。学维汉翻译的弟弟后来娶了讲白话的广东女子,讲维语的妹妹嫁给了说英语的香港男人,偏偏那个一句维语都不会的小弟弟,娶了地地道道的维吾尔族妻子。这真是一个倒错的世界,语言对于人的争夺猝不及防,你根本无法预料你的舌头,会遭遇哪种语言的争夺并停留其中,看来为了适应这个变幻的多元世界,人必须多长出几根舌头,以备不时之需。

被父亲送进汉语学校的我,对于自己连一封维语的家信都不能写给他,在心底一直抱有缺憾,看得出他对我汉语学得不比汉族学生差,充满了胜利者的自豪,我代他写给生产队的请假条,是我用汉语为他带来的第一份实惠,他在被我家的马咬伤了手指后,休息了半个月而不被扣罚工分,那份简单得不能再简单的请假条,甚至被他当作我的第一篇汉语"优秀作文",在邻居面前大肆炫耀。或许,早在那时候,他就看到,学习主体民族的语言,对于一个民族来说是一件融入主体社会的大事情。

多年后,父亲在我的意识当中,从当年走出家乡的一个叛逆者的形象,重新回归到一个有着先觉能力的人。在内心我把这份应得的尊重归还给了父亲。身上若隐若现的文身,让我渐渐理解了父亲,他早年从维吾尔聚集的南疆来到多民族混居的北疆，或许一路上的经历，已经让他看到，想要走出去融入外面的世界，首先要突破语言的限制和障碍，他自己一生没能够完全实现这一点，他想从我们这些孩子身上，着手改变这种状况。

在离开家乡之前，我就像一只在汉族、维吾尔族和哈萨克族各种语言围猎中的兔子，毛皮上印上了各种文化混杂的斑纹。来到南方后，我也试图在各种方言文化间争夺自己的舌头。也许正是集各种文化于一身，才能够体验到语言文化争夺的极致，这样才好把自己当成一个有价值的社会标本来解剖。我从头溯源，很想把改造了我的那些东西——检索出来，看看它们都是些什么样的东西，竟然有如此奇特的魔力。这个想法对于我很有吸引力，我需要明白，我的被改造是如何日复一日地在发生，我看见了自己身上，各种各样的凿孔、裂痕、文身，撕裂、疼痛、不完整，无所适从、猜疑、纷纷扰扰的心理纠结，然而真实、自然、清晰。这就是我，混血的文化缔造的独特生命。

3

文化对人的争夺，不单单发生在不同的种族、不同的文化之间，即使在同一民族和相同地域间相同的文化，也在相互撕扯中争相给对方打上自己所认同的印记。我所在的余姚，身边的姚剧明星中有人就在沪剧、越剧和电视剧对他们的争夺中徘徊，难以取舍。人最终到底会被哪一种文化磁场吸引了去，恐怕取决于这种文化丰富的内质和磁性的强弱。

小时候拆散我满头小辫子的小姨前两年去世了，还健在的大姨、三姨、四姨和众多母亲的亲人，对于我回到新疆生活似乎泯灭了希望，而对于我在老了以后身归故土还是满怀期待。活着的时候，她们和我父亲争抢着用各种方式标记我，当发现已经无法将我从另一种强大的环境中夺过来，最后她们决定争夺和标记我的死亡。在她们来说，这恐怕是对另一种文化抢夺了的迷途羔羊的争夺，我在内心暗自把这个理解为故土对游子的争夺。

争夺是一种本能，也是生存的法则。争夺无时无刻不在发生，历史对真相的争夺，权利对话语的争夺，自然对环境的争夺，时间对生命的争夺，不可知的明天对人的命运的争夺……各类文化环绕在我们周围，就像空气中的微粒，试图消灭争夺几乎是不可能的。而文化争夺不是像从你手里抢一样东西那么简单，它首先从对语言的一种抢占开始，抢占你的舌头、眼睛、喉咙，深入你的身体，抢占你的味觉、嗅觉，继而抢占你的思维、抢夺你的精神世界，整个过程，被抢占的对象也可能毫无察觉，即使察觉也无以阻止。大多数人在应对一种强势文化冲击的姿态是束手跟从。

丈夫永远坐在电视面前，他的眼睛一部接一部地追随电视剧。他对电视剧矢志不渝，几乎构成了他对生活中有趣的新事物的抵抗。他全盘接受各种"神"到无与伦比的电视剧，他迷恋这种剧目，几乎失却了人原本该有的对虚构底线的判断，他采取一种放任的宽容，任由电视剧以它固有的模式在眼前泛滥和延续。在我看来，这种从不抗拒和彻底的容忍，几乎跟遗弃差不多。我吃惊于他对自己热衷的东西，居然顺应到不再产生一丝碰撞的激情。他已经被喜爱的东西融化和吞噬了，这件事物成功地争夺了他，他彻底变成了所关注的事物的一部分，他们是一体的，不分你我，他对它不再存在差异性的思维，甚至事物不用来捉拿他，他就已俯首听命，干脆变成了这个事物的合谋者，串通这件事物一起绑架了自己，将自己献祭于它，他从在沙发后面露出的脑袋，成了一件电视前的祭品。

与儿子争夺一件喜爱的外套，或者与我争夺一样喜欢的食物，丈夫都是锱铢必较的，他只顾着计较那些看得见的争夺，电视剧争夺了他的眼球和大面积的时间,在这种看不见的精神争夺面前,他心甘情愿慷慨无度地出让自己。一种文化对于一个人来说竟然有那么强大,让他震撼到消失了自我,这真令人惊异。

小时候,我看见父亲用烧红的烙铁给马打上烙印,怕它混杂在马群中被主人辨认不出而丢失。马因为疼痛难忍差点咬断了父亲的食指,父亲举着血淋淋的手指,暴跳着用鞭子抽打那匹可怜的马。父亲的伤口渐渐愈合,可他被咬伤了筋的食指始终蜷曲着,无法伸展。强势的父亲想要标记那匹马,马却反过来标记了他的主人,这个结果是父亲始料未及的。父亲因此一生都咒骂马生性顽劣、不通人性,他钟爱忠实顺从的大黑驴,他把最好的草料都给了驴,马干最重的活,吃最差的饲料,挨父亲的鞭子也比黑驴多。

只要是生命,最初被打上烙印时,都会有焦灼、疼痛和不适的感觉,有的甚至会因为强烈的过敏和排异反应而致命。任何东西在相互碰撞和相互标记的过程中,在对抗、撕扯、断裂、争夺后,变化的结果不一定是非此即彼的。相互侵吞也好,互相融合也好,这个世界上的两样事物总不可能完全割裂,最终各种印痕终会变得界限模糊、难以辨识,都是你中有我,我中有你。我相信碰撞是融合的开始,疼痛则是我们为争夺和标记彼此付出的代价。对于任何一种文化的吸收,或许都是在抗争中去发现、分析、比较后汲取,而不是不假思索地被这种事物彻底淹没。

4

在乌鲁木齐二道桥的街头,我用汉语问一位榨石榴汁的维吾尔族老大娘:"石榴汁多少钱一杯?"大娘用她灰绿色的眼珠在我身上从头到脚滚了一遍,不紧不慢地反问:"你明明是维吾尔族,为什么对我说汉语?"我以为她不会认出我是她的同族。我刚从南方回来,一身的江南打扮,民族特征早已被二十年的南方岁月淡化，我不知道是什么泄露了我的民族身份。那一刻我的吃惊多于尴尬。我没想到的是，这样一个同族的老大娘用诘问的方式，将多年来游离于我的民族身份一下子重新归还给了我。我站在她面前，像是突然站在了一面镜子前，清晰看见了那个被这片土地认可的自己。

江南生活中，根本看不到哪一只手在每天修改着我，涂抹掉我过去生活的印记，并不断给我标刻上新的文身和标记，看不出是谁悄悄地窃取和偷换了我本拥有的外貌特征和生活习性，连我自己都毫无察觉，我的参照物和模特完全被调换过了。失却了同族的参照和从小滋养我的那种文化环境，连我的语言系统也被环境偷偷置换了。

在江南生活了二十年后，我第一次来到喀什，在父亲的老家，在那个全是维吾尔族人的村子里，站在羊圈的矮墙边，我用汉语跟堂哥的女儿搭讪："你今年上高几了?"抬眼间猛地瞥见她吃惊不已的眼神和大惑不解的表情，我被自己无意识地使用汉语的唐突吓了一跳。这个与我儿子年龄相仿的女孩，用她那带着责怨和提醒意味的目光，将我不自觉地溜到汉语里的舌头一下子拽过来，让它重新回到维吾尔语中。我愣在那里惊魂未定，赶紧把刚才的问话用母语重复了一遍。

她在与我争夺一种话语，喀什这个强大的语言环境帮了她的忙，她成功了。在这里无法舒展汉语的情形，就跟我在南方蜷缩着无法舒展母语舌头的情形如出一辙。我有点犹豫不定，是该为这个身处维吾尔语环境中不懂汉语的女孩子遗憾，还是该为在纯汉语环境里自己渐渐退化的母语自责。

后来，我一遍又一遍地回味那个羊圈的矮墙边与侄女对话的镜头，其实完全是我一个人在说话，同样的一句问话，我说了两遍，一遍用汉语，一遍用维吾尔语，准确地说，是我给自己的汉语做了一次翻译。侄女只是用目光制止了我的问话，她责怨和警示意味的目光让我明白，这里虽是父亲的祖籍，我来到这里，毕竟只是个客人，我只能尊重这里的语言习惯。侄女看似柔软却充满怀疑的目光里，有一种很强硬的东西，充满坚持和抗争，不由分说将我拉回到她的语境当中。当时，她看我的样子，像极了看一个在河边，一只脚踩在岸上，一只脚蹚在水里，站立不稳的人。她那份紧张让我莫名地感动，好像她在用目光抢救一个不及时撤回水中的那只脚，就要被脚下湍急的水流卷走的人。我不得不以让步来抢救和保护我与她之间，在语言争夺中莫名地受到挤压而疼痛的那份亲情。

当我重新回到维吾尔语时，她很释然，仿佛已经将我从危险的水流中救回了岸上。我从汉语当中抽回的舌头，有一点僵硬和不自在。带着羞愧和歉意站在她面前，我看清楚自己身体上来自另一个地域、另一种文化的标记是那么的不可隐藏，这些对于她来说充满陌生感的烙印，怎能逃得过她纯净的眼睛。

喀什的侄女与我之间展开的语言争夺，让我想到生长在北疆沙湾的侄子巴哈迪尔从维汉双语学校转入汉语学校时的那种挣扎。两种语言在争夺着一根舌头，巴哈迪尔在两种语言之间游移不定。说他舍不下母语，倒不如说他是舍不下那个熟悉得不能再熟悉的环境，转入汉语学校，等于要换掉他原来环境里所有熟稔的一切，老师、同学、伙伴，他所有跟外界的关系，都要随语言的转换而转换。人的整个世界都笼罩覆盖在语言里，他不单单是要调换一所学校，而是要调换一个语言世界，这个变化大得足以让他惊惧不安。

亲人之间对他选择上汉语还是维语学校不停地争执，让巴哈迪尔处在父母无法调和的两种意见当中显得很无助。我能体会在经历那种震荡时，一个孩子的无辜、焦虑不安和内心的触痛。

巴哈迪尔来过我江南的家，那时候，汉语对他的覆盖是局部的，暂时的。大多数时候，他对我说维吾尔语，然后他从母语里艰难地拐回僵硬的舌头,操着带着浓重新疆口音的不灵活的汉语跟我儿子和女儿对话。在他跟我女儿和儿子交流的间隙里,我忍不住打断他吃力的汉语,不厌其烦地纠正他古怪的汉语发音。

女儿和儿子的舌头,已经完全被汉语和英语抢占,他们全然不懂维吾尔语,也许出于我遗传的那份对语言的敏感和天赋,他们的英语学得出奇的好。我满怀善意地想让巴哈迪尔在使用另一种语言时,也能有一种像他的维吾尔语那样纯正的味道。巴哈迪尔常常忧心忡忡地看着我,仿佛是我的舌头生病了,而不是他的语言有问题。我在内心也接受了他对我母语状况的同情。在与他用母语进行交流时,我不得不时常深怀歉意地停下来,用汉语代替或者弥补我的维语表达,或者向他讨教一些维语单词。由于长期生活在南方,我的母语已经开始退化,本来张口就来的那些维语单词,从舌尖上退回到大脑的记忆库里生锈、蒙尘,变得残缺不全。

我以为我可以借助汉语完成更准确的表达,这些我在母语中习以为常的做法,被巴哈迪尔不断地纠正,就像我纠正他不纯正的汉语发音,他对我的"维汉混合表达"不以为然,肆无忌惮地嘲笑我在母语表达时含混的语气、断断续续的句子、难以为继的维语单词。这个时候,他完全占了上风,他用一口毫无瑕疵的母语,将我维汉"混合型"的句子击得溃不成军。在为自己纯粹的母语骄傲和陶醉时,他或许还不能想到,他这一口漂亮的母语,在我所身处的环境里,除了我,没有第二个人能懂。

5

我从小被各种语言追赶着,似乎哪一种都无以逃脱。父亲的维吾尔语和母亲的甘肃回民话混杂着占领了我最初的听觉。我刚刚开口说话,邻居家的哈萨克语密不透风地包围了我。我用哈萨克语适应了跟邻居家孩子一起骑马、放羊、捣酸奶的畜牧生活，我贪馋的舌头被哈萨克人的酸奶疙瘩、奶油和新鲜的包尔萨克吸引，我付出的唯一的代价就是转动我的舌头，让它适应哈萨克语夸张的卷舌音，像追随奶茶上漂浮的奶皮子一样，任哈萨克语在舌尖上激情地颤动、弹跳、翻卷。后来我甚至能像在搅拌的油茶里用舌头分辨出炒熟的大米、小米的不同香味一样，区分出凯热依、那伊曼、乌瓦克这些不同哈萨克部落发音细微的差别。

我上大学的新疆班，四十几个学生由十几个民族组成，同学之间常常是一会儿说哈萨克语，一会儿说维吾尔语，一会儿说汉语，一会儿说蒙语或俄罗斯语，语言转换之快，让外人瞠目结舌。我的舌头在这里得到了充分的舒展。在这样一个特殊的集体环境里，似乎没有哪一种语言在生活中占绝对的优势，大家用各民族的语言混杂在一起的"特殊语言"聊得热火朝天，舌头在各民族的语言里游来窜去。那些汉语单词点缀在各民族的语言里，自己说完都很奇怪，这究竟属于哪一家语言系统。如果在这样的环境多待上几年，恐怕要缔造出一个"民考汉"（少数民族上汉语学校考入汉语类高等院校的）学生自创的语言体系。那时候，班上的女孩子还竭力逃避用方块字炮制的情书的围追堵截，写家信也尽量使用本民族的文字。现在想来，如果她们生活在南方，也免不了陷入汉字的汪洋大海，若离了它，恐怕寸步难行。

在一个地区，一种语言所承载的文化的强弱，有时候避免不了地与使用这种语言人数的多寡挂钩。在靠近哈萨克斯坦的西北边陲城市塔城，哈萨克语成了我深入牧区的"通行证"。我发现哈萨克语几乎成了这个地方除了汉语以外的第二种"通用语言"，连俄罗斯、塔吉克、塔塔尔、锡伯、蒙古、乌孜别克、柯尔克孜等少数民族都学会使用哈萨克语，不少汉族孩子都进了哈萨克语学校读书。

维吾尔语和哈萨克语中，语言这个词直译为"舌头"，懂不懂一种语言，就叫作"懂不懂这个民族的舌头"。懂多种语言的人，叫作"拥有多根舌头的人"。离开塔城后,我不得不蜷缩起我的另外两根舌头——我的哈萨克语和维吾尔语一起被搁置起来。广东白话、河南话、上海话、宁波话,一路狂轰滥炸,我用普通话穿过了各地方言的洪流后,才发现离开新疆到了内地,我的另外两根引以为豪的"舌头"像两只小船原地搁浅,根本无法行驶到更广阔的海面上。

初来江南,我的舌头在姚江一样宽阔悠长的余姚方言水面上就像一条小泥鳅,根本翻不起什么浪花。进入"五里不同俗,十里一方言"的余姚乡村,我根本无法用普通话来解救困境中的自己。有半年的时间,与方言的对峙,使我完全陷入了失语、失聪的状态。我成了一个舌头被捆绑的人,捆住自己的舌头,跟捆住自己的手脚一样会使人停滞不前。方言阻断了我的舌头,也割断了我向外部世界延伸的精神触角,我变得又聋又哑。为了让别人了解我,我从学简单的方言开始,解救自己的舌头。

多一种语言,一个人的交流范围可以成千上万倍地扩大,这不是吃亏了,而是占有了一种优势。语言是一条精神得以前行的路径,可以带你走出去,让思想走得更远。在汉语里,这叫出路。出路对于一个人是何等的重要,几乎是存亡攸关的大事情。

选自《人民文学》2014年第7期

评鉴与感悟

文化消亡的速度触目惊心,而关于民族的失落感更是经见。帕蒂古丽以纤细的笔触,从自身经历出发,写出了身处变化洪流中的纠结,写出了生存困境之下,古老的家园意识,还有精神漂泊带来的缺失。

历史与"我"的几个瞬间 | 梁 鸿

此刻我坐在美国杜克大学图书馆。从高大明亮的窗户向外看去,是庄严静穆的杜克大教堂。蓝天之下,那不规则的赫彩色石头如同呼吸,使整个建筑充满生命,而修直高耸的尖塔在极细处与天空相接,仿佛把视线和灵魂引向那无限的辽阔处。你感觉到你的意识在内部慢慢浮升起来,生命的庄严和辽阔,"在"的清晰和逼视,你必须要思考你自己。

从来没有如此意识到天空、大地、白云、地球与人的一体关系。"天似穹庐,笼盖四野",目之所及,天如盖,包裹着你,白云恒久地在,人既是孤零零的,因为你于如此辽阔之中,但又有所归属,因为你看到你所在的空间位置。

一个人如何与历史发生关系? 就像这教堂、天空与人的关系。哪怕仅仅是一种形态,教堂的尖顶,如盖的天空,逍遥的白云,也会在不自觉中塑造着你——你的气质、性格和命运。

那最初的形态是什么? 对我而言,毫无疑问,是灰尘、贫穷和村庄整体的封闭。寂静、暗淡、沉默,好像处于涣散状态,但又似乎在酝酿着新的躁动的力量。父亲和村支书之间的斗争是童年最清晰的记忆,它是我对恐惧的最初体验。村支书那双犀利、威严的大眼控制了我好多年,每次走过他家门口,甚至是看到那个朱红大门、那座院墙都会让我莫名颤抖。我不知道父亲的勇气从何而来,但我却看到这恐惧压倒了母亲,还有我们这些孩子的内心精神。

多年之后,我才明白,在我的童年时代,70年代末至80年代初期,村庄其实正处于大浩劫之后的死寂阶段。"文革"处于尾声,农村生产力严重下降,斗争思维还没有过去,联产责任制刚刚实施,父亲所讲的乡绅、前政府官员、基督教徒、小业主在不断的运动中都逐渐消失。但是,村支书家里的热闹及在村庄的权威,普通百姓的卑微和狡黠仍然延续千百年来的模式和思维,村支书与父亲的斗争既是"文革"利必多的剩余物,也是获得生存权利的基本形式。这战争总是以不同的面目延续着。历史的阶段性重复和折腾,其实就像人一样,所谓"好了伤疤忘了痛",不断愈合,再重新制造新的创伤。无论如何,我并不知道"反右""大跃进""三年自然灾害""文革",我所记忆的童年只是一些碎片式场景,争斗、播种、收割、春天、夏天、上学、成长,它们嵌入在平静日常的生活中,带来并不深刻的伤心、害怕和欢乐。

1983年,香港的电视连续剧《射雕英雄传》在内地电视台播放。那一整个夏天,每到傍晚,梁庄的大人少年就一群群的到吴镇去,寻找有电视机的家庭,站在人家门外等着电视开始,也不管人家是否愿意。所有人都看得如醉如痴,每当片头那两个骷髅出现并交错放出两道彩色光柱时,大家会发出一片惊叹声,而俏皮的黄蓉头一歪,逗她的靖哥哥时,又都发出会心的哄笑。

我也是那群人中的一个,那两道光柱,在我心中闪烁了好多年。对于当年那个十四岁的大陆少年来说,"香港",就是《射雕英雄传》,它是工业文化和传统文化完美结合的化身;就是充满某种温柔和哀伤情感的"流行歌曲",它们突然让你体会到一个人原来可以有如此丰富的情感,那应该是现代个体意识的初次萌芽吧;就是充满动感的"迪斯科",它让你震惊,一个人原来可以这样放肆、自由地舒展自己的身体。在当年的大陆,这些来自于香港的事物,都有很深的"解放"意味,虽然今天看来,这里面蕴含着更复杂也更难以判断的文化意识形态。

似乎有一个通道慢慢打开,世界还有新的方式,身体还有更多感应,生命还有更多情感,它是无穷尽的。我记得十四岁的我,在看完郭靖黄蓉之后,和一个小伙伴,坐在暗夜的山坡上,在虫鸣中,羞涩地谈我们似是而非的暗恋对象。"射雕英雄传"、费翔和"恋爱"到底有什么关系，这还需探讨，但由那色彩和身姿而起，却是毋庸置疑的。

我记得80年代末期电视上那义正词严的声音，我被那严厉的声音所穿透，但它离我仍然遥远，我当时为之痛哭的却是另外一件事。

我和一个女生上自习课的时候在走廊聊天，被学生会干部发现，在被严词批评的时候，我嘟囔了一句：又不是在搞同性恋。那几个学生干部大惊失色，迅速离开。晚上，我的班主任把我叫出了教室。那时大家正在上晚自习。班主任是一位五十多岁的讲马列的老教师，方形脸，黝黑呆板，严肃正义。我刚一站到走廊，班主任就狠狠地推了我一把，愤怒地嚷道："你知道那是啥吗？你还要不要脸？"我一个大踉跄，整个身体撞到了栏杆上，又向前扑倒，在倒地的一瞬间，我看到教室里那几十双惊诧的眼睛。我羞愧至极，不止是因为我在全班同学面前被羞辱，而是他语气中那强烈的愤怒和羞耻感，他眼睛里仇恨的、禁欲的、教条的目光让我震惊和害怕。

围绕着这一事件，我被连续批判了六天，我的头越垂越低，错误越来越多，也越来越清楚地认识到"同性恋"是一个来自于资产阶级社会的、不道德的、罪大恶极的词语。至今我都不明白，在那时，不只是我，学生会、学校领导、我的班主任可能比我更不知道"同性恋"到底是什么，但是，那正义感、羞耻感及想象力从何而来？在这背后，有一个洪水猛兽般的"西方"：色情的、无耻的、变态的世界。"西方"就这样以一种奇异的纠缠状态出现在80年代后期的中国日常生活中，关于爆炸头、喇叭裤、接吻等的争议和政治升华在今天看来甚至有点滑稽，但是，它突然丰富起来的身体和情感，以不合时宜的复杂、柔软、多元冲击着坚硬的中国心灵。外面的世界正在轰轰烈烈地行进、游行、呐喊，十六岁的我，却因为这懵懂的出轨而被不断规训。

可以这么说，当"60后"知识分子在如醉如痴地吸收学习西方思想并借以批判中国政治与社会现实时,还只是少年的"70后"则如醉如痴地阅读来自于港台的琼瑶、三毛、金庸,并沉湎于一种自我营造的感伤和对传奇的向往之中,或因模仿港台剧中的英雄人物而成为小镇的不良少年,或如我这样,被像拔刺一样把叛逆的因子一点点拔掉。对于"历史""社会"这两大名词,"70后"是通过学习而得来的,是书本上的知识和家人的闲谈,哪怕并不遥远的"大跃进""文革",也只存在于支离破碎的话语之中,与现实的生活与情感都无关。没有跟得上战场(虽然这战场只有在叙事时才有意义),没有经历宏大场景,没有荣耀、炫耀和言说的资本,没有被安排继承历史遗产,也没有来得及领悟新的历史规则并投入其中,却总是被历史的琐屑、生活的边角料所击中,这些碎屑是如此琐细、不重要,以至于根本不值得被提起,但却仍然实实在在地影响着一代人的人生。

规则和惩罚一直伴随着我的整个成长过程。我常常有一种无所适从的感觉。不知道该如何处理自己的表情(就好像不知道如何面对这个世界),不知道该如何表达自己的观点(我对那些有鲜明政治观点和历史观点的人总是敬佩不已),我讨厌自己的道德感和某种保守的倾向——这一保守并非一种有意识的文化选择,而是长期被规训后的结果。有时,我觉得这种保守是一种有益的坚守,但一想到它来自于当初那狠狠的"推搡",又觉得有些诡异。规则与惩罚沉重地黏滞在心灵深处,不敢张扬,不敢冲破任何一种哪怕最简单的成规。在历史的河流里,我无从捉摸自己,无法真正投入任何一件事情。没有迷失过,因为没有选择过;没有忏悔过,因为没有行动过;没有狂欢过,因为没有自由过。我只是一个看似冷静、实则不知道如何处理自己的旁观者。

也许并不只是我。关于"70后",在当代的文化空间(或文学空间)中,似乎是沉默的、面目模糊的一群,你几乎找不出可以作为代表来分析的人物,没有形成过现象,没有创造过新鲜大胆的文本,没有独特先锋的思想，当然，也没有特别夸张、出格的行动，几乎都是一副心事重重、怀疑迷茫、未老先衰的神情。

即使"怀疑"，也并非都是有效的表情。没有经历过"迷失""行动"或"激情"，或者，更确切地说，没有清晰的历史意识，怀疑或者只是一种置身事外的虚妄。"50后"深沉地谈论"饥饿"，"60后"热烈地讨论"文革"和追忆"黄金八十年代"，"80后"悲愤而又暧昧地抨击"商业"和"消费"，这一切，"70后"似乎都没有确切的实感，面对这样的话题和隐在话题后激动的面孔，你会有强烈的被抛出之感。这是先天不足。碎片之感、隔离之感清晰地印在我们的言行举止中，以至于无从知道自己如何与历史发生真正的关系。

无关主义，也无关立场，而是不知道从何开始。

怎么办？如果找不到历史的切入点，你将无法找到存在的理由和价值感；如果无法感受到问题和矛盾之源，你就如进入无物之阵，陷入四面空虚的困境。难道因为我们生活在历史的琐屑之中，就不配拥有进入历史并寻找自我的机会和权利？

在进入大学教书并成为一名研究者之后，这种被架空的感觉日益强烈。并非研究本身没有意义，而是你，研究者主体，无法从研究中寻找到与历史共在的感觉。这并不是在否定学院生活和纯粹思考的价值，而是害怕过早的平静，过早的隔离，和过早的夸夸其谈。我听到很多这样的夸夸其谈，看似非常有道理，但一旦与正在行进中的生活相联系，你立刻就发现其中的可笑和苍白之处。更为致命的一点是，成为学者，也即确立一种阶层和一种生活方式。它意味着你再次被隔离开来。当学者仅仅是某种知识生产和一种职业的时候，它所蕴含的内在破坏力和启发价值就逐渐消退。我害怕自己再次未老先衰。

重返梁庄，最初或者只是无意识的冲动，但当站在梁庄大地上时，我似乎找到了通往历史的链接点。种种毫无关联的事物突然构成一个具有整体意义的网络呈现在我面前。那早已遗忘的个人记忆——我走过的坑塘，经过的门口，看到的树木，那随父亲长年征战的铁球，百岁老人"老党委"家那个神秘而又整洁的庭院，童年与小伙伴决裂的瞬间，1986年左右全村、全镇种麦冬的悲喜剧，所有的细节都被贯通在一起，携带着栩栩如生的气息，如同暗喻般排阵而来。

在那一刻，个人经验获得历史意义和历史空间。从梁庄出发，从个人经验出发，历史找到了可依托的地方，或者，反过来说，个人经验找到了在整个时间空间中阐释的可能。两者相互照耀，彼此都获得光亮。

我看到村庄的坍塌。那座空荡荡的小学，它曾经是全村的文化中心和政治中心，我们在这里上学，父亲在这里被批斗，也在这里领取一年的口粮；那个像孤魂一样移动的老人曾经是全镇乃至全县的基督教长老，我曾被他的自信和光亮所震慑，如今他信徒满座的家早已倒塌，而他显赫的家族，早在新中国政权交移之际已经开始分崩离析。是的，村庄一直处于坍塌之中，只不过，不同的历史阶段，面目不同而已。

我发现，当把目光有意识地投向与"我"相关的事物时，你会很容易察觉到它内在的生长性和历史性。1986年，几个来自南方的贩子在吴镇走过，吆喝着收麦冬，一斤麦冬两块多钱。那一年，种麦冬的人家都"发财"了。光亮突然照耀在梁庄的上空，天开了，云散了，暗淡的乡村变得欢快、辉煌，所有人都忙碌起来。麦冬，金光闪闪的、圆滚滚的"南方"，第一次进入梁庄的生活空间。父亲把小麦地、玉米地全毁了，也种了五六亩麦冬，收获的时候，雇了二十多个人。一时间，家里家外，欢声笑语，父亲每天计算着能挣多少钱，还多少债，剩多少钱，怎么花。我清晰地记得那一年，是因为，父亲脸上盛开的花朵，那流溢出来的快乐实在诡异；还有，那一年，全家人，包括来帮工的人，都长了疥疮。我的手缝里、胳膊上、屁股上、腿上，全身上下，都长满了疥疮，奇痒无比。那半年时间，我只能站着上课，至今，腿上仍有铜钱大的深深的疤痕。但奇怪的是，这些痛苦都被忽略了，大家都被"挣钱""南方"鼓舞着，对眼前的困窘视而不见。每晚睡觉前，我们的功课是互挤脓疱，看哪一个成熟了，按下去，看黄色的脓液飙出去，彼此取笑着。

那欢快从何而来？发财、南方、城市、经济、贸易、广州，这些词语具有强大的魔力，封闭已久的乡村为之神魂颠倒。当然，父亲的发财梦失败了。吴镇的许多人家因为麦冬而破产，抵押房产、跑路、逃避债务，有熟识的人家一再筹措路费到广州去要债，但是，每次都凄惨而归。冬天再次来临。在"改革"的第一次博弈中，乡村以惨败而告终。城市与乡村、南方与北方，彼此之间的二元性、对立性和残酷性也立马呈现出来。

2011 年，追寻梁庄的足迹，我走遍中国的大小城市，西安、南阳、青岛、内蒙古、北京、广州、厦门、东莞等等，我想了解我故乡的亲人们的生活，我想看到那短暂的"欢快"是否再次出现在他们的脸上。当然，在经历了多年的学术思考之后，我也希望，能够在"实在"的生活中找到与之相对应的东西。肮脏拥挤的城中村，尘土飞扬的高速公路边，如地狱幻影的电镀厂，一双双眼睛投向我，一个个场景震撼着我，他们高度对抗性的生活，对自我命运的认知，以及种种无意识选择背后所折射出的深远的历史空间都让我意外。我意识到，1986 年的命运仍在延续，而学术和政治话语中的阶级、差异、资本、金钱、发展、乡村、城市，知识分子口中的虚无、忧郁、叛逆等司空见惯的词语是怎样的大而无当和华而不实。那油污背后的一双眼睛，那电镀厂里移动的幽灵足以动摇一切理论和那些斩钉截铁的、宏大的结论。

如果你笔下的术语、心中的情绪和现实生活、历史之间没有构成真正的对话，就不会产生真正有效的思考。是的，即使是"虚无"——我们经常会拿它作为一种批判和思想的起源，也是某种姿态的标榜——如果我们对"虚无"的对象一无所知，如果没有实在的所指，它就只是肤浅的伪饰而已。

对于中国人生而言,悲欢离合从来都不是自然的生活进程,而是随着政治、制度的变动而被迫改变。一种生活和传统如潮水般迅速消退,虽然这种消退或许并不值得怀旧,但它的速度及留下的疮痍却实实在在地让人惊心。我看到了激进主义的破坏性,保守主义的虚妄之处,也真切感受到自中国被迫进入"世界史"以后,与"世界""西方"及"现代"之间的复杂联系。从梁庄的命运中,我看到,"现代性"的道路还很遥远,而如果不对密布于时代空间的诸如"乡村""城市""现代"及彼此的相互关系做观念史的梳理的话,那么,梁庄、无数个梁庄,中国的心灵,还将继续无所归依。

这是一场战争。我们随时都处于"大时代",战争并非都是流血的革命,这几亿人如大军般的迁徙、流散及由此带来的社会矛盾一点也不亚于一场战争,并且,是一场持续的、必败的战争。所谓的"小时代",个人化的、小资产阶级的、物质的"小时代",只是一个假象。裂隙无处不在,我们被锁定在特定的场域中,被围困在真空之中,探讨着言不及义的话题,对同属于一个生活场景的另一面视而不见。那些鲜亮的术语、概念就像那疥疮,密布于身体,却是在吸噬你的精气神。或者,其实从来如此。

历史意识的生成与其所处的历史阶段无关,重要的是"我"与历史的链接方式。历史存在于其与"我"的关系之中。历史就是你自己。以"我"——既是个人的"我",也可以是大的集体的"我"——为原点,以经验世界为基点,向过去和未来辐射,并不都导向主观和偏差,相反,它能使得我们的思考更有切实的基础。对于处于尴尬位置的"70后"而言,摆脱无历史的空虚之感和历史阶段论,也就摆脱了那种无谓的自恋式的感叹。无论何时何处的生活,都如阳光下的灰尘一样丝缕可辨,历史纷繁而又清晰异常。

大历史和大事件为后人的反思提供最基础的内容,但也很容易传奇化、浪漫化和概念化，就像今天许多人在重新谈起"民国""解放战争""文革""知青"，多是"激情燃烧的岁月"，在溢美与否定之间走钢丝，却对认知真正的历史毫无帮助。能粉碎大历史框架的恰恰是个人的记忆，是历史空白处的琐屑和不引人注意但却又久远的伤痛，它影响甚至制约着历史的运行。1986年的"麦冬"在我身上留下永远的痕迹，而父亲和吴镇的许多人也因此一蹶不振好久。和广州做生意的那家人，原是吴镇最早的万元户，在麦冬神话传来之前，正准备兴土木，盖"豪宅"。之后，丈夫出去避债多年不归，老婆在家做种种零活挣钱还债并养活三个儿女。多年之后，在走过一个地方时，年老的女人仍然忍不住说，这就是当年我们看好的准备盖房子的地方，两层，十四间，砖瓦都买好了。她的手横着、大力地画过去，画出了一道虚空。麦冬，这个椭圆的、乳白的小果实，附着在"南方""改革"身上，结结实实地改变了他们一生的轨迹。

对我而言，"西方"的概念来自于"郭靖黄蓉"，而"同性恋"事件要大于80年代的其他历史事件，因为它们对我更直接，所产生的思想震动更大。阐释历史的通道并不只来自于大的政治事件，也可能仅来自于一个词语。

与此同时，回到梁庄对我而言是一种激活，重新找到思考的起点和支点，并激活自己的生活——学术生活和实在生活。它是一种学术实践，我从来不认为它只是创作实践。这四年多的田野调查、阅读和写作给我的锻炼和启发不只是最终的那两本书，而是我似乎越来越接近问题的源头，我注意到由生活实践所折射出的观念冲突，由观念冲突所引发的生活实践的种种反应。我意识到"乡土中国"这一概念的生成性（自晚清以来它一直处于被塑造中）及这一生成背后的社会意识的变迁、时代精神的分裂和利益驱动的巨大作用，它们互相生成，并且正塑造着新的中国形象。我想我会重返书斋进行学术研究，并且，我会把这一学术研究看作我的生活实践的一部分——它不再只是无关任何风月的书斋生活,而是历史的一部分。"生活实践",即与正在行进中的历史相结合的能力,从正在行进中的生活场域寻找理论的起点和依据,最终达到一种及物的思考和结论。从这个意义上讲,我反对过早的专业化,反对过早的平静,我崇尚某种行动、冲突,甚至自相矛盾(包括思想上的),哪怕它可能偏激,可能错误,也比四平八稳要更有启发性。当然,从另一方面来看,偏激和愤世嫉俗是一个可以向上的词语,但如果没有扎实的考察和思考支撑,也会流于某种狡诈的圆滑和为虚名寻租的屏障。

文章还没有写完,我又回到国内。11月初下午四五点钟的北京,雾霾满天,天空灰暗,高楼飘浮在空中,如同末世纪的魅影。灰尘阻塞着呼吸,我不由得在内心发出许多人都发出过的感叹。

而此刻(又一个"此刻",这是又一个历史瞬间,和我坐在杜克大学的图书馆看大教堂,在出租车上看北京的天空时一样),阳光穿过乌云,照在满是灰尘的窗玻璃上,又斜映在书桌上,从外面隐约传来压抑的车流声,极具穿透力的工地敲打声,高亢而杂乱的对话声。我背对着室内,阳光之下那一屋的灰尘让人心烦意乱,虽每天打扫,灰尘仍然铺天盖地,落在每一件物品上,一切都黯淡且眉目不清。但是,当凝视并倾听这一切时,仍有莫名的踏实的愉悦感从神经末梢传导入心脏中央。是的,这是你自己的日夜。与爱国、民族和那些宏大的词语都无关,而与你自己相关。或许,重要的不是你爱不爱国,而是你无法选择,最终才生成某种类似于"爱"的历史感。

这是一种颇具先验性的愉悦感,或者,悲怆感? 你无法选择最初的历史瞬间。美国的蓝天、白云像梦一样,没有真实感。这种感觉真的非常奇怪,仅仅十来天而已,那几个月的生活已经在你意识中遁去,就好像从来没有经历过。它对你的观点、逻辑思考,甚至对美的感觉都产生过影响,它也成为你经验的一部分,但却没有形成历史感。我似乎明白了"离散"这一词背后的含义。历史是活生生的"在",热闹与喧腾,灰尘与阳光,都与你相关。如果没有这一相关性,你又是谁呢?梁庄、家人,从出生起就看到的天空、大地是你的"在"。如果一个人在此地没有"在"的感觉,那么,这风景、历史就与你无关,你也无法从这里的时间和空间得到真正的拯救。

T·S·艾略特在《四个四重奏》之四这样写道:

玫瑰飘香和紫杉扶疏的时令

经历的时间一样短长。

一个没有历史的民族

不能从时间得到拯救,

因为历史

是无始无终的瞬间的一种形式,

所以,

当一个冬天的下午

天色晦暗的时候,

在一座僻静的教堂里

历史就是现在和英格兰。

我想,艾略特想说的是历史、时间和"我"的关系。一个没有历史的民族,不能从时间中得到拯救,一个没有历史的人,也无法从有限的人生中得到救赎,哪怕你坐在庄严的杜克大学的教堂里,聆听高亢而清澈的歌声。

这样,无论生于哪一年代,都是一样的,因为历史赋予我们了一个瞬间。能够对这瞬间所包含的形式及与时间、空间的关系进行思考,我们就汇入了现在、历史和未来的洪流。

选自《天涯》2014年第1期

评鉴与感悟

　　梁鸿以写梁庄知名,但这回她是坐在美国杜克大学图书馆回望,现在,历史,未来,都在她的想象里汇聚。她写的仍是她的个体经验,只是格局要更为浩大,读来让人感叹。这就类似于装置艺术,曾经的隐秘记忆,因为有效地改造,组合,又有了更为丰富的精神意蕴。

第二辑 读书会

艾芜小说里的坏人形象 | 韩石山

有天分,有经历,四川的艾芜先生(1904—1992),一步入文坛就是个风格独具的作家。曾去滇南、缅甸流浪谋生,熟悉这一带的山川风貌,各色人等,他的《南行记》甫一问世,便获得读者的喜爱,同行的好评。如果就这样写下去,多年之后,难保不会成为沈从文第二。

幸,还是不幸,从缅甸归国,一到上海,即与他的同学沙汀先生联名与鲁迅通信,并加入刚成立不久的左翼作家联盟,成为那个时代的一名进步作家。随着国内形势的嬗变,又一步步地成为一个革命作家,距一生执着于艺术的沈从文,就越来越远了。

探索一下艾芜小说里的坏人形象,或许会让我们更为清晰地看到艾芜先生的创作轨迹,心路历程。

早期的小说里,坏人的坏,总有各种各样的人性上的原因。且举后来收入新版《南行记》里的《瞎子客店》为例。文末署"1935年,上海",可知是他较早的一篇小说。小说写的是,在中缅交界处中国一侧开客店的一个店主,是个瞎子,他的儿子也是个瞎子。作者投宿此店,夜里店主给他讲自己流落到此的经历。原先在内地(极有可能是四川)一大户人家当差,因演戏与一丫鬟相恋,惹起主家罗二爷的疑忌,发落到花房做工。与他相恋的丫鬟又遭二爷娘子的迫害,有性命之虞,遂相偕逃离罗家。夫妻二人在边地演戏谋生,又遇一大军官,夺走了他的妻子,将他与儿子赶走,最终落脚在这边地的大山里。不必过细地分析,就会发现,无论是罗家的罗二爷夫妇,还是那个大军官,都可说是坏人,他们的坏,都有人性上的原因。比如罗二爷的娘子,将丈夫喜爱的一个丫鬟毒死,够坏的了,是出于女人忌妒的天性,也就有了可信的成分。如果说成是地主婆,对劳动妇女的仇恨，怕就难以服人了。

写于1939年的《芭蕉谷》，是个中篇小说，也是一部难得的杰作。女主人公，一个山野小店的老板娘，作者最擅长描写的时乖运蹇的底层劳动妇女。丈夫是她在前夫亡故后，从来往的客商中留用的一个无赖汉，这一人物，在《南行记》里的《山官》一篇中曾出现过。在这里，不是懒，而是恶，竟奸污妻子与前夫生的女儿。被妻子发觉，愤怒中失手打死，趁风雨之夜，将尸体扔到山崖之下。过后被人发现，报告英人官府，带人前来察勘。缅甸人的保安人员，先英官来到店里，借机讹诈女店主，在讲好价钱而钱未交付时，英官已到。眼见事情将要败露，缅甸保安人员当即翻脸，指认女店主是杀夫凶手。在这里，两个坏人，一个是女店主的丈夫，一个是讹钱的保安人员，都惟妙惟肖，又实实在在，没有阶级的差异，只有善恶的不同。

写于1946年11月，第二年1月又作了修订的《乡愁》，是个平和的过渡。仍是作者常写的乡村底层妇女，仍是那样的命途多舛，只是作品中的坏人，已有了较为明确的阶级的印记。只是不那么生硬，背运的事情，多数还在情理之中。尤其是小说的结尾，在女主人公帮助下，丈夫陈酉生连夜逃走，后面的事情虽未写出，我们可以想象，是怎样一个刚强而又无奈的场景。就这样写下去，一面应和着时势的需求，一面秉持着多年心志，也未始不是一种机智的选择。

然而，或许是时势的逼迫，或许是自家的甘愿，我们的作家又向前大大地跨了一步。

且来看看《一个女人的悲剧》中，作家是怎样设置人物，铺排故事的。

先得说这个中篇是什么时候写的。我看的是人民文学出版社收在"中国现代中篇小说藏本"丛书里的本子，2009年1月出版。内收三个中篇，前两篇是前面提到的《芭蕉谷》和《乡愁》。书中也是这样的顺序。前两篇分别写于1939年夏和1946年11月，第三篇即《一个女人的悲剧》未署时间，只能在 1946 年之后。该书封底，印有《一个女人的悲剧》初版时的封面，能看见出版社为生活·读书·新知三联书店。这家书店是 1948 年在香港合并而成的，解放后迁到北京，1951 年又合并到人民出版社里头。从书名的美术字看，正是解放初期的风格。据此可以推断，此篇写于 1949 年前后，当无大错。

主要人物是农村底层妇女周四嫂，她的丈夫周青云俗称周老四的，赶场时被抓了壮丁，且很快就要押赴前线打仗。她家租种的苞谷，再有几天就要成熟了，为了筹钱救出丈夫，必须尽快卖掉。去找做烧酒的魏福林，魏借机压低价格，她不情愿，又去集市上找收购粮食的商贩，也得不到公平的对待，急得她都想到将二女儿卖掉。后来还是地主陈家驼背子指点，将希望托付在丈夫会半路逃回来上。后来果然听说有人逃回来了。焦急中，经人捎话，说她丈夫在县城关着，要她去看望。她抱着病重的儿子赶到县城，正遇上丈夫被当作逃兵枪毙。丈夫被公家派人埋葬，她抱着儿子连夜往家里赶，第二天晚上才到家。房子被大风吹散了顶，漏雨不止，两个女儿躲在柴草丛中嘤嘤哭泣。女儿告诉她，地里的苞谷，全叫陈家驼背子带人抢收了，一株也不剩。儿子经连日的日晒雨淋，早就断了气。绝望之下，她狠了狠心，一手牵着一个女儿，跳下高高的山崖。且看跳崖前母女的对话——

周四嫂："跟他一道去算了！这个鬼世道！"

女儿金花："妈妈等天亮出去嘛。"

周四嫂："孩子，我们等不到天亮了！"

整个故事的设置是，善良的农妇周四嫂，摊上了丈夫被抓壮丁这档子事，除了一个老中医少收了她的诊费外，富人中没有一个同情她的，帮助她的，都是趁机打她的主意。乡政府的乡丁，说是出钱能放人，实为讹钱；做烧酒的陈福林，还有集市上的粮商，借机压低收购价；地主陈家驼背子，表面看是担心她一家往后的生活，实则是怕她将未成熟的苞谷卖了,他的租子落子空,终于等到苞谷成熟,趁她去县城的机会,将地里的苞谷全部抢收走了,终于逼她走上了绝路。

我不能说生活中没有这样的事。敢说的是,作者所以这样设置人物,铺排故事,无非是要告诉读者,万恶的旧社会,万恶的地主阶级,将一个善良的农妇,活活地逼死了。这样的社会,我们一定要将它彻底埋葬。

在这部小说里,作者的阶级压迫的意识,得到了尽情的表现。不是倾注在人物身上,故事的情节里,而是有明确的字句的表述。比如第十节的末尾:"周四嫂知道哀求也没办法,就只好到张大兴茶铺,去接受魏福林那一份可怕的剥削了。她含着眼泪,走出粮食铺。"再比如第十一节开头:"四乡来的地主,都喜欢进来喝一碗。同时大点的生意,也就在茶碗边上讲成功。"

剥削、地主这类词,在作者过去的小说里,是难得见到的。

在一个剧烈变革的历史时期,看一个作家对坏人的处理,最能见出一个作家对艺术的态度。一般而论,凡按照当政者的意图设置作品中的坏人形象的,对艺术的态度会弱一些。道理在于,好人都差不了多少,而坏人却可以千差万别。再就是,坏人身上,最容易注入政治的观念,也最容易做漫画式的处理。

这不是一个女人的悲剧,而是一个作家的悲剧。

一个有绝大才华,也极为勤奋的作家,终于没有达到他原本可以达到的高度。

选自新浪博客2014年2月21日

评鉴与感悟

　　读韩先生这篇文章,时不时想到柳宗元的一句古诗:"机心久已忘,何事惊麋鹿。"韩先生的目的只是分析一下艾芜的小说吗? 显然不是。他谈论的,其实是文学和政治的关系。在当下的氛围中,韩先生生发出这样的暗示,自有他的判断和道理。这样的劝诫,对每一个写作者都不乏积极的警示意义。

一个洋人在中国边陲 | 葛兆光

　　我对于云南的知识，是那么零碎和片段。四十多年前，在贵州下乡当知青的时候，曾经跟着两个年长的朋友匆匆到过一趟昆明，事后却没有对这个毗邻省份留下任何印象。四十多年过去了，对于那一片土地，记忆还是那么模糊朦胧。到了现在稍稍要关心"疆域"和"族群"问题的时候，回头搜检自己肚里的存货，发现我对这个"彩云之南"的历史知识，好不容易才数得出几类：（一）正史的《西南夷传》、杂史如樊绰《蛮书》、绘画如五代《张胜温画卷》等故纸堆和旧图像；（二）从传说中宋太祖玉斧划界，把云南放在"大宋"之外，使大理国在《宋史》里归了《外国传》，直到蒙元时代才收归版图内的历史；（三）因为看贵州苗族图谱而顺带看的及各种《滇省夷人图说》等图画；（四）匆匆翻过的丁文江《爨文通刻》、清华大学所藏纳西文书、方国瑜主编的十三卷《云南史料丛刊》和80年代刘尧汉等人关于彝族文化（如虎宇宙观以及天文历法）略嫌夸张的研究论著；（五）讨论佛教传入中国路径的时候，涉及西南丝绸之路的知识。真可以说是贫乏得很。大概唯一可以拿得出来说说的，就是我在清华大学图书馆阁楼上，曾经发现过陈寅恪先生手批清华大学1935届毕业生刘仲明的毕业论文《有关云南的唐诗文》。

　　在这篇论文的评语中，陈先生虽然称赞刘仲明"收罗大体齐备"，但也不由感慨，"云南于唐代，不在文化区域之内，是以遗存之材料殊有制限"。这种云南遗存历史资料不足的问题，一方面固然如陈先生所说，由于唐代它"不在文化区域之内"，而宋代又被画出国境之外，不免受了历史记载的冷落。记得北宋人辛怡显《云南至道录》里就曾引用开宝二年（969）官方册封文书中说，让云南王（驱诺），"统辖大渡河南姚、雟界，山前山后百蛮三十六鬼主",就是以邻为壑,把异族之麻烦扫地出门,所以,来自中原的唐宋文献资料依然有限。另一方面,恐怕是因为中国传统的历史记载,原本就只关注汉族中心区域的朝代更迭、风云变幻,常常并不很留意隔山限水的边陲,所以在常见历史文献中,这一区域的记载总是显得支离破碎。特别是怒江、澜沧江、金沙江流域、横断山脉之间那些非汉族人的生活世界,除了好奇或者猎奇的"采风者",或者奉命巡视边疆的官吏,偶尔写一些"竹枝词",画一些"蛮夷图"之外,很少有人真的对它做过深入考察和仔细描述。

可是随着西风东渐,20世纪上半叶,西洋和东洋的学者纷至沓来,对中国学术形成了巨大冲击。为什么? 因为他们的关注重心与传统中国学者大相径庭。他们不仅对"中心"的汉族中国有别出心裁的解释,也对"边缘"的满蒙回藏鲜、苗彝羌傣壮都兴趣盎然;虽然对"主流"的儒家一如既往地研究,但对"支脉"的佛教、道教、三夷教、天主教更有巨大的热情;对历史叙述中通常占据显著位置的"上层"文化有新的论述,但对过去历史文献中往往缺席的"下层"却更为关注。这种对于"边缘""支脉"和"下层"的研究,特别表现在宗教学、人类学、地理学、语言学等领域中,一些早期进入中国进行实地调查研究的学者,可以说是"探险家",可以说是"博物学家",也可以说是"人类学家",他们把颇多的注意力,放在现代(西方)文明互为镜像的其他文明之中,把极大的热情投入这片陌生的边陲和少人问津的边缘族群。我面前这部《苦行孤旅:约瑟夫·F·洛克传》,主人公就是一个多次深入云南(也曾深入四川、青海、甘肃一带)的洋人洛克(Joseph Francis Rock, 1884–1962),他的本行是植物学家,可是,他更是历史学家、人类学家或者语言学家,他对纳西文字、风俗和历史的研究,对云南(以及青海、甘肃、四川)的地理研究,可能与他对中国珍稀植物的研究一样,足以让他在学术史上占有一个重要位置。

1

还得再一次抱歉地说，在没有看到这部书之前，我对于纳西人，以及青海、甘肃那一带藏人和回民的知识少得可怜，基于文献的边疆史或民族史著作，也只能给我一个笼统而含糊的印象。所以，《洛克传》中那些来自洛克日记、手稿和论著的描述，带我走入这些活生生的地域。特别是，它让我看到了20世纪20到40年代，那个在汉藏之间（王明珂语）、中国和东南亚之间（王赓武语）、土司自治与政府统辖之间、各种杂色族群和平民土匪之间，交错复杂的那个"边陲"。

"19世纪60年代之前，西方人对云南一带并不熟悉"（61页），不过，全球化和商业利益的驱动，使英国人试图从印度经缅甸（八莫和伊洛瓦底），打通一条到中国的道路，这使得西洋人开始踏上这片土地，这一通道恰恰就是过去中国所谓"西南丝绸之路"。虽然最早是商业性的，但是很快，学术性的探险也开始了，洛克是这群学术探险者中的一员。1922年2月，他从暹罗一路向北，来到云南，开始了他二十多年对中国边陲的植物、人种、语言、风俗的种种考察。这二十多年的考察中，洛克经历了多少风险？我没有统计，我只是在这部书中不断看到，无论是丽江、永宁远离中心城市的艰难旅途，要经过今天想象不到的长途跋涉，不期而遇的暴风雪、雪崩和各种流行疾病，还是不断出现的土匪以及族群之间的战争，威胁着他的安全，特别是20世纪上半叶国民政府的无能之下，各种军阀、官员、土司之间尔虞我诈甚至是生死相搏，他很可能一不小心就成为牺牲。用一个当下流行语来形容，洛克在中国的旅程始终"步步惊心"，可是，他却始终不渝地要往这片土地上来。

"他是一个怪人，情愿长时期生活在异国他乡，在时空上远离和自己享有共同价值观和文化背景的人们"（139—140页）。作者萨顿

(Stephanne Sutton, 1940–1997）女士说，对于读者而言，"大众总是惊叹于探险家超人的业绩和人类承受所有艰难险阻的心理因素"，所以，更乐意看到自己不曾见到的奇花异木，和充满异域情调的文化现象。但是，对于时刻可能付出生命代价的洛克来说，这种学术探险就是在以生命"殉"学术，因为这种学术对他来说就是宗教，探险就好像我们常说的"有瘾"，因为这种上瘾般的痴迷和执着，他一生在植物学、人类学、语言学，特别是有关纳西族语言文字、宗教信仰和生活习俗上，才取得惊人的成就。他的《纳西—英语百科辞典》(两卷)、《中国西南的古纳西王国》(两卷)、《纳西文献研究》(包括对《神路图》的研究和对纳西驱除疾病之鬼仪式的研究)等十几种著作，以及他搜集的数以万计的纳西东巴文字资料，使他成为国际上对于纳西东巴文化"开拓性和奠基性的"研究者，尽管在他之前涉猎纳西之学的，还有三个著名的法国人，即拉克伯里(Terrien de Lacouperie, 1845–1894,《西藏及周边文字之起源》，1885)、雅克·巴科(Jacques Bacot, 1877–1965,《么些研究：有关么些人的宗教、语言与文化的民族学研究》，1913)，以及我们这一行最熟悉的前辈法国学者，被洛克斥责为"错误百出"的沙畹(édouard émmannuel Chavannes, 1865–1918,《有关丽江的历史地理文献》，1912)。

今天，随着丽江古镇、玉龙雪山、泸沽湖的旅游开发以及东巴文字、摩梭习俗、巫师信仰的研究，所谓"纳西"已经不再神秘，可是，在近百年之前，你能想象这个迥异于中原文明的文化现象存在吗？ 就是在今天，人们想象纳西族的时候，你能想到，使用东巴文字的纳西人，早在16世纪纳西人就有汉文《木氏宦谱》，在20世纪20年代就和西方人互相沟通，进入过现代性的西方社会和接受过现代的西方文明吗？ 凭着感觉隔空遥想，不是把一个民族想象成饮血茹毛的蛮夷，就是把这些地区想象成充满浪漫的异域风情，其实离真相很远。特别是，一个有关现代中国学术史的问题始终纠缠着我：为什么有关中国境内各种民族历史和文化的真实描述和客观研究，常常是西洋或东洋学者先来开创，而中国学者只好紧追他们的步伐？像苗族调查，最早是日本学者鸟居龙藏在20世纪初叶进行的，而中国学者像样的苗族调查，要到30年代的凌纯声、芮逸夫及其助手石启贵才着手进行，因此不得不被动地回应鸟居龙藏的问题；而对于云南各族的调查，要到20世纪20年代末之后，史禄国、杨成志、芮逸夫，特别是陶云逵，才开始对云南各族尤其是纳西人有了学术性的调查和研究——1936年，陶云逵在《史语所集刊》第七本第一分发表《关于么些之名称分布与迁移》，才指出丽江一代的"么些"，自称"哪希"（纳西），主要分布在丽江一代，是当地酋长木氏势力范围。

但是，这时洛克已经深入丽江、永宁十几年了。这让我们叹息和深思，学术如果也是竞争，也许正是中国那种外部饱受欺凌而内部无力控制的国家状况，加上现代学术制度和学术视野的缺乏，使得在这种"学战"中，中国始终落入后手。

2

我从不认为，一个人的学术遗产能证明这个研究者的动机纯粹，一个学者的成就高下也并不能证明他个人的品行高尚。古人所谓"文如其人"，多半只是事后诸葛亮一样的说辞。我也并不认为，有关人类学研究资料细致，就一定说明其描述立场正确，有关民族的风俗志水准很高，就一定没有其他意图。从这部传记看，洛克绝不是一个十全十美的纯粹学人，有趣的是，传记作者萨顿女士也并不想把他塑造成一个完人。在这部书中，作者根据洛克本人的日记和书信，描述了一个浑身上下充满了矛盾的人。他用人苛刻，让手下的人每天都要面对他"不断的苛求，忧郁的情绪和尖酸的批评"（46页）；他喜怒无常，因为他有"反道统的个性、出奇的个人洁癖和刚愎自用的秉性"（88页）；作为一个西方人，他瞧不起中国人,"白人的种族优越感赋予他权威"(155页),在中国他用这种白人的特权,居高临下地看待其他人,包括长期侍候他的八或十二个纳西随从……不过,作为学者,他对学问,对于中国边陲地区植物种类和文化现象的近乎痴迷的投入,仍然让我们对他肃然起敬。虽然我没有能力评价洛克在植物学和人类学上的造诣如何,但是,"在国家地理学会的资助下,洛克收集了六万件植物标本,一千六百件鸟类和六十件哺乳动物的标本",引起世界有关中国西部珍稀物种的兴趣(20页),而他对中国西部的一系列论著,则"诱发了美国《国家地理》的读者对陌生的国度和异域文化的无穷遐想"(30页)。

我读来最有兴趣的,是有关洛克内心冲突的记载,也许,洛克复杂的内心世界,正好代表了很多观察东方的现代西方学者。感谢作者萨顿女士,她相当公正地指出了洛克内心世界的种种纠结。一方面他对西方文明有很强的失落感,回到欧洲或美国,就觉得浑身不舒服;但是,另一方面当他身处"贫穷""混乱""肮脏"的东方世界的时候,他又极度轻蔑和反感。他在中国享受着西方白种人的特权,以至于回到美国没有佣人环侍就颇为失落,但对于中国或者云南少数族群那里的眷念,常常是因为他在那里享受特殊生活。在那里,"能过上他异想天开的、有权有势的豪奢生活,除了置身于遥远的异邦,除了生活在'次等'民族中间,哪里还有他理想的归宿呢?(155页)"有时候他会觉得,除了北平,中国"仍旧是猪圈式的混乱和落后的生活,充满了奴役、腐败、盗窃、无能和欺诈"(382页)。所以,当他和中国佣人发生冲突,他"总是忘了自己生活的国度践行的是一套迥然不同的道德伦理观"(276页),大发雷霆或者尖酸讽刺。

这让我们对这种学术探险者的观感充满矛盾。当然我们可以说,来中国(或者其他所谓"未开化"区域)探险和考察的,是一群怀着好奇之心探寻异域风情,参与萨义德(Edward Said)所谓"东方主义"共谋的西方人,但是,我们也要想想,如果没有洛克和一大批人敢于冒着生命危险,深入暗昧不明的"边陲"呢?人们常常会颂扬罗塞塔石碑的发现,让世界开始破译埃及古文字,从而打开了通向古埃及文化世界的大门,但是,这一改变世界历史的发现不也是一项"殖民者"的副产品吗?我想,学术不一定都要和政治绑架在一起,"一荣俱荣,一损俱损",恺撒的可以归恺撒,上帝的可以归上帝,不妨对这些"政治不正确"或者"动机不正确"的学术成果多一些同情的理解,向这些敢于冒着风险深入边陲发现历史的学者立正致敬。没有洛克的收集、整理和解读,也许我们今天对于纳西东巴文字、风俗、信仰,可能还没有这么深入的理解。

3

说实在话,现在看洛克对于当时中国各种状况的判断,实在让人惊讶他的洞察力。

他并不是一个政治家,他的见解也不一定都正确,但是,他对中国的理解却常常独具只眼,这也许是他深入社会底层和边陲区域的缘故。不妨略举几个例子。比如,书中提到他对保罗·门罗《中国:进化中的国家》的批评,门罗在外部观察中国,接受一种历史常识,认为近代中国的灾难都来自近代西方侵略下签订的不平等条约。但常常深入中国内部的洛克却指出,中国的灾难也来自中国人的"冷漠",有三亿人(当时中国只有四亿人)并不知道这些条约,他们更直接面对的是"眼前寄生虫般的地方军阀,还有执政官僚,都以压榨民脂民膏和巧取豪夺为荣",可是,这三亿人却始终沉湎在"马马虎虎对付眼前的窘境,再稍稍承受一下,日子也就挺过来了"这样的心态中,他们唯一在乎的是"面子和陈规陋习"(86页)。又比如,对于20世纪30年代初期的蒋介石,当很多人包括外国政治家对统一中国的蒋介石充满幻想,认为他可能是一个带有一些神话色彩的英雄人物的时候,洛克却看出"蒋介石就是诸多军阀中的一员。他认为，从某种意义上来讲，蒋归根结底是中国军阀传统的产物"。虽然他也承认蒋介石"有做大事的勇气和敏锐的军人直觉，还有深切的爱国情怀，和他本人力所能及的良好的从政愿望"，但他也很遗憾地指出，美国政府"傻乎乎地全盘相信国民党的政治宣传，一味认为国民党的确可成就很多政治大业"（270、277页）。

这种判断，也许和他"进入中国"的方式与其他观察者不同有关吧。他虽然也在北平、上海、昆明这些大城市待过，也与很多上层文化人、驻中国使领馆官员和外国记者接触频繁，但是，他毕竟更多深入边陲和底层，了解的是一个真实的中国。他在华西看到"到处游荡、成群结伙的士兵"，在云南看到满大街的乞丐，在兰州看到国民政府军队、回民和藏人之间的厮杀，"到处是战争和骚乱，实在是寸步难行"（276页）。特别是，边陲各族之间的残酷战争，使得这个国家处于极度的混乱中，1925年，他看到以拉卜楞寺为中心出现的藏民、回民和汉人之间的纠纷，"藏民本就对回民怀恨在心"，反回民的情绪激烈，汉人一面扮演着旁观者的角色，一面却想着"消除回民在甘肃西部地区的统治势力"，而回民的历史记忆中对清廷19世纪镇压的恐惧，则使他们效忠于马麒，他们肆意掠夺拉卜楞寺周围藏民的财产。洛克指出，国家对于这一地区的失控一筹莫展，可是无论在国际还是国内，无论是政治家还是知识人，却只是注意到同时在沿海发生的"五卅惨案"，注意到西方列强带来的诸多苦难（129—130页）。

因此，这个看上去有些像探险狂人的洛克，常常有一些不同于历史学家、外交官员和新闻记者的敏锐观察，他的经验常常能够让他有出人意料的洞见，这种经验对于"他者观察"偏偏极为重要。不妨举两个例子。他曾再三郑重指出中国农民问题的重要性，他在甘肃的经历使他发现，无论是国民政府的军队，还是地方军阀的军队，都觉得从农民身上狂征暴敛是正常的，于是，一种乌托邦式的"共产主义理想有吸引中国千百万农民的潜力"。尽管他并不希望共产党夺取中国,但他认为,忽视了这一点的蒋介石,恐怕无法解决中国的问题,他预见到,蒋介石"根深蒂固的保守的价值观"只能植根于中华帝国的过去,最终他会被重视农民的毛泽东取代(304页)。同时,外国人也不能拯救中国,因为他们一味希望中国开放,让农民走工业化道路,他感到非常惋惜和不安。他觉得,"中国需要一个像样的政府,普及的教育,还需要引进讲卫生的生活习惯和西方的医学技术,从而引导人民过一种健康的日常生活"(307—308页)。应当承认,无论他的见解是否全面和有效,但他确实看到了别人忽略的问题。另外,他也告诫西方人,要懂得在对边陲地区的管理制度上,中国的情况非常特殊也令人不安。在清朝普遍实行"改土归流"之后,当地土司头人一方面在本地有生杀大权,但另一方面又受到当地衙门控制,当地衙门又受到省级官僚管辖,一层又一层的权力似乎有所控制,但问题是,一切权力的来源则在皇帝那里。当清朝崩溃权威失坠,秩序就乱了,"权力纯粹取决于军阀手中的武力"(204页)。他指出:"从理论上来说,中国的政治制度采取的是一种大一统的结构,但是对'野蛮人'居住的边疆地区,帝王时期的中央集权政府并没有施以全盘控制,而民国时期,政府对边疆地区的管理就更为松散了。"可是怎么办呢?"如果政府力图派大批武装力量进入这些边远地区,也许能一劳永逸,把这些尚未开化的地区和人口纳入中央集权的管理体制之内,但结果显然得不偿失。"(204页)为什么"得不偿失"?日后中国的变化和发展,显然给他的论断做了注脚,让人不得不深长思之。

4

话题还是回到洛克的本行来。我说的"本行",指的不是他真正的本行植物学,而是后来为他赢得世界声誉的中国民族学特别是纳西研究。

"在深深的峡谷和高达两万多英尺的远古山脉的斜坡上,在去往中国西藏的西部入口处,生活着一个土著部落,汉人称它为么些(Mo-so)。这个部落远离中国北部和东部的汉族文明,僻居一方,几乎与世隔绝。"1924年美国的《国家地理学会杂志》第五期上洛克撰写的《纳西人驱逐使人致病之恶鬼的仪式》一文的开头如是说,这是洛克有关纳西文化的第一篇论文(引自杨福泉等编《国际东巴文化研究集萃》,27页,云南人民出版社1993年版)。据说,在这篇论文之后,一个"僻居一方,几乎与世隔绝"的神秘世界,就像云开日出的玉龙雪山一样,逐渐向世界敞开大门显出真相。我没有能力评价洛克在这个领域的成就,不过,正像一个德国学者普鲁纳尔(G·Prunner)所说的,"当对云南纳西族的研究正在发展为一个颇具特色而专门化的学科时,洛克的去世,使它不得不停留在这个发展阶段上",最后这句话,意思就是说,纳西之学几乎就是洛克一个人开拓出来的一个领域或者一个学科。这也许有些夸张,但是,当你看到哈佛燕京图书馆收藏的他收集来的那些纳西东巴文书,看到他所拍摄的众多旧照片,看到他几十年间出版的种种著作,特别是,看到现代中国、日本、欧美学者有关纳西文化研究的著作中,洛克的著作在注脚中被反复引述,我们至少可以知道,半个世纪前已经去世的洛克,这部书的主人公,是一个多么了不起的"开创和奠基"的学者。

[附记]

在哈佛的第一个月,承蒙译者李若虹博士赠送,我抽空读完了这部刚刚出版的《苦行孤旅》中文版,匆匆写下了这篇急就章式的读后感。在这里,我还要特别表达我的两点感慨。首先,是作者萨顿女士的知识让我极为吃惊,一个植物园主任的秘书,一个没有到过中国更没有接触过纳西、藏、回的女性,早在20世纪70年代初,如何能够写出这样一部需要丰富知识的传记! 凡是整理和使用过档案、日记、公文来撰写传记的人都知道,从那些凌乱潦草的字迹中,清晰地梳理出一个人的一生,一个人复杂的内心,是何等的困难! 尤其是一个并非中国学家的人,要准确描述出传主洛克在20至40年代所处的中国复杂的政治、社会和文化环境,是何等的不容易,可萨顿女士的叙述却出人意料的准确和深刻。其次,是译者李若虹女士对这部传记的翻译,译文不仅清晰流畅,而且这一涉及边陲地区复杂历史、族群、人物、地理的传记,实在需要太多的知识,也需要查阅太多的专业书籍。尽管李若虹女士是出身哈佛的藏学博士,但是,这部传记涉及的,却并不全是她的专长藏学(尽管纳西人也与藏人有关),我惊讶地发现,译者添加的注释,来自相当多专业的论著,而补充进来的很多旧照片,则来自哈佛燕京图书馆,无论是译者注对正文的补充说明,还是老照片给我们带来的视觉冲击,都让我们对于这部书的主人公洛克的那一段中国生涯,增添了更多的理解和感受。

(《苦行孤旅:约瑟夫·F·洛克传》,斯蒂芬妮·萨顿著,李若虹译,上海辞书出版社2013年版)

选自《读书》2014年第8期

评鉴与感悟

　　这不是关于异域文化的想象。葛先生是新时代的中国学者,他以他的阅历和经验,重新判断,将近一个世纪前,一个外国人类学家对中国的观察是否准确。答案不言而喻。葛先生的解读,翔实周密,看完马上就有了去翻找《苦行孤旅》的冲动。

历史漫长的终结 | 刘 瑜
——重读福山

很少有一本书的命运，像福山所著的《历史的终结及最后之人》一样"坎坷"。1993年出版以来，它穿越了无数掌声和同样多的臭鸡蛋。粗暴的政治氛围，使一本说理之作逐渐演变成一个意识形态的符号。二十年过去，也许有必要重温此书，以这二十年的时代变迁去反思此书的是非对错，也以此书为一个坐标去分析时代的走向。

毫无疑问，对《历史的终结》热烈的拥抱或批判，源于它爆炸性的核心结论——历史将终结于自由民主制，而自由民主制下的布尔乔亚将是"最后之人"。

历史怎么可能终结于源自西方的"自由民主制"？放眼望去，二十年来，有东欧转型的"阵痛"；有俄罗斯、委内瑞拉此类国家民主的倒退；有宗教极端主义在很多地区的兴起；有美国向阿富汗、伊拉克"移植"民主的失败；有"中国模式"的崛起；更不用说今天我们在中东以及泰国、乌克兰等地所看到的各种"民主"乱象……如果西方在冷战中的胜利意味着"历史的终结"，那么，为什么历史在"终结"之后还有这么跌宕起伏的"历史"发生？如果西方发达国家里的布尔乔亚是"最后之人"，那么这"最后之人"之后为什么还会有本·拉登这样的宗教极端分子、查韦斯这样的"反西方强人"、屠杀图西族的胡图族人。

这些批评当然有它们的道理。显然，冷战的胜利并没有使整个世界一夜之间"西化"。无论是宗教极端主义势力的复兴，还是"反新自由主义"话语的高涨，或是"中国模式""俄罗斯模式""委内瑞拉模式"等"其他道路"的兴起，都显示着一种意识形态"突围"的努力。但是，基于这些现象对此书进行的批评，似乎都存在一个问题：他们批评的与其说是这本书本身,不如说是这本书的标题。也许是因为,大多批评者都没有读过这本书本身,而只是读过它的标题。

《历史的终结及最后之人》是一本论著,而不是一个宣言。更公平也更有收获的,或许是进入这本书内在的理路,以此为基础,而不是依赖它被贴上的意识形态标签,对其进行评说。

仔细阅读此书,会意识到,当我们用当前"民主国家的乱象"以及"威权国家的韧性"来批驳福山时,是基于对此书的误解。事实上,即使在二十年前,福山也从来没有否认过这些现象将在"历史终结"之后持续存在。他在书中很多地方都准确预测了此类现象的长期性,比如,"当前的威权主义危机并不必然导致自由民主体制的出现,而新生的民主国家也不都安全稳定。东欧的新兴民主国家正经历痛苦的经济转型,而拉美的新兴民主国家则受阻于经济混乱这一可怕的遗产。东亚的许多快速发展国家,虽然经济上实现了自由化,但不接受政治自由化的挑战。相对而言,像中东那样的地区,自由革命仍未波及。而像秘鲁或者菲律宾这样的国家,在面对严重问题的压力之下,重新恢复独裁,这是完全可能的。"也就是说,无论是转型的痛苦、民主的倒退、历史和经济对民主化的制约、还是"威权式增长"的诱惑,福山在做出"历史的终结"这一论断时都从未否认。

问题在于,"我们所见的胜利与其说是自由主义实践,不如说是自由主义理念"。也就是说,作为一种普遍的政治合法性原则,到冷战结束之后,自由民主这种观念已经没有了显著的替代方案。不错,今天世界上还存在参差不齐的意识形态,比如,"中国模式"的崛起就是一个有力例证。但即使是今天"中国模式"的捍卫者,大多也只是试图论证"中国模式"适合中国的特殊"国情",而不是把它作为一种"普遍的合法性原则"加以论证,更没有多少人会像当年"输出革命"一样,充满激情地向世界输出"中国模式"。

同样，我们今天的确还能见到各式各样的独裁者，但是，从这些独裁者要么以"民主外衣"来装饰其独裁、要么以"紧急状态"或者"特殊情况"来为其独裁辩护来看，即使独裁者也承认"自由民主"作为一种政治话语的合法性。否则，何以当代世界上即使是最著名的那些威权统治者——萨达姆、米洛舍维奇、穆加贝等等——都要披上"选举"的外衣？在"自由民主"这一合法性话语尚未普及的时代和国家，专制者完全没有必要这么做——比如，朱元璋或者乾隆从不觉得为了赢得民心，他们需要举行哪怕虚假的选举。同样，今天即使通过政变上台的军人政府，也要表明他们这么做是"紧急状态"下的暂时戒严或管制，也往往要承诺举行选举——比如最近，对泰国实行军管的军方宣布他们将在一年之后允许选举。

即使自由民主作为一种具有普遍性的政治理念，的确在大多数地区确立了合法性，但是，我们何以知道这不是一种暂时的现象？这种"胜利"不是历史周期性循环中的昙花一现？在何种意义上，我们能够说它"终结"了历史？

这就涉及此书的核心观点。福山指出，或者说，福山站在黑格尔的传统中指出，历史根本上而言，由人们寻求"承认"的需要——而不仅仅是生存或者利益的需要——所推动，这种对"承认"的追求是人区别于动物的根本属性。历史上的各种制度（奴隶制、君主制、贵族制、共产主义体制、法西斯体制等）所包含的"承认形式"都是有缺陷的，这些缺陷构成了推动历史演变的"矛盾"，导致了制度的更新。只有自由民主制在平等的、相互的和有意义的基础上满足了人类寻求"承认"的需要，所以它导致了一种相对稳定的社会均衡——在这个意义上，它构成了历史的终结。

可以看出，福山的论证并非社会学意义上的，而是心理学意义上的。他并不是从自由民主制"社会功能"的角度为之辩护。虽然他指出了经验上自由民主制与经济社会发展的相关性，但由于这种相关性的不稳定性和循环性，他明确表示自己并不打算以此为基础对自由民主制进行论证。事实上，他指出，如果人们关心的仅仅是满足欲望和理性的"经济"指标，也许自由民主制并非最佳选择："如果人们只有欲望和理性，那他们就会满足于市场导向的威权国家，比如佛朗哥的西班牙，以及军人统治下的韩国或巴西。可是，他们对于自身的自我价值有一种充满激情的自豪，正是这种充满激情的自豪促使他们向往民主，因为民主政府待他们如成人而非孩童，并且承认他们作为自由个体的自主权。"

也就是说，为了找到一种衡量制度"稳定性"——如果"优劣"这个词太扎眼的话——的尺度，他必须诉诸一种超历史的标准，而不是"经济发展""社会稳定"之类的社会学标准。这个标准，在他看来，就是人性中普遍的、寻求"承认"的心理需求。今天，我们已经习惯仅仅用"理性人"的概念来理解人性，但是福山借助柏拉图的观点指出，人的灵魂有三个部分：欲望、理性和激情。那种普遍流行的"经济人"的人性观，恰恰忽略了人寻求"激情"的那个部分。无论是古代王族发动战争，还是现代人勤奋工作，都不能简单用"理性人"来解释——除了逐利，也是为了追求荣耀——即"承认"。

固然，在自由民主制获得普遍合法性之前，人们也通过其他政治制度寻求承认。无论奴隶制、君主制还是贵族制，其创立和维持都是某些人追求承认的结果。但问题在于，严格等级制下的"承认"是不令人满足的。首先，它不是相互的——奴隶主对奴隶、君主对臣民、贵族对农奴的承认远不及反方向的承认，而这种不均衡构成"社会矛盾"，"矛盾"则推动制度演变。其次，即使是奴隶对奴隶主、臣民对君主、农奴对贵族的承认，由于它建立在强制和依赖的基础上，也是不令人满足的。武力威胁或者利益收买下的"爱戴"并没有自发基础上的"爱戴"来得甜蜜——只有对方是具有伦理选择能力的自由人，其"承认"才真正给我们带来快感和满足。这合乎我们的经验感受——一个美丽姑娘真正爱上了某个男人"这个人",而不是被他用枪胁迫,或者用钱收买,她的爱才真正令这个男人感到由衷的满足;如果所有学生都自主选择留在一个老师的课堂上聚精会神听讲,而不是因为老师要点名、老师可能给低分才留下来,这个老师获得的"承认"才真正令其满足。正是在这个意义上,不仅一个社会的弱者,而且一个社会的强者,也需要通过自由民主这种社会形态来得到最有意义的"承认"——唯有赋予他人自由与权利,强者才能从他们那里得到有意义的承认。

　　也正是在这个意义上,甚至可以说,历史不是终结于冷战结束,而是法国革命和美国革命之后——即"人民主权原则"通过战争得以确立之际。事实上,黑格尔在1806年耶拿战役之后,就宣布了"历史的终结"。他的意思当然不是说此后的历史不会有国家间的战争或者制度间的竞争,而是说人类普遍的、相互的承认形式已经被找到,并开始通过强力传播。此后的历史,则是某种意义上自由民主制的传播史。即使是共产主义制度,貌似是自由民主制的对抗者,其实更像是其变异体——同一"人民主权原则"下的不同制度衍生物。至于法西斯制度,则更像是制度演进过程中暂时的"返祖现象"——毕竟,即使是历史进步论者,也不会认定这一进步一定会以线性方式前进。

　　即使我们将"承认"作为衡量政治均衡性的尺度,在平等、相互和有意义的基础上将"承认"制度化,自由民主制真的做到了吗?

　　如果说民族主义和宗教极端主义兴起,以及民主化在发展中国家的受挫代表着"历史世界"对"后历史世界"的挑战的话,福山更关注的或者说更担忧的,并不是这个,而是"后历史世界"内部的矛盾。似乎在他眼里,"历史世界"对"后历史世界"的挑战,对自由民主制并不带来根本性的威胁,因为"后历史世界"军事、经济、科技乃至文化工业的绝对优势不但足以抵挡这种挑战,还很可能——正如过去两百多年历史所显示的

——通过一个也许漫长曲折但最终渗透扩展的过程征服"历史世界"。我们当然有理由不相信民族主义、种族主义乃至宗教极端主义会逐渐消退，但是，福山指出，几百年前，西方世界的人们也不相信基督教引发的狂热和战争可以从政治舞台上逐渐退出。"宽容"和"理性"是可以习得的，在一个全球化的时代，这个习得的过程甚至会比历史上进展得更快——虽然它仍然是一个漫长的过程。

　　福山花更大力气真正严肃对待的，是"后历史世界"内部的矛盾，即，自由民主制是否真的能带来平等的、相互的和有意义的"承认"？如果不能，那么自由民主制衰败于"内爆"的可能性将远远大于被"历史世界"摧垮的可能性。事实上，对此提出怀疑的有两种角度。

　　首先是左派的角度。是的，"平等的承认"给人带来尊严上的满足，但是自由经济之下人们并不平等。无论是今天全球显而易见的贫富差异，还是哪怕发达国家内部收入差距的拉大，都是不容否定的现实，否则世界各地"反新自由主义"的口号不会这么有市场，各种形式的占领华尔街运动也不会席卷全球。对此，福山的回应角度，是试图区分"问题"与"矛盾"。不错，自由民主国家存在很多"问题"（包括不平等这个问题），但这些"问题"并不构成根本性的"矛盾"。之所以不构成根本矛盾，是因为自由民主制作为一个具有内部纠错功能的机制，能够在制度内部解决这些"问题"，无须诉诸制度更替本身。比如，20世纪福利制度的兴起，即是自由民主制这种自我调校能力的一个体现。相比之下，其他政治制度则由于权力结构的缺陷，缺乏如此有弹性的自我调校空间，而这正是它们一一衰败的原因。

　　二十年后的今天，当我们看到欧美各国为赤字问题而焦头烂额，看到风起云涌的左派运动和抗议，看到各国政府首脑常常低到令人尴尬的支持率，不禁会怀疑福山是否低估了来自左派挑战的能量。有人说民主是"好政策的军备竞赛"——不错，政治竞争激发自由民主国家政策创新的能力,但是"巧妇难为无米之炊"。当民众既要求享受高福利,又不许政府提高税收,既无法忍受通货膨胀,又要求政府刺激经济,当"权利"这个概念被无限延展……这种"政策的军备竞赛"是否会触及一个"自我调校能力"的边界则成了一个问题。

但就当年而言,更令福山感到棘手的,并不是左派对"承认的政治"的质疑,而是右派对它的质疑。典型的右派会认为,不错,自由民主制带来了"平等的承认",但是"平等的承认"是不合理的。在一个人人能力、智慧、德行不平等的世界里,为什么要"平等地承认"每一个人?在这里,福山大量地引用了尼采,因为在尼采看来,自由民主国家代表着"奴隶"的绝对胜利。当我们把"承认"与"成就"脱钩,"平等的承认"就成了价值相对主义的外衣——如果一个毫无进取心的、成天坐在沙发上看电视吃土豆片的人,也可以理直气壮要求社会"平等的承认",那么这种"承认"的价值何在?

正如福山可能低估了左派对自由民主制的挑战,在这里他似乎又高估了右派的挑战。如果说尼采、托克维尔等人在民主制度兴起之初将"自由民主制"等同于"奴隶或庸众的胜利"的悲观看法情有可原的话,今天,这一制度及其后果逐渐清晰呈现之后,仍抱有同样的悲观则未免是一种傲慢。事实上,至少就过去两百多年的历史而言——虽然我们未必能保证以后会依然如此,"精英主义"的社会冲动及其带来的创造力并没有消失,甚至可以说比历史上拓展了:无论是乔布斯这样的商业精英,还是乔丹这样的体育精英,或者海明威这样的文学精英,无论是个人电脑这样精巧的科技产品,还是心脏搭桥手术这种精湛的医疗技术,或是人类对月球乃至火星的探索,都显示自由民主制未必扼杀人的创造力、勇气和技艺,只是将过去往往由出身决定的机械精英主义替换成了现在更与能力相联系的有机精英主义。现代自由民主制下,"一个毫无进取心的、成天坐在沙发上看电视吃土豆片的人"并没有同等地获得乔布斯、乔丹或者海明威所获得的"承认"——无论从收入还是社会声望而言，后者所得到的"承认"远大于前者。至少到目前为止，自由民主的胜利并非如尼采所言，就意味着"奴隶的胜利"。它至少在相当程度上容纳承认的差序格局——承认智慧甚于承认平庸，承认勤劳甚于承认懒惰，承认勇气甚于承认软弱。

或许自由民主制秘密恰恰在于，它既包含了"自由"，又包含了"民主"。福山乃至尼采的悲观，也许是因为他们眼中的民主只能是"不自由的民主"。左派厌恶"自由"所驱动的不平等，而右派厌恶"民主"所要求的平等权利。如果一个制度只有"自由"，它可能迟早内爆于人们对"平等"的渴望；如果一个制度只有"民主"，那么它也可能很快由于"多数暴政"而活力衰竭。但是一个既包含"自由"也包含"民主"的制度，恰恰由于其内在张力而获得蓬勃的生命力。这种结合是动态的——今天可以为了增进福利加税，明天可以为了增加活力而减税，也是多样的——欧洲、美国、日本各国，民主和自由结合的方式并不相同。只要这种动态性和多样性持续存在，自由民主制就仍然具有相当灵活的适应性。如果有一天自由民主制陷入系统性危机，多半也是因为自由和民主之间的动态平衡被一方的绝对优势所打破。

在左派、右派的质疑之外，对自由民主制还有一种不满，或许可以称之为"无名的"不满。这种不满与现实问题比例如此不当，以至于很难说是什么具体社会问题导致了这种不满，甚至可以说，恰恰是"后历史世界"中缺乏真正意义上的重大问题这一点，导致了这种不满。福山书中提到两个情形，一个是一战爆发之前，德国许多民众的好战情绪；一个是60年代法国的学生运动。在这两种情形中，无论是"要求战争的德国游行民众"，还是"饱食终日却高举毛语录的法国学生"，与其说困扰他们的是某个具体的社会问题，不如说是持续的和平和繁荣所带来的空虚和无聊。

在这个意义上，就算历史到达了"终结"，但人性中或许有一个部分，永恒地渴望成为"历史"的一部分，而不是历史"终结"之后布尔乔亚式"最后之人"。"历史"意味着矛盾，矛盾意味着冲突，冲突激发人的力量、英勇和意志，而"历史的终结"则意味着在前人所开拓的道路上、根据他人制定的交通规则做一个规规矩矩的行人。"历史"意味着拓荒的悲壮，"历史的终结"则意味着耕种的枯燥。一战前呼唤战争的德国人，1968年的法国学生，或甚至今天西方国家那些永远在"抗议"的青年，在其表面的具体的诉求之下，根本上他们表达的，或许是对错过"历史列车"的愤恨，以及驰骋于"历史"原野的渴望。对他们来说，"承认"不仅仅意味着权利，还意味着确立权利的权力。这种创造历史的英雄情结，或许将终结"历史的终结"，使其"从头再来"。

而自由民主制的特点，又为这种"无名的不满"提供了发酵和释放的土壤。开放性是自由民主制的最大优势，但同时也恰恰是开放性，使其腹背受敌。福山引用雷维尔的观点表示："一个以持续批判为基本特征的社会，是唯一一种适于生活的社会，但也是最为脆弱的社会。"自由滋生怀疑，民主滋生反抗，当怀疑和反抗积蓄到一定程度，自由民主制就可能被摧垮，而摧垮它的，并不是其他意识形态或制度的竞争，而恰恰是自由民主制的巨大成就。换言之，自由民主制的衰败将源于它自身的成功。

或者这种担忧过于悲观。一方面，至少到目前为止，绝大多数人成就英雄主义的渴望都能在不同领域找到释放途径——也许你无法成为成吉思汗或者列宁，但是如前所述，你还有可能成为乔布斯、乔丹或者海明威。无论商业、艺术、文化、体育乃至政治领域，成为一个创造者、一个英雄、一座"历史的丰碑"，都不无可能。另一方面，更重要的是，从过去两百多年的历史来看，布尔乔亚这种周期性的自厌，无论带来多大的风浪，似乎最后都重新回归甚至强化了自由民主制的轨迹。甚至在一定程度上,这种周期性的自厌可以说是一种阀门机制,通过循环释放民众过剩的政治激情,帮助实现自由民主制的稳定。换言之,这种"无名的不满"就算能暂时中断"历史的终结",它也不会将历史重新带回起点,只是使其打个趔趄,然后重新恢复平衡而已。

二十年来,《历史的终结及最后之人》历经了各种各样的质疑。然而,面对如此之多的质疑,二十年后的今天,这本书仍然没有过时,仍然保持着与当下世界的高度相关性——甚至可以说,仍然保持着高度的先锋性和前瞻性。这或许是因为,就其问题意识而言——自由民主理念是否代表了人类政治文明的某种极致——二十年是一个过小的时间尺度来回答,甚至,法国、美国革命以来的两百多年,都不足以产生确切的答案。当然,我们可以表达困惑:如果如福山或者科耶夫笔下的黑格尔所言,"历史的终结"并不意味着冲突的消亡,那么在何种意义上这种"终结"本身是有意义甚至令人欢呼的? 历史到底是终结了,还是换了一个起点开始了"第二季"征程? 这样的问题,也许唯有时间能慢慢给出回答。我们从这本书的命运所能学到的,无非是在智识判断上的谦卑。如果说将一种源起于西方的政治制度视为"历史的终结"是一种傲慢,那么,对政治实践中如此伟大的探险冷嘲热讽又何尝不是另一种傲慢?

好的学术著作其实像侦探小说:作者提出一个悬念,然后抛出一个接一个线索,在每一个线索上诱导你深入,然后又用新出现的论据给它打上问号,直到最后的解释浮出水面。

福山的《政治秩序的起源》就是这样一本"侦探小说"。为什么今天我们所见的世界,在政治上呈现出如此丰富的多样性? 这种多样性的起源何在? 就这个引人入胜的问题,福山引领读者进行了一场穿越时空、跨越学科的"追踪":从生物学的成果到各大洲地理风貌的不同,从部落文明的特点到宗教的政治影响,从历史发展的经济基础到各个社会不同群体的博弈纵横,福山试图把近年来生物学、人类学、经济学、政治学、社会学、历史学等不同领域的知识进展整合到一个问题框架中来,在一团乱麻中找到政治发展的脉络。

这显然是一个雄心勃勃的写作计划。在一个学术日益专业化、精细化、技术化的时代,几乎已经没有学者敢于提出如此气势磅礴的问题,更不用说就此写出皇皇巨著了。在理解整体的基础上理解局部,从历史全貌出发定位当代,这更像是一百年以前古典思想家的思维方式,而不符合21世纪初的"学术范式"。但福山先生却"偏向虎山行"——某种意义上,这不仅仅是挑战,甚至可以说是挑衅:对从技术性细节出发理解我们所身处的世界这一可能性的质疑。

但就回答福山所提出的问题而言,打开视野的广度又是必然要求。显然,如福山自己所说,一个人不可能同时是如此之多领域的专家,但是对不同领域权威和成果的引用,使得该书从本质上而言,不仅仅有一位作者,而是由无数作者共同写作。更重要的是,也许福山在每一个领域都不能称为专家,但一个学者的敏锐性和洞察力,从来就更多取决于他通过问题意识组织和提炼知识的能力,而不仅仅是对知识本身的掌握。就串联庞杂的细节、组织成一个"侦探故事"的能力而言,福山没有让人失望。

提起福山,人们最先想到的恐怕是他著名的"历史终结论"。在其1993年出版的《历史的终结与最后的人》中,福山表达了这样一个石破天惊的观点:自由民主制代表了人类政治文明最后的形态,而自由民主制下的布尔乔亚则代表了"最后的人"。由于这一观点发表于冷战结束伊始,在很大程度上,它被视为西方取得冷战胜利的宣言。当然,因为同样的原因,它也被视为傲慢的西方中心主义代表、并受到此起彼伏的批判。

很多人没有注意到的是,过去二十年来,福山先生的问题意识一直在慢慢转向。从2004年的《国家建构》,到2007年的《美国在十字路口》,到2008年的《信任:人性与社会秩序的重建》,再到最近出版的这本重磅著作《政治秩序的起源》，一个几乎可以说"面目全非"的福山逐渐浮现。甚至可以说，前面几本书都是为最后这本书所做的准备工作，最后这本书构成了对前面几本书的整合与深化。

在何种意义上《政治秩序的起源》构成对《历史的终结》的"一百八十度转向"？与其说对同一个问题，"新福山"给出了与"旧福山"不同的回答，不如说"新福山"所关注的是全新的问题。如果说触动福山写作《历史的终结》的，根本上而言是"为什么自由民主制最终能够征服世界"，那么触动他写作《政治秩序的起源》的，则是"为什么自由民主制尚未能够征服世界"。

从关注"同一性"走向关注"多样性"，从关注"终结"走向关注"起源"，从关注"人性"走向关心"历史"，这个问题意识的转向显然不是偶然的心血来潮，而与过去二十年世界各地的政治发展紧密相关。在这二十年来，福山和我们一样，共同目睹了自由民主制在世界各国落地生根的艰难：中东欧在转型过程中的阵痛、非洲许多国家在民主化过程中出现的种族和部落动员、美军入侵伊拉克和阿富汗后"移植"民主的艰难乃至最近中东地区民主化过程中的动荡与反复……固然，也有韩国、巴西、波兰这样的相对成功案例，但是这二十年的风云变幻，使得"西方的胜利"这样的结论显得过于轻率和乐观。

那么，"为什么自由民主制尚未能够征服世界"？或者说，为什么今天世界各国的政治发展模式如此多样？对这个问题，在《起源》一书中，福山的主要切入点是：国家建构。什么叫"国家建构"？沿着韦伯对国家的定义，福山将"国家建构"理解为政府的统治能力。用通俗的话来说，就是一个政府国防、征税、官僚机构架构、维持社会秩序、提供基本公共服务等的能力。

客观地说，在《起源》中，福山对政治发展的认识具有三个维度：国家建构、法治和问责（他使用"问责"一词，以囊括在民主制发展初期的"精英民主"形态,但就其当代形式而言,就是民主制)。在他看来,一个成功的政治模式是三者之间的平衡,但在整本书中,福山对"国家建构"这个维度的格外强调是清晰可见的。

这首先体现在书的构架上。在整本书的三个核心内容部分,"国家建构"部分排在最前面,所占篇幅也远大于其他部分。更重要的是,从内容上而言,福山对世界各国政治传统分野的解释,很大程度上就集中于对其政治源头"国家建构"成败与早晚的分析。由于将"国家建构"视为政治发展的核心要素,福山对比较政治史的讲述,刻意摆脱了"欧洲中心主义"的视角。也就是说,他不是把欧洲模式当作政治发展的"常规状态",把其他国家视为偶然的"变异"。相反,他在书中强调,"我把中国作为国家建构的原型,追问为何其他文明没有复制这一模式"。将中国作为坐标的原点,是因为早在秦朝,"中国就独自创造了韦伯意义上的现代国家,即,中国成功地发展出了一个中央集权的、统一的官僚政府,去治理广大的疆域与人口"。如果说"为什么他们没能成为欧洲"是西方学者们惯常的思考出发点,现在福山想掉过头来问"为什么我们没有成为中国"?

中国之所以成为中国,是因为它最早开始了"国家建构"进程。查尔斯·蒂利所说的"战争制造国家",中国是最早最经典的例证:春秋战国时期的几百年征战给当时的各地君主带去"国家建构"压力——唯有那些能够最大程度军事动员、控制和管理生产以及汲取社会资源的政权能够"适者生存"。于是,集权最成功的秦国"脱颖而出",并在征服其他国家后将这一"秦国模式"推广到整个中国。

相比之下,印度从很早开始就是"弱国家"传统——或许由于地理和人口因素,部落和王国之间的战争从未达到中国历史上的那种频度和烈度,而且其国家建设的进程被婆罗门教的兴起所阻截和压制——根据该教的教义,宗教首领的权力高于世俗政治首领的权力。这一历史悠久的

传统为今天印度的"强社会弱国家""强问责弱治理"的政治形态埋下了
伏笔。

　　中东则像是一个"迟到"因而"发育不全"的中国。在伊斯兰教兴起
之前，中东的政治传统长期是部落式的，伊斯兰教在7世纪的兴起给中东
地区带来"国家建构"的契机，之后埃及和奥斯曼帝国的奴隶兵团制则把
这个国家建构过程推向了高峰。但是，国家建构时间上的"迟到"、宗教
的"尚方宝剑"地位、最高权力继承体制的缺乏，以及奴隶兵团制度对外
来力量的依赖，使得中东的这种国家建构从未达到过中国的高度。

　　欧洲的传统则介于中国和印度之间，一方面，中世纪之后连年不断
的王朝征战给欧洲各国带来了巨大的"国家建构"压力；另一方面，这种
压力不得不"嵌入"之前已经形成的法治传统、教会和贵族势力、城市经
济等制度环境。于是，集权的压力与分权的传统相互作用，形成了独特
的欧洲。

　　可见，对于"政治为何如此多样"这个问题，除了开篇谈及的地理、人
口等因素，福山格外强调的，是各国在摆脱部落制和封建制过程中，政权
与社会不同集团的力量对比与博弈，以及"国家建构"与法治、问责之间
的发展顺序。换言之，在历史的源头，"国家建构"的成败与时机是决定
一个国家走向的第一推动力。

　　"国家建构"越成功越好吗？显然不是。书中福山一再指出，只有当
国家建构与法治、问责构成平衡时，一个国家的政治发展才构成"现代政
治的奇迹"。而"一个没有法治和问责的强国家相当于专制。它越现代
和制度化，其专制就越有效"。秦国所建立的中央集权制度，被福山称为
"极权主义的原型"。

　　那么，为什么他对政治发展的"国家建构"维度格外强调？与其说这
是因为福山过去二十年有一个价值转向，不如说他对现实形势地判断出
现了变化。

现实形势如何？在书中，福山时不时流露出这样一种看法：就那些转型中的国家而言，是国家能力的薄弱使得民主化过程常常成为失序化过程。即使是那些相对成熟的民主国家，国家能力的削弱也使其民主制陷入危机。"现代民主制的失败有各种情况，但21世纪初这一失败的主要原因恐怕是国家能力的薄弱：当代民主制太容易被捆住手脚和陷入僵局，因此无法做出困难的决定以确保其经济与政治的长期生存"。在福山的眼中，印度公共设施建设的缓慢、欧洲福利国家的滞涨乃至美国赤字问题的困境，都是民主制里国家能力欠缺的表现。

也就是说，现实政治形势的演化使他越来越担忧，在国家能力、法治和问责的"三角关系"中，人人过于强调前者对后二者的伤害，却往往忽视国家能力同时往往也是建设法治和民主的前提。福山在此书中的努力，是试图弥补这个认识上的盲点。换言之，根本上而言，他对国家建构的强调，不是为了弘扬专制主义，而是为了挽救西方的法治与民主。

基于对国家能力的强调，福山认为，过度宣扬经济上的放任主义是对历史和现实的误解：如果最小的政府是最好的政府，那么今天世界上最发达的国家应该是索马里——在那里，政府小到基本上不存在，但实际上索马里的经济一团糟。

同样，基于对国家能力的强调，他也对"社会放任主义"的观念（姑且发明这个词汇）进行了批评。我们今天习惯于把英国的宪政发展归功于"教会""贵族"等社会性因素对王权的制衡，却没有足够重视在这一过程中，英国社会并没有失去对王权的尊重——它从未失去其保守主义的这一面。如果王权越软弱、一个国家就越容易实现民主和法治，那么世界上最早实现民主和法治的，不应该是英国，而是匈牙利——13世纪初，匈牙利就产生了匈牙利版的"大宪章"，但是在匈牙利，贵族如此之强大，王权如此之弱小，以至于政治体制演变成了"寡头统治"。正如美国南部社会的种族主义、印度社会的种姓文化所展现的，"社会性因素"未必就代表了先进文明的力量，它也可能带来另一种形式的专制。

此外，福山还对没有国家能力保障的"法治"发展表示质疑。他对哈耶克所说的"自发扩展秩序"表示异议：在他看来，法治在英国的生根不完全是"自发秩序自然演进"的结果，无论是早期的国王、后来的教会还是诺曼底征服之后的中央权力，都曾相当大程度上诉诸自上而下的强制或干预去建立一个统一的法律秩序。

对"国家建构"如此强调，是否可以说，"新福山"已经否定了"旧福山"？"旧福山"二十年前的观点已经"过期作废"？

表面上看的确如此。"你看，连福山都不谈民主、转而谈论国家能力了"，至少在中国，不少"国家主义者"为福山的问题意识转向感到欢欣鼓舞。但对《起源》一书真正严肃的阅读会使我们认识到，与其说福山试图用《政治秩序的起源》一书去否定《历史的终结》一书，不如说他试图用《起源》去完善《终结》。

何以如此？福山与中国一些国家主义者的根本不同在于：他对国家能力的强调是情境性的，而不是原则性的。即，他对国家能力的强调不是基于一种抽象的观念，而是一种因时因地制宜的"处方"。因为他认为目前，在世界上许多转型国家和民主国家，国家能力的欠缺导致诸多政治问题，所以应当强化国家能力。但就中国的政治传统而言，在《起源》一书中，他的判断始终是"国家能力过强"，而"法治与问责不足"："推断有问责体制的社会会最终战胜那些没有它的社会，有一个重要原因：政治问责给制度的适应性变迁提供了一个和平的路径。在王朝阶段，中国的政治体系始终无法解决一个问题，即'坏皇帝'的问题。在对上而不是对下负责的当代中国，这个问题仍然至关重要。"

同样，不能将福山对"社会因素"的警觉视为站在国家的角度敌视社会。固然，他强调我们不能无条件地将一切社会自发性力量当作文明的动力，但是，当他试图解释英国道路（问责政府）与法国道路（弱专制主义）、更不用说俄罗斯道路（强专制主义）的不同时，他诉诸的解释因素恰恰是社会力量的强大和团结程度。在英国，贵族、底层士绅和新兴资产阶级的团结构成了抵御王权、达至宪政的强大力量，相比之下，法国的贵族、士绅和资产阶级被法国王权瓦解分化，而在俄罗斯，他们则对王权几乎是彻底依附。

因此，从价值上而言，似乎始终只有一个福山。虽然对世界各地情势的总体判断使他现在更强调国家能力——因为没有一定的国家能力去贯彻法律，法治只能是一纸空言，而没有一定的国家能力作为基本秩序的维护者，民主很可能成为民粹的狂欢。但如果脱离语境，将这种强调应用于那些国家能力已经超强甚至过剩的国家，就成了认识上的刻舟求剑。

问题在于，强调"国家建构"，矫枉可能过正。如何把握国家能力的"度"？这是一个永无止境的难题。

对思想者而言，一个悖论在于，时代往往是有意义问题意识的来源，但是为时代写作又有可能导致问题感的短视。福山的老师亨廷顿在20世纪60年代就有过一次矫枉过正的经历。为了超越民主专制类型学的政治学视角，在其名著《变化社会中的政治秩序》中，亨廷顿表达了统治程度比政治制度更重要、更体现政治发展的观点，并在这个意义上把美苏归为一类而不是两类国家。他的这一观点曾经启发了几代学人，但是到1989年，苏联及东欧阵营的解体则某种意义上否认了亨廷顿的观点：政治制度很重要，美国和苏联并不是一类国家。

当福山频繁将国家能力强化等同于政治发展、将国家权力的分散化等同于"政治衰败"时，同样的危险也隐约可见。这样的观点甚至可能被某些教条主义的国家主义者当作武器弹药。固然，一定的国家能力是法治和民主得以发展的前提，但是一定程度的法治和问责也是国家能力可持续发展的前提，否则就无法解释为什么秦朝会最后崩坍，更不用说纳粹德国了——摧垮这些政权的,并不是权力分散化、封建化带来的"政治衰败",而恰恰是国家能力的无度拓展。

　　更重要的是,法治与问责使得国家能力的发展变得"有价值"。对比政治发展三个维度,我们会发现,由于法治原则中的平等和公正精神、问责原则中的自治与参与精神,这两个维度具有内在价值,相比之下,国家能力则仅仅具有"工具价值"——几乎不会有人认为不顾及民众死活的"强大政府"是令人尊敬的。也就是说,只有当国家能力这种"工具"服务于具有内在价值的事物时,我们才能把它视为褒义的"政治发展"。如果不画出这条界限,一味将国家能力的深化称为"政治发展",将国家权力的分散和下沉称为"政治衰败",这既不合乎我们的伦理直觉,也不合乎历史事实——历史事实是,国家能力的相对"衰败"使得法治与问责的"发展"得以可能。

　　而且,正如福山自己在书中指出的,一个"马尔萨斯的世界"——缺乏科技革命的农业社会——和一个"后马尔萨斯的世界"有着根本的不同。在"马尔萨斯的世界"里,国家建构在政治各维度中显得格外重要:粗放型的经济增长和安全保障,往往依赖于对土地的征服和人口的掠夺,而占领土地和掠夺人口则依赖于强大的国家能力。但在一个"后马尔萨斯的世界"里,无论是经济增长还是安全保障,都更多地依赖科技创新和资本聚集,而科技创新与资本安全则更多地依赖于法治与问责体制。换言之,即使历史上国家能力曾经是政治各维度中最重要的一面,在一个已经彻底变迁的世界中,是否依然如此则并非不言自明。

　　在制度选择问题上"重新带回国家",一定程度上,福山过去二十年的个人思想史反映了西方知识界的思想史走向。这种转变既是现实的变迁使然,也是知识的逻辑使然。冷战之后的世界政治形势要求知识分子做出思想上的回应,而不仅仅是用历史必然性来"一言以蔽之"。对未来的阐述不能替代对现实的解释,对人性的剖析也不能省略对历史多样性的追问。如果说《政治秩序的起源》对《历史的终结》有明显超越的部分，大约就是对其"历史决定论"色彩进行了涂改：一个制度是合理的并非意味着它是必然的，它在今天"只能如此"也不意味着它在将来也会"一直如此"。回访历史往往会使一个人的乐观变得更加审慎，因为历史往往意味着路径依赖、意味着制度惰性、意味着文化惯性，而对历史的超越则取决于人们刻意的选择和逆水行舟的努力。在这个意义上，与其说《起源》是对《终结》一书的推翻，不如说是对它的救赎。

选自《东方早报·上海书评》2014年7月6日

评鉴与感悟

身为一个思想家，一个理论家，福山的论点值得严肃看待。福山的世界，福山的哲学体系，何其庞杂？但刘瑜就是有本事，用她自己的语言，把扑朔迷离的政治拆解成生活细节，把宏大的世界爬梳得简明清白。这在充满暴戾之气的公共讨论中，尤其难能可贵。

《柳如是别传》可当小说读 谢 泳

陈寅恪阅读小说史

陈寅恪著述中，关于中国旧小说，提到最多的是《红楼梦》和《儿女英雄传》，相关论述，刘梦溪、刘克敌和笔者曾有专文论述，此处不赘。

陈寅恪特别喜欢阅读小说，《论再生缘》一开始，陈寅恪即说他对小说"虽至鄙陋者亦取寓目"，还特别提到自己喜读林译小说（《寒柳堂集》，67页。本文所引陈著均为三联书店2009年版的《陈寅恪集》）。

1944年10月3日，陈寅恪在给傅斯年的一封信中说："知将有西北之行……此行虽无陆贾之功，亦无郦生之能，可视为多九公、林之洋海外之游耳。"多九公、林之洋是《镜花缘》中周游海外的人物。陈寅恪随手写出，可见对小说《镜花缘》非常熟悉。

1945年，陈寅恪在病中，吴宓曾"以借得之张恨水小说《天河配》送与寅恪"（《吴宓日记》，第9册，395页，三联书店，1999年）。同年夏天，陈寅恪有诗《乙酉七七日听人说水浒新传适有客述近事感赋》一首。《水浒新传》是张恨水1940年初在重庆创作的长篇小说，说明陈寅恪对张恨水的小说很有兴趣。陈寅恪的女儿曾回忆："父亲很欣赏张恨水的小说，觉得他的叙述，生活气息浓郁，尤其是旧京风貌，社会百态，都描绘得细致生动。"（陈流求等《也同欢乐也同愁》，184页，三联书店，2010年）

1945年秋冬两季，陈寅恪在英国得熊式一所赠英文小说《天桥》后，曾写有七绝两首，七律一首。第一首七绝中首句"海外熊林各擅场"，说明陈寅恪同时熟悉林语堂的小说（《诗集》，54—55页）。

陈寅恪一生文史研究，极重文体，对文体的敏感和自觉是陈寅恪学术中的一个重要关节点(《寒柳堂集》,68页)。他对中国小说情感的表现方式,特别是对男女情爱表达与文化间关系,也有极为细致的观察。陈寅恪说:"吾国文学,自来以礼法顾忌之故,不敢多言男女间的关系,而于正式男女关系夫妇者,尤少涉及。盖闺房燕昵之情意,家庭米盐之琐屑,大抵不列载于篇章,唯以笼统之词,概括言之而已。此后来沈三白浮生六记之闺房记乐,所以为例外创作,然其时代已距今较近矣。"(《元白诗笺证稿》,103页)此段议论表明陈寅恪熟读《浮生六记》并对其叙闺房私情的表达方式有很高评价。

《柳如是别传》"缘起"中,陈寅恪感慨:"寅恪以衰废余年,钩索沈隐,延历岁时,久未能就,观下列诸诗,可以见暮齿著书之难有如此者,斯乃效再生缘之例,非仿花月痕之体也。"(《柳如是别传》,第4页)随口提到清代以妓女为主角的小说《花月痕》,足证陈寅恪对清代小说的熟悉。

1957年5月,陈寅恪在《丁酉首夏赣剧团来校演唱牡丹对药梁祝因缘戏题一诗》"金楼玉茗了生涯"后有一自注:"年来颇喜小说戏曲"(《诗集》,126页),"年来除从事著述外,稍以小说词曲遣日"(《柳如是别传》上,第6页)。说明小说是陈寅恪晚年主要听读体裁,表明陈寅恪由少年到晚年,对小说的兴趣始终未减。但在陈寅恪小说阅读史中,有一个奇怪的问题需要注意,就是在中国现代小说中,目前所见史料,只发现了他读过张恨水、林语堂和熊式一的长篇小说,而这几部长篇小说大体是一般认为的通俗小说,"五四"以后中国新文学运动中产生的小说,陈寅恪从未提及。陈寅恪少年时期曾随其兄陈衡恪在日本读书并与鲁迅相识,后鲁迅曾将译作《域外小说集》寄给过陈寅恪(顾农,《陈寅恪与鲁迅》,《鲁迅研究月刊》,2002年第5期)。揆之常理,喜读小说的陈寅恪应当对新文学运动以来产生的小说有所措意,但陈寅恪文字中未见提及。此种从未提及或许也表明了陈寅恪的一种态度,而这种态度,我个人猜测大体是一种否定评价,也就是说,陈寅恪可能认为新文学运动以来的中国小说创作没有产生特别好的作品。

陈寅恪的小说观

陈寅恪认为林译小说结构精密，即举哈葛德（Henry Rider Haggard）小说为例。陈寅恪说："哈葛德者，其文学地位在英文中，并非高品。所著小说传入中国后，当时桐城派古文名家林畏庐深赏其文，至比之史迁。能读英文者，颇怪其拟于不伦。实则琴南深受古文义法之熏习，甚知结构之必要，而吾国长篇小说，则此缺点最为显著，历来文学名家轻小说，亦由于是（桐城名家吴挚甫序严译天演论，谓文有三害，小说乃其一。文选派名家王壬秋鄙韩退之、侯朝宗之文，谓其同于小说）。一旦忽见哈氏小说，结构精密，遂惊叹不已，不觉以其平日所最崇拜之司马子长相比也。"（《寒柳堂集》，67页）

此段议论表明陈寅恪对中国长篇小说的结构非常敏感。陈寅恪还说："综观吾国之文学作品一篇之文，一首之诗，其间结构组织，出于名家之手者，则甚精密，且有系统。然若为集合多篇之文多首之诗而成之巨制，即使出自名家之手，亦不过取多数无系统或各自独立之单篇诗文，汇为一书耳……至于吾国小说，则其结构远不如西洋小说之精密。在欧洲小说未经翻译为中文以前，凡吾国著名之小说，如《水浒传》、《石头记》与《儒林外史》等书，其结构皆甚可议。生之天才卓越，何以得至此乎？总之，不支蔓有系统，在吾国作品中，如为短篇，其作者精力尚能顾及，文字剪裁，亦可整齐。若是鸿篇巨制，文字逾数十百万言，如弹词之体者，求一叙述有重点中心，结构无夹杂骈枝等病之作，以寅恪所知，要以再生缘为弹词中第一部书也。"（《寒柳堂集》，67页）

陈寅恪察觉中国长篇小说结构的弱点，建立在他对中国文学语言的基本判断上。陈寅恪一向认为，中国文学与其他世界诸国文学最大的不同是中国文学"为骈词俪语与音韵平仄之配合",因为"对偶之文,往往隔为两截,中间思想脉络不能贯通。若为长篇,或非长篇,而一篇之中事理复杂者,其缺点最易显著,骈文之不及散文,最大原因即在于是"(《寒柳堂集》,67页)。

作为历史学家的陈寅恪,不但喜欢"以诗证史",尤喜欢以"小说证史",如考证杨玉环入宫事实、崔莺莺身世以及《虬髯客传》暗指唐太宗等(《读书杂记二集》,277页),《论再生缘》考证中多处使用《红楼梦》《儿女英雄传》史料。他早年研究佛经翻译文学,曾撰《西游记玄奘弟子故事之演变》,用佛经故事中土流传事例,考证《西游记》故事最初来源曾受佛经故事影响并提出了小说故事构思演变的几个公例。陈寅恪对小说在历史研究中的价值有非常清晰自觉的认识。他讲《太平广记》史料时曾说过:"小说亦可做参考,因其虽无个性的真实,但有通性的真实。"(《讲义及杂稿》,492页)陈寅恪所谓"通性的真实",其实与恩格斯评价巴尔扎克小说时的名言表达的是同一意思。恩格斯说:"他的作品汇集了法国社会的全部历史,我从这里,甚至在经济细节方面所学到的东西,也要比当时所有职业的历史学家、经济学家和统计学家那里学到的东西还要多。"(《马恩选集》,第四卷,682页,人民出版社,1995年)巴尔扎克小说对时代反映的真实性,就是陈寅恪所说的"通性的真实",即对时代精神的准确把握。

陈寅恪平生只写过一篇专门讨论中国小说的文章,但他关于中国小说叙述方式的观察却散见于诸多学术论文中。这些对中国小说的片言只语,处处体现陈寅恪对小说文体的深刻认识。他认为小说人物一定要描写详细,不避繁杂。陈寅恪说:"夫长于繁琐之词,描写某一时代人物妆饰,正是小说能手。后世小说,凡叙一重要人物出现时,必详述其服妆,亦犹斯义也。"(《元白诗笺证稿》,96页)这个判断是建立在广泛阅读基础上得出的结论。陈寅恪还指出中国小说不善于叙述正式男女关系,主要是"以礼法顾忌之故……而于正式男女关系夫妇者,尤少涉及。盖闺房燕昵之情意,家庭米盐之琐屑,大抵不列载于篇章,惟以笼统之词,概括言之而已。"(《元白诗笺证稿》,103页)这个观察相当细致,值得研究中国小说时特别注意,以此角度切入,可以观察中国小说叙述方式的诸多特征。在陈寅恪的小说观中,正式男女关系与婚外私情恰是小说中最需详细铺陈叙述之处。他评价元稹悼亡诗时,对元稹的叙事才能有这样的概括:"微之天才也。文笔极详繁切至之能事。既能于非正式男女间关系如与莺莺之因缘,详尽言之于会真诗传,则亦可推之于正式男女间关系如韦氏者,抒其情,写其事,缠绵哀感,遂成古今悼亡诗一体之绝唱。实由其特具写小说之繁详天才所致,殊非偶然也。"(《元白诗笺证稿》,103页)陈寅恪认为小说叙述中最重要的是作者的"繁详"之才。陈寅恪同时指出,元稹能用古文试作小说而成功,因为《莺莺传》是自序之文,有真情实事。韩愈《毛颖传》则纯为游戏之笔,其感人之程度本应有别。陈寅恪总结道:"夫小说宜详,而韩作过简。"(《元白诗笺证稿》,119页)

陈寅恪早年写《韩愈与唐代小说》,他的一个敏锐观察是唐代贞元时期是古文的黄金时代,同时也是小说的黄金时代。此时代里小说最明显的一个特点就是"驳杂",这是因为"唐代小说之所取材,实包含大量神鬼故事与夫人世所罕见之异闻"(《讲义及杂稿》,441页)。这个判断同样可以理解为是陈寅恪对小说题材来源的一个见解,当代小说家颇重加西亚·马尔克斯《百年孤独》人鬼异闻相互交织的写法,其实中国小说起源中即包含了这样的叙述思维。

陈寅恪学术论文中最常引的一则笔记是宋代赵彦卫《云麓漫钞》中关于唐代举子"温卷"的记载(《元白诗笺证稿》,第2页)。所谓"温卷"即是举子应试前将自己所写文章投献给当世胜流,以求得他们了解。这些举子为让名人了解自己多方面的写作才能,常在一篇文章中使用多种文体,因为"此等文备众体,可以见史才,诗笔,议论"。陈寅恪由此判断,唐代小说起于贞元、元和之世,与古文运动实同一时间,而其时最佳小说之作者,也即是古文运动中的中坚人物。因此唐代贞元、元和间的小说,乃是一种新文体,不独流行当时,更辗转为后来所仿效,它与唐代古文为同一源起、同一体制。陈寅恪对文体变革的基本判断是文体以符合当时接受情状为基本趋向。他曾指出佛经翻译,其偈颂在六朝时大体以五言为体,唐以后则多改用七言。陈寅恪说:"盖吾国语言文字逐渐由短简而趋于长烦,宗教宣传,自以符合当时情状为便,此不待详论者也。"(《论再生缘》,71页)

任何文体的变革均有现实原因,陈寅恪对文体变革的敏感,是他注意到了文体变革的现实原因与文体变革以适于接受为基本趋向,非如此不易收到实际宣传效果,他后来论述韩愈文学贡献时,也特别强调文体变革与宣传功效间的关系。因为文体变革的实际动因来源于改变僵硬既成文体,即所谓公式文字。文体变革一定要适于现实接受习惯,这也是陈寅恪研究元白诗时,为什么要首先强调必须了解当时文体关系和文人关系的原因。陈寅恪指出:"小说之文宜备众体。莺莺传中忍情之说,即所谓议论,会真等诗,即所谓诗笔,叙述离合悲欢,即所谓史才,皆当日小说文中不得不备具者也。"(《元白诗笺证稿》,120页)

陈寅恪自创文体

陈寅恪是有创造性的史学家,既然对小说文体有如此清晰的认识,那么他会不会在自己史学著作中尝试文体创新呢?我认为有这种可能。陈寅恪认为,唐代古文运动巨子,虽以古文试作小说而能成功,但后来的公式文字,还是以骈体为正宗。可见文体变革之难,所以他对文体变革的成功常常评价很高。陈寅恪说:"惟就改革当时公式文字一端言,则昌黎失败,而微之成功,可无疑也。"(《元白诗笺证稿》,120页)这个判断说明陈寅恪对小说文体适于产生更大影响有过深思。陈寅恪以为，古往今来，有创造性的作家总是在追求文体的变革。他曾指出，白居易的新乐府，虽然仍用毛诗、乐府古诗及杜诗体制改进当时民间流行歌谣，实与贞元、元和时代古文运动巨子如韩愈、元稹以太史公书、左氏春秋之文体试作毛颖传、石鼎联句诗序、莺莺传等小说传奇，其所持的旨意及所用的方法适相符同。差异处，仅是一在文备众体小说之范围，一在纯粹诗歌之领域。陈寅恪认为，白居易的新乐府，实是扩充当时古文运动而推及于诗歌，白居易的追求是"以改良当日民间口头流行之俗曲为职志，与陈李辈之改革齐梁以来士大夫纸上摹写之诗句为标榜者大相悬殊。其价值及影响或更较为高远也。此为吾国中古文学史上一大问题，即'古文运动'本由以'古文'试作小说而成功之一事"（《元白诗笺证稿》，120页）。陈寅恪的观察是"古文家以古文试作小说而能成功"实因为"古文乃最宜作小说"（《元白诗笺证稿》，第3页）。

陈寅恪晚年撰写的《柳如是别传》，向被学界认为是他晚年最重要的学术著作。但本书在文体上的追求似没有引起过研究者的特别注意。本书与一般学术著作体例迥异，明显特点是在著作中大量夹入陈寅恪旧诗，而考证钱柳诗，时时不忘夹叙述自己的经历和抒发自己的情感，甚至有些笔墨，我们可以判断为是陈寅恪以小说笔法虚构的细节，这也许就是陈寅恪自己所说的"忽庄忽谐，亦文亦史"。

陈寅恪元白诗研究中一个持续判断是元白诗建立在"文备众体"之上，非此不足以显示"史才、诗笔、议论"。《柳如是别传》恰是这个思想延续的选择。陈寅恪说："唐人小说例以二人合成之。一人用散文作传，一人以歌行咏其事。如陈鸿作长恨歌传，白居易作长恨歌。元稹作莺莺传，李绅作莺莺歌。白行简作李娃传，元稹作李娃行。白行简作崔徽传，元稹作崔徽歌。此唐代小说体例之原则也。"（《元白诗笺证稿》，45页；《柳如是别传》上，第3页，三联书店，2009年）以陈寅恪研究元白诗时的心理推测,似可认为《柳如是别传》的文体正是陈寅恪"史才、诗笔、议论"三者合一的自然选择,他追求的也是文备众体。"忽庄忽谐,亦文亦史",中的"庄"是考证,"谐"是小说,"文"是自己的诗,"史"即是"议论"。《论再生缘》《元白诗笺证稿》完整成书与陈寅恪笺释钱柳诗,大体是同一时期,其中对文体的特别关注延续到自己的研究是很自然的事。1957年2月6日,陈寅恪在给刘铭恕的信中曾说:"弟近年仍从事著述,然已捐弃故技,用新方法,新材料,为一游戏试验(明清间诗词,及方志笔记等)。"(《书信集》,279页)可见陈寅恪对自己笺释钱柳诗所用文体有过成熟考虑,是自觉的"游戏试验"。

《柳如是别传》以咏"红豆诗并序"开篇。序中"红豆"是《柳如是别传》中叙事推演的主要意象,也可视为全书的主线,它要把全书重要细节全部与钱柳牵连,获得某种象征意味,类似于《红楼梦》中的"石头"。关于"红豆",陈寅恪序言之外正文中还有这样一段叙述:

丁丑岁卢沟桥变起,随校南迁昆明,大病几死。稍愈之后,披览报纸广告,见有鬻旧书者,驱车往观。鬻书主人出所藏书,实皆劣陋之本,无一可购者。当时主人接待殷勤,殊难酬其意,乃询之曰,此诸书外,尚有他物欲售否? 主人踌躇良久,应曰,曩岁旅居常白茆港钱氏旧园,拾得园中红豆树所结子一粒,常以自随。今尚在囊中,顾以此豆奉赠。寅恪闻之大喜,遂付重值,藉塞其望。自得此豆后,至今岁忽忽二十年,虽藏置箧笥,亦若存若亡,不复省视。然自此遂重读钱集,不仅藉以温旧梦,寄遐思,亦欲自验所学之深浅也。盖牧斋博通文史,旁涉梵夹道藏,寅恪平生才识学问固远不逮昔贤,而研治领域,则有约略近之处(《柳如是别传》上,第3页)。

考陈寅恪生平事迹,再细查陈寅恪关于"红豆"来历的叙述,虽不能断言陈寅恪绝无此种经历，但如此巧合确实近于小说家言。当时陈寅恪一家匆忙离开北平，到昆明之后陈寅恪身体大坏，右眼失明，以当时情景推测，如何"驱车往观"？似无此闲情"买旧书而得红豆"。而小小一粒"红豆"，在颠沛流离中"若存若亡"，完全是陈寅恪的心理感受。如此有趣经历，从未在陈家后人或当年与陈寅恪交往密友回忆中出现，判断为是陈寅恪用小说笔法照应《柳如是别传》起始"咏红豆"并以此寄寓自己的情感，似不无可能。

陈寅恪《柳如是别传》"缘起"中曾述及自己的写作动机有"亦欲自验所学之深浅也"的感慨，这个感慨表明陈寅恪晚年试图把自己一生所学集中在一部著作中体现，所以才有了《柳如是别传》这种独特文体。我个人以为《柳如是别传》是一部合诗、小说、传记和学术考证为一体的著作，它是一个和谐整体，处处体现陈寅恪的良苦用心，是陈寅恪晚年全部才华的集中表现，同时也开创了一种新文体，在"史才、诗笔、议论"之外，又加入了"小说和传记"写法，所以此书可当学术著作看，更可当传记和小说读。

选自《东方早报》2014 年 8 月 24 日

评鉴与感悟

陈寅恪的学问，三言两语难以详尽；《柳如是别传》的妙处在哪里？谢泳先生条分缕析，给出了答案。我服气的，不单是谢先生把一篇研究文字，由浅入深，写得深刻好看，还有他对待历史的态度，严谨自不用提，更有温情，有敬意，有大情怀。

顿悟性时刻 | 张悦然

　　想要赞美一位短篇小说作家——只要他写的是现实主义的小说，既稳妥又至高的赞誉莫过于夸他写得像契诃夫了。这个评价全球通用，并且永远都不过时。简洁朴素如契诃夫，平淡克制如契诃夫，同情悲悯如契诃夫，讥讽嘲弄如契诃夫……总之，各种各样的好，都能在契诃夫那里找到。所以两个南辕北辙，毫无相像之处的作家，可能都被说作很像契诃夫。比如卡佛和门罗，他们之间的距离可是够遥远的。

　　现在要说的是门罗。"我们这个时代的契诃夫"，这句最早出自辛西娅·奥兹克的推荐语，后来被印在门罗多本书的封面上，成了一个与其名字如影随形的称谓。同时，它也变成了一句对门罗最正确也最偷懒的评价。门罗那种种微妙的、不能言尽的好处，就这样被这句话概括了，如此轻易。在门罗获得诺奖之后，这句评价更是不停地出现在关于她的各种报道和文章中，令我产生了一种厌恶情绪。更重要的是，门罗究竟什么地方像契诃夫呢？关于这个问题的答案实在无法令人信服。总结下来，无非是说两人都关心小镇上普通人的命运，都以平淡而客观的方式叙事，小说中都没有太戏剧性的情节。要是符合这几点就能被称作是"我们时代的契诃夫"的话，我们时代该会有多少个契诃夫呢？所以，我一度认为这句评价没什么价值，门罗和契诃夫也缺乏足够的理由被放在一起。

　　后来，我在开设的"短篇小说鉴赏"课上给学生讲短篇小说，一堂课讲了门罗的《激情》（收录于《逃离》），不久后的一堂课讲契诃夫，选的是那篇非常有名的《带小狗的女人》。选择这两篇小说，纯粹因为个人喜欢，并没有考虑更多。

《带小狗的女人》里有一个情节，男主人公古罗夫和情人安娜分别，回到莫斯科后，某个夜晚他和朋友从俱乐部出来，当他满怀感伤的情绪，想要和朋友讲讲安娜的时候，朋友却如梦初醒般地大叫一声，感慨刚才的鲟鱼确实有点臭。古罗夫很恼火，那一声大叫将他唤醒了。他意识到自己正在过的是一种多么无趣和绝望的生活。不久之后，他便启程去看望安娜了。这是那篇叙述平缓的小说里唯一的转折，也是最具有戏剧性的一处地方。一切都在古罗夫的内心发生和完成。

在课堂上讲到这里的时候，我走神了，不知道为什么忽然想起了门罗的那篇《激情》。《激情》讲的是格雷丝跟随未婚夫酗酒的哥哥尼尔出逃一个下午的故事。在这篇小说里，最大的转折是两人的出逃接近尾声的时候，尼尔睡着了，格雷丝一个人在河边荡秋千，她意识到他们之间所发生的"激情"不是她想象的那些亲密的接触，而是她对他的那种深刻的了解——她抵达他灵魂的深处，看到他死水般寂灭的内心世界。与这一刻的领悟所产生的内心震撼相比，第二天尼尔车祸身亡的消息对格雷丝来说，甚至已经不算什么。

虽然都与激情有关，但这两篇小说看起来并没有多少相同之处。可是仔细想来，古罗夫的顿悟与格雷斯的顿悟却有着一种隐秘的相似。这两个顿悟时刻，是这两个小说里发生的最大的事。从某种意义上说，这两个小说是为了这两个顿悟时刻而存在的。事实上关于这一点，评论家加兰·霍科伯（Garan Holcombe）早就说过："和契诃夫的作品一样，门罗的作品中重要的是顿悟性的时刻，那突如其来的领悟，那精确、微妙和深具揭示性的细节。"没错，在门罗最好的那些小说里，我们总能发现一个个重要瞬间的存在。在晦暗的、困厄的人生中，那些重要的瞬间忽然降临，电光石火般擦亮的意念，带领门罗笔下的那些女孩和女人们，走出了囚困之地，帮助她们完成了一种艰难的成长。谁也不知道这成长是否对人生有效，又是否真的能够通向幸福，但是，一种改变毕竟发生了。这种

"顿悟性时刻"具有一种古典的美感，它是一种秩序、一种信仰的存在。从这个角度来讲，笃信这种顿悟性时刻存在的门罗，绝不会是一个彻底的悲观主义者。她把那些顿悟性时刻如同种子一样撒下去，并指给我们看，你瞧，我们还有时间。任何事都有改变的可能。

不可否认，门罗承袭了契诃夫的"顿悟性时刻"，也承袭了契诃夫似的叙述方式。悠长，散漫，一种不怎么时髦的写法。然而，这是因为有"顿悟性时刻"存在，就必须有更多平凡时刻的存在。在小说里，我们必须陪主人公度过一段相对比较长的平静的、和缓的、琐碎的时间，才能等到"顿悟性时刻"的突然降临。所以在门罗的小说里，时空转换非常频繁，常常是回忆套着回忆，好像总要翻过好几座山岭，才能抵达故事的现场。

这样的写法一定不是许多美国创意写作班所推崇的。他们的教材里写着，短篇小说要尽可能少地变换场景，那样会使读者分神。回忆包裹回忆更是会让人失去耐心。情节一定要紧凑，第一段就要设法抓住读者，并且每段都要发生一些什么。在最近一些年里，这些写作准则的确影响了很多创作者，你会发现，他们的小说里都有一种正确的无趣。戏剧冲突是外在的，刻意的，人物在整个过程里没有任何改变和成长。可是它们好像就是属于这个时代的小说。一切都太快了，来不及停下来思考。谁还会静静地坐在那里，等着什么顿悟性时刻的降临呢？正如在很多作家作品的腰封上，我们都能看到将他或她比作契诃夫的字样，然而契诃夫的作品却在国内几乎成了绝版书。我们的时代还需要契诃夫吗？

回过头来再看"我们时代的契诃夫"的称谓，与其去计较门罗和契诃夫到底有多像，不如把它看成是一种美好的愿望，一种呼唤契诃夫回到我们中间的愿望。是的，我们的时代还需要契诃夫。迷人而古典的顿悟性时刻或许就在下一秒降临。

选自澎湃新闻网 2014 年 8 月 12 日

　　小说家评价小说往往更有激情,何况张悦然还那么年轻。年轻往往意味着锐气,意味着活力。张悦然的小说我没怎么看过,但仅此一篇评论,仍能窥见她的才情。顿悟性时刻,发现的不单是两个伟大作家的默契,更有张悦然自身的心领神会。

一个人和他的国 | 任晓雯

1

　　无论从哪方面看,布尔加科夫和他的《大师与玛格丽特》都是独特的。

　　1930年,布尔加科夫在苏联被禁。一位处于上升期的作家消失了。以布尔加科夫之名活在世界上的,是莫斯科小剧院的一名普通职员。他焚毁了《大师与玛格丽特》的手稿。次年,布尔加科夫与伊莱娜·希洛夫斯卡娅结婚,并开始重写《大师与玛格丽特》。此后的所有文字,只拥有包括伊莱娜在内的寥寥几位读者。这部整个20世纪最独特的俄语长篇小说,直到布尔加科夫过世后三十三年才在苏联出版。

　　在《大师与玛格丽特》中,没有愤怒和控诉,没有对现实的直接描摹。关于苦难和死亡的思考是形而上的,结局也出人意料,作者为主人公安排的"大赦和永远的避难所"是:永恒的安宁。我们以此窥见布尔加科夫的内心,试图建构一种绝对秩序,它指向自由和天堂。

　　因此,最让我好奇的,并非风格与叙述的奇谲,而是布尔加科夫,这位在文学上被他的国家宣判死刑的作家,如何在绝对的孤独之中,专注于自己的内心,以及更为永恒的命题。似乎整个国家及其正在经历的风波,并未使他随之上下伏沉,偏离自我的轨迹。

　　阅读布尔加科夫,我愿意将之与索尔仁尼琴比较。后者选择了另一条人生道路:流亡。这也是异常痛苦的选择。索尔仁尼琴无法想象自己住在国外,为完全陌生的读者写作。"我所有的兴趣,所有关心的事,都是俄国。"他在一个名叫卡文迪什的美国小镇生活十八年,写下长达数千页的《红轮》。它由几百个真实和虚构人物汇合而成,是一部关于20世纪初俄罗斯的史诗。索尔仁尼琴燃烧生命般地写作,意图就是:批判极权,保存历史记忆,讲述俄罗斯在20世纪"既泯灭了自己的过去又断送了自己的未来的悲惨历史"。

这样的历史使命很崇高,也很沉重。它让《红轮》的文学性淡薄了。哈金评价道:"他(索尔仁尼琴)的早期小说……起码能在时间流逝中留下点什么。相比之下,他的后期作品并没有一个清晰的文学逻辑,而全部由历史串联。"此话暗示:丧失了文学逻辑的作品,经不起时间考验。

文学的逻辑,是文学的第一逻辑。若以记录历史为任务,纪实文字更有历史价值;若以政治批判为目的,政论时评更直接有力。我们有记者、学者、记录者……其中一些甚至文笔斐然。那么,人类为何仍需要文学?必然是因为,它有着非文学不可替代的价值——比如,审美的愉悦,人性的穿透。文学性才是文学的首要属性。文学的逻辑起点和最终指向都是:人。

如布尔加科夫所言,"阴影是由人和物而生的"。世界上的人和物,都是善恶交织,光暗错杂,都是呈阴影状。在此意义上,文学不提供明晰完整的解释,也非为所有问题给出答案。文学是认知世界的独立维度,不依附意识形态,抑或伦理准则。它与它们彼此补充,相互参映。一切"揭露""批判""弘扬"……以及诸词之后的宾语,都是文学的累赘。

反抗式的写作,受限于它的宾语——反抗对象。"敌人"只是一个相对的、阶段性的概念。人性才是恒定和普遍的。相比控诉敌人,直视人性更需勇气:你跟你的敌人截然不同吗?贪婪、嫉妒、争竞、谎言……这些人性的软弱,真的与你无关吗?如果控诉是一个人唯一的姿态,那么他对这个世界的黑暗,采取的是置身事外的态度。他或许没有意识到,自己的存在,也构成黑暗的一部分。因为,"你不过是人"。

在布尔加科夫那里,没有大是大非的批判,只有关于善恶关系的思考("假如世上不存在恶,你的善还能有什么作为?");没有勇敢与正义的单向度展现,而是走到勇敢背面,洞视人性的亏缺。("怯懦才是人类缺陷中最最可怕的缺陷。")

布尔加科夫在更抽象的意义上,呈现苦难和人性。苦难在上帝的秩序之中;魔鬼在每个人的内心之内。索尔仁尼琴记录"怎么样",布尔加科夫思考"为什么"。如果没有反思,尤其是对个人内心的反思,历史会重演,错误将继续,人最终成为自己最大的敌人。

2

1994年,索尔仁尼琴回到俄罗斯。经过四千多公里旅程,由阿拉斯加飞西伯利亚,来到当年的劳改营总部所在地。他走下飞机,穿过欢迎人群,俯身触摸脚下土地。这个悲壮的动作,传达了他难以言表的心情:我回来了。

经过二十年,索尔仁尼琴面对的祖国,与他离开时迥然不同。戈尔巴乔夫改革之后,从意识形态到政治经济模式,都经历了大震动。苏联解体了,索尔仁尼琴用整个生命和写作来对抗的敌人消失了。

索尔仁尼琴对此简直痛心疾首。他在《崩溃的俄国》中写道:"北大西洋公约组织的扩大,是向俄国施压的西方阴谋","俄国成了国际货币基金组织的奴隶","俄国正在知识精英和西方——尤其是美国面前下跪","只有爱国主义才能凝聚起俄国人民","不要尝试把西方的经验强迫地嫁接到俄国"……

若将这些言论放到当下,会被视为"五毛""阴谋论""反普世价值"。索尔仁尼琴的书在国内被禁,却在西方出版;被国内驱逐,却被西方接纳。他在美国生活多年,获得"美国荣誉公民"称号,却始终拒绝学习英语,"对西方一无所知"(桑塔格语)。以坚持拥有苏联护照为荣的索尔仁尼琴，是民族沙文主义者，是斯拉夫文化优越论者。

　　他认为西方文化腐朽堕落，忧虑俄罗斯人被其侵蚀。他反对私有财产和市场经济。他多次表示对苏联解体的不满，反复申明他的"大俄罗斯"历史观，他愤怒地质问："俄罗斯民族为什么要受制于少数民族？"当俄罗斯军队攻打车臣，造成平民伤亡时，曾经坚持大声控诉的索尔仁尼琴沉默了。

　　索尔仁尼琴被誉为"俄罗斯民族的良心"，勇敢、正义、自由、抗争……的化身，为何面对明显的不义和杀戮，却不愿发出声音？尤其在当时，发出声音已不构成人身危险。在索尔仁尼琴的价值谱系里，存在比个体生命更高的东西——俄罗斯民族的荣耀。

　　至此我们看到，永远的反对者索尔仁尼琴，当敌人最终消失时，却成为他曾反对的那种人。索尔仁尼琴的言行和写作，没有摆脱与他敌人同构的思维方式——将个人泯灭于集体之下，泯灭于大概念之下。

　　索尔仁尼琴强烈抵制西方文化，"我们的生命，我们的精神，必须产生于我们自己的理解，我们自己的文化氛围。"姑且不论文化的闭关锁国是否恰当，单就"我们的生命，我们的精神"这类用词，就显得可疑。生命是个体的，精神也是个体的。这是对个体性的承认，也是对多样性的尊重。只有复数的"我们"，没有单数的"我"，会导致政治的悲剧，经济的错误，文化的落后。

　　甚至，"民族的良心"这类称呼，也是可怕的陷阱。民族是一个群体，而良心是私人的。人的行为受法律约束，也受良心约束，但这良心不是别人的，更不是民族的，而是人自己的。在王阳明那里，良心（良知）是天赋的道德观念。而在基督教文化之中，这个"天"有明确所指，即上帝。良心（conscience）这个概念来自《新约》，首先是一个神学概念。保罗说："我这自由为什么被别人的良心论断呢？"人只能以自己区分善恶的良心来约规自己。威廉·帕金斯对此阐释道：良心是上帝安放于人心中的,以使人有办法知道其行为是否合乎上帝的道德律令。良心的自由,是一切自由的基础。"良心自由"这个重要的清教徒观念,发端于英国,盛行于美国,以美国宪法第一修正案的形式被制度化,并被《世界人权宣言》接纳,成为普世价值准则。也即是说,当有人说出"民族的良心"时,意味着良心这个私人事件遭到了民族主义和集体主义的遮蔽。良心不再是每个人的良心,而是国家主义对个人自由的僭越和剥夺。人们会将良心隐蔽起来,在民族主义和集体主义的光环之下,大行道德绑架和伪善之事。

3

索尔仁尼琴的诺奖演说词标题为《为人类而艺术》,这是哈金所言的"成为祖国代言人"的扩大版。文学和艺术,真的可以代言吗? 真的应该为一个群体,而非一个一个具体的人而存在吗?

在过去三十年里,中国作家试图将文学从政治中解放出来。相比于写作题材和技艺,最难改变的,其实是"讲政治"的思维方式——认为好作品必须是国家的、历史的,唯独不应该是个人的。因为在代言式写作中,代言的宾语是——底层、人民、国家、全人类……在宏大的集体概念面前,个人几乎等同于渺小、浅薄和没有价值。

中国主流文学评价坐标系中,有两类作品容易被认为"厚重"而备受青睐。一类是史诗性作品,一类是地方志式作品。它们通常是气势恢宏的鸿篇巨制,书写了一段中国历史,或者描绘了一方风土人情。但是这类大作品中的某一些,只让读者记得"某某作家的某某作品,书写了某某历史或者地方",却难以记住哪怕一个鲜活的人物。那些人物面目模糊,被动地接受苦难,在历史的漩涡里盲目打转。

中国当代的宏大作品,基本是"时代史",而非"个人史"。倘若以人命名，只可能是历史大人物，比如张居正和李自成。以小人物——比如尤里·日瓦戈，或者安娜·卡列尼娜——来命名一部几十万字的作品，在中国当代的写作中，是难以想象的。

任何时间和空间，脱离了人的存在，都将变得没有意义。时空的纵横轴，只有一个交叉点，那就是人。单个的人构成生活。很多很多人的生活，构成时代。一个个时代，就构成了历史。历史在个体的生命之中。历史不是目的，人才是目的。

同理适用于地方志式小说。所谓风土人情，"风土"不是目的，"人情"才是目的。在我的阅读范围之内，中国现当代地方志式小说，让人印象最深的是《呼兰河传》。没有铺陈景色的乏味，没有交代风俗的冗余。萧红的风土人情，落笔永远在"人情"。每个人都是有面孔、有名字、有呼吸的。景色不过是人的背景，风俗不过是人的道具。

比如《呼兰河传》开篇，萧红写城里的十字街，"十字街之外，还有两条街，一条叫作东二道街，一条叫作西二道街"。这是地方志式小说的常见写法：先把画卷展开，背景铺陈好，然后开始说故事。这种写法易有进入缓慢的不足。《呼兰河传》却生动抓人，甚至拥有化腐朽为神奇的魔力。比如萧红在开篇处，用足足三千字笔墨，写东二道街上一个五六尺深的大泥坑。这泥坑晴雨多变，深浅无常，时或陷了马、溺了猪、冲了墙、淹了街。于是各色人等围绕这泥坑，生出市井百态、冷暖炎凉来。这段描写堪称经典，它让我们看到，怎样让景物像人一样地拥有生命。在小说写作中，倘若景物与人不发生关系，不过是一堆静态的好词好句而已。萧红笔触所及，所有的外界事物，都围绕人物内心旋转起来。难怪夏志清惊呼："萧红真是伟大，茅盾曾为《呼兰河传》写序——其实茅盾哪里能写出像《呼兰河传》这样读后回味无穷的作品。"

被苏联驱逐出境的俄罗斯诗人布罗茨基，在他的著名散文集《小于一》中写道："一个人既不是孩子也不是成人；一个人也许是小于'一'

的。"他和索尔仁尼琴一样流亡美国,不同的是,他进入大学写作执教,开始用英语写作,他是作为一位美籍俄裔诗人获得诺奖的。与索尔仁尼琴"为人类而艺术"的野心不同,布罗茨基的写作处于"小于一"状态。"从前,有一个小男孩。他生活在世界上一个最不公正的国家里……"从一个人、一个小男孩开始,而非从全人类、全世界开始。米沃什评价布罗茨基,"他对世界的态度是一种疏离状态(his attitude towards the world was sort of detachment)"。布罗茨基自己则说,他所追求的不过是"个人主义精神(spirit of individualism)"。

4

哈金是一位与布罗茨基生活轨迹相似的作家。同样离开了社会主义祖国,同样在美国生活多年,同样加入了美国籍。当然,寥寥几笔简历,无法传达出具体丰富的生命感受,比如与以往生活彻底断裂的疼痛,比如被骤然抛掷入另一种迥异文明的无措。

哈金描述他在曼哈顿街头苦闷游荡,描述他被奈保尔关于个人和集体的阐释击中内心。他写道:"对我来说,奈保尔的文章抓住了个人和集体关系的精髓,这个段落是如此刺痛我,像我这样在中国大陆成长起来的一代都被灌输了相同的思想,要相信你和你的祖国有一个隐形的合同。作为公民,你就要为国家服务。国家会照顾你的生活。但在美国,在这里,你要和其他所有人一样的工作,才能保证桌上有食物,要学着像一个独立的人那样生活。

……在一些场合,我说过我要停止描写当代中国。人们总是问我,'为什么要自断后路?'或者,'干吗跟成功过不去?'我会说,'我的心已不在那里了。'回想起来,我决定从写作中撤去当代中国,是想要放弃我曾经赋予自己的代言人身份。我必须学着独立,作为一个作家而独立。"

和布罗茨基一样，哈金开始用英语写作。布罗茨基说：当一个作家用母语以外的语言写作，其原因可能是基于必要（例如英籍波兰作家康拉德），或基于野心（例如美籍俄国作家纳博科夫），或为了取得更大的疏散效果（例如法籍爱尔兰作家贝克特）。而他自己呢？他用英语写作，纯粹是为了使自己更亲近他认为是 20 世纪最伟大的心灵：奥登，即"为讨喜一个影子"。

　　哈金的理由更为决绝。"在中国大陆，文学是国家机器的一部分。国家控制资源的分配，从而可以窒息一个作家，甚至创造一个作家。我想通过英语写作，使自己与大陆的文学机器分隔开来。换句话说，我获得一种自由。……用英语写作，使我孤零零，我得在没有文学同胞的条件下孤独地写。换句话说，我得接受我作为一个放逐者的身份。但是另一方面，作家在这种条件下，也并非总是消极的。一个国家可以流放一个人，但是，一个真正的个人，也可以把国家从脑中放逐出去。"

　　放弃母语是残酷的。对于很多写作者，最大的乡愁是母语。与其说是生活在国家之中，不如说是生活在语言之中。布罗茨基感慨异国语言成了记忆屏障："任何一种来自俄罗斯王国的体验，甚至是用摄像般的精确描绘出的体验，都会被英语语言反弹回来，仅在其表面留下一道可见的痕迹。"

　　与此同时，布罗茨基也注意到语言对思维方式的影响："人们为自己的思维习惯和分析习惯所累，——也就是说，用语言去解剖体验，于是便剥夺了人们思想的直觉的特长。……我所感到遗憾的是这样一个事实：恰好为俄国人所具有的关于邪恶的先进观念，却因缠绕不清的句法而被拒绝进入意识。"

　　面对如此两难，哈金的选择是：放弃母语写作，停止描写当代中国，作为一个真正的个人，"把国家从脑中放逐出去"。

　　如果说，哈金和布罗茨基是通过流亡，借助语言、环境、阅读的改变，来重构思维和写作方式的，那么被苏联就地掩埋的布尔加科夫，又是怎样实现生命的更新的呢？他是往反方向走。是在死寂的孤独之中，退回个人，退回内心，为了安宁和自由而写作。

如《圣经》所言，"只管静默，不要作声"。静默让布尔加科夫获得更为广阔的自由；在他的个体生命与整个国家之间，拦起了一道坚固屏障；使他没有被苦难遮蔽眼目，被仇恨摧毁思考。他凭借一己之力，破除了一个国家施予的魔咒，彻底地"把国家从脑中放逐出去"。这是一个人对抗一个国家。剧院小职员布尔加科夫，是文字里的勇士。

黑暗无边，布尔加科夫只管书写。他无法预测这些文字，可以隔着时间和空间，与我们相遇。佩索阿在《惶然录》中有一句话："写下即是永恒。"能够刺破黑暗的，不仅仅是光。历史一次次证明，文字比独裁者更永恒。

选自《南方都市报》2014年3月24日

评鉴与感悟

任晓雯近来越发喜欢在精细处经营了。她的语言也真是朴素。朴素并不意味着简单，有感动，有大悲悯，只是她没有沉溺其中。写小说，她追求最传神的描述，写评论文章，虽然冷静，却不乏激情。比如这篇，在谈论布尔加科夫的命运时，起伏不大，就是有起伏，也并不醒目。她摒弃了廉价的浪漫情怀。她知道她要研究的，是人物的性格。但无论她如何克制，一个时代，一个国家，在她简洁的笔触下，仍在暗流涌动。当国家试图绑架一个人的情感，该怎么办？如何避免让自己变成所反对的那类人？如何重构个人主义的思维方式？本文以几位大作家为例，他们或流亡，或静默，或通过放弃母语，"把国家从脑中放逐出去"。

这始终关乎爱情，没有人知道 | 朵 渔

1

1955年夏天，十七岁的雷蒙德·卡佛在他的家乡——华盛顿州亚基马谷的一家薯馃店里，遇到了正在那里打工的少女玛丽安·伯克。这是个高个子的美腿女生，她见到卡佛的第一面就产生了一个预感："我要嫁给这个男孩。"那一年她十六岁，随时准备坠入情网。

在雷蒙德朋友们的眼中，他简直就是一个笨手笨脚的"蠢货"，但在玛丽安看来，他就像电视广告里的帅哥一样英俊潇洒。这往往就是一段恋情的开始。"他忧郁、高大、害羞、沉默寡言、有礼貌、尊重人、有才华"，玛丽安的妹妹们认为，雷简直就是一个"完美的家伙"。在那个夏天，他们的恋情进展迅速，玛丽安的妹妹们经常能偷看到他们约会后的缠绵吻别。夏天结束之后，他们继续各自的学业——雷蒙德继续自己高中的最后一年，玛丽安则去外地女中读三年级。

第二年春天，玛丽安告诉卡佛，她怀孕了。卡佛凝视着纤细得像根芦苇的玛丽安，将信将疑。这预示着他们必须结婚了。1956年6月7日，他们在教堂举行了婚礼。其时，两人都还不到法定结婚年龄。"当这个十八岁的男孩和他的十七岁女友结婚时，他们自己还是孩子，但是他们爱得疯狂，不久之后他们有了一个女儿。"卡佛在他的小说《距离》里有过这样一段描写。

但是他们爱得疯狂。没有比这更好的理由了。这年年底，他们的女儿出生。"男孩和女孩，现在是丈夫和妻子，父亲和母亲了，他们住在一个牙医诊所下面的一个三居室的公寓里。他们每晚打扫楼上的诊所，用此

来交换房租和水电费。夏天他们还得维护草地和花木，男孩在冬季要把过道上的雪铲掉并在路面上撒上粗盐。这两个孩子，我跟你讲，真的是非常相爱。最要紧的是，他们都有很大的野心，是疯狂的幻想家。他们总在谈论要做的事情和要去的地方。"（卡佛《距离》）

那一年，阿肯色州的小石城高中被迫取消了种族隔离校规，苏联将两颗人造地球卫星送入了空间轨道，杰克·凯鲁亚克出版了小说《在路上》，雷蒙德·卡佛正梦想着成为作家。但贫瘠、烦乱的生活空间让他感到绝望。"我妻子和我没什么钱。我们没有任何手艺。我们只有许多梦想。当我们有了孩子时，我们自己还没有长大……"雷蒙德回忆说。最要命的是，他们的第一个孩子克里斯蒂娜刚刚出生六个星期，十七岁的玛丽安发现她又怀孕了。

在他们度蜜月的第二天，卡佛就曾对他的妻子说："如果有一天，我必须在你和我的写作之间做选择……我会选择写作。"玛丽安向雷蒙德保证，他永远不必在她和他的写作之间做出选择。为了向雷证明再多一个孩子也不会妨碍他的梦想，玛丽安怀着身孕出去当了一名水果包装工。大约两周之后，她便用打工所得为雷蒙德买了一份父亲节礼物：他的第一台打字机。

"她双肩单薄，但毅力惊人。"连卡佛的传记作者都忍不住赞叹玛丽安的母性和牺牲精神。玛丽安的确有一种找工作的天赋。"你可以把玛丽安放在美国的任何一个城镇，不出一个小时，她就会找到一份工作。"他们的朋友戴维说。在很长一段时间，玛丽安都是一边读书，一边做酒吧女招待，供应雷蒙德写作。"不使雷放弃写作，不让他与别的职业有牵连，以免他忘了在这个世界上他实际是要做什么。"这是他们共同的生活信念。

雷蒙德·卡佛在这样一种嘈杂、贫瘠的环境里开始了自己的写作。他写得很努力，四处投稿，但很少成功。他会经常抱怨生活，抱怨父母的贫困，抱怨自己被缩短的青春，甚至抱怨孩子的吵闹使自己无法安静持续地写作。但他无法抱怨他的妻子玛丽安，玛丽安为他做了所能做的一切，包括经济的支撑和心理的安慰。

就在这个家庭陷入无望之中时，爱荷华作家讲习班的主任保罗·安格尔录取了卡佛，为他提供了一千美元奖学金。有了这笔钱，雷蒙德决定举家前往爱荷华，他知道，不够的钱，玛丽安总会设法挣到的。

1963年夏天，他们随身带着一美元、一辆开了十年的老爷车和两个四五岁的孩子，上路了。到了吃饭的时间，他们会找个地方停下来，玛丽安会进去告诉人家，她是个熟练的女招待，如果人家管他们吃饭的话，她可以干上两个小时的活儿。就这样，他们一路驶往爱荷华。

爱荷华的生活乏善可陈。雷蒙德既写小说又写诗，他雄心勃勃地在每一种体裁的讲习班都报了名。但当时在爱荷华讲授诗歌课的唐纳德·贾斯蒂斯和马克·斯特兰德都对卡佛了无印象。在小说课上，他"简直是偷偷摸摸地坐在角落里"，脸色苍白，衣衫不整，看起来根本不像个二十五岁的年轻人，他的同学说他"仿佛已经活了一辈子"。同时，家庭生活也让他烦心不已：简陋的已婚学生宿舍，孩子的吵闹，捉襟见肘的收入……"有好多年，我和我妻子都拥有一种信念，那就是如果我们辛勤工作，尽量做对事情，就会心想事成。"卡佛在《激情》一文里说，"但是最终，我们意识到辛勤工作、心怀梦想还不够。在某个时候，也许是在爱荷华市，要么是不久以后在萨克拉门多，梦想开始破灭。"

一年之后，卡佛还没有结束爱荷华的学业，就开着他那辆老爷车将自己的小家庭迁移到西部。这之后的几年，是他生命中的灰暗期，破产，频繁迁居，夫妻感情也出现问题。他曾试图像妻子那样找份工作，补贴家用。他干过勤杂工，锯木工，看门人，替人摘过郁金香，但每份工都干不长。除了在家写作，他的确找不到更适合自己的活计。"他腼腆、敏感，再说他也讨厌那个工作……这使他更加逃避现实……他处于一种可怕的状态。"玛丽安认为,只有当她的丈夫进入写作状态,他才不会闷闷不乐,喜怒无常。

2

1967年5月29日,刚过二十九岁生日的卡佛收到一条消息:他的短篇小说《请你安静些,好吗?》被选入《1967年美国最佳短篇小说集》。他被这个消息"惊呆了",这是他在写作上第一次获得像样的承认,他视之为"扭转命运的时刻"。1968年初,卡佛的第一本诗集《克拉马斯河畔》印制完成。这本小书只印了五百册,定价五十美分,但始终没有卖完。(待到2008年,一本有卡佛签名的《克拉马斯河畔》,标价已达七千五百美元。)

事业上终于有了起色,但拮据、烦乱、慵倦的家庭生活依然没有改变。他曾拿成名之前的亨利·米勒为自己打气,"他在一间借来的房间里努力写作,随时可能被迫停笔,因为他坐的椅子有可能被人从他屁股下面抽走"。这也一直是卡佛生活中的常态。他甚至没有一把安静的椅子可坐。"年复一年,我和我妻子不得不东奔西走,努力让头上有片瓦遮身,餐桌上有面包和牛奶。我们没有钱,没有看得见的,也就是说可以推销出去的技能——没有什么能让我们把日子过得比勉强维生更好一点。……我们有过宏伟的梦想,我和我妻子。我们本来以为可以埋头苦干,决心要做的事全都做到。但是我们想错了。"

卡佛被生活再次击倒。他开始疯狂酗酒,进入他的"坏卡佛时期"。然而即便一个个梦想被现实摔碎,玛丽安依然没有放弃挣扎。她就是那么乐观、顽强,轻易不会被打败。卡佛的学生戴安娜·史密斯曾说:"有那么一批没本事的男人,这些男人认为我们的职责就是养活有朝一日他们将会变成的那种伟大的艺术家。玛丽安具有他们所希望的素质。我们大都做着没有前途的工作,但她是个榜样,因为她能保有一份职业,另外在晚上做女招待。一个周末，雷和朋友们去打高尔夫，就在他们打球的那个小俱乐部里，玛丽安正在酒吧里接待顾客。"

1972年8月8日，卡佛驾着一辆黄色达特桑，从萨克拉门托出发，驶往蒙大拿。卡佛告诉妻子，他需要这样一次远行，以便摆脱令人慵倦的生活，开始新的写作生涯。

在一个朋友的生日宴会上，卡佛遇到了研究文学的女研究生戴安娜·塞西利。第二天晚上，卡佛约塞西利一起吃饭，并留宿于她的公寓。他精神极度紧张，但还是不可遏止地坠入了爱河。

一周之后，卡佛失魂落魄地回到家，并向妻子坦白了一切。一场家庭风暴随之来临。他们不停地争吵，哭喊，喝酒，交谈，每天只睡很少的时间，最多只吃一顿饭。在痛苦的交谈中，玛丽安也坦白了自己七年前的一次失身。所有这些，都被卡佛写进小说《凉亭》里。卡佛梦想着一次彻底的改变：与另一个女人在另一个地方过一种井井有条的生活。"我们经历过一次持续了六年的危机；我们处于一种持续了六年的紧急状态；我们在家里进行了一场持续了六年的越南战争。"玛丽安说。

3

无法在玛丽安和塞西利之间做出选择，卡佛更疯狂地将自己浸泡到酒精里。深受伤害的玛丽安也开始酗酒，在喝醉时也开始卖弄风情。戴安娜认为，玛丽安确实风情万种，所以"每个男人都会爱上她。不仅因为她聪明、风趣、让人感到愉快，并且能与酒量最大的男人一起喝酒，而且她还养着雷"。

1973年，卡佛有机会重返爱荷华。十年前，他是作为学生去的爱荷华，这一次，他变成了老师。作为作家讲习班的小说课教师，他有幸与约翰·契弗、约翰·欧文等人成为同事。

　　能与约翰·契弗成为同事，卡佛深感荣幸。那可是偶像级的人物。那一年约翰·契弗六十一岁，刚因酗酒所导致的心肌炎被送进医院。医生对他说，如果再继续喝酒，他可能都没有机会被送进医院了。在经过几个星期的戒酒治疗后，契弗不声不响地跑到了爱荷华。

　　一天傍晚，卡佛正待在房间喝酒，一个和蔼可亲的小个子男人推门进来。此人身穿花呢夹克和一双懒汉鞋，端着一个玻璃杯。"对不起，我是约翰·契弗，能借点威士忌吗？"卡佛简直惊掉了下巴。"不，非常抱歉，我没有威士忌。"卡佛说，"您愿意来点伏特加吗？"

　　喝过伏特加之后，他们互相表达了对对方的赞赏。两位就楼上楼下住着，从此开始了结伴酗酒的短暂岁月。其时，契弗因严重的酒精中毒正在死亡线上挣扎。在酗酒最严重的那段时间，契弗曾对女儿说："所有喜欢我的人都认为我快要死了。我的反应是，'那又怎样'。"那又怎样，这对一位艺术家意味着什么？意味着绝望。卡佛虽没有那么绝望，但却与痛苦和荒诞相伴。有一次，他在酒吧遇到一个男演员，此人提出需要找个地方住一晚。从不反对与酒友共度良宵的卡佛决定贡献出他的沙发。那位英俊的黑人男演员跟着他到了房间，脱掉印着美洲豹图案的内裤，毫不客气地躺到了卡佛的床上，还从包里掏出了一瓶凡士林——卡佛一下子酒醒了，开车去了朋友的家。

　　卡佛对契弗这样的老酒鬼，态度是矛盾的。一方面他觉得契弗活得潇洒无碍，多少"像个英雄"。另一方面，他又担心酗酒最终会毁掉自己。一方面想做一个负责任的人，另一方面又想做一个酒鬼，这相反的力在撕扯着他，让他的内心产生了分裂。

　　1982年6月18日，刚刚出版了长篇小说《嗬，这多么像天堂》的约翰·契弗因肾癌去世。这位老酒鬼保持了最后七年的清醒。卡佛写了一篇以《火车》为题的小说，以此向契弗致敬。

4

他一直有一种想出走的冲动，还未到中年，他就觉得自己已经老了。他觉得家庭生活已深深伤害了他的身心和写作，为了摆脱慵倦的生活，他告诉妻子，他需要单独外出一段时间。他需要改变和意外。需要新的刺激。需要感受到被爱。他一方面想做一个专注于家庭的模范丈夫和父亲，另一方面，他又想摆脱家庭的牵累和束缚，专注于写作。这就是卡佛的两面性，他一生都在这两者之间痛苦挣扎。

1978年1月，三十九岁的卡佛离开了妻子和孩子，手持一张单程票飞往东部。"马上就要过另一种生活了，那种不犯错误的生活……"

"今早醒来有一种/强烈的冲动，想整天躺在床上/读书。跟它斗争了一小会儿。//然后望着窗外的雨。/抛掉了这个念头。将自己完全/沉浸在这下雨的早晨里。//还想将我的生活重复一遍吗？/犯那些相同的不可饶恕的错误？/是的，还有一半的机会。是的。"（卡佛《雨》） 渴望过"另一种生活"的卡佛开始努力戒酒，"是的，还有一半的机会"。戒酒之后的卡佛开始进入自己最后十年的清醒期。他的事业也逐渐达到顶峰。古根海姆基金会为他提供了每年十六万美元奖学金，他的小说集《请你安静些，好吗？》由麦格劳－希尔公司出版。出版方还为他开出了五千美元的预付款，希望他能写一部长篇。拿到钱的卡佛躲到卫生间里哭了起来。写作十五年来，还没有人为他尚未写出的作品付过钱。

1981年，在卡佛的编辑戈登·利什的亲自操刀下，被尊为"极简主义典范"的短篇小说集《当我们谈论爱情时，我们在谈些什么》出版，短短几个月，一万五千册精装本销售一空。对于一本短篇小说集而言，这个销量让人印象深刻。卡佛在大学的薪水也逐渐丰厚，每年大概有三万美元。1983年春，卡佛获得美国文学艺术学院颁发的施特劳斯津贴，每年三万五千美元,至少五年。唐纳德·巴塞尔姆代表学院起草了授奖词,赞扬卡佛的小说以一种"有力、独创而且绝对真实的"表现方式使"所谓平凡生活在本质上呈现出超乎寻常的力量和意义",是"文学自我创新能力的一个杰出范例"。

卡佛终于获得承认,成为主流作家。自此以后,他可以写自己想写的东西,再也不必为钱发愁了。在其生命的最后五年,他只写了七个短篇,却在很短的时间写出了二百零四首诗。在大学那几年,经常会有一些名流来访,成为卡佛家的座上客。其中不乏艾伦·金斯堡、索尔·贝娄、乔伊斯·卡罗尔·欧茨和约翰·契弗那样的著名作家。问起成功的感觉,卡佛说,他不知道自己是否已获得所谓的成功,对于一位作家来说,重要的是努力工作,"如果什么时候我的抽屉里面没有一篇写了一半的小说的话,我会多少有些焦虑。"他对自己的学生说,作为一个作家,最重要的是"你必须活下去,寻得些许宁静,然后每天努力写作"。

命运似乎一直在跟卡佛开玩笑。1987年9月,刚刚安静写作十年的卡佛突然被查出得了肺癌。酗酒多年的卡佛没有被酒精击倒,却倒在了香烟上。在他生命的五十年里,他抽了四十年烟,二十年大麻。

第一次手术还算成功,他的肺被切除三分之二,他从死亡线上成功脱险,为此还写了一首诗,题目就叫《赚了》:"赚了,这过去的十年。/活着,再没有酗过酒,工作着,爱着,并且/被一个好女人爱着。"

卡佛诗中的这个"好女人",指的大概是女诗人特丝·加拉格尔。在他生命的最后十年,是特丝一直陪伴着他。卡佛当年与妻子分居后,就与特丝住在一起。有一次玛丽安来看他,发现他的床上放着一大一小两个枕头,于是独自返回湾区,继续她的女招待生涯。但卡佛并没有忘记玛丽安,事实上,他一直爱着他的前妻。卡佛曾对一个朋友说,他当年迟迟不愿离婚的原因是,一想到"另一个男人在为玛丽安的面包片抹黄油",他就感到"心烦意乱"。"大家都知道他一直爱着玛丽安,这显而易见。"雷的朋友们认为,雷对玛丽安一直感到惭愧,因为他留下了"所有成功",而她却不得不"站在雨中"。

卡佛患病后,与玛丽安的联系更为紧密。手术前夕,他给玛丽安寄去了新买的衣服和鞋子,还寄去一张支票,以便其参加葬礼购买机票之需。他似乎已做好了手术失败的准备。在他们结婚纪念日那天,他还给她打去了电话。他的小说集《我打电话的地方》出版后,他给她寄了一本,上面写了一段很感人的话:"献给玛丽安,我最老的朋友,我敢作敢为的青年伴侣,我同样敢作敢为的中年伴侣,我那么长时间的妻子和贤内助,我的孩子的母亲。本书是对爱情的一种纪念,因为有些东西值得铭记。无论如何,这始终关乎爱情,没有人知道,他们不知道,绝对没人知道。你的雷。1988年5月。"

玛丽安也一直爱着卡佛,即便在他酗酒最凶的时期,即便他曾用酒瓶打破过她的头,她也从未曾放弃。直到现在,她还用着卡佛的姓。在她2006年出版的回忆录里,她不仅将书题献给了他们的女儿和儿子,也献给了卡佛,她称之为"我们家的爸爸"。

1988年7月底,玛丽安收到了卡佛寄来的最后一封信。里面装着三张相同的明信片,上面是一尊罗丹雕塑的图片,两只正在祈祷的白色女人的手。当年他们同游巴黎,曾经迷失在罗丹雕塑博物馆里。明信片上什么也没有写,"他是要以此告诉我,他快不行了"。8月2日,卡佛在一抹晨曦中离世。

"这一生你得到了/你想要的吗,即使这样?我得到了。那你想要什么?/叫我自己亲爱的,感觉自己/在这个世上被爱。"(卡佛《最后的断片》)

这是卡佛离世前写的最后一首诗。是绝笔,也是挽歌。他希望在这个世界上能够得到爱,无论是作为儿子、朋友和兄弟,作为作家、丈夫和父亲,他希望被人所爱。他得到了。

选自《青年作家》2014年第2期

评鉴与感悟

　　说雷蒙德·卡佛的一生成就了他的小说，有失于轻薄。我也读过卡萝尔·斯克莱尼卡的《雷蒙德·卡佛：一位作家的一生》，在现实与虚构之中，时时为作家的遭际悬着心。朵渔是诗人，在谈论卡佛时，自有他的分寸。我记得翻读《青年作家》的那个早晨，春天的阳光筛在桌上，朵渔的文字如同一个个快速转换的镜头。谁能知道，竟会这么快看到别人过完一生？那种感觉真是虐心。

活着是为了不再口渴 | 云也退

——读《流动的权力》

　　小亚细亚半岛正南,位于地中海畔的小城阿斯潘多斯,以保存有半岛上最完整的一座古罗马剧院而闻名。从本省首府安塔利亚出发,我们沿着近海的公路一路向西,朝阿斯潘多斯进发。在经过一大片野生草地时,导游把车停下,让我们下车。四外里并无什么特别的,"看,"他忽然指向草地的北边,"水渠。"

　　一道乳白色的碎石小径通往草场的腹地,绿色的那一头,横躺着一座矮矮的多拱桥一样的建筑。它只剩了残迹,只是一根根粗大的方柱,顶端勉强粘连在一起,像是一台3D打字机打出了一串深浅不一的字母"m"。在希腊罗马文明废墟遗址星罗棋布的近东和中东,碎石破瓦、残桁断柱随处可见,尤其是土耳其沿海地区,屡次被希腊人或罗马人所占据,他们留下了众多古文明的遗迹。这是我见过的第一座真正的古罗马水渠,导游说,这处残迹是一整条古罗马水渠的一部分,它全长有二十公里。

　　我们很快又见到了其他的水渠残段,在佩尔吉,在以弗所,它们总让我想到中国北方东一段西一段横卧的长城。长城被说成是闭关锁国、不思进取的象征,可是,阿斯潘多斯之旅过后,我很能想象民间长城学者们对挖掘古长城遗迹的热情:就是不经意间一抬头,看到一段突出地面的墙垣,在晴空之下,瑟瑟摆动的枯草之中,等候人们的造访,乃何其惊喜之事。造在地表的高架明渠酷似长城,阿斯潘多斯的这一座有三重虹吸结构,研究者认为建于公元3世纪,水来自北边的一处天然泉,低于地表的隧道与高出地表的高架桥相连,但它具体经过怎样的一条线路来到阿斯潘多斯,还一直没有定论。

　　中国和罗马，两大文明的古代智慧里都包含了对水的理解，且奇妙地如出一辙：罗马人说"水知其平"，意思是水有灵性，知道自己该往哪里走，他们的引水工程便循了这一宗旨；中国人则有"上善若水"之说，段玉裁《说文解字注》里对"水"字的解释有"天下莫平于水"一句。此外，罗马人长于立法，罗马法在中世纪结束后的欧洲大放光彩，而《说文解字》里亦有明言：法者，"平之如水"，以水来比拟法律的特征。然而，两种古文明造就的水利工程又有本质区别：罗马挖沟建渠，是因为版图扩大，他们要让远离水源的国民都能喝上水，而中国的李冰建造都江堰，主要是为了解决水旱灾害问题——如同造长城防北虏一样。一个是用水，一个是治水，不能不说，这里面一定包含了民族性格的起源密码。

　　史蒂文·米森和休·米森的著作，中译为"流动的权力"，但原书书名为"Thirst"——渴，所以理所当然，作者对中国水利史的关心程度远逊于对罗马、拜占庭以及其他地区。喜欢这本书的一个重要原因，是两位米森实地探访加历史钩沉式的写法，勾起了我对中近东与水有关的累累古迹的回忆。在富有传奇色彩的以弗所，我看到了始建于公元1世纪的浴室，它们建在一座山坡之下，现在只剩了一些不规则的石墙，接缝处都塞满了草、苔藓和尘土，一些立柱，还有一些高高挑起的拱门，破碎的多利安柱头摆在只剩小半截的柱子上，我们只能听着导游的话，根据地面的颜色和下沉的深度，想象水贮起来时的样子。

　　米森写到过，罗马人酷爱洗澡，单是洗浴用水就十分可观。路易斯维尔大学的罗伯特·柯布里克教授在他的著作《罗马人》里，引用了尼禄的帝师、斯多噶派哲学家塞涅卡的话，塞涅卡其人甚是风趣，他说他家就住在一家公共浴场的楼上，于是成天听见浴室里的人在四壁之间大声嚷嚷（洗澡时唱歌的爱好，看来古已有之），夹杂着按摩师的捶打声，啪嚓啪嚓的水花声，以及永不绝于耳的汩汩的流水声。由于用水量大，罗马人在城市周围设下了引水网，现在，在罗马城南八公里处的公园里，你能看到足足七条通往古罗马的引水渠。

但是，罗马附近的泉水多，水源稳定，相比一些地方行省，用水条件得天独厚，所以米森又写道："无论这些古罗马遗址看起来多么壮观，它们肯定不是最庞大、最复杂的；法国南部、小亚细亚和非洲北部修建的引水渠才是最庞大、最复杂的。"他在书中写到的位于君士坦丁堡（即今日的伊斯坦布尔）的瓦伦斯水道桥，我也到过现场，这座有两层拱券的高高的明渠，作为"古代世界最了不起的遗产之一"的一部分，现在扼守着伊斯坦布尔城西的门户，众多车辆穿行于桥下，桥拱之外的城区便逐渐破败，治安变差，大不如城内游人如织的区域里那么整饬，殿宇林立，鸥鹭翻飞。由于嵌入了城市之中，瓦伦斯渠虽然雄伟，却也不如阿斯潘多斯等地的残迹那么苍凉有味。以弗所也有明渠，那是117—138年在位的哈德良皇帝兴建的水渠的一部分，正因为土耳其境内的水渠如此多见，结合米森的书，我推测，以弗所的浴场也属规模相当大的了。

浴场是一个民主的地方，罗马人不分贵贱，都到这里泡澡，所以，水资源管理与政治文明是息息相关的。罗马建筑师能力超群，浴场各部分功能细分到了惊人的程度：地下有复杂的管道系统，池子分为冷水池、温水池和热水池，给水加热靠的是地下的"锅炉房"，燃料是木头。米森在书中写了罗马卡拉卡拉大浴场的结构，说到浴场本身属于一座宏伟的建筑："一堵外墙包围着一片区域，里面有安静的花园，花园的西边和东边是会议室，南边是两个图书馆。"就我所见，罗马人也把类似的结构和理念带到了其他地方，在以弗所，我们所领悟到的正是那些早已不存于世的人，是如何在仍然可见的建筑的精妙安排下，从单个个体汇聚为一个社会的：民居、仓库、议事所、蓄水池，都在一起，广场两边排列着市集，浴场过去就是厕所——到处写着"公共"二字。

公共厕所总是游人如织。骄傲的现代人，不要低估古人的智慧。我注意到，在指示"这里是厕所"的铭牌上有一行小字："水流不间断。建于公元 2 世纪"——两千年前就盖了浴室和厕所,而且还都有活水!厕所内的天然坐便器,用两块互成直角的长方形石板组成,两块板上,对应的位置各挖去五六个半弧,这样一排就有了五六个规整的圆洞,互无隔墙,罗马公民一排坐着,边拉边聊天,排泄是他们公共生活的一部分。前两天有人写文章说,越爱扎堆的人智商越低,"只有庸才才集体上厕所",这话可千万别让罗马人听见。

经由浴场和厕所的汇聚,人们在这里成为社会。固然,人除了洗澡,还需要居住、集会、交易,但是哪里有水,哪里就会聚集起人群,水关系着文明与文化的萌芽,则是肯定的。米森写到了"水的革命",他们到处查访,寻找人类最早进行水资源管理的证据,哪怕是一个"用简易堤坝拦起来供饮用或者洗浴的池塘"。结果,在所谓的"黎凡特地区",即土耳其东南、地中海东岸、美索不达米亚以西和阿拉伯沙漠以北的一片地区,包含今天的以色列、约旦、黎巴嫩、叙利亚四国的大部分,发现了两处已知最早的水井和最早的水坝。于是我们发现,虽说罗马人是利用水资源的大师,但亚平宁半岛上有的是水,相反,酷热极旱的黎凡特,更加考验人类取水、用水的能力。

从悠闲的小亚细亚罗马浴场,君士坦丁堡壮观的高架渠和地下水宫,来到以色列的内盖夫和约旦的佩特拉,你会被不同地方的人生存条件差异之大所惊骇。同米森一样,我也曾亲身穿越那道两公里的峡谷小道,来到纳巴泰王国古老的首都佩特拉(即著名的"玫瑰红城"),如他所说:"管理水的历史",是这座城市"最令人感兴趣的秘密之一",我清楚地记得,时逢 8 月,那道峡谷被高大的山壁遮挡的部分尚有凉意,但阳光曝晒之处,赤土地上是一片白光;峡谷里除了间或行过的驴车、骆驼以及头顶时宽时窄、犹如深渊的一线天空外别无可看,然而每走过一段,我都能看到路边,往往在距离游客较远的一个山体的凹陷处,坐着个当地的小姑娘或是老汉,好似那些守在马拉松长跑的途中,示意跑者已过了多少公里的志愿者。他们很安静,也不卖小商品,也不卖艺,也没人去问路,他们有时就坐在一条沟沿上,这条沟是从岩石上凿出来的,两千年前,水就沿着这些沟一路通往峡谷深处那座玫瑰色的城市。"水往低处流",尽人皆知,但我并不觉得这一路是在往下走,水是如何流过去的?我有限的知识不能回答,米森的书里也没有具体的解释,只是说,"最近的发掘表明佩特拉一度上演过大肆挥霍水的景象,这甚至让研究佩特拉的最著名的专家都感到吃惊。"确实,如今的佩特拉门票贵得离谱,景区里则到处都是卖水的贩子,以及等候在一些位置尴尬的隘口,向口渴力竭的游客兜售骑驴生意的约旦人。干燥的气候从未远离过这片土地,可惜,今天的我们能看到山壁上留下的宏伟坟墓——它们让我想到路易威登把旗舰店的一整面外墙做成一只箱包的样子——但看不到水在渠道里流动:这桩奇迹对于佩特拉来说,可是生死攸关的。

不渴了才能活着,而对干旱地带的古人来说,活着是为了不再渴。受益于自然地理,罗马人不愁渴的问题,他们的水资源可以民主化,多数人参与到少数人的智慧里,一同创造业绩并共享其成果。帝国中心东迁后,西罗马渐渐衰落,拜占庭人继续享用早期留下的水渠、水池、水道,翻修水库和浴池。反过来,在为渴犯愁的地方,权力就会集中;另一些地方,比如吴哥,又如隋代中国,重大的水工程主要是为帝王服务的,它们的发起和动工体现了中央集权的力量。说到开凿大运河,书中特地提到(引自李约瑟)"为了完成大运河的第一段,605年中央政府共动用了不少于五百万的劳力",不由又让人想到了长城。

关于罗马和君士坦丁堡的一章,结束于伊斯坦布尔的地下水宫。可巧,在伊斯坦布尔的最后一天,我也游历了这个地方,水宫幽暗,射灯把绿光从一根根柱子的根部打上来,走到宫殿的尽头,能看到两个美杜莎的浮雕脸,一个侧置,一个倒置。它们的来历和意义都成谜。这一小节的标题叫"参观地下水宫,享受洗浴",很奇怪,这十个字一下子破坏了一场以水为主题的考古之旅的气氛。

有人走遍世界，探寻千千万万个坑洞，有人专门看坟地，有人迷上了毯子，就到各个国家去查访形形色色的毯子，有人专看玻璃、玩具、石碑、拱门、城墙……专门看水工程的人，绝不在少数，因为水的事情太重要，其历史也太迷人。遗憾的是，正如水宫之旅所示，发达的旅游业经常侵犯这种考察的意义，给它套上枷锁，你只能坐上大客机，经过机场的中转，被熙熙攘攘的人流裹挟着四处转转，只能看到所有人都能看到的东西，只能变成一个参观者来"享受洗浴"。你有一颗文化之心，但商业到处掣你的肘。

我相信米森也有这样的体会。这本书里处处有"游"的味道，比学术书更通俗，而比起一流的人文非虚构，深度则不足。但它所讨论的"渴"却会激起读者的"渴"，阅读的过程中，古人的劳绩会让你不由自主地伸向桌子，伸向一杯看不见的水：你需要重新认识这种最有灵性的基本元素。

选自经济观察网2014年6月13日

评鉴与感悟

历史学叙事为什么动人，《流动的权力》给出了答案，这本书勾勒出了水、权力与人类文明的博弈历史。在作者用力最深的部分，云也退毫不吝惜自己的赞美。这是我喜欢的评论风格，一如富恩斯特说过的话：理想中的评论就应该是歌颂和赞美。云也退的评论，不只是单纯的引介，对于有些并不新鲜的观点，他没有废话，直接指明，毫不留情。

第三辑　微观史

惊心 | 赵 瑜

  最初，长治十四所中学和一所大学的红卫兵造反，包括中专、师范的运动同盟军，少年人并不觉得可怕，只觉得风光好玩。及至我慈眉善目的富农奶奶和市内七百多名同类老人，被勒令驱逐返乡，紧接着，成年人亮相造反组织，红卫兵概念迅猛外延，开始批斗老干部。我老爸虽然官儿小，却常常出现在台上"陪斗"，这时，我才从直觉上感到了不满，觉得他们分不清好坏人，对带头闹事儿的头目生出了反感。

  批斗先从宣传部和文教界开始。地委宣传部长杨俊峰等人罪名大得吓人。我老爸名头不大不小，是个"黑干将"。

  真正感到运动的惊心，应是1966年的寒冬。那天上午，我和一群小伙伴们游荡到地委大楼门前，见乱哄哄一大圈人在那里看什么热闹。我从人缝里挤到前头去看，赫然发现几十个成年男子，一律不穿上衣，光着膀子坐在地上挨冻，看上去肉乎乎一片。说是强烈要求地委出面，解决某项切身问题，或是"六二压"（指1962年压缩城镇人口的政策——编者注），或是"四清"，或是受工作组打击，或是两派争端。天空阴霾无光，过了一会儿飘起雪花来。开始时，这伙儿人还在相互交谈，雪一下来，渐渐无人说话。他们的脸色渐渐趋于紫青色，周围也不再嘈杂。他们静静地冻着，人们静静地看着，雪静静地下着。后来四周变成白色，中间一圈肉色人团，牙关紧咬着，也变成了灰青色的石样雕塑。说是有代表正在楼里谈判……

  猛然间，传来了地委第一书记王尚志死在南郊深井的冰水中、潞安中学书记王如保死在厕所粪坑中的可怕消息。更使少年人不敢联想的死法，是长治市市长王一浩从办公楼纵身跳下，自杀身亡。

长治地面一下子死了王尚志、王一浩、王如保三位要人，我们由此知道了运动的厉害。怎么都姓王？好像一个什么集团似的。

　　我妈对我说：这几天，你不要去东招待所那里玩，千万别去。我问为什么，她吞吞吐吐不告诉我。这使我很好奇。小孩儿都这样，你越不让他上哪儿，他越是心向往之，要去看个究竟。

　　地委东招待所是一座排房大院。运动之初，著名作家赵树理暂住此地苦写检讨，他把招待所叫作"交待所"。趁左右无人，我溜了进去。

　　天色将晚。我往里边走，院子里几个人，正交谈着往外走。院内安静下来。看过一排又一排，处处败落荒疏，啥也没发现。到了后一排，见有不少纸扎的花圈落地堆在墙边。

　　我感到了异常，有些害怕，脚步却还在向前挪动，鬼拉着我。立在了花圈旁，看上面写着王尚志的名字。左右看时，见一间房门大开着。站定门口向里探望，我倒抽一口凉气，地委书记王尚志的尸体，平展展停放在大房间正中央。离地面半米高，两条板凳摆开，支着一个单人床板，他脸朝上平躺在床板中央。

　　我猛吃一惊，已被吓得魂飞魄散。

　　想拔腿跑时，腿拔不动。我定在门口，大个子尸体躺在里头。我意识到这是同学王权他爸，住在天主堂前院排房，平时见了我们小孩儿很和蔼。王权平时和他爸也不拘束。王权养一条长毛宽嘴壮硕黑狗，特别吃逗，你扑它，它就善意地扑你。同学高民宪，总是戴着棉手套没完没了地逗它，我还曾经跨在它宽阔的脊背上头……

　　现在，王权他爸躺在房间里头一架干床板上，死了。我至今不明白他的大面庞为什么红彤彤的，像戏院里高唱上党梆子的大红脸那样红。

　　恐惧袭击了我的全身。我觉得那个片刻极其漫长。如梦如幻中，吵嚷嚷的那几个人又回来了。并无一人理睬我。他们进进出出，搬来几坨大冰块，屋里屋外洒药水。看样子是要长期摆放、展览尸体。

这是我生来第一次见到死人，是一名中国共产党的地委书记。

不久我知道了，这些同情老干部、反感造反派的人们要为王尚志喊冤，人们不相信他会自杀，而认定一准是被坏人害死的。

这个谜团很快成为晋东南分裂成两大派的斗争焦点。我后来写了一篇《王尚志之死》，详以专章揭秘。

那天回家后，我没敢告诉我妈这件事儿。草草吃点东西，上床躺着。就是不敢闭眼睛，一闭眼就看见了王权他爸的大红脸。一连多日，夜夜如此。弟弟妹妹年龄尚小，自打屈从勒令送走奶奶后，家里冷冷清清，三间大平房显得寂寥空荡。父亲挨批斗总不在家，更添加了夜晚的恐怖。

我老爸平时很爱逗乐，极少抽烟，这阵子完全变了。偶尔回家来，衣衫不整，闷头抽烟中，简略地问一下我妈所在单位的情况。或在火口旁慢慢地烧掉一些纸片材料。那时的干部家庭，很少过细关心你的学习和生活，他们顾不上。过一阵子，约你很正式地谈一次话，简问简答，教育你要听党的话，不要贪图享乐怕吃苦，长大了一心干革命，倒也好对付。当社会生活的重要性和迫切性大于家庭亲情时，便只能是这个样子。单有一样好处，就是家里存有不少书籍画册时时可看，并且从不限制你找哪类书来看，什么毒草不毒草的，能读书爱看报就是好孩子。他们是古老传统里成长的干部，因而并不排斥传统文化。他们认为一个年轻人，首先要有知识。所以不管啥书都是可以读的。

眼下的干部们，夜夜抽烟，沉思，怅叹，苦苦分析局势，都想在尽量减少伤及别人情况下，设法自己过关。过不了关时，只好煎熬着，等待着。所有干部都在思考，任何情况下首先要保存自己不被灭掉。省里边，卫恒这班老领导们不服气，甚至反抗，被整死了，王尚志、王一浩、王如保也被整死了，死亡的消息不断传来。

我一发小，叫常二毛，以胆大妄为著称。我们在少年运动队练游泳，夜半饥饿难耐时，他胆敢与我相跟上，到大灶攀窗而入，端上一脸盆炒好的肉块，大嚼一顿。当时体委无冰箱，炒好的肉块要保存，必多放盐。当时我和二毛正长身体，练得又苦，动不动为纪念毛主席畅游长江而跳入漳泽水库搞表演，半夜准会饥饿。这时见到熟肉，已是饿虎扑食。饱餐之后，攀窗而出，悄然回到铺位，先是满足中睡死过去，天快亮时，两人皆因焦干口渴而猛醒。我俩心照不宣，光着膀子跑到院中，对着自来水笼头轮番抢喝一气，解去梦中焦渴，复回寝室栽倒而眠。刚睡着，哨笛号声乱响，起身跑操。但见队友们少气无力，而我和二毛则格外精神。二毛曾获山西少年自由泳冠军，创造过全省新纪录。我的强项是蛙泳，也战胜过省队冠军邓敏山。说时迟那时快，我夺取了100米蛙泳这块金牌，陶正国教练把个少年邓敏山骂了个狗血喷头，说他吃饱了白练了。我和二毛偷笑，认为小邓其实没有吃饱。

　　常二毛小时候住在和平医院，爸妈全是名医。"文革"爆发时，医专、医院、卫校乱哄哄的，人无宁日。晋东南人家，秋菜冬藏，家家户户有一菜窖。房前屋后，向下深挖取土成坑，然后搭上椽木，将原土覆盖其上，留一小口呈洞状，内储白菜萝卜土豆大葱，三两日攀洞而下，取食鲜菜。这一日，我去二毛家叫他出街玩耍，二毛姥姥拦住，逼他，说不取出菜来不准去。二毛便让我稍等，要下趟菜窖去。几分钟后，但听菜窖那厢二毛嘶声凄厉惨叫，万分惊人。急急跑去看时，见二毛横躺在菜窖口上，面如土色，语不成句，头上身上已是大汗淋漓。这是咋啦？二毛手指窖口，带着哆嗦。万不能想到，二毛匆匆奔菜窖取菜，揭开盖子，从洞口纵身跳下。洞口到洞底将近两米，洞内黑乎乎一片，气味发霉。二毛蹲下来慢慢喘息，让眼睛逐渐适应暗中光线。待他眼睛管用时，看清了。洞里竟有一男性吊死者，面对面半坐于二毛眼前，那厮瞪着大眼，吐着血舌！——天啊，二毛条件反射厉声惨叫，两腿陡发原地弹跳力，"噌"的一下蹿上两米洞口来，兀自横躺在那里喘气。这一吓，比我乍见王尚志尸体的情节严重多了。

情况是这样：附近卫生学校一位老师，平时举止儒雅，连日来惨遭红卫兵苦打。他受挨不过，盲目中恍惚间，游走到医院家属院内，急于寻死，再不留恋人间。晃到了二毛家菜窖，他径自钻下去，掏出一条医用绷带，拴在窖盖橡子上，往颈间一套，半坐在窖中就吊死了。待二毛发现时，人已经死去一日一夜，面对面冲着二毛吐舌龇牙，是不到一尺的近距离。

二毛倒在姥姥怀中，吓得不停哆嗦，数日难平。姥姥泪水涟涟。

二毛家的菜窖倒了霉，被一伙造反派揭去了土盖子露出横木橡子来，阳日泄入窖内，那位半坐尸身兀自吊着，造反派从上头往下拍照之后，随意定为反革命畏罪自杀。

当时我磨磨蹭蹭到跟前观望，混充胆大。其实什么也没看到，返回来跟二毛说，我看见了，也没啥可怕的，借此安慰老弟宽心放松。其实我是想知道一下，看二毛是否往窖内藏了什么私货没有，如军鞋军帽香烟铜器之类。铜器可以到废品站换钱用。二毛说，藏过是藏过，但那次没货。他和董老大常拧医院里的铜水龙头卖钱，都是神偷高手。

常二毛后从北京体大毕业，又在北京队做了十几年教练，现在转到国家队任教，成绩亦好。我们时常在京饮酒，二毛一喝多，扯着个地包天嘴，动不动就向人提起：人能坐着吊死，你信不信？朋友们浑然不知他要说什么。我不敢接话茬，赶紧扯别的。我知道，他小时候受过刺激，比我遭遇王尚志尸体更刺激得深刻。

从那以后，太行山上两大派，武斗战火熊熊燃烧，见到的尸体就越来越多了。

选自《南方周末》2014年8月22日

营救常医生 赵 瑜

　　1968年元月15日上午,红字号大举攻进医专,先打医院,护院队的医生们急忙钻了食堂菜窖。红字号将士暂时没顾上收拾这些人。到天黑,红字号重兵攻打医专未陷,受命从医院向南部大本营撤退,还顺手牵羊抢了不少医疗财物。队伍中忽有人问,那帮联字号医生都有枪呢,他们跑到哪里去了?说话间,一哨人马正好到了大菜窖跟前,便听有人嚷嚷,狗日的会不会藏在这下头?十几位医生们在菜窖里听得真切,黑咕隆咚,谁也不敢吭气,躲没法儿躲,跑没法儿跑,大伙儿惊出了一身冷汗。但听上头红字号头头说,不管里头有人没人,炸狗日的,调个炸药包扔下去!说时迟那时快,咕咚一声,即有一个方箱式炸药包扔了下来。导火线"咝咝"地冒着火星。天啊,今日完了。灭顶之灾啊。——最不可思议的是,这个炸药包落在医生们脚边,偏偏熄火了,没有爆炸!上头的红字号感到奇怪:咋不响?不行再点一箱?

　　万分紧急关头,远处有红字号头头呼叫这拨人,"快些跟上走!到急诊室那边搜一搜。"这拨人答应着,没有继续实施爆破,小跑步离去了。

　　菜窖里头,十几位医生躲过了劫难。其中,就有张中庆他爸,也不知前世修了什么大德,在必死无疑时刻,捡回了一条命。那种以反坦克雷改造的炸药包,威力巨大,是可以炸塌半座楼的。

　　急诊室那边,我的发小常二毛他爸,却倒了大霉。武斗开始后,二毛他爸妈——两位坚定的联字号,把二毛送回河南林县老家避难。老爸常医生身瘦力单,也斗志昂扬地参加了护院队,积极为联字号将士救死扶伤。这天红字号攻过来,本是内科大夫的常医生正在急诊室那边忙乱,未及躲到菜窖中去。天黑后,医专总部枪炮声渐稀,常医生放松了警惕,备感困倦,一头倒在值班室床上,抱着一支精美小手枪,蒙头睡去。不多时,红字号兵马恰恰搜查到了这里。见室内有人大睡,厉声命其起身。倒霉之处在于:常医生熟睡中被吵醒,脑子失去了判断,以为是联字号战友要召唤他去战斗,便猛然拔出手枪来,脱口而出,"狗日的红字号打到哪儿啦"!红字号将士闻言大怒:"老子们打到这儿啦!"

常医生立即被缴械,让人家捆了。一通大耳光上去,常医生这才清醒过来,始知是红字号人马窜进了此地。他还举着一把精美手枪,分明是个头目嘛!可怜常医生做了俘虏,让人家扔上撤往淮海兵工厂的卡车,径直押回了红字号大本营。接下来他要受多么大的罪?

现在二毛成了国家游泳队教头,和我提起他爸梦中被抓情景,一再模仿"狗日的红字号打到哪儿啦"这句话,我们仍会大笑不止,仿佛在讥笑同伙儿中一位倒霉蛋。这是一个多么可怕的笑谈。

常医生被抓到红字号大本营,让人打得皮开肉绽,活不得死不得。地窖中幸存的医生们悲愤交加,心急如焚,纷纷向军分区首长呼吁营救常医生。特别是二毛他妈妈,妇科专家路华阿姨,本来就是位急性子,现在更急出一团烈火来。而红字号淮海厂大本营是一个具有强大武装力量的钢铁堡垒,说营救,怎么营救法儿?

真是一个大难题。

路华阿姨,后来接生过我的女儿。她简略地告诉我说,是军分区首长让联字号头头王法书的队伍,把人救出来的,详细情节她也说不清楚,只是说常医生被救出时,已经给打得命若游丝,一动也不能动了,基本上是个死人。

常二毛更不会知道,他老爸是如何被救出来的。问医院许多人,都说不清楚。早已年迈的常医生自己也弄不清他是怎么出来的。

路华阿姨如今已经去世。2004年我采访王法书,忽然间想起了常医生被救事,便慢慢咨询王法书先生:淮海厂壁垒森严,你们驻守医专据点,是怎样救出常医生的?王法书却想不起来什么常医生,不明白我要了解哪件事。我提醒他,常医生就是路华医生的丈夫。王法书一拍脑门,想起来了。

营救常医生,故事一波三折。如果王法书不讲底细,那情节今人无论如何想象不来。

王法书开始了回忆:

"你一提路华医生,我想起来了。那天炮声很紧,我们在军分区开完会,首长把我留下来,专门交代了这个任务。说和平医院的医生们,强烈要求营救一个被抓到淮海厂的医生,好像是姓常,首长指示说你们抓紧研究一下,看有什么好办法。开头儿我们没有重视,那时候双方抓走一个人太平常了。据我们侦察,淮海厂红字号大牢,在一座楼里的地下室,里头关的全是联字号骨干,驻着重兵把守,你有特种兵也救不出人来。不料,首长又派人来医专总部催,这才引起我们重视。我向作战部门讲了,看看有什么好点子救人。打进淮海厂救人显然不现实,可首长逼住我们完成任务,这一逼,真逼出了办法。

"咋办呢?我们决定,潜伏到淮海厂布防的前沿阵地附近,也去抓他们一个重要人物,再拿他交换常医生。

"这个办法说着容易,但实行起来难度很大。淮海厂四周地雷密布,壕沟纵横,还有电网、铁丝网。因此,只能在他们出入通道外,埋伏等候,才能抓到人。风险比较大,弄不好就连你也赔进去了。头一回派人,夜里出发去了,冻到后半夜,抓回来一个,他妈的一审,是个红字号普通战士,不是官,恐怕换不回常医生。我一想,这个人也有用处,就把他先关起来。第二天晚上又去抓。到天快亮时,终于抓回来一个值钱骨干,是正在巡查外围防线的复转军人。咱的人一大早向我报告,说把那个红字号头头拴在医专礼堂门口篮球架子上了。我说不要打他,给他弄些吃的。因为打坏了他,就不能亲笔写信了。说完我去看了看,那人蒙着眼倒在地上，冻得面色发青，看上去块头也不小。我怕红字号打炮，把他炸死怎么办？院子里很危险的。把他冻死也不行。就指示把他弄进楼里来，暖和暖和，让人跟他谈话。那人当时奇怪，为什么不往死里打他。向他说明情况后，他表示愿意给他们总部写信，说明自己当作人质被抓，联字号并没有打他，只是要求与常医生来个交换俘虏。信写好后我看了，继续审讯淮海厂布防情况。然后，把头一天抓的那个红字号战士押出来，告他说要放他回去，让他带信去找首脑，如果同意交换，就赶紧回信，抓紧通知我们时间地点，否则那个复转军人性命不保。交代完了，给他蒙上眼，把他送出去了。

"大概隔了一天，有部下向我报告，说淮海红字号放出一个我们联字号俘虏，带来信了，同意拿常医生与那个复转军人交换。反正他们扣着常医生也没尿甚用。信中约好，交换地点在南郊护城河桥头。那是淮海厂据点最靠北部的一个哨口。

"交换时我没有去。按常规，应该是武装小分队把人带到桥头，然后给俘虏解开眼罩，双方同时放人，俘虏各自走过桥去。交换完毕，双方都不打枪，迅速撤回。这件事挺麻烦，前后用了好几天时间，总算为分区和大夫们完成了任务。后来咱和路华医生熟悉了，才知道救的是她丈夫。也没向她细说过程。确实有过这么回事呢。"

我说总算清楚了。不过王大司令你最后不在现场，常医生不是走过桥头的，他已经被打坏了，不能动，双方交换俘虏时，是陪同前去的医生们，用手术车推回来的，回来一顿抢救，人才活过来。这一点我听医院的人和路华阿姨说过。王法书平静地说："是吗？"

这位常医生，名字叫常谦，后来在太原退休。

选自《南方周末》2014年9月19日

　　说赵瑜先生的报告文学单单只是记录时代要点，显然有不恭之嫌。他用力的地方到底是在怎么做文章。中国文章，自古文史不分，或者说，文章最初，担当的是记录的功能，但就是这记录，却也饱含了创作者的苦心。赵先生的《惊心》《营救常医生》，是他长篇报告文学《牺牲者》中的两节，单独摘选出来，足以见出他的视野，他的立场。关于那段历史，是选择绕过，还是假装遗忘？赵瑜先生没有回避。他有时跳离，加入听来的对话，惊心的小简介，甚至穿插更宏阔的背景，使一个小城的故事带上了民族苦难的色彩。如果仅靠这些搅拌，而没有敏锐的观察，充沛的想象，出来的，恐怕也只是简单的罗列和堆砌，但他却用大量细节，精心考证，最终呈现出了这个民族惨烈的一段切面。

少校的荣耀 | 林天宏

　　这间昏暗狭小的房间，摆上一张双人床和一张书桌就难以转身了；书桌上镶在镜框里妻子微笑的遗像，深情地凝视着房间的主人。屋子里除了寂静还是寂静，只有偶尔从窗外传来几声邻近小学操场上孩童的嬉闹声。

　　房间的主人名叫赵振英，今年已经九十三岁了。老人满头白发，尽管拐杖在手，走起路来却依旧步履蹒跚。在过去的三十多年里，他谨言慎行，就连看到街边戴红袖章的保安，都会感到些许恐惧。

　　在此前相当长的岁月里，连他的子女都不知道，他们的父亲，曾亲历过中国百年历史上最为荣耀的时刻，并在其中担任了一个极为重要的角色。

　　1945年9月9日，中国战区侵华日军投降签字仪式在南京国民政府中央军校礼堂举行。这是中华民族近百年来抵抗外来侵略的第一次胜利，在这个最重要的历史时刻里，时任国民党新六军14师40团第一营少校营长的赵振英，是投降签字仪式会场内外警戒工作的负责人。

　　这本该是少校个人历史上最为荣耀的一页。但在此之后，因为国民党军官身份，他被打成"历史反革命"，判刑、坐牢，妻子被迫与他离婚。出狱后，老人一直蜗居在北京西郊的一处居民楼里，并决定永远将这个"秘密"烂在肚里。

　　然而无意之中，一幅来自异国他乡的老照片，以及一本写满签名的笔记本，打开了这个老兵尘封已久的记忆。深圳的一家民营纪录片公司闻讯而来，历时近两年，为老兵赵振英拍摄了一部纪录片，名为《发现少校》。

"历史就像陈年的胶片,免不了尘埃和划痕,甚至断裂。"这家公司的老总邓康延说,"在时隔六十五年后,能够为本民族的英雄找回荣耀,这也是我们的荣幸。"

一幅图片掀开一段历史

后来发生的所有故事,都与2006年初春的那个晚上,晏欢点开那个陌生的网站有关。

这个五十岁的香港人,是建筑设计工程师,现居深圳。他外公潘裕昆,曾任中国远征军驻印军50师师长,先后参加过淞沪会战、粤北战役、缅甸战役,是战功卓著的抗日名将。

不过,小时候,晏欢并不十分清楚这段历史。他只是隐约得知,外公曾是国民党军官,平日里,总是沉默寡言,甚至有点老态龙钟。直至外公去世,他也没觉得外公和其他老人有什么区别。

一次偶然机会,晏欢看到一本介绍中国远征军的书。他吃惊地发现,外公的名字在书中被反复提起。他郑重地问母亲,才得知了外公的戎马一生。

怀着对外公的些许负疚,晏欢开始了一段寻找历史亲历者的旅程。在此后的十多年中,他一点一滴地打捞着与外公有关的历史,并渐渐成为一名中国远征军史的研究者。

2006年初春的一个晚上,晏欢像往常一样,在网上搜索与远征军相关的史料,无意间,他点开了一个陌生的美国网站。

在这个网站上,陈列着许多与远征军有关的史料。一页一页翻下去,晏欢突然间发现了两件此前自己从未见过的物品。

第一件物品是一幅老照片,照片上方有"陆军新编第六军军官俱乐部开幕纪念民国三十四年十月六日于南京"的字样,照片的背景是一处假山,数十名中国军官或坐或站,其间还有几名美国军官,有人端着酒杯,有人叼着雪茄,姿势各异,个个脸上洋溢着轻松愉悦的神情。

第二件物品是一个红皮的日记本,上面写有新六军许多军官的亲笔签名,晏欢从中发现了许多自己熟悉的名字。他们都曾是外公潘裕昆曾经的同僚或部下。

晏欢很快联系上了这个网站主人,是一名美国人,叫尼尔·葛顿南(Neal Gardner)。他父亲约翰·葛顿南(John Gardner),曾是新六军14师的一名美国少校联络官,于1986年去世。为了纪念父亲,2000年,尼尔建了这个网站。他把父亲从战场带回的所有资料和照片,一并放在上面。

征得尼尔同意,晏欢将这两件史料翻译并转发到了黄埔军校网上,并开始寻找老照片上的这些军官。他想知道,这些陌生的面孔都是谁?在这张照片的背后,究竟有着怎样的故事?

在此后数月里,陆续有数个照片上军官的后人联系上了晏欢。他们在网上看到了这张老照片,并一眼认出了自己的父亲。

但让晏欢有些失望的是,这些照片上的军官本人都已过世。这幅照片背后的故事,或将永远成为一个谜题。

然而,2008年4月,晏欢接到了一个来自北京的长途电话,长谈了一个多小时。接罢电话,晏欢突然间意识到,自己心中的这个谜题,终于"找到了最合适解答的人选"。

电话是赵振英的儿子赵精一打来的。

这年的春节,赵振英的一户远房亲戚来家中拜访。这对年轻夫妻对远征军那段历史颇感兴趣,他们在网上搜索老人的名字与部队番号,无意间进入了黄埔军校网,并看到了晏欢发表的帖子。在那个小红本上,赵精一看到了父亲的名字,尽管过了这么多年,父亲的签名依然没变。

于是,赵精一辗转打听到晏欢的电话,并在4月的这个夜晚拨通了它。

在此后一个多小时的交谈里,晏欢吃惊地发现,电话那头的老者,自称是潘裕昆的老下属,对于新6军与14师的事情如数家珍。更让他吃惊的是,老人还告诉他,自己曾是1945年9月9日南京日军投降签字仪式的警卫工作负责人。

放下电话,晏欢"兴奋得全身发抖"。他决定,马上去北京,拜会这个重要的历史见证人。

2008年5月1日,晏欢走进了位于北京西郊的赵振英家,也从此走进了一段波澜壮阔的历史。

见证最荣光的时刻

1937年7月23日的那个下午,赵振英搭乘"七七事变"后的最后一列客车,离开了故乡北平城。

车上挤满了逃离北平的难民与学生。担心日军开火,车头上还挂了一面白旗。车过卢沟桥时行驶缓慢,赵振英甚至能看到,在远处的日军阵地上,有日军军官举着望远镜向列车观望。

铁路的这一边,是国民党第29军的阵地,中日两军处在对峙中,大战一触即发。满载着平民的客车从中间地带缓缓驶过,这个二十岁的高中毕业生,心头突然涌起一阵"屈辱感"。

赵振英原本的理想,是想考入北京大学。但随着"七七事变"卢沟桥上的一声枪响,这个梦想被彻底击碎。从那一刻起,他和当时的许多热血青年一样,汇聚到抗日救国的历史洪流中来,立志要将侵略者赶出中国。

在此后的八年里,这个年轻军官的战斗足迹遍布多个省份——湖南、四川、广东、云南。由于表现优异,他一路晋升,1944年4月,二十七岁的赵振英随中国远征军入印缅作战时,就已经是少校营长了。

尽管作战多年,但多半时间他都在军部担任参谋。在出任营长后,自己的部队又始终被作为预备队使用,很少有真正上战场作战的机会,作为一名军人,这成为他戎马生涯中不小的遗憾。

然而历史很快给了他一个万众瞩目的机会。

赵振英所在的国民党新六军,被称为国民党军队"王牌中的王牌",军长廖耀湘,是蒋介石的得意门生。1945 年 8 月,抗战已接近尾声,蒋介石点名要求新六军进驻南京。他想用这支全副美式装备的威武之师,向投降的日本人展示中国的军威。

1945 年 8 月 28 日,赵振英的第一营从湖南芷江飞往南京。从跳出机舱踏上南京土地的那一刻,赵振英与他的士兵们注定将被载入史册——这是在历经了艰苦卓绝的八年抗战之后,第一支收复首都的中国军队。

随后,这个军衔为少校的营长又被上峰委派,负责 1945 年 9 月 9 日日军投降签字仪式会场的警戒工作。在许多参战部队眼中,这个任务被视为"中国参战军人的最高荣耀"。

作为一名抗战史研究者,9 月 9 日南京受降仪式的全过程,晏欢原本已经十分熟悉,但赵振英的描述,又为他补充了许多原本不为人知的细节。

投降签字仪式的地点,是在南京中央军校的大礼堂。从礼堂门口一直到外面的大街上,每隔五十米,就竖着一根旗杆,用蓝白相间的布条包裹,旗杆上挂着同盟国中、美、英、法、苏的五面国旗。

每根旗杆下,都站着一个全副武装、精神抖擞的第一营士兵,他们身着绿色卡其布美式军装,戴着钢盔与白手套,背军用背包,手持美式冲锋枪。为了防止走火,士兵的枪膛里并没有上子弹。

签字仪式时,赵振英的位置在日本代表团投降席的左后方,他的士兵遍布整个会场，这些士兵的人数与站位，是赵振英在前一天就安排好的，并经过了再三演练。

在签字仪式的十多分钟里，会场里唯一能够自由走动的，就只有赵振英一个人。他的任务，是时刻注意部下的军姿，防止出现意外。

更让晏欢震惊的是，在他带去的当时美国记者拍下的受降仪式老照片中，赵振英甚至发现了一个疑似自己的身影。

这张老照片的主体部分，是中国受降席与日本投降席，但照片的左下角落，在一排士兵背后，站着一个面孔模糊的军官，身着马裤，脚蹬长筒马靴，腰间别着手枪，打扮与旁人明显不同。

"这个人有可能是我。"在赵振英的记忆中，作为会场警戒部队的最高长官，为了彰显军威，在受降仪式前些天，他特意到会场附近的裁缝铺里，定做了一套马裤制服。

而那张照片和签名本上的故事，赵振英也记得很清楚。

受降仪式后不久，1945年10月6日，在南京的新六军军官俱乐部开幕。新六军营级以上的军官，都出席了。那个时候，他们是众人仰慕的英雄与胜利者，在最上方那排军官的右侧，赵振英找到了自己微笑的面孔。

随后，新六军中的美军联络官也完成了自己的使命，离开了中国。在走之前，约翰·葛顿南少校拿出了这个红色笔记本，让在场的中国军官在上面签名，作为对这段光荣岁月的纪念。

南京受降仪式，是中国近现代史上最为显赫的一页。这是近百年来，中华民族第一次在抵抗外族侵略战争中取得胜利。这也成为赵振英一生中最为骄傲的经历。尽管时隔六十多年，老人依旧记得当时的心情。

"略有些紧张，但更多的是兴奋！"老人的脸上不经意地流露出一丝自豪感，"从甲午战争以来，中国就没有打过胜仗，八年抗战，风餐露宿，终于把日本人打投降了！我能亲眼看见这一切，荣耀啊！"

只是，当年那个年轻的少校营长不会想到，一度被他引以为傲的这份荣耀，很快变得黯淡无光。它先是被冲淡，然后被践踏，之后逐渐凋落，像落叶一样，被主人扫到内心深处最为隐秘的角落，一藏就是几十年。

少校变身工程师

在没有遇见晏欢之前，家人从来都不知道，赵振英有过这么荣耀的历史。

赵振英的儿子赵精一清楚地记得，2005年9月9日晚上，《新闻联播》播放了南京受降仪式六十周年的新闻，电视机前原本沉默不语的老人突然开口说："那个时候，我在现场。"

"老爷子不会是老糊涂了吧？"赵精一和媳妇打心眼儿里不相信，在他们心目中，沉默寡言的父亲，怎么会有如此光荣的历史？接下来，他们也没有追问父亲。

晏欢曾问过赵振英："为什么你不告诉家里人呢？这多光荣啊？"

"我一直觉得这是臭史，是丑恶的历史。"老人的回答戳痛了晏欢，"你想想，要是不丑恶，后来为什么坐牢呢？好人能坐牢吗？"

在南京受降仪式后，赵振英只享受了短暂的两个月的平静生活。国共两党的内战一触即发，1946年初，新六军奉调北上，赵振英也随部队一起进入东北战区。

不过，这个少校营长已经厌倦了战争，他只想圆自己的大学梦。1947年，他参加了"留美军官考试"，并获得了沈阳考区的第二名。在赵振英的记忆中，日后大名鼎鼎的历史学家黄仁宇，"就是当年考上的幸运儿之一"。

但赵振英没有黄仁宇那么幸运——他最终落选，不得不返回部队。历史的大手，也把这支往昔的荣耀之师，推进了失败的深渊。1948年，新六军在辽宁黑山附近被共军围歼,大部队被冲散,赵振英打扮成农民,趁乱脱离了战场。

随后,他一路南下,一直到杭州才停住了脚步。此时,已是1949年末。旧政权已被推翻,一个全新的政权,刚刚进入人们的视野。

赵振英在杭州租了一间民房,开始准备考试。因为高中打下的底子很好,他报考的五所大学,都寄来了录取通知书,最终,他选择了南京大学,成为工学院机械专业1950级的大学生,并在毕业之后,进入了一家国营工厂,成为一名工程师。

从士兵口中的"赵营长",变成工人口中的"赵工",赵振英一度以为,自己终于可以告别颠沛流离,开始平静的生活。

可他错了。

从"罪人"回归常人

1966年,"文革"开始,人们在赵振英的档案中查到了他的历史,从那时起,赵振英便陷入了一场长达十年的噩梦中。

每天早上,他上班之前,都要去工厂的传达室领上一块"反革命分子赵振英"的牌子,并把它挂在脖子上,下班后再交回去。革命群众随时都会对他发动批斗,他弯腰九十度站在人群中,戴着红袖章的革命群众围着他,用木棍肆意殴打。

担心被人抄家,在一个深夜,这个工程师含泪烧掉了他的过往。那些战场上的照片、徽章,以及能够证明自己军官身份的文件,随着一阵火光,化为灰烬。

三年后的一天,两个警察出现在他面前,他们让赵振英在一份逮捕书上签了字,给他戴上手铐,将他带到了一个体育场里。这儿正在举行一场公判大会,在革命群众震耳欲聋的"打倒"声中,赵振英以"国民党反动军官"的罪名,被判了二十年有期徒刑。

监狱里的日子是难熬的。一张大通铺,睡着十多个人,经常吃不饱。赵振英的活儿,是在一个烧砖的窑厂里,清理烧剩下的灰尘与碎砖。每天,他都要推着三轮车,在几十个窑洞里来回走,一天下来,全身覆满灰尘,只露出两只眼睛。

然而精神上的折磨,远远超过身体上的折磨。对于自己的罪名,赵振英始终"不服气",他一边劳改,一边给法院写申诉书,经常处于恍惚之中。有天晚上收工回来洗脚,他没有脱鞋子,就把脚伸进了盆里。

寄出的十几封申诉书,如泥牛入海,一去无回,等来的,却是一纸离婚判决书。

赵振英的妻子宋玉岐,是1946年他在长春驻守时认识的。她出生于一个大户人家,还是当时为数不多的女大学生。从哈尔滨医科大学口腔医学系毕业后,她成为吉林铁路医院的一名牙科医生,赵振英去那儿看牙,两人由此结识、相爱,并于一年后结婚。

夫妻俩的感情一直很好。赵振英心里清楚,妻子一定是不得已才做出这样的决定。果然,过了几天,儿子赵精一来探监,偷偷告诉父亲:"我妈让你放心,她不会和别的男人结婚的。"

事后,赵振英获知,妻子为了他受了许多苦。在那个时代,"反革命分子"的家属是抬不起头的,原本娇生惯养的妻子,被下放到河南劳动,白天打扫卫生,晚上挨批斗,批斗完了还不能回家,只能睡在写大字报的台子上,天气冷了,就用大字报盖在身上御寒。

1975年,这场噩梦总算终结。当年3月,最高人民法院发布对国民党县团级以上军官的特赦令,赵振英也在这个行列中。特赦后的第二天,赵振英便让单位开了封介绍信,与妻子复婚。

在这之后的二十年中,这对历经磨难的夫妻,终于回归了平静的生活。

在赵振英的孙子赵悦眼中，"爷爷奶奶的感情好到不可思议"。从小和爷爷奶奶一起生活，赵悦几乎没见老两口吵过架。记忆中唯一的一次，是奶奶想让爷爷多吃一块馅饼，爷爷不愿吃，"奶奶气得好几个小时没理他。"

赵振英和妻子在阳台上养了许多花——君子兰、月季、海棠……这个从小就在城市里长大的女人，很喜欢看花，在赵振英身体尚好的那些年里，每到春天，他就骑着三轮车，载着妻子，到附近的玉渊潭公园，手挽着手，在樱花树下一走就是大半天。

不过，在2005年后，赵振英就再也没去过那个公园。

这年的12月18日，宋玉岐去世。临走的前一天，家人还听到，病床上昏迷的老人家，突然迷迷糊糊地说："老赵，剩菜剩饭要烫烫啊，每天记得要烧两壶开水。"

妻子去世后，赵振英没有将妻子的骨灰埋掉，而是将骨灰盒保存在卧室里，就好像老伴依然陪着他一样。他的愿望，是希望在他自己走后，家人把他和妻子两人的骨灰混在一起，装进罐子里，丢进大海。

直到今天，这位老兵每天起床的第一件事，就是到妻子的遗像前，和她说上几句话。这个习惯，他已经保持了将近五年。

"我知道你在苦苦等着我，我也在每天怀念你，我们就快些到一起去吧。"老人哽咽着，眼角泛出隐约的泪花，"我不愿意留在这个大地上。怎么说呢？这个大地，对我实在是……太苛刻了……"

他旁边的镜框里，是妻子宋玉岐的遗像。这个慈祥的老妇人，一直深情地凝视着丈夫。

老人回归为老兵

如果说，是晏欢帮助赵振英找回了往日的回忆，那么邓康延做的事，则是把这个老人的故事留在胶片上，让更多的人知道。

从朋友晏欢那儿听完整个故事后，深圳市越众文化传播有限公司的董事长邓康延，决定成立一个摄制组，为赵振英拍摄一部纪录片。

几年来，这家民营纪录片公司制作了不少与远征军有关的纪录片，并屡屡在国际国内的纪录片展会上斩获各种奖项。在邓康延眼中，发生在赵振英身上的这些故事，实在是不可多得的纪录片题材。

"无论是大历史还是个人命运，赵老都是过去那个时代的一个样本。"他这么解释自己的拍摄动机，"世界上几乎所有的二战老兵，都享受着国家丰厚的养老保障和无限的荣光，唯有在中国，老兵要独自艰难而顽强地走过生命中最后的日子。如果他们就这样被湮没，我们对不起历史，对不起自己的良知。"

2009 年 5 月，在晏欢的安排下，美国人尼尔如约来到中国，晏欢带着摄制组，与他一同去了赵振英家。

起初，面对故人之子，赵振英略显拘谨。这个老兵只是用不太熟练的英语说道："很高兴见到你。"尼尔却一下子将老人搂在怀里，哭泣起来。"你让我想起了我的父亲。"这个美国人说。

这次来中国，尼尔·葛顿南给赵振英带来了一件特殊的礼物——一对父亲留下的国民党军队的少校领章。冷静下来后，他把领章亲手戴在了这位老兵的领子上。

这是时隔六十多年后，赵振英第一次见到代表着往日荣耀的证物。

随后，晏欢又与邓康延商量，让摄制组带着尼尔和赵振英，一起去一趟云南和四川。在这趟历时一个多月的行程中，晏欢欣喜地发现，在与那些旧日战场重逢之后，老人身上消失已久的军人英武之气，"好像慢慢地回来了"。

有一幕场景，深深刻在了晏欢的脑海里。

旅程的其中一站，是云南腾冲的国殇墓园。抗战胜利后，云南省政府在腾冲为反攻中阵亡的远征军将士修建了这处国家公墓。从来凤山小团坡的山脚至山顶,依编制密密地排列着九千多块阵亡将士的石头墓碑,碑上刻着每位烈士的姓名与军衔,在山顶上,还有一块大型纪念碑。

通往山顶的台阶很长,赵振英每走几步,就要停下来敬上一个军礼。晏欢劝老人,休息一会儿再往上走,赵振英却一直爬到了山顶。他告诉晏欢:"这些弟兄都是战死的英雄,很多人连名字都没留下,都在山顶的大碑里。我要是停下来休息,不是让他们看笑话吗?"

那天与摄制组同去祭拜的,还有一个来自香港的警察代表团。在墓碑前三鞠躬后,年轻的警察们合唱起了《满江红》,赵振英也加入其中。合唱结束后,人们又向纪念碑集体敬礼致敬。

按照军衔来算,在场的人里,赵振英的职务最高,于是,这个昔日的少校营长,再一次拥有了"发号施令"的权力。

"向英勇献身战胜敌人保卫祖国的英雄致敬!敬礼!"老兵一声令下,"叭"的一声,众人整齐划一地举起了右手。

那一刻,晏欢没控制住自己的眼泪。

一个活的见证者见证历史

尽管纪录片拍摄得很顺利,但晏欢心里始终有一个放不下的心愿。

无论是那张老照片,还是那个红色笔记本,都是约翰·葛顿南少校留下的遗物,作为儿子,尼尔当然想把父亲留下的这些遗物带回美国。但在晏欢看来,这些珍贵的文物应该留在中国。他多次向尼尔承诺,一定会为这些来自异乡的"宝贝",找到一个最好的归宿。

在考虑了几天后,晏欢决定,将它们捐给位于四川成都大邑县的建川博物馆。这是中国民间资金投入最多、建设规模和展览面积最大、收藏内容最丰富的抗战博物馆。创办人樊建川,也被媒体称为"中国最有历史情怀的博物馆馆长"。

在樊建川眼中，由这张老照片和这个小红本引出的故事，"为观察那段历史提供了最为独特而富有意味的视角"。随后，在博物馆的援华美军馆里，他单独开辟了一个展厅，向观众展出这些珍贵的文物，在展厅的正中，树立着他为约翰·葛顿南少校定制的半身雕像。

"请让我表达对你和你父亲的尊敬之情。"在得知约翰·葛顿南的故事之后，一个中国姑娘对尼尔说。

面对眼前发生的这一切，这个此前还半信半疑的美国人，显得无比激动。

"中国人永远不会忘记自己的朋友。"他感动地回答道。

而在这里，赵振英也获得了许久未有的尊重。

在建川博物馆的老兵手印广场上，博物馆的工作人员将这个老兵的手印放大了百分之一百二十，印在了一块高三点七米、宽二点四米的钢化玻璃上。

这个手印并不孤独。与它相伴的，是其余四十多块钢化玻璃上的近四千只老兵手印。正是这些手，挡住了来势汹汹的日本军队，拯救了整个中华民族。如今，这些老兵的手印，固化成了钢化玻璃上的印记，也凝固成了一段历史。

在手印广场的不远处，还有一个樊建川设计的"壮士广场"。在这个一万平方米的广场上，陈列着二百一十五尊高两米的铁合金雕像。这个钢铁铸成的战阵里，有打响抗战第一枪的马占山，有卢沟桥抗敌的宋哲元，有毛泽东、朱德、周恩来、刘少奇……也有蒋介石、宋美龄、陈绍宽、张灵甫、孙立人……皆是抗战时期中华民族抵抗外侮的杰出代表。

晏欢带着赵振英，来到"壮士广场"。老人很快就从二百多尊雕像里发现了自己的老长官——新六军军长廖耀湘。老人恭恭敬敬地鞠了三个躬，然后把一束鲜花放在了雕像面前。

接下来，晏欢问了赵振英一个长久以来一直藏在心里的问题："如果知道后来会受这么多苦，你还会选择抗日吗？"

"我不后悔。"老人回答得很干脆，"我尽到了一个中国人的责任，还一直活到了今天，我知足了。"

目送着老人，看着他步履蹒跚地走进了壮士广场，晏欢突然间产生了一种幻觉：这个拄着拐杖，背影佝偻的老人，与威武雄壮的铸铁战阵，仿佛融为了一体。

"是英雄而不自知者，才是真英雄。"晏欢感叹道。

九十三岁的老兵重逢二十八岁的少校

四川之行结束后，人们都以为，赵振英的故事到这儿就该结束了。但接下来，又发生了一件"不可思议"的事情。

通过一个在美国的朋友，晏欢弄来了一卷美国人拍摄的南京受降仪式现场的纪录片。2009年4月的某个下午，摄制组的人聚在一起，想看看里面有没有什么资料，能够补充到即将拍摄完的片子里。

胶片无声地转动着，重现着南京受降的种种细节。人们看到，在赵老此前描述过的裹着蓝白相间布条的旗杆下，那些全副武装的士兵的面孔，在镜头里依次闪过。

突然间，镜头里出现一个年轻英俊的中国军官的面部特写，足足有四五秒钟，他侧对着镜头，像是在给士兵们训话。之后，他的正脸转向了镜头。

摄制组的人与赵振英已经相处了很长时间，老人年轻时候的相貌，他们看过相片，也都记在心里。在沉默了一会儿后，人们突然异口同声地大喊起来："天啊！这不是赵老吗？"

"异国影像上保存的这张面孔，正是我们一直苦苦寻找的东西。"事后,邓康延感慨道,"在宏大的历史面前,个体是那么渺小无力,但人性中的勇气与坚韧,将穿越浩渺的时空,永远被后代铭记。"

2010年9月7日,这天晚上,像往常一样,赵振英煮了一碗馄饨当晚饭。吃过饭后,在昏暗的灯光下,老人躺在床上看了一会儿电视,不到九时,他就迷迷糊糊地睡着了。

六十五年前的1945年9月8日,二十八岁的少校营长赵振英终夜未眠,他与团长王启瑞在团部开了一夜的会,商量第二天的会场警戒工作。散会后,他不放心,又到礼堂内外巡视了一番。举目望去,在头顶晴朗的天幕中,无数的星星在闪耀。

几个小时后,等到太阳升起,这个少校和他的士兵们,就要精神抖擞地踏入会场,见证他们一生中最值得铭记的荣耀。

选自《故国身影沉默》,中国人民大学出版社2014年版

评鉴与感悟

林天宏有话要说,这点毫无疑问。他想提醒人们,我们为什么总是会对有些记忆视而不见。他当过记者,写过特稿,有几篇文章,当年还获得《南方周末》年度传媒致敬之特稿写作奖。说这个背景,要暗示的,并不是他得过什么奖项,因为职业出身,写起文章来,笔调冷静,细节形象。他有悲悯情怀,却又没有预设立场,字句有法,逻辑清晰。最后呈现的,有抓人的人物形象,也有富有痛感的历史质地。

我的"大批判组"生涯 | 张 鸣

　　"文革"岁月，我这样的出身不好，父亲又有"历史问题"的标准狗崽子，当然日子好过不了。不过，托尔斯泰说过，每个幸福的家庭都是相似的，而不幸的则有各自的不幸。我的日子不好过，也有个人的原因。我们家从当时黑龙江农垦总局所在的佳木斯搬到5811农场之后，不知怎么一来，我交了狗屎运，跳级了。然而塞翁失马焉知非福，塞翁得马焉知非祸，我小学跳级后，摊上一个出身不错，一脑门子阶级斗争的男性班主任。在一个已经强调阶级斗争，要年年讲，月月讲的年月，他对学校搞"唯成绩论"，让我这样的人跳级，感到不满意，当然天然合理。"文革"尚未开始，我跟班主任的关系已经有点紧张，他看不上我，当然我也投桃报李地看不上他，私下里跟朋友嘀咕，认为他就喜欢女生，偏心而且花心。"文革"一开始，像他这样出身贫农的教师，是稀缺紧俏物质，很得意。总是热衷指挥批斗一个我特别喜欢的女图画老师，不顾人家七八个月的身孕，最后活活把人逼死，两条人命。别的不说，单就这一点，这让我跟他的关系更是雪上加霜。不过那个时候，我的父母还没有被揪出来，他还不敢把我怎么样，但彼此的敌意却正在积累。他曾经打上门去，到我家里告状。但我父母却没有像别的学生家长那样，只要老师上门，就不分青红皂白给孩子一顿胖揍，这也让他更是恨恨。

　　1968年，全国大混乱的局面逐渐安定了下来，被利用完的造反派遭到无情地抛弃，草根冲击当权派的日子结束了。随后，不仅刚刚大联合之后的造反派遭到全面整肃，过去运动中的老运动员们，所谓的地富反坏右，也再次被过了N道筛子，剥了几层皮。过去因在北大荒，地老天荒而得以幸免的我的父母，全部落网。当然，也就给了我的班主任，一个绝佳的整我的机会，那些日子，他几乎可以天天消遣我。此时，他已经因整人有功，升为学校革委会副主任，实际上掌控学校的大权。

在那些日子里，经常上着上着课，不知怎么就变成了我的批斗会，要我交代父母的罪行，表态划清界限，让我浑身是嘴都说不清。全班上台表演节目，就我不能上，一人向隅。玩篮球乒乓球，也没我的份儿，下了课，经常会莫名其妙地挨几个贫下中农子弟欺负，人家打了我白打，如果我敢还手，就一定是阶级报复。可惜，当时的我没有学会识时务者为俊杰这句话，就是不服，挨批斗时还会还嘴。就算阶级报复，挨揍的时候，也一定要还手，哪怕被人打得鼻青脸肿眼睛都睁不开。当然，这样做的结果，肯定没有好果子吃。在父母相继被关牛棚之后，我给他们送东西的时候，由于执意不肯按他们的要求臭骂一顿自己的父母，消息反馈到学校，大家一致说我反动透顶。于是，我的班主任大笔一挥，布告贴出来，我就被开除了。那一年，我九岁。自己回家待着，爹娘都关在牛棚，就我和我的小哥哥在家，我做饭给他吃。

当我在家晃了差不多一学期还是一年的时候，学校再次发生变化，不知怎么回事，有年龄大一点的学生查了我那班主任的档案，发现这么革命的人，居然当年是中右——1957年反右运动中的准右派。这样，这位红极一时的人物，从此不能再做革委会副主任，连教师都免了，给发到后勤去了。接管学校的复员兵中，有一个就住在我家不远，对我印象尚可，然后就通知我复学，降了一级，回到我跳级前待的那个班。没了直接的对头，日子稍微好过了一点，可也就是一点而已，一个狗崽子，依旧得担惊受怕，处处小心，稍不留神，就会遭来无妄之灾，挨上一顿奏，还顺带被老师批一顿。

真正的转机，是学校成立了大批判组，要写大批判文章，还要出板报，墙报。管事的人，搜遍了全校上下，发现就我还能凑合着写写画画。于是，我这个"可以教育好的子女"，就稀里糊涂地进了大批判组。当然，按领导的说法，大批判组的主要成员还都是根正苗红的，但这些主力其实什么也不做，活儿都我一个人干，连写稿带画报头，再把稿子抄到板报或者墙报上去。有的时候，学校开大批判会，批判无论什么人，领导的发言稿，也得我来写。

这样一来，我就成了我们学校的笔杆子。最大的变化，就是至少有一部分的同学和老师对我客气多了。虽然经常熬夜出板报有点辛苦，但有时候还能到食堂弄点剩饭吃，只要领导要稿子，这边上着课也可以昂然出来，穿过教室的时候，让同学们感到很羡慕。其实，那个时候，这种最基层的所谓大批判组，要干的事相当简单，无非是跟着两报一刊鹦鹉学舌，再联系一下本校本地的实际，随便扯就可以，没有人会深究的。每篇文章的开头，最常见的是"东风吹，战鼓擂。""红旗飘飘，彩旗猎猎，革命形势一片大好"。所谓的报头，也无非是根据现成的报头图案，照猫画虎描上去就行，无非是些表情严肃，夸张地伸着拳头的工农兵。但是，就这样的活儿，就是没有人能胜任。他们用我，其实也是不得已。

当然，这样的不得已，还是有人心有不甘。记得当年我们学校唯一的一个大学毕业生（记得好像是学农学的），阶级观念就非常强，总是惦记着找成分好的学生把我替下来。实在找不到，就找两人跟我学，意思学会了就取我而代之。可惜，这俩宝贝无论如何都学不会，有一次，他们中的一个抄完了黑板报，字实在太难看，我帮着修了修，回头让那位老师看见，连声夸好。但第二次他自己写，我不再修了，依旧一塌糊涂。这个状况，让那位阶级斗争弦绷得很紧的老师十分丧气。不过，老师就是老师，他不久就想出了新的办法，硬找一个成分好的跟我一起出板报，并吩咐我以后只准干活，不能声张。每次板报出完，他都对外说是那个成分好的学生干的，至少是以他为主干的。时间一长，我成了人家的替身，隐在别人的影子里面。还好，替身始终得存在，不仅要替他出版报，还要帮助他做功课，不可或缺，所以我的日子还能将就着过。晚上出板报，大批判组的男男女女,最欢乐的事情是彼此开玩笑。那个时候,禁欲的禁锢多少开始放松,男女生之间,白天上课不好说话,但晚上"工作",却可以聊天。那种聊天,虽然没有什么带颜色的话儿,但分明就是打情骂俏。那个时候,女生跟男生说话,动辄就说缺德,讨厌说缺德,兴奋了也说缺德,喜欢对方也说缺德,缺德就是一个无所不在的口头禅。男女生打情骂俏,当然注定要泡在一片的缺德声中。女生时不时地还会用小拳头打一下对方,当然不一定只打一个固定的人,约定成俗,只能女生打男生,不许男生还手。当年的我,也没少挨女生的小拳头,女生的拳头打在身上,还配着缺德的娇嗔声,心里一阵莫名的兴奋。不过当时的我,不仅不敢还手,连斗嘴都不敢,只是笑笑,低头干活。不过,明明是打情骂俏,但好像没有人敢真的恋爱,这种事,在那个年头,还属于流氓行为,没有人敢越雷池半步。

　　不过,"文革"日子的紧绷,是越来越放松了。在北大荒这样的人少地荒的所在,放松的就更厉害。革命时被严格限制的男女关系,也大幅度松弛。大人们群里,拉帮套(即丈夫之外的副夫)的重新上位,搞破鞋的也冒头了,而且大有泛滥之势。电影不仅是八个样板戏和三战(地道战,地雷战和南征北战),《列宁在十月》《列宁在1918》都能看见了,有时候还能看见几部朝鲜和阿尔巴尼亚的电影,偶尔也会有几个男女调情恋爱的镜头。那个时候,大家都在操场露天看电影,自带板凳,好处是不花钱,不好的是如果摊上下雨,就只能落荒而逃。记得《列宁在1918》上映的时候,我晚了一步,前面的位置都没有了,只能坐在中间,恰好落在学校一个胖胖的女炊事员的后面。这部电影很有意思,一上来就是芭蕾舞天鹅湖的场面,舞台上一群光着大腿的女演员在跳天鹅舞,男女主角还时不时地kiss一下,然后那些红色水兵一阵欢呼。当时,这样的场面,在中国还是相当刺激。画面出来,人群一阵小小的骚动,我前面的胖炊事员一个劲儿地说,缺德,缺德,缺德! 我分明听出胖炊事员的声音里,带着兴奋和一种说不出来的情绪，很有感染力。不久，就传出还算有几分姿色的胖炊事员跟我们书记之间的绯闻。其实，这位胖炊事员人挺好的，我们晚上出板报忙晚了，到食堂找东西吃，只要她在，每次都能吃到好的。绯闻的结果如何，我不知道，不久，我转到了另一所中学，五七中学。

五七中学是一所半工半读的学校，我们半天上课，半天劳动。虽然说，在原来的中学也经常劳动，不仅农忙时节要下连队停课劳动，平时学生也要帮助种学校的地。但是硬性规定要半天劳动，还是让家长们感觉有点多。不过，当时我们都挺高兴的，干起活来，特别卖力。自己养猪，自己吃肉，自己种菜自己吃，在菜和猪都没有收获的时候，我们成天就喝菜汤，吃咸菜。不过，在这里，阶级斗争的弦却进一步放松，似乎没有人在意我是个可以教育好的子女，学校的板报，就全交给我了。内容逐渐从大批判，变成我们学生的抒情园地，充斥了我们自己写的乱七八糟的诗，看上去虽然还很正面，相当革命，歌颂领袖的陈词滥调不少，但已经没有多少火药味了。而且，学校歌咏比赛的串词，对口词，后来连相声，小话剧也由我来写了。大批判组的名义也没有了，但凡有这样的事，学校就来找我，我堂而皇之地做了主角儿，用不着再给人家做替身。这样的得意，让我从夹着尾巴做人，变成少年轻狂。这样的好事，直到我因为林彪事件，进而怀疑"文革"，再一次犯了政治错误，才算结束。

我的大批判组的生涯，就这样结束了，说实在的，做过这样的事，直到今天，我也说不上后悔。因为当时的我打死也没有后来的觉悟，能意识到大批判是错的。被踩在泥里的人，能少被人踩几脚，都是好的。进大批判组，就切实地能让我被少踩了不止几脚。当年，这样的大批判组，全国不知有多少，有一万个，就是一万种一模一样的鹦鹉学舌，无非学梁效，学石一歌，学两报一刊。现在看来，是既做了无用功，又毒化了社会空气。在当年，我相信所有进去的人，都干得挺欢，相信自己是在做对革命有益的事。事情都过去了，毕竟那时我还小，没有打人抄家，也没有鼓动别人打人抄家。我生不幸,赶上"文革",做点今天看来的荒唐事,在所难免,即使再使劲,也抹不白那段岁月。我经常问自己,如果我那时候成分好,是不是也会参与打人抄家(虽然年纪小,跟着大人屁股后面也是可以的)? 真是很难说。虽然把人活活打死也许办不到,但充满革命义愤打人,整人,估计也是会做的。现在看来,只是说是万幸,我那时是那样一种地位,只配被人打被人整被人抄家,从而免去了我后来的良心负疚。我的大批判组生涯,本质上虽说不过是跟着人喊万岁,喊打倒,但也属于站在一群人前面在喊。把自己的青春才华(如果算有的),贡献给这样的一种无聊事,还做得津津有味,干劲十足,想来真是荒唐,但也没法不荒唐。

选自《名作欣赏》2014年第4期

评鉴与感悟

实话并不一定人人爱听,但张鸣先生爱说实话,而且还说成了一种风格,说得痛快,也说得机智。忘了哪一年开始追他的文章,但凡找得到的,差不多都看了。他说历史,也批判歪风,感觉他就像大战风车的堂吉诃德。这么比喻,并没有取笑的意思。我是说,他总有那么一种正气在。看了那么多,对他个人的生活轨迹却并不清楚。也是读了这篇文章,我明白了他为什么对时政会那么用力。从那样一段艰难岁月中走过来的人,清醒的人,恐怕都会珍惜幸福生活来之不易。只不过,有的选择了独自享受,而他,却生怕别人忘记。他好像早就看透了这个民族的劣根性,善于遗忘,还喜欢自欺欺人。他恨不能耳提面命,让人时刻警醒。这么形容,仍是言不及义。事实上,张先生的文章写得情趣十足,偶有闲言,也像是听到了金石之音,让人心境澄明。

雪夜对酒长谈 | 杨 渡
——记黄顺兴

1

　　1993 年的冬天，我在异乡下着雪的早晨醒来，旅馆窗上一片茫茫白雾。拭开玻璃上的雾气，触手冰凉中，只见对街上本有几间老式四合院民居，深灰瓦片都已盖上厚厚一层白雪。几株槐树枯枝被雪压得有些弯了，却反而带出一种水墨画的黑线残损，留白空寂的意趣。

　　我竟开始怀念起亚热带的阳光。刚刚才梦着自己还在台中老家的三合院里，帮母亲看守蒸粽子大灶的炉火，梦就醒来了。

　　"找一个老朋友喝酒吧！"伴着梦中的怀乡心绪，我打了电话给黄老。他来北京生活很长一段时间了，却住在人大常委会的老招待所里。那招待所有一个会客间兼办公室，后头有卫浴设备和一套休息的卧房，但无论空间如何，它总是堆满了书。那书堆中的黄老，老是让我想到一张石刻版画。画中堂吉诃德瘦骨嶙峋，须发乱长，埋身书堆中，而他的头上，外在世界已经充满了妖魔鬼怪，他却自持一把长剑，仰首向天，仿佛还在呐喊着正义与公理。

　　"啊？怎么是你啊？我还在梦中，就被你吵醒了。"黄老嘟哝着。他带了一种半睡半醒的声音。

　　"怎么了？我以为八九点，你应该已经起床了。"

　　"没关系。我只是刚刚做了一个梦。梦中我正在想怎么回答，你的电话就把我叫醒了。"他依旧迷迷糊糊。

　　"你应该谢谢我，把你解救出来了。"我玩笑说。

　　"哦，可是这个问题没解决不行哪，它确实是一个社会问题，反正是你把我叫醒,也帮我想想办法吧。"他把梦的问题赖给了我。

"没问题。"我感到有些可笑了。他可能还未完全清醒,我就姑妄听之。

"我在梦中,有一个台东山上的原住民青年,他跑来山下问我说:县长啊县长,我有很困难的事情,你帮帮我。你也知道,我以前当过台东的县长。他们什么事都找我。我就问他,你怎么了,山上有什么事? 他说,不行啦,山上的女孩子都被带去山下卖了,我们村子里娶不到老婆,县长哪,你帮我们想想办法吧。我就想,实在很困难,他们也娶不到山下汉人,这么穷,没人敢嫁,要怎么过日子啊? 做县长的,我也要帮他们想一想办法……"

"呵呵呵,结果你要怎么办?"我想起台东山上,那种阳光高照,大地热得可以融化石头的风景,而在达仁乡、太麻里的山林中,我们的阿美人、排湾人兄弟,黑黝黝的皮肤,却兀自有一根根硬极了的男性生殖器,像一株株强硬的南方植物,天天挺举向天,对着初升的红太阳升旗。那么"硬挺的荒凉",那么荒谬又可笑,那么温暖又悲哀。而那里的女孩子,往往是国中一毕业,还未发育好的身躯,就被山下的人口贩子骗去卖身了。

"结果,我还没想好怎么解决他的问题,你的电话就来了,幸好你把我叫醒了,不然,我也没办法对付那些青春的荷尔蒙。"

我有些悲哀地笑起来:"他们那一根,也要你伤神,你这个县长也当得够可以了!"

"唉,你不知道,他们什么事都来找我解决。好像我是父母。原住民个性很直,一根筋,从头顶通到了尾巴,很可爱。"黄老说。

"你当县长,都二十几年前的事了,还在为他们担心。"我说。

外面白茫茫一片了。大雪把四合院的屋顶都盖满了,只有几根烟囱冒着白雾,行人掩了口鼻疾走,一个卖煎饼的小摊子前,站了几个等候的人，呵着手，冒着白气。几条黑色人影在莽苍大地上，孤单渺小，愈发显得生命的卑微。

约莫二十几年前，他很年轻的时候，就担任过台东县议员和县长，在台湾的后山，以原住民部落为主的最偏远的地方，他带着行侠仗义的豪迈，社会正义的信念，帮助过许多贫穷的农民。他的男子汉气魄，饮酒的豪爽，坐在小炭炉边聊天的真诚，赢得原住民的认同。

第二任的时候，国民党彻底买票、做票，把投给他的票，硬生生给换成了国民党提名的对手。原住民生气了，他们连夜跑下山来，跑到县政府前面，哭着说：县长啊，你在干什么，为什么把我们的票都变不见了？我们投下去的票是给你的，可是开出来，却不见了。县长啊，你把票还给我们！

县长，是纯朴的原住民能见到的最高层级的政府官员了。他们以为父母官可以决定一切，包括找回失去的票，却不知道上面还有更高层级的操控者。

县长没办法，只好安慰他们说："这一次被他们骗了，票被拿走，下一次要很注意顾好哦。"

他伤心地离开台东，回到彰化乡下开了一间养猪场，用自己的农业知识，以及日本的关系，兼做猪肉外销日本的生意。他在"立法院"首度推出保护环境、反对污染、反对核能发电的质询。然而，他再次选举"立法委员"时，国民党再度用买票做票的手段封杀他。为了宣扬理念，他自己办了一份杂志叫《生活与环境》，专门宣扬环保生态理念。可惜在1980年代初期的台湾，经济狂飙与疯狂的发展崇拜，让他成为寂寞的先知。《生活与环境》办了一年多，宣告停刊。我当时刚大学毕业，在读研究所，一边兼着办《大地生活》报道杂志，就和他熟识，也偶尔一起喝点小酒，或去彰化的养猪农场找他，彻夜长聊。

后来对台湾政局失望了，他决定悄悄离开台湾转赴大陆。当时还在戒严时代，当局认为这是"叛乱投共"。他的名字顿时成为禁忌。在大陆，他一样秉性耿直，正气做人，毕竟他是1949年后，赴大陆的台湾人中最高层级的地方首长，所以得到礼遇，担任"人大常委"，这是相当于部长级别的待遇了。他在人大会提倡秘密投票、表决前开放讨论等，总是引起注意。1988年3月，他在人大会中举手，高喊"我反对"，那时，邓小平、杨尚昆都坐在台上，认真倾听他的意见。

1990年之后，他到处考察旅行，预知中国经济大发展后，以人口之多，环境观念之淡薄，保护法令之匮乏，国营事业权力之大，以后会有大隐忧，于是他希望成立环保民间团体，以提倡保育，形成民间的监督力量，协助政府避免污染公害。他用自己微薄的力量，写文章、写内参，不断呼吁。

他的召唤，他的诉求，总是早于时代十年、二十年。在全力吸引外资、发展经济的政策下，他的声音，显得微弱而可笑。如今的他愈发寂寞了。

2

黄老指挥他的生活秘书把一锅卤过的猪脚，盖上大葱，灌满啤酒，再加一些酱油调味料，放在电炉子上，用细火慢慢炖煮。没多久，香味就飘满了屋子。

屋子空间本来就小，堆了到处的书和公文资料，现在也都沾了啤酒猪脚香。他并不整理客厅的沙发，反而把书桌上的资料挪开，腾一点桌面，放了杯盘酒瓶，帮我找来另一张藤椅，上头垫了毛毯，对坐，说："坐这里喝，比较舒服。"

我们不急，冬夜天黑得早，才五点多一些就暗下来了。夜还长着，先喝下一杯黄老浸泡了三年的东北人参酒暖身，再开了我带来的威士忌，配了他准备的凉菜，我们的雪夜长谈才算刚刚开始。

那女秘书一脸秀气白净，书香气质，眼神清亮然而精明，是学了中医的护士。她看我和黄老相熟，也不直接劝阻喝酒，只微微向黄老嗔笑道："你们这样空着肚子喝，是按了北京人的规矩，依台湾人的规矩，得先吃了再喝。等一下，猪脚熟了，先吃一些，不要空肚子喝，怕不喝坏了。"

"唉，你不了解台湾人的习惯，碰到好朋友，要先干三杯。"黄老语气轻松地说："你不用管这么多，男人喝酒的事，女人不了解。忙完了，先回去照顾你妹妹的孩子。那小女孩，真可爱呢！"他转头对我说。

"哎呀，你心脏不好，还是少喝一点。适量就好。那起搏器还没换之前，还是得小心一点。杨先生你说是不是？"她的眼睛迅速看了我一眼。

"是啊，我会稍微控制着。"我心想，这女人果真是厉害角色，用眼神就可以支配人。

"你放心回家吧。我们老朋友会慢慢喝。我们说太多台湾话，你不懂，不会感兴趣的。"黄老说。

"那明天早上我再来帮你按摩，你们慢慢喝。"她回头对我说，"你帮忙看着，他心跳不太稳，要小心一些。"

"她呀，实在是一个中医世家出身的女孩子，'文革'时被打击很重，失了学，不然现在就当医生了。她真是很聪明，很上进的女孩子。"仿佛怕她听见，黄老改用台语说："她后来跟着我，很用心照顾，我这一颗心脏才能跳到今天。她不怕禁忌敢跟着我了，也是很大的勇气呢！"

这生活秘书早已成了他的情人，让他宁可把政府配给的公寓房子，丢给原配，跑到这办公室来蜗居，我原本还不太知道为什么，现在仿佛明白了。感情的事，起了头，后面就只能一路下去，这也实在不是谁能控制的。我只是不甚明白在感情世界历经多少风浪的黄老，怎会如此晕船？

秘书走后，黄老才说："我这起搏器是以前在台湾装的，现在旧了，要换新的，可是在大陆，我不敢换，对这里的医生和技术，我不太有信心。

前一段时间托人向王永庆说好，要回长庚换，可是我申请回台还有点问题，就暂时拖着。"

"也还可以让女人心跳，不错啦！"我说。

他高兴起来了。我们喝了一些酒后，他终于说："今天找你来，我有些话想交代，就是怕万一起搏器还没换，我突然去了，就来不及说了。万一有什么事，你得帮我一个忙。你为人义气，文笔也还不错，一定要答应下来。"

"什么事？"我有些惶恐起来。不是不敢承应，而是怕自己做不好。

"你要先答应了，我再说。"黄老坚持着。

"没问题，我只是担心我做不来，只要力所能及，一定做到。"

"你答应，我就放心了。那再喝一杯，你听我慢慢说。"他喝了一小口的酒，望着窗外的白雪，娓娓叙说。

3

这些时日，以前那个老妻找人写了一本书，要控诉我过去的不是。那些内容，主要是夫妻两个人一生相处的是是非非，无非就是说，我对不起她。这实在没什么了不起的。但她请一个大陆作家代笔，挂上她自己名字当作者，打算在台湾出版，这已经是有意地打击了。对我的指控，是我对不起她的，我全部承受，但太多不实的污蔑，我不能接受。她写的内容，真真假假。夹杂在一起，会让人一时难以分辨。我不怕她写，怕的是如果心脏起搏器来不及换就过世了，而她的书又出版，我连替自己辩驳的机会也没有。所以我要在这里向你交代，万一我过世了，她的书若出版，你要出来把事情讲清楚，还我清白，否则我会死不瞑目。

好，你既然答应了，我也放心了。我们继续说。

事实上，夫妻之间的是非，只有彼此知道，有些太多不能为外人道的悲哀，一般人还可以说一说，我们这样的公众人物，只有吞下去。她的书中必然要说到我最对不起她的，是我年轻时候和她妹妹也有关系，还生了孩子，最后她妹妹无法承受压力，自杀过世。可是谁知道呢？在二战后台湾刚刚光复的日子里，她们姐妹二人孤独无依的来寻求我的协助，我帮了她们的忙，她主动要结婚，这一切，她妹妹看在眼里，感动在心里。后来她怀孕生孩子的时候，身体非常虚弱，妹妹来家里帮忙照顾，我们才日久生情。我虽然也浪漫漂泊，却是讲义气的男人，不会欺负弱者。如果不是她的妹妹愿意，我怎么会这么做？何况，在我们这一代人的观念里，像王永庆那样，有两三个老婆也只是平常的事。

但她一生不谅解，对我，也对她妹妹。后来我宁可去台东打天下，也是希望远离西部的是非。但无论如何，她妹妹一直无法原谅自己，最后受不了自责而自尽了。我要怎么承受这些事？我的痛苦自责，只有更深，不会更少啊！但无论如何，我仍要好好带大孩子，做一个尽责的父亲。但我能怎么说，只能承担这一切罪过啊！

然而她也并非无罪过的。有一年，我想发展台东经济，请朋友介绍日本大商社的人来考察，她很感兴趣，主动去陪同，最后却变成有暧昧的关系，那日本人主动来台东找她出去玩，甚至可能有怀孕。我除了要求她切断关系，还能如何？但这些事，对男人来说，是很没面子的事，我能说出来吗？

恩恩怨怨，千疮百孔，夫妻久了，就是这样。

我最不能忍受的是，在戒严体制下，我出来选举，不断受到干扰跟踪，但还是有人愿意默默支持。许多朋友在暗中协助募款。有一次庆黎帮我募了一些钱，带去员林养猪场给我，当时我不在，她把钱收下了，却不告诉我，直到事后我去向支持者致谢，才知道有这一段。我问起此事，她却说，已经在选举和家用中花光了。一个有志政治的人，清白是最重要的，我们得到金钱支持，是因为没有一分一毫的钱，进入自己口袋，怎么可以把家用和选举的捐献混在一起。这是不能容忍的事啊。我气，我骂，我恨，但我能出去说吗？我只能告诉朋友，以后有捐款，一定要先让我知道，不能欠着人的情义。

我气得想离婚，她却反过来威胁我说：如果你敢离婚，我就把你的所有事，去告诉警总，我敢对她无情，她就无义。

我不是怕事，多少政治的内幕，多少支持者的身家性命，多少必须保守的秘密，是不能让国民党知道的，如果她出去说，我坐牢就算了，可是不能牵累朋友。我只好忍下来。

这婚姻就这样拖着。千疮百孔，离枝散叶，却离不开，散不了。

有一段时间，我没有当"立委"，也没有任何政治头衔，比较落魄，她几乎就想放弃了，理都懒得理我，已经在离婚的边缘。后来，我离开台湾，来了大陆，这里给了我较好的待遇，有房子住，她又从海外来了。我能跟这里说，我们感情不好，不要让她来吗？

我是多一些罗曼史，但像我们这样的人，总是有一些浪漫的气质，英雄的气概，难免会吸引异性的注意，尤其长年在外奔走奋斗，流浪天涯，有些红粉知己也是难免。不是我一个人这样，是我们党外的男人大多如此。如果没有一点浪漫精神，没有敢爱敢恨的气魄，你怎么敢出来反抗国民党？更何况我们在反抗和威胁下度日，哪一天会进去坐牢都不知道，难免有一种亡命天涯、不拘小节的浪漫，这种危险刺激的生活，会让女性很感动，并不奇怪。孙文不是这样吗？他年纪那么大了，还吸引朋友的女儿离家出走，跟他去搞革命，这不是浪漫的表现？

那时候，我们有时违法游行，抗议万年国会，要求解除戒严，那情势之紧张，总是让人神经紧绷，不知明天会不会送入牢房。许多夜晚，我们过度兴奋，无法入眠，只有喝酒找女人，想办法让自己平静下来。男人女人都一样。在极端的兴奋与恐惧中，总是会寻求一点慰藉，一点温暖。

夫妻之间，只有互相了解，互相容忍，如果事事都要计较，随时提防出卖，甚至还威胁要去告密，这婚姻怎么维持得下去？

现在，我已经老了，我们老兄弟，跟你坦白说没关系，离开台湾之前，其实我的性功能，已经没法用，治也治不好了。我不知道她还想要什么？跟她的恩恩怨怨，一生一世，也该了了。我只想最后跟她有个了断，好好收场。我只希望跟这个中医生活秘书，安安静静过最后的日子，通过她的照料，我还可以到处走走，为中国的老百姓，再做一点事，仅此而已。

我能做的事，也不是太多了。未来，我想成立一个环境保护的民间组织，以免有一天，经济发展起来，中国变成公害输入大国，大陆的教育还不普及，不知道保育，生态一破坏，中国的大好河山就万劫不复了。

唯一想不到的是，那个几乎想遗弃我的人回来了，要回来报复，只为了我有这个中医女秘书。她发疯了，竟写一本书来报复。人哪，真是奇怪，从来也不珍惜，有一天要失去了，才发疯似的想拥有。这是无用的。彼此的心早已不在，拥有这躯壳和婚姻的形式，有什么意义？我们都老了。好好用完这剩下的日子吧。

像我们这样的雪夜长谈，人生中，还能有几回呢？

4

我站起身，看见窗外的小院子里，雪已经积得快半尺高了。卫兵躲在哨亭里，一盏昏黄的小灯，一个晕晕的人影，天地无声，白夜虚无，一切的影像，仿佛都要被吞没了。

我忽然明白，世间爱情的极致，莫过于在革命浪潮下的爱欲。那是走在亡命边缘的最后缠绵。而黄老曾经历的，一定比我们还深刻激烈。他跨越日据、戒严时代、党外时期、流浪北京，追寻失落，人生跌宕起伏，难免影响夫妻情感。多少低语柔情，多少割裂撕扯，多少爱与死的欲望，多少恨与生的绝望，几十年时间，绝对不是我能想象的。他们要打起来，我怎么敢多说一句?

"黄老,你哪一天回台湾换起搏器?"望着一大堆书籍数据,穿过古老而昏黄的光,望着他有些沧桑的面容,我叹口气问。

"还在安排,这里是可以放行的,就等台湾那边放行,只是公文还没下来。等天气好转,温暖一点,我就可以回去。"

"你还是快快好起来吧。"我苦笑说,"你们的婚姻故事太长,恩怨情仇太多,外人怎么说得清楚啊。何况,背叛与被背叛,那么久的历史,我还真无法替你去说。"

"呵呵,没办法的时候,只好靠你了。"他笑起来,"不许逃避哦!"

"我两肋插刀都不怕,就怕这说不清楚的……"

"所以才要找你啊。"他天真地笑了。"以前Jakie说过,这世界值得亡命的只有两样:一个革命,一个女人。当时觉得真痛快,真爽!"我微醉地说,"现在我知道了,世间最可怕的有两样:一个革命,一个女人。痛快过后,都很不好收拾。"

"像我们这种男人啊,不怕政治的打压折磨,就怕有情有义用生命来相伴的人。我们怕辜负人,却无法成全所有人。"他眼睛望着窗外,目光涣散,仿佛在远远的地方。

"你刚刚说,几年前你那个性功能,就无法运作了?"我有些犹豫地问道,"那你怎么还要为这个女人去折腾呢?"

"你这个少年人哪,太年轻,不会了解的。"他静静微笑着,"以前,我在台东当县长的时候,遇见过一个县议员,那家伙七十几岁,还娶一个小老婆。我就问他,年纪不小了,那个家什,还能用吗? 他就笑我说,你这个年轻人哪,不会了解的。以前我们家养了一头老牛,他的老皮很粗、很皱,可有时候,他牛皮会痒,就在乡下的土墙上,磨蹭磨蹭,挨来擦去的,这样来止痒。我们这种老皮,虽然不一定很有用,但这样止止痒,也是很舒服的。"

我有些惊讶地看着他，仿佛在看一头老牛。他忽然顽皮地笑说："说笑的啦！憨团仔，你以后就会懂了！呵呵。人哪，有情有义，不是只有身体。"

　　那一刹那间，我忽然觉得自己看见的，依旧是那个在台东山谷里奔走的老县长，有一点原住民的玩笑爱闹，有一点乡下人的天真纯朴，有一点老牛的坚韧耐劳，有一点老农民的调皮世故，像一个老顽童。

　　1993年底，黄老换了心脏起搏器，那报复之书也出来了，还好他自己出面反驳，很快平息。在20世纪的最后几年，他又到处去旅行，还写了一本日文书在东京出版，探讨21世纪的中国趋势。他依旧写了许多报告，提醒中国政府，千万要注意环保生态，莫变成"国在山河破"，造成无法挽回的悲剧。但时代兀自向着拜金主义、物质膜拜狂奔而去，谁也抵挡不住了。

　　2002年3月，一个黄昏，他在北京的寓所看着电视，还一边嘟哝着什么话，不多久那秘书出来一看，他双眼闭上，仿佛睡着，却已经没有声息。

　　他的骨灰送回到台湾，我们办过纪念追思会，等他的骨灰撒入无边无际的太平洋，属于党外的浪漫时代，属于反抗的风骨情义，也就慢慢地消散了。

选自《南方周末》2014年8月8日

评鉴与感悟

　　写人记事的文章，最怕热情理盲，杨渡先生这篇文章写得情感充沛，但却守法有度，写出了一代长者的人情义理。也许最令人意想不到的是，我们发现重要的是过去，是我们的文化和历史，是我们曾经有那么多谦逊的长者，为了这个民族所做的一切，而非现代人的急功近利，自我推销。

八十年代的严打（外一篇） | 叶兆言

"严打"这词，我们这代人心中留下了很特别的印痕。和"文革"应该分不开，它首先是个运动，是运动就有声势，难免轰轰烈烈，难免虎头蛇尾。

小时候，动不动遇上运动。记得小学快毕业，搬了课桌椅到马路边，用一种纸糊的土话筒，一遍又一遍地高喊"行人要走人行横道线"，有人这么喊，没人也这么喊。那年头汽车也不多，人行横道线也不多，多的只是这种临时放在马路边的课桌椅，多的只是小孩子的呼喊。记不清为什么会这样，闲着也闲着，每隔几十米一组同学，戴着红袖标的我们不厌其烦，有一阵没一阵地喊口号。

结果该怎么还是怎么，行人照样不走人行横道线，我们自己也不会走。上学放学过大街，直截了当过去。从小都很习惯嘴上一套，实际上又一套。"文革"结束不久，有一天，一个知道很多内部消息的朋友从上海过来，说社会风气正变得不像话，连续出现了几次小流氓当众将女人衣服剥光的恶性案件。一直到现在，我仍然不明白当时的众目睽睽之下将女人衣服剥光是怎么回事，只知道这属于非常流氓的一种行为。

在"文革"中，流氓是个奇怪字眼，男孩子都知道它不好，又都知道真正的流氓都是厉害角色。南京俗称"小纰漏"，为什么这样叫，说不清楚。我们搞不清楚"纰"怎么写，一直还以为是"屁"漏。"小纰漏"又叫活闹鬼，大家其实很羡慕他们，能打架，讨女孩子喜欢，敢调戏妇女。在孩子眼里，流氓就是那些无所顾忌的家伙，不怕死，不守规矩。那年头，快到五一和十一，要枪毙一批人。杀得最多的是现行反革命，在体育场公审，然后游街示众，印象中总会有几个陪绑的流氓。

"文革"后，这一切都结束了。被枪毙的人开始平反，体育场公审游街示众，类似场面似乎再也不会出现。改革开放思想解放，实事求是，团结一致向前看，都是非常正面的字眼。就在这时候，社会治安出现了一些问题。当时媒体还不发达，小道消息全靠口头流传，以讹传讹，三人成虎众说纷纭。

　　我对严打的记忆是模糊的，仿佛隔了一层纱，始终都是在听说。上海街头当众剥光女人衣服是1979年，这以后，常会听到一些九斤太太念叨，现在怎么不好，怎么不像话。社会不安定因素确实存在，很多社会问题，本质上都是"文革"后遗症，大批知青回城待业，下放户回城没房子住，如何安置如何解决，所有这些都让当权者头疼。十年"文革"，强大的无产阶级专政权威下，老百姓多少还有些小心翼翼。后来人不了解，都以为一个可以打砸抢的时代，人们一定会活得很自由，很浪漫，事实上整个"文革"期间，就是一个完整的高压严打态势，大家活得都很压抑。"文革"一结束，锁链被打开，胆子立刻大了，有些出格难免发生，有些行为在当时非常不像话，今天看起来十分平常。

　　严打应该是1983年，我表姐和朱德一个孙子是大学同学，记得当时听她说过这事，说朱德的孙子也被枪毙。表姐病故多年，我写这篇文章，突然糊涂了，弄不明白是哪个孙子。反正轰轰烈烈的严打说开始就开始，民间积累了很强烈的要求，自上而下都有一种应该收拾一下的情绪。今天说起严打，恐怕谁都会觉得过分，有资料证明，1984年10月31日，严打第一战役总结，法院判处86.1万人，其中判死刑2.4万人。另一份公安部的数据显示，三年五个月的严打共判刑174万人，劳教32万人。

　　中国人口基数太大，跟此前的镇反和反右一样，不是当事人，都会觉得事不关己。无非听说谁被抓了，有谁，还有谁。邻居的一个小孩被抓，大家聚在一起，各自说段子，我就卖弄这孩子的故事。他比我小不了几岁，读书自然不好，也不求上进，一出事，因为熟悉，立刻联想到种种理由。中国民间始终都有种正义感，或者说自以为是的道德洁癖，很容易得出有事就是真有事的结论，是报应，是罪有应得。笼而统之，只要是个运动来临，都会有些群众基础，都可能得到老百姓的暂时拥护。

我不想对严打做出评价，评价早有了。80年代中后期，我所在的出版社出过一本《中国西部大监狱》，记录了当时监狱的人满为患，这是从严从重从快的直接结果。我们喜欢眉毛胡子一把抓，喜欢搞运动。说起严打，都觉得是因为这个那个，因为"东北二王"，因为"卓长仁劫民航客机"，因为一起又一起的"恶性流氓案件"，都能理直气壮找到依据，所谓乱世要用重典，不就是抓几个人杀几个人吗？

不能说严打没一点用处，未必又有多大效果。说白了，没有法制，撞在枪口上的感觉，永远不会让人心服口服。譬如邻居的孩子，法律对他来说等于儿戏，他的一生基本上毁了，只是在一个不合适的时间犯了点小错误，平时根本算不上什么，遇上了严打，真没地方说理。不由地想起小时候在马路边上的吆喝，让大家过街要走人行横道线，光嘴上一阵阵热闹，并不太当真。结果偶尔当真一下，只能是搞个运动，重罚一次，谁遇上谁倒霉，事情过了就过了，然后一切照旧。

80年代的"开后门"

20世纪80年代的计划经济，老一辈人都有深刻记忆。记忆这玩意儿很有意思，像一张褪色老照片，无聊时打开看看，常会引起不一样感受。对于上岁数的人来说，计划经济不陌生，它与生俱来，我们刚一出生，就仿佛阴影一样紧密伴随。我们都用过粮票，用过布票，这票那票掰手指数不过来，当年有一种豆制品副票，编好号的，到日子发通知，某号可以买酱油，可以买鱼，买酒，为什么叫豆制品副票，而且全国各地统一称呼，没人能解释清楚。

191

习惯成为自然，成为应该，我这年龄段的城市人对计划经济谈不上太反感。一件事一旦成为习惯，即使身受其害，也会习惯性地接受，觉得这个理所当然。城市人习惯了粮票，享受了粮票，粮票成了城市人的标志和骄傲。吃商品粮成为一种既得利益，如今听上去怪怪的，但是，它确实是一个时代的鲜明特征。

到了80年代，忽如一夜春风来，说着说着就改革开放了。很多人都认为是粉碎了"四人帮"的缘故，好像这四个贼人不除掉，就天无宁日，国家再也不会有希望。我印象中，其实"文革"中也有过改革苗头，譬如当年的"整顿"就很像回事。改革开放说白了是这两个字的翻版，"文革"后许多东西，"文革"中已经有过。记得那时我还在上中学，动不动还要说伟大领袖毛主席，突然听说要开四届人大，要抓经济了，说经济再不抓就不行了。

学校里照例要上政治课，政治课上又总是要说，经济基础决定上层建筑。我们像小和尚念经一样，有口无心地对付着考试，什么叫上层建筑，什么叫经济基础，根本弄不明白。老师自己也不明白，很快反击右倾翻案风，邓小平说不行就不行。那年头印象最深的是政治运动永远不会完结，千言万语一句话，阶级斗争还是得抓，阶级斗争一抓就灵，灵不灵我们也不知道，就知道必须得抓。

当然，所有这些都属于桌面上的冠冕堂皇，印象最深的是"文革"后期开后门。什么叫"开后门"呢？就是凡事都要通过关系，都要找熟人帮忙，找熟人的熟人关照。开后门成为时代特色，成为几乎公开的潜规则，应该说和"文革"有着密切关系。"文革"把经济给搞垮了，什么都要计划供应，掌握计划的人就有一种相对权力。商店里小领导，菜场上卖鱼的卖肉的，生产队队长，各级革委会主任，手里只要有点小权，都有可能成为开后门的对象。今天的年轻人怎么也想不明白，为什么有些女知青为了回城，为了一个工农兵大学生名额，会心甘情愿地被农村干部奸污。

这样的丑恶当年显然不在少数，根据有关文件规定，只要发生，只要女事主告发，一律按强奸罪论处。

20世纪80年代，不正之风的开后门得到了有效控制，市场经济开始发挥作用，年轻人游戏规则悄然改变，首先是高考恢复，可以相对公平地在考场上搏杀。其次，这票那票作用逐渐减少，只要有钞票，想买什么都能买到。但是只要还存在计划经济，就会有漏洞，开后门的风气就不可能完全杜绝。印象中有几件小事总是难忘，一是彩色电视，一是安装家庭电话，一是换煤气灶。

先说彩电，80年代初期，彩电还不普及，很多人家都买12英寸的黑白电视，那时候都觉得能有个黑白电视已不错了。很快，彩电成为家庭基本配置，立刻紧俏起来。一紧俏就要凭票供应，一凭票，难免开后门。当时已流行下海做生意，身边几个一起玩大的干部子弟，所谓下海就是倒腾各种批文，成天听他们吹牛，都是即将发财的样子，真正发财也没几个，下大狱倒不止一位。

有个哥们开了家贸易公司，打白条预售彩电，生意顿时火爆。因为他爹是做官的，也没人会怀疑，大家仍然延续过去开后门的思路，想办事，就要去找有门路的人。没想到出现了问题，钱收了，用了，彩电却交付不出。我始终没搞明白问题出在什么地方，反正这哥们从此一蹶不振，在牢里待了几年，一出来就跟我喊冤。

当时安装电话也很不容易，要级别，不是谁都能装，够了级别也要排队登记。记得我们家装电话，公家先请吃饭，为什么公家请客，因为是公款电话。终于到安装日子，泡茶递烟，临走一人送包香烟，结果电话安装好了，却迟迟不通，一开始不明白为什么，后来才知道是得罪了小工头，按照行情应该送一条烟，一人给一包太小气。怎么办呢，再托人说好话，再请吃饭，吃完饭第二天，电话通了。

那年头的电话电力煤气，都是大爷，任何一名员工都可以牛得不行，投诉这词似乎还没出现。我们家换煤气灶,新灶具活生生高出台面一厘米,靠一根煤气管顶着,四面都悬空,锅放上去直晃荡。我提出异议,安装工人说就这样了,自己找点东西垫垫。好歹我做过几年工人,没见过这样干活的,可是也没办法,人家就这么横,只好再找后门给煤气公司熟人打电话求助,派了个人过来,很快弄妥帖了。

我女儿出生于80年代,习惯了市场经济,听到开后门这词,想象遇上点事就要找熟人,总觉得很奇怪,很荒唐,怎么跟她解释也不明白。不仅她觉得奇怪,想不明白,我们作为过来人,想起那段历史,也觉得太奇怪,太荒唐,也想不明白。

选自澎湃新闻网 2014 年 8 月 25 日

评鉴与感悟

关于80年代,总有很多想象。这个在中国20世纪史上具有特殊意义的年代,随着时间远去,开始有越来越多的人去怀念。叶兆言先生的这篇文章,语言看似平实,实则饱含着他对生活的精细感受。在他或浓或淡的笔墨中,一个时代的场景和氛围就这样敛染出来了。

汪曾祺在张家口 | 苏 北

关于汪曾祺在张家口的文章不多,除汪先生自己的几篇:《葡萄月令》《随遇而安》《坝上》《寂寞与温暖》《沽源》外,几乎没有汪曾祺在张家口四年生活的研究资料。

前不久看到重庆的陈光愣写的一篇短文《昨天的故事》,虽不长,却让我大为惊奇,简直为我们复原了一段那时的生活,一个活生生的汪曾祺立于眼前。

文中最有趣的一个细节,禁不住让你开口去笑:1959年,在农科所一次学习大会上,领导传达中央文件,提到毛主席提出不当国家主席,以便集中精力研究理论问题。传达完毕,汪忽然语出惊人,怀疑地说:"毛主席是不是犯了错误?"弄得四座为之失色,不知如何往下接话。幸亏在边远的张家口沙岭子的农科所,人还比较纯朴,没人出来发难。所领导愣了一会,于是岔开话题,说:"大家的思路统一到党的指示的思路上来。"敷衍了过去。

真不知道汪老头当时是怎么想的,怎么冒出这么一句奇怪的话来。也可能人在比较高压的政治环境下面,反会说出一些匪夷所思的话来。几天前,我见到汪朗,把上面的这个细节说给他听。汪朗笑说,老头儿政治上比较幼稚。这个细节真好,确实从一个侧面证实了汪的单纯。

写这个故事的陈光愣老人,1958年在北京农业大学毕业,被划为一般右派分子,分配到沙子岭农科所之后,与汪在一个政治学习小组,后期又与汪同宿舍住,这个回忆是可靠的。这个细节也绝非是空穴来风。看看汪被打成右派的依据便可知道,这句话和他早期鸣放时的话语,是何其相似,1957年鸣放时,汪在单位的黑板报上写了一段感想:

我们在这样的生活里过了几年,已经觉得凡事都是合理的,从来不许自己的思想跳出一定的圈子,因为知道那样就会是危险的。

他还给人事部门提意见,要求开放人事制度,吸收民主党派人士参加,说"人事部门几乎成了怨府"。

1958年鸣放,他写了小字报《惶惑》,说:"我爱我的国家,并且也爱党,否则我就会坐到树下去抽烟,去看天上的云。"又说:"我愿意是个疯子,可以不感觉自己的痛苦。"

看看,这些诗意的话,都挺飘逸呢。也只有"全是诗"(黄裳语)的汪曾祺能说得出来。

打成右派后,他回家同妻子说:我现在认识到我有很深的反党情绪,虽然不说话,但有时还是要暴露出来。我现在只有两条路可走,一是过社会主义的关,拥护党的领导,另一条就是自杀,没有第三条路。他凄切地向妻子转说单位领导林山和他谈话的内容,忍不住哭了起来。

到张家口沙岭子的农科所,汪最初的劳动是掏大粪、起猪圈粪。陈光愕回忆:上面派他跟一个又高又瘦胡子拉碴的老头一起赶大粪车。每天往返于沙岭子和张家口之间,在城里大街小巷招摇过市,骡子拉着大粪车在公路上得得地走,汪总是坐在车架上,头戴着护耳的深色绒帽,双手插在棉衣袖筒里,一面听着骡蹄的叩击声,一面默默地眯起眼在想,一副老实巴交的农人的样子。

最锻炼人的当然是在寒冬刨冻粪了。室外零下几十度,人畜粪冻得硬如石头,得用钢钎、铁锹才能把粪弄进粪车。这样的劳动,汪也卖力干。汪自己在《随遇而安》中说"像起猪圈、刨冻粪这样的重活,真够一呛。我这才知道'劳动是沉重的负担'这句话的意义。"陈光愕在《昨天的故事》中关于汪的描述是这样的:每每干得满头大汗、浑身蒸气笼罩,背心汗渍了也不敢脱去棉袄,进入了中医所谓的"内热外寒"的状态。

在劳动之余的政治学习会上,汪畅谈劳动心得体会,说:"古人为了治病，臭粪尚可嘴尝。现在改造思想，闻一闻臭粪又何妨？"（这是陈光愣的记述）。汪自己后来则平静地说："只要我下一步不倒下来，死掉，我就得拼命地干。"

在劳动锻炼的后期，汪从繁重的体力劳动转到果园上班，活则相对比较轻松了。他的《果园杂记》《关于葡萄》和《葡萄月令》就是在果园劳动的产物。他是喷波尔多液的能手。他自己说："这是一个细活。要喷得很均匀，不多，也不少。喷多了，药水的水珠糊成一片，挂不住，流了；喷少了，不管用。树叶的正面、反面都要喷到。"他又说："波尔多液颜色浅蓝如晴空，很好看。……喷波尔多液次数多了，我几件白衬衫都变成了浅蓝色。"最后汪说："我觉得这活比较有诗意。"

还是归到诗上去。

在果园劳动之余，汪读了很多书。汪自己说："我自成年后，读书读得最专心的，要算在沽源这一段时候。"陈光愣回忆说："他的床头小桌上，堆满书籍，古籍为多。晚上，汪多数时间是坐在小桌前读书，读的多是《诗经》。汪有时说，如果能有那么一天的话，就去专门研究《诗经》。"汪先生在《随遇而安》中说："带了在沙岭子新华书店买的《癸巳类稿》《十驾斋养新录》和两册《容斋随笔》。"在《七里茶坊》中说："带了两本四部丛刊本《分门集注杜工部诗》。"汪晚年写随笔，时有提到以上的书，我想多是在张家口读书时留下的印象。人在艰苦环境下读的书，更容易记住。

有意思的是，汪在张家口时，还到一个叫沽源的县画了一段时间马铃薯。汪说："去时大约是深秋，待了一两个月，天冷了，才离开。"在沽源，他每天一早起来，就趁着露水，掐两丛马铃薯的花，两把叶子，插在玻璃杯里，对着它一笔一笔地画，上午画花，下午画叶子。到马铃薯成熟时，就画薯块。画完了，就把薯块放到牛粪火里烤熟了，吃掉。他在《随遇而安》中骄傲地说："像我一样吃过那么多品种的马铃薯的，全国盖无第二人。"而且他能分出土豆的品种名称："男爵"最大，"紫土豆"味道最好，还有一种类似鸡蛋大小的，很甜，可当水果吃。(这个老汪，真是个好吃精！)——最近有人到沽源考察，还有一种叫"黑美人"的，是黑瓤的(土豆多为黄瓤白瓤)！这一款，汪先生并没提到！

关于汪画马铃薯图谱，黄永玉后来在回忆中这样说：他下放到张家口的农业研究所，在那里好几年，差不多半个月一个月他就来一封信，需要什么就要我帮忙买好寄去。他在那里画画，画马铃薯，要我寄纸和颜料。汪自己在《随遇而安》里也说，我曾经给北京的朋友写过一首长诗，叙述我的生活。全诗已忘，只记得两句：

坐对一丛花，
眸子炯如虎。

这个朋友大约是黄永玉了。

那一册《中国马铃薯图谱》丢失了太可惜。汪后来提到过多次，可他毫无惋惜之意。倒是他自得地说："薯块更好画了，想画得不像都不大容易。"

近些年，有人到张家口寻访汪曾祺的足迹。多数人不记得当年的那个黑瘦的中年人了。去到旧地，见沽源的马铃薯研究站已物是人非，倒是有几排旧房子，门前一棵大榆树，屋后一块空地，说曾是储藏马铃薯的大窖。有一个叫赵喜珍的老人只依稀记得：好像是有这么一个人，人瘦瘦的，性格温和。只待了几个月。冬天没有得画了，就走了。

汪先生在张家口待了四年，但这四年对汪意义非凡。他自己说，我和农民一道干活，一起吃住，晚上被窝挨被窝睡在一铺大炕上，我这才比较切近地观察农民，比较知道中国的农村，中国的农民是怎么一回事。是的，汪小时候虽在高邮县城，可家里富裕，他没有真正接触农民、了解农民，在昆明、上海、北京，则更不可能。其实张家口是给汪补上了这一课,虽然是不得已的。

关于张家口,汪后来写了九个短篇小说,十三篇散文,有十多万文字,可以出一本《汪曾祺文学地理之张家口》,这也是汪的收获。汪后来写文章和接受采访时说:"我三生有幸,当了一回右派,否则我这一生更平淡了。"虽是自嘲,但也是实情。

汪在生活中总是能看到美,不管在何种境遇下。他自己说,我认为生活是美的,生活中是有诗的。我愿意把它写下来,让我的读者,感到美,感到生活中的诗意。关于张家口,也是一样的。他写了《萝卜》(其中一节专门写张家口的心里美萝卜)《坝上》《果园杂记》《葡萄月令》《寂寞与温暖》等名篇,都写得很美。比如在《坝上》,他写到口蘑,写了多种口蘑的品种,并说他曾采到一个口蘑,晾干带回北京,做了一碗汤,一家人喝了,"都说鲜极了!"写到关外的百灵鸟,到北京得经过一段训练,否则有关外口音:"咦,鸟还有乡音呀!"——这就是汪曾祺。当然,他的《葡萄月令》,更是文学名篇了。看来,一个热爱生活、热爱美、热爱文学的人,到哪里都能发现生活之中的美,生活之中的诗意。

选自《读书》2014年第4期

评 鉴 与 感 悟

汪曾祺的文章本来就写得漂亮,要复原他的生活,要写出他对待人生的态度,并不容易。苏北的这篇文章,重白描,善造势,文笔洗练,平和率真,写得情真意切。他对当时当地的描绘充满怀旧色彩,刻意营造的画面和时代气息不谋而合。也许,当我们行走的时候慢上几个节拍,反倒能感受到更丰富的世界。

木刻家轶事 | 苍 耳

去云岭那年，正是秋深时节。在罗里村，几乎所有的陈列室都大门紧锁，什么也看不到。仅"陈氏宗祠"的门是开着的，当年它是军部大礼堂，此刻却空荡荡，三两只麻雀跟着人飞进来觅食、啁啾。后来我去岭边一处墓地，在荆棘丛生中辨认着阵亡将士的墓碑。他们埋在这儿四十余年，似乎已被淡忘了。在这片山冲平原上，我看见一条叶子河缓缓地淌着，仿佛是用秋叶缀成的素净项链，挂在古铜色的旷野和祠堂耸立的灰鸽色的村落之间。我不过一过客而已，而它们是山岭和村庄，更是一个历史客体。那年我坐在这历史客体之上，看那围屏似的云岭青葱无云的样子，看岭上巴茅像芦苇一样飘着白絮，在背阴处恍如霜白，在逆光处透出几痕嫣红。

那时候我想到一个木刻家。他是我所熟悉的皖南事变的亲历者和受难者。因父亲与他相识相知，后在"文革"中成为莫逆之交。木刻家后来成了大书家、大画家，但我仍视他为木刻家——他的初衷、他的底色皆源自木刻，他对世界抱有的信念和美学也源自木刻。他刻木刻，木刻也刻着他——他确乎把一生都刻进去了。不管他晚年名头有多大、润格有多高，他在我眼里仍是那个贫寒的木刻家——一个刻木刻的在者和智者。木刻家晚年将自己的画室称作"石木斋"，以示暮年未改初衷与本色，即古人所谓"始境即尽境"。30年代，杭州有一个"木铃木刻研究会"，有人问取"木铃"何意？答曰："木铃"即木头做的铃铛，但在杭州方言里，这是骂人话，说你是阿木铃，就是骂你是个大傻瓜。搞木刻的，就得先做傻瓜，做愚者，否则无法刻木刻，更不会耗尽一生做木刻家的。

20世纪30年代初，这位木刻家还是广州一个瘦弱的穷学生，身着一件粗布的灰蓝长袍,头发很长,面色苍白,身无分文,只揣着一把木刻刀,混迹于周期性亢奋的羊城街头那熙熙攘攘的人流。回旋在木刻家心头的问题只有两个:"我为什么要刻木刻呢?""我是怎样刻木刻的?"当时广州木刻家们有一个自己的"家"——现代版画研究会,其会徽图案是一把被握紧的木刻刀,悬临于一片昏黑滞闷的苍黄大地。他和同仁的木刻作品刊登在会刊《现代版画》上,内容大都是失业者、黄包车夫、破产的农民、街头卖艺者、乞丐、弃妇,以及被警察抓来的小偷、妓女、流浪汉。鲁迅称他们为"最有战斗力的青年木刻家",并非过誉之辞。然而,在专制者看来,"拼音字好像机关枪,木刻好像坦克车"(鲁迅语),会刊在第十八期后被当局查抄,后来创办《木刻界》仅出了四期,当年即遭查封。那年,木刻家创作了一幅木刻《阿Q正传》,将鲁迅头像巧妙刻在其中的墨水瓶上。鲁迅先生回信说:"倘检察官不认识墨水瓶上的是我的脸,那该是可以登出的。"可是这张瘦削、冷峻的脸,检察官怎么可能不认识呢?

　　1939年10月,年轻的木刻家在民族危亡之际辗转投奔云岭,加入了皖南新四军。然而,一年半前的皖南事变,在东流山,木刻家所在的五团坚守石井坑,枪管打红了,就用小便浇。在经历了六昼夜的惨烈战斗后,他不幸被俘。在押解到临溪"皖南特训处"监牢前夕,木刻家在手杖上刻下一首"绝命诗":

　　来时白雪铺广野,不觉江南蝴蝶飞。既欲亡羊思补牢,子兮子兮胡不归?

　　胡不归兮可奈何,惟抱玉兮以沉疴!夕阳西坠误迟暮,从此江河不扬波。

　　不扬波兮人已去,人已去兮名不坠。名不坠兮草萋萋,草萋萋兮心欲裂!

　　这"诗杖"成了他生命中的另一木刻。年轻的木刻家眷恋尘世,心有不甘,但他深知此行必死无疑,故以此诗与世诀别!读者不难从诗中闻见屈子江畔诵哀郢之余韵,嵇康临刑弹《广陵散》之遗响。木刻家告诉父亲,他当时心存侥幸:倘手杖流落外人手中,此诗不定能存活并流传呢。想想看,这铁硬而干燥的世界,倘少了这点书生意气,寒士悲啸,便少了几多文化润泽和精神骨血!

　　木刻家被俘后,在押解途中几次想逃跑都没成功,最后被押往江西上饶集中营。后来父亲问木刻家,在上饶集中营那一段时光,你是怎么熬过来的?木刻家想了想,说,坐牢确实难熬,但最刺痛他的,是为自己和战友造监牢。当时,他和冯雪峰等囚犯每天抬着百多斤重的石头,用它来砌筑牢墙。雪峰大病初愈,步子稍慢一点,看守就用皮鞭抽打他。夜里雪峰的胸部像针扎一样刺痛,他的内脏化脓了。难友毛鹏仙是军医,无奈只得用木刻刀给他化脓,因狱中无法消毒,雪峰再度严重感染,结果患了肋骨结核,一度生命垂危。木刻家时常回想这幕惨景。当物非所是人非所是,当牢非所是用来囚禁异类,当木刻刀不是木刻刀而是充当手术刀,这种悲剧我们见到的还少吗?

　　木刻家说,在上饶集中营,除了囚于牢笼,还蹲过一种特别残忍的"铁刺笼"!所谓铁刺笼,是在四根木桩上围以带刺铁丝,囚犯昼夜站里面,虫叮蚊咬也不能动弹,一动即被刺得皮开肉绽。集中营"特训处"最重要的任务,就是绞尽脑汁给这些战俘"洗脑",让他们叛变自首。木刻家则干了两件事与之对抗:一件是给墙报画了一幅刊头画《高飞》:一只苍鹰展翅奋飞,其背景是集中营的铁丝网以及山峦;冯雪峰为此题了《愤怒》一诗,使寓意更加显豁。墙报因此被集中营狱长取缔。另一件是写了一首《囚徒歌》,被狱友钟袁平谱曲后在狱友中传唱,令集中营头头们大为恼火。木刻家因此被视为"顽固分子"。这时,有一叛徒密告木刻家等人准备暴动,于是将木刻家关进了"铁刺笼":最初是昼夜站在"铁刺笼"里,见他不屈服,又将他双手反绑,吊在"铁刺笼"里,欲死不能,欲活不成。狱中难友见此惨状,除了唱《八百壮士》支持他,还派女难友林莺趁天黑送来一小瓶白酒和一根木棍。木刻家的臀部被棍子托起,而不至于悬空下坠;喝下白酒后,他才缓过神来……在难友们的抗议下,集中营小头目被迫在夜里将他放下来,白天继续吊,如此"吊"了三天!

后来木刻家在"文革"中被打倒并再遭囚禁。他无法不想到上饶集中营的这段经历,但在木刻家的回忆中所激起的,却是近乎寓言般的怪诞回响了。这个世界最虐心的,莫过于被逼"洗脑"和自造囚牢。"文革"一开始,这位九死一生的木刻家就被打倒了,在万人大会上被挂牌批斗、游街。当时安徽省文联门口糊了一副对联:"庙小妖风大,池浅王八多。"横批:"砸烂裴多菲俱乐部"。批判他的大字报铺天盖地,从省委大院、省直机关一直贴到他家大门口。因被俘和坐牢的历史,木刻家被指控为"叛徒""特务"。在汹汹而来的大字报狂潮中,仅有一张大字报是为木刻家辩护的,那就是父亲署名写的一张大字报,公开为他辩诬。当时木刻家为省文联主要负责人,父亲在省委宣传部《虚与实》任编辑,两人曾在六安木场埠搞过"四清",木刻家是总团文卫组组长,父亲在他手下编写《四清简报》。这张大字报像一颗子母弹爆炸,引来一片震惊、不解和指责,军代表找父亲谈话,要他转变阶级立场;朋友们私下告诫父亲,识时务者为俊杰,不要自讨苦吃。有人干脆在父亲大字报上加批语:此人已批臭,你还在给他洒香水!父亲依然不为所动,无怨无悔。后来父亲被军代表圈入首批下放的"黑名单"。

那年深秋我离开云岭,天色陡变,罡风在天上呼啸,驱赶着云团如脱缰的野马,一路狂奔到东流山。车上有人指着云遮雾罩的山峦说,呶,那就是东流山,上山仍可以捡到弹壳。后来我知道木刻家两年前重游故地,一直回溯到江西上饶集中营那儿。他的感觉肯定跟我不一样——当木刻家停留于当年的监牢前,他必定被那连绵如历史的寒凉云意所围浸,并被前后两个自我所夹击、质疑。

那年双十节,木刻家利用剧团演戏画布景,与难友邵宇终于越狱成功。他无法忘记冯雪峰的舍己相助：将别人辗转送给他越狱的三十块大洋，毫无保留地交给木刻家，还有一封介绍信，以便越狱后找到联系人。然而，冯雪峰解放后的遭遇比木刻家更惨：1954年横遭批判，1957年打成"右派"，1967年打成"叛徒"。他在狱中写"交代"材料《我被捕关在上饶集中营及出狱经过》，既是自辩也是他辩——客观上帮助木刻家又逃过一劫。

　　父亲回忆说，军管会预备开"定性"会议，若木刻家被定性为"叛徒"，那就是铁定的"敌我矛盾"。木刻家的妻子与父亲在合肥工业大学同过事，是好友。她立即找父亲写材料，为丈夫鸣冤。父亲说，那是一个风雨交加的夜晚，他与她约定在包河公园秘密接头，跟做地下谍报一样。秋雨凄凄，两人坐在包河边，木刻家的妻子脸上充满恓惶与焦虑。她说造反派攻击丈夫是"叛徒"，等于将他再次"吊铁笼"！她先通报她所掌握的情况，然后请求父亲写申诉材料，至少要让军管会知道还有另一种声音。父亲答应了。她提供了一份有力"反证"：在国民党皖南特训处留下的档案卷宗中，木刻家等人被列为"最顽固的死不悔改的分子"，名字下还打了着重号。她说，当时确实出了一个叛徒，叫江汉，是在临溪监狱叛变的，立即被国民党委任为少校。江汉嫌官太小，要求中校，戴笠大为光火，便派他来上饶集中营监视，写秘密报告，但这条狗很快便暴露了，某天晚上遭到难友们一顿痛打。

　　自那以后，父亲与木刻家的妻子在包河秘密接头好几次。她甚至建议父亲到她家中去写。父亲没同意。那时候，包公祠内住满了流民，包青天塑像早被红卫兵扔到包河里去了。最终，木刻家被幸运地划入"人民内部矛盾"，但仍被流放到敬亭山劳改场、新马桥干校，以及大蜀山等地接受"斗批改"。父亲去敬亭山劳改场看过他。木刻家每天除了"早请示，晚汇报"，主要劳动是给食堂拉水。木刻家见到父亲后很感动，叮嘱道："以后不要来看我了，当心被连累啊。"

后来父亲问木刻家在上饶最难对付的是什么？木刻家想了想，说，虱子最难对付。狱中的臭虫、虱子特别多，难友们几个月不能换洗衣服，衣服上爬虱子，身上长满疥疮。有一种叫"回归热"的瘟疫，就是由虱子传染的，因此而病死的难友很多，有的没断气就被狱卒拖出去了。在难友的坚决要求下，狱方不得不同意一天给两小时捉虱子。三五难友在一起捉，戏称捉虱子比赛，一边赤膊上阵，一边吐唾沫指桑骂槐："这帮吸血毛虫，总有除灭的那一天！"众人哄笑，看守恨得牙痒，也无从发作。木刻家突然机锋一转，说，"牛棚"也有虱子，但没有上饶那么多，主要是这里面的虱子多了。他指着脑袋说。

木刻家还告诉父亲，世道险恶，人心更险恶。当年日寇围攻繁昌，新四军五战五捷，国民党县长徐羊我召开祝捷大会，向新四军献锦旗。木刻家负责搞对外工作，因此与徐相识，并建立私交，他为徐还刻过一枚私章。皖南事变中被俘后，木刻家先被关押在国民党第四十四师一个连部里，碰巧遇见一个潮州老乡，是传令兵。那年春节，连长到泾县去拜年。他抓住机会，穿上国民党军装，套上传令兵臂章，直奔繁昌县城找徐羊我，想请他帮助渡江。徐羊我见他来了，先是吃惊，继而寒暄，表面上满口答应，暗地里却策划将木刻家活埋（连活埋坑都挖好了），以此洗刷自己，划清界限。可怕的是，这种投井下石的事，在"文革"中屡见不鲜。那些大字报绝大多数捏造事实，无中生有，比如他曾送给好友辞典和古籍善本，"文革"来了，这位好友为了与他划清界限，竟将此事当作罪证，揭发他"别有用心，拉拢人"。木刻家点出一串某某的名字，让父亲不要外传。

记得米兰·昆德拉说过，"当我还是一个孩子的时候，我曾十分崇拜从政治犯监狱归来的人，后来我才发现大多数的压迫者都曾经被压迫过。……被迫害往往是培养迫害者最好的学校"。但木刻家不是这样，冯雪峰也不是这样，尽管他们身边不乏这样的人——打倒别人的人后来也被打倒了，被打倒的人后来也打倒了别人！

"文革"后期，木刻家被"解放"，曾五次赴京看望难友冯雪峰，最后一次是 1976 年。听说冯雪峰罹患肺癌，木刻家顶着漫天风雪火速赴到京城。年初的北京滴水成冰，可是冯雪峰却住在无暖气的过道，用书架隔成了里外两间。木刻家掀开布帘，透过暗淡的光线发现他蜷缩在躺椅上，脸瘦得又黑又小，眼窝深陷，睁着大而灰的眼睛。雪峰没想到木刻家又来了。与其说是悲喜交集，不如说恍然回到上饶的惨白时光——那时冯雪峰身患肺炎，奄奄一息。两人默然良久，似有一种难言之隐无以传达。

木刻家听见病危者的喉咙发出响声，他想挣扎着站起来。木刻家将他按住了。病危者指着修订完了的《鲁迅日记》，嘴角露出一丝微笑。临别时，雪峰从书架上取下一册精装《楚辞图》，沙哑地说，这是振铎同志用宣纸精印的影印本，送你作个纪念吧。木刻家意识到雪峰在与他诀别，禁不住泪水盈眶。未及一月，这位被冤屈的不屈战士便与世长辞，那天正是丙辰春节鞭炮四起之时。

面对如此诡异、悖谬的历史和现实，木刻家忽然意识到，人世间最难逃的是心狱。一旦无形之狱形成，它囚禁的岂止是一群人或者一批人？木刻家说，在狱中他们不止一次谋划越狱，然而总有一些意外的怪事发生，比如有一次，在暴动越狱的前夜，一个难友睡着后竟发出"梦啸"，以致引发七八个难友同时发出"梦啸"，将整个监狱都震动了，吓得看守们朝天鸣枪。这看似偶然的事件，不能不引起看守们的狐疑和警觉，集中营加强了防范力度，越狱的难度更大了。木刻家为此感到困惑不解。尽管他无法解释这种怪诞现象，但越狱的精神压力可想而知。试想，越有形之狱尚且如此，越无形之狱又该如何难呢？

木刻家深知，冯雪峰本质上是一个诗人。在上饶集中营的艰危时日，诗人与木刻家无话不谈，谈政治、谈历史，也谈文学、谈女人。雪峰说他经常梦见她，但在一片黑沉沉中看不清她的脸庞，仅看见一双明澈的大眼睛。木刻家问她是谁？诗人说：你不要问她是谁，深埋在我心底的人是无须名字的。有一年她突然失踪好几个月，我和同仁都以为她遇害了——左联五烈士就是这么悄无声息"消失"的，我以《不算情书》为题，整理出她写给我的信发表在《文学》杂志上，以志纪念。木刻家心里似乎明白了几分。几天后，诗人给他看抱病写成的一首诗：《哦，我梦见一个女人美丽的眼睛》，并请他为这首诗画一张素描。木刻家从未见过她，担心画不好那双眼睛。诗人半晌不语，闭上眼睛，沙哑地背诵起《不算情书》里的片断：

你想，我的眼睛，我不肯失去一个时间不望你，我的手，我一得机会就要放在你的掌握中，我的接吻……我觉得每天在一早醒来，那些伴着鸟声来我心中的你的影子，是使我几多觉得幸福的事，每每当我不得不因为也频而将你的来信烧去时，我心中填满的也还是满足，我只要想看这世界上有那么一个人，我爱着他，而他爱着我，虽说不见面，我也觉得是快乐，是有生活的勇气，是有生下的必要的。而且我也痛苦过，这里面不缺少矛盾，我常常想你，我常常感到不够，在和也频的许多接吻中，我常常想着要有一个是你的就好了。我常常想能再睡在你怀里一次，你的手放在我心上。我尤其当着有月亮的夜晚，我在那些大树的林中走着，我睡在石栏上从叶子中去望着星星，我的心跑到很远很远，一种完全空的境界，那里只有你的幻影……

诗人的双眼湿润了。木刻家透过坚厚的牢墙，仿佛看到那双秀而不媚、清而不寒的大眼睛挂在天边。几天后，他用铅笔描出几幅他想象中的眼睛，诗人认定其中一幅正是她的眼睛。木刻家记得，雪峰抱病写成的几十首诗，是用纸捻子订成一个小本子，连同那几张插图，托难友林秋若交给来探监的设法带出集中营。十多年后，木刻家在北京第一次见到她——那个叫"丁玲"的战士和作家，心里不禁一惊：我画的眼睛怎么完全像她的眼睛呢？

有一些回忆录和文章认为，冯雪峰这首诗所描述的"美丽的眼睛"，指的是难友林秋若。例如叶苓（上饶集中营"七君子"之一）回忆："这位女难友对雪峰同志的健康和生活关怀备至，并经常与雪峰同志交流集中营的情况，交换对今后斗争的意见。……这位女难友的眼睛的确美，见过那双生着长睫毛、明澈而深邃的目光，人们是难以忘怀的。在石底的时候，雪峰谈过女人的眼睛，诗写成又与我谈这件事，还同赖少其谈过，并请其按照他的描述画一张这样的眼睛。赖少其不负所托，用铅笔画了三四张素描。出现在画面上的不是完整的脸，而是一双双美丽的眼睛，雪峰认为其中一张比较合乎他的理想。"事实上，冯雪峰在监禁中写的交代材料《我被捕关在上饶集中营及出狱经过》，对此说得比较清楚："这二十首左右诗的题目，大部分我已忘记，只记得第一首好像题名《黎明》或《曙光》，有一首记得题目《灵山歌》，有一首说到老鹰啄食普罗米修斯的肉的故事，有一首写梦中看见的一个女友的两只眼睛。赖少其画的插图，其中一张画的两只眼睛我还记得清楚……"在中国，"女友"是有特定含义的。如果指的是林秋若，诗人应该用"难友"或"狱友"这个词。冯雪峰婚前交往的唯一称得上"女友"的人，便是丁玲。丁玲在延安期间曾被人问及：最怀念的人是谁？丁玲说："我最纪念的是也频，而最怀念的是雪峰。"后来在反右风暴中，冯雪峰和丁玲一同倒霉，在一次批判会上，"夏衍发言时，有人喊'冯雪峰站起来！'紧接着有人喊'丁玲站起来！''站起来！''快站起来！'喊声震撼整个会场。冯雪峰低头站立，泣而无泪；丁玲静立哽咽，泪如泉涌。"（黎辛：《我也说说"不应该发生的故事"》）1986年2月，在冯雪峰死去十年后，丁玲在病榻上迎来生命中的最后春节。丁玲听着窗外密如骤雨的鞭炮声，突然冒出一句："雪峰就是这个时候死的。"

我不知道云岭大雪纷飞时是什么样子。但我想过，那素列的雪团一定紧裹着两滴秋雨，那是一对静美忧伤的眼睛。夜深了，肯定有人在昏睡,有人在写绝笔,也有人在喀血。经历过纳粹集中营的凯尔泰斯说过:"我已经死过一次了,因此我才能活下来——或许这才是我真正的故事。"然而,当他的故事开始时,另一些故事可能永远被掩埋了,正如那雪团紧裹着两滴秋雨坠入一片苍溟……

后来木刻家在牛棚里给父亲治过一方印章,并书有题款。原来在大蜀山劳改时,一位善良的铁匠为他打造了一套木刻刀。他又偷偷干起了木刻。"文革"后期,木刻家被"解放",父亲去他家,他总是亲自下厨,并馈赠得意的书法作品。木刻家知道父亲对书法不太懂,也疏于装裱,每次都不忘说一句:过几天,我到你家去看。有一次,他送给父亲一幅漆书,指着"星月高洁,银河在天"说:这个我不随便送人,只有你配。90年代末,父亲写信给远在广州的木刻家,表达思念老友之情,他立马寄了一幅行草:"雨暗初疑夜,风回便报晴。淡云斜照著山明,细草软沙溪路、马蹄轻。卯酒醒还困,仙村梦不成。蓝桥何处觅云英? 只有多情流水、伴人行。"(苏东坡:《南歌子》)借这首词,木刻家同样传达了思念老友的情怀。父亲后来才知道,木刻家在最后时光里,受帕金森氏综合征折磨,喉部肌无力,吞咽食物十分困难,医生说只能活一年,但他每天匍匐在楼板上写字作画,竟顽强坚持了四年,那境界非至拙至简的木石所不能比拟。

在云岭,那种凉飕飕、被围浸的感觉必定是云意,尽管当时一点风也没有。它似有似无,缥缈无着——它在你不经意时忽地弥漫开来,待你定睛看时,四围的青黛依旧绵亘如环,只是缀上了一涡儿一涡儿的枫红。而上饶的绝壁像不像一个沧桑老者,他有太多的积痰梗在喉头,并在夜深时不断往上涌? 有时我想,木刻家并非仅在回忆,而是在刻另一种木刻,直至他最后成为石头成为木刻!

选自《随笔》2014年第4期

　　说是写木刻家轶事，其实却是在拷问个体在历史中的命运。苍耳不吝惜他的情感，情感虽浓烈，却又没有板滞，腾挪之中，反倒有一股恢宏之气。短短一篇文章，经过苍耳的摆布，连时间，好像也是刀砍斧凿般，有了立体的形象。

第四辑　人间世

黄美丽 | 桑格格

　　一个女孩，大概家里有什么变故没有人管，也不好好读书，十二三岁就混在社会上玩。人人都说她是个烂货，传说她小小年纪就堕过多少次胎，那些买菜的阿姨是远远就要指着她对自己孩子说：你要这样我就打断你的腿！

　　女孩在那个年代就知道怎么把校服衬衣在腰际打上一个活的蝴蝶结，露出纤细的腰来，衬托得正在发育的胸部像对跳跃的白鸽一样。她抽烟、打架、笑起来嘎嘎直响。没有人敢说她长得美，描述她的标准用语是：瞧她那个小骚样。别的女孩倒不像买菜的阿姨那样光是憎恨，除了说笑一番之外，还会赞叹她曾经穿过的一身衣服，那口气是这样的：啧啧，浑身上下三百！就是说，那女孩曾经穿过一套高达三百元人民币的衣服。那套衣服是一套洋装，奶黄色的，上衣是掐腰小西装的款式，下面是一条撒摆及膝的裙子，布满了繁复的白色花朵刺绣——所以贵呢。据说是社会上一个老大送给她的，他搞了她又甩了她。那套装好看是好看，但是说实话，以不满十五岁的年纪穿起来实在太老气了。

　　那个时候流行过用军跨当书包，她就曾经穿着这一套奶黄色的洋装，懒洋洋地单手在肩头倒钩着军跨，下面却是一双白色的回力球鞋。一群不敢靠近她的男生在后面怪声怪气地嗷嗷直叫，她大部分时间都不理，但是有一次好像某一个男生叫了她妈的名字，她发疯般地抢着军跨追打了那个男生好几条街。她没有追上那个男生，人家骑了自行车怎么追得上，自己却摔了一跤，把奶黄色的裙子前面撕了一个大口子。

　　女孩自己把裙子小心地缝了，而且精心地模仿裙子白色刺绣的感觉缝起来的。而且她穿的时候会把前摆转到后摆——反正那裙子不分前后。但是仔细看，白色的疤痕像一条隐形的蜈蚣虫一样隐秘地趴在她的左臀上，走路的时候，那虫子就像活的。

她就住在我家对面。我经常看见这套衣服晾在她家阳台上，在衣架上板板正正地挂着。有时候并没有洗，头天穿了，挂在那里透透气第二天还穿的。我当然也被我妈教育过不准和她来往，但是我却觉得她有种莫名的吸引力，总是在阳台上望着她，她一会儿在阳台一会儿在房间里。她妈是个开公共汽车的，经常回来很晚，而且脾气很坏。没见过她爸。久了之后，她也发现了我，有一次冲我笑了一下，她笑的时候好像有光芒刺过来，我吓坏了就蹲在地上半天不敢站起来。我听她在那边笑出来了声音。

为什么我突然想起这个女孩子来，其实就是因为她的笑声。每到夏天，我就会想起一次。她到夏天就会特别漂亮，可能也是因为那套裙子。不过有一次，我看她在阳台上穿了一件可能是她妈的大垮垮的短袖针织衫，头发挽在脑后，踮脚来收晒干的被单，也很好看的。

慢慢地，我在阳台上不躲她了，她对我笑的时候，我也对她笑。有一次我在楼下遇到她，她正出来扔一对鞋子，是白色回力鞋，她脚下穿了一对簇新的旅游鞋——那是阿迪达斯的旅游鞋！我看着她把那双并不算太旧的鞋子摆在垃圾桶旁边，就站住了。她也站住了，然后我说：能不能把那双鞋子送给我。她马上回去提起那双回力鞋，说：我洗了再送给你。

我们迅速成了朋友。说是朋友也不完全正确，她十五岁我十岁，最多算她的小跟班。而且由于她的名声，我们也不大在有熟人的地方公开来往。她总说，别让你妈知道你和我玩，她知道会打断你的腿。她还问我是不是父母离婚了，我跟我妈单独过。我说是，她居然抚摸了一下我的头，说，唉，你也是个造孽娃娃。那对鞋子她洗得白白的送给我了，但是我也没有穿，一是没办法对我妈交代，二是那鞋子大了我的脚足足三个码。暂时放在她那。

她确实在社会上玩得开,在离我们的街区四站路那么远的地方都有朋友。她带我去过一次,那边有一个市场,有家卖肥肠粉的,她可以随便吃。她说那个老板的儿子是她的男朋友。我是她带去的当然也随便吃,那个粉里面的豌豆尖太香太嫩了啊!而且每次里面的肥肠都加得是其他人的两倍还要多。她吃辣椒之厉害,每次辣得嘴巴鲜红,一头都是汗,却笑哈哈喊那个老板的儿子再加点红油!那个老板的儿子剃了个平头,有十八岁的样子,穿一条黑色的功夫裤和黑色的敞口布鞋——标准的混混打扮,看着她就像要吃了她一样。那个地方一共去过三次。有一次我提议再去,她却摇摇头说那个人已经不爱她了。

我说,不爱也还是可以吃肥肠粉啊!她看着我,深深叹了口气:小瓜娃子,懂锤子。

有一天,她脸色特别苍白的来找我,喊我陪她去趟医院。我想起以前的传闻,就问:是不是去堕胎?她说就是。她那天居然还穿着那套奶黄色洋装。她沉默了一下说,其实我不该喊你陪我,人家看见了不好,但是手术完了没有人扶我还是有点恼火……这样,完了我们去吃肥肠粉好不好?不去那家,另外一家更好吃的!

我说好!

我坐在妇产科外面的绿色塑料椅子上,内心怕得要死。我怕她痛,更怕她死了。我这么个小人咋个弄嘛。闻着消毒水的味道,我怕得要死。幸亏一会儿要吃肥肠粉。

有个护士硬邦邦地喊我进去扶她,我进去的时候,看见她已经从手术台上站起来了,正在整理那条裙子。居然还对我笑了一下,说,好了这下没事了。我扶她的时候,她软了一下,然后就慢慢和我走出去了。后来她发现,那裙子上沾了一坨血迹,才大大地不满意起来,说哎呀咋个搞的喔太不小心咯,这下洗不掉了喔。

那天我们果然吃了更好吃的肥肠粉,还有西瓜!吃肥肠粉辣,所以我们又去吃了摊上花好的一牙一牙的西瓜。她才刚做了手术，就吃西瓜，要是现在我就知道这是多不应该的事情。但是当时我们谁也不知道。那天我们玩得很晚，特别开心。她花了起码二十几块钱，还给我买了一对花夹子。我居然斗胆说以后她不要那套奶黄色的洋装了，能不能送给我呢，她也说好。我们坐在一堆高高的预制板上，她说你看这条街上的梧桐树，夏天是一片深绿的，春天是毛茸茸的，冬天就是光叉叉的！那天她第一次给我抽了一支烟，还教我唱了一首歌，什么第一次偶然相逢烟正蒙蒙雨正蒙蒙第二次偶然相逢烟又蒙蒙雨又蒙蒙……她喉咙是左的，没有音准，但是唱的时候很投入，都要哭了的样子。后来她对我说，人人都说她烂，其实这是她第一次被男人搞。

但是晚上刚回屋，等着我的就是我妈铁青的脸和尺块。她狠狠一巴掌扇在我的脸上，大声问我：你是不是和对门那个烂婆娘耍得好？唵？是不是耍得好？我一般挨打都上蹿下跳地求饶，但是那天我就硬生生回答了我妈一句：啊，就是耍得好。她打我也不怎么躲，但是最后我妈哭了，开始一把鼻涕一把眼泪说她一个人带我有多么不容易，我答应了她再也不和那个女孩来往。

估计她在对面都听见了。

从这天起，我奇怪再不会在院子里碰上她，而且在阳台也看不见她，她卧室的窗帘一直都是拉上的。

我后来还自己去吃过一次那个肥肠粉，味道还是很好。我学会了唱那首烟正蒙蒙雨正蒙蒙，还在音乐课上唱过，老师夸奖我嗓音不错，但是这首歌不合适小学生演唱，情啊爱的怪喳喳的。我很想念她，还去她们高中门口等过她，但是都没有等到。我问她们班的一个女生，那个女生说，她啊，起码有一个星期都没有来上课了。反正那个夏天我过得失魂落魄的，企图养一只乌龟来分散对她的注意力，还被我自己活活踩死了。

过完夏天，我就上初中了。这个初中有很多黑势力，但是居然没有坏娃娃敢惹我,据说都是她去打了招呼的。她的名声越来越坏,后来据说社会上的两拨烂娃娃为她打了一架,其中一个人被杀了几刀差点死了。学校开除了她。再后来她去一家歌舞厅上班去了,彻底算是踏入了社会。有时候很晚了听见有人在敲院子铁门,一定是她。我就会从床上爬起来撩起窗帘看看,她穿着完全是大人了,穿了高跟鞋,头发烫了,她每次都塞点钱给开门的大爷。在夜色中,路灯挂得高,照得她的影子长长的。

有一天,院子突然来了一辆货车,她们家要搬走了。邻居指指点点地说,那个烂货被一个老板包了,给她买了一套房子,靠卖X发财了……她在院子里麻利地指挥几个干活的搬家具,像完全不知道别人在说她一样。还当众抽了一支烟,用血红的嘴唇抽,一边抽一边喊:那个,小心点!往里面搬,顺倒搬!她妈跟着忙前忙后,脸上有点不敢张扬的喜气。

最后,她说了声"上车",很飘逸地坐进了驾驶室,扔了烟蒂,"啪"一声关了车门。我一直看着她目不转睛,她最后环视了一下这个院子,看见了我。她斜了斜嘴角,笑了。我对她挥了挥手。她们的车开出去了,在楼上看见车上的家什,小小的一堆。那里面有她答应送给我的白色回力鞋吧?我现在的脚正合适,还有那套奶黄色的洋装。

再也没有见过她。但是冥冥中我总觉得她可能过得不好,甚至都可能死了。她活得太热烈了。为什么现在想起她,因为又是夏天了,夏天要过去了。算起来她都该三十五岁了。

有一次,她站在我对面,双手捂住左边的胸口,说你看我像不像抱了一只小猫?她那天穿了一件衣服,左边胸口正好绣好了一只小猫。她笑得嘎嘎嘎的,她叫黄美丽。

选自《不留心,看不见》,广西师范大学出版社2014年版

　　桑格格的文字有趣,但并不算温馨。她写成长,写生命中隐秘的疼痛,不矫饰,不夸张,黑暗底色中的人性折射出阵阵寒光。她总是能发挥她的天赋,铺排开她洞悉世事的观察力,尤其是没有漏掉那些倏忽一闪的细节,从而写下她对过往岁月的怀念。

活在做官狂想中的老同学 十年砍柴

　　戊子年的仲秋，我回到了故乡的山村。那时稻子已收割（近十年来吾乡农民多只种一季稻），空气中弥漫着一股稻草垛的清香，天气开始凉下来了，这是湘中最好过日子的一段时光。

　　回家第三天的上午，我正在院子里和父亲聊天，阳光照在庭院里的橘树上，几只鸡在树下走来走去，鸟儿在一丛四季竹上欢快地鸣叫。所谓"岁月静好"应该是这个样子吧。

　　院门"咚咚咚"地被敲响，打断了父子俩的闲谈，我想一定又是族里哪位叔辈或本族兄弟来找我父亲了。母亲从屋里走出来，开了院门。进来一个穿着一身黑色西装加白皮鞋的汉子，头发梳得溜光，他直叫我的名字说："我听说你回来了。"然后叫我母亲"舅妈"，将手里的一只橘子递给我母亲。

　　我没认出来他是谁，而且我的父亲没有姐妹，也就没有外甥，家族没出五服的姑妈所生的儿子，每年会来拜年，我都认识。这人是谁？拿一只橘子当礼物上人家做客，也真是怪异。

　　父母招呼他坐在庭院里的桌子旁，端上茶水和瓜子、花生。我也不好当着他的面问父母这是何方人士，只能站起来含糊地说一句"好多年不见了"。并请他坐下。

　　此人大咧咧地坐在我的对面，将那个橘子摆放在桌子前。然后说："前年，我去北京了，去某某日报找你，可站岗的武警不让我进，我打你的电话也没人接。老同学，你太不够意思了。"

　　我一怔，心想这下得罪这位老同学了。连忙解释道："我们做记者的工作，平时多半不会待在办公楼里，即使武警让你进去你也未必找到我。而且每天接到的陌生电话太多,有些电话可能没接。你要是发短信,我会回复电话的。"——因为我没有接老家宗族一些人打来的陌生电话,家母责备过我好多次了。可我总想不起来初中或高中时,曾有过这么一个同学。

他对我的解释没有接茬,喝了口水,手一挥,说道:"你回来了很好,我前两天打电话给中央政法委书记某某某(当时的九常委之一)说了,决定任命你为司法部长,你回北京后就可以去当部长了。"

其话至此,我一下明白了,前来的这人是个疯子。再瞅坐在一旁的父亲,父亲正向我使眼色。我猛然想起前一次回家,父亲给我讲过一件事,距离我家约四华里,有一个刘姓的村庄,也是我就读过的乡初中所在地。村里有一位和我年龄相仿的人,初中考上了中等师范学校,毕业后分回老家一所小学教书,大约五六年后不知怎么就突然疯了。这人和我同一所初中,比我低一届。我对他一点印象也没有,他知道我,大约因为师弟对学习成绩好的师兄更为瞩目,也可能因为我后来大学毕业分配到北京,进了一个乡下人看来高不可攀的大衙门,他便强化了"我是其同学"的这种记忆。几年前有一次,他在他父亲的陪同下,捉了一只大公鸡来我家,向我父母打听我的通讯方式,并说他有天大的冤屈要向中央反映。

明白了事情的原委,但我又不能露出一点惊讶或不耐烦的神色,只能如陪小孩做游戏一样,陪着他闲扯下去。其实他也没心思听我说什么,而只自顾自地倾诉,倾诉他如何痛恨世道不公,贪官遍地。他现在掌握了权力,要重用我这样的有正义感、有才华的老同学,惩治贪官,为民做主。

他声情并茂地说了个把小时,杯子里的茶水喝干了,本人也似乎疲倦了,他突然起身告辞,说"我还有更重要的事要去办,先走了"。然后嘱咐我回北京后好好当我的司法部长。我和父母将其送出远门,回来后坐定,父亲长叹:"好好的一个后生崽,怎么变成这样子了。"

要知道在20世纪80年代中期,初中毕业能考上中专的农家子弟,那是成绩最为拔尖的乡村精英。考上中专吃国家粮,就意味着跳出农门,成为"国家干部",身份发生巨大变化,不知有多少乡村同龄者艳羡之。

这位刘姓校友如何疯了,乡间说法不一。有人说是因为他姐姐和邻居一件纠纷闹大了,他替姐姐出头,找人到处告状,被乡镇干部视为不稳定因素,假借他所在的教育部门向他施加压力,他不堪压力精神分裂了。也有人说,他喜欢上县城一个姑娘,那个姑娘原先也爱慕其才华。但两人交往的90年代中期,中等师范毕业的小学老师社会地位已从凤凰变成了麻雀,如果不能脱胎换骨进政府部门做公务员,继续待在小学校,男教师连娶老婆都成问题。那姑娘在家庭的压力下与他分手,他因此受刺激变疯了。

不管原因如何,这位昔日的乡村精英疯了,是谁都认可的事实。

我听母亲说,这人疯了后,平时说话条理清楚,而且穿着斯斯文文。因为患病,他不可能上讲台教书,有时候他走到小学校,站在窗外听代课教师上课,听到一半,认为代课教师教得太差,走进教室把人赶下讲台,然后自己拿起教鞭上示范课,竟然说得头头是道,水平高出代课教师一大截。因为他的母亲姓李,所以他叫我父母为"舅父舅妈"。逢乡镇赶场时,他必到场,看到我母亲,隔老远必高声喊"舅妈",然后拿一只不知从哪个摊贩那儿顺来的苹果或橘子,一定要我母亲收下。有几次,他要去北京"告御状",在长沙就被尾随的截访干部给押送回来了。也就是说,他对我说曾到我所在的报社找我是子虚乌有,是他自己想象的。那他怎么知道那个报社大门由武警把守,一般人不让进去呢?——大概也是他根据自己对"权力场"的理解做出的推理吧,这推理还真靠谱。

我问父亲,这人不能教书了,他的生计怎么办呀。父亲说,他疯了但并不傻,教育部门还得给他发基本工资。他如果不满意了,会坐车到县教育局门前去闹。

　　距那次回乡探亲，过了好些年，其间我又不下十次回老家看父母。我再没有听说有关这人新的消息，他大概还混在乡间，逢赶场必到，领着那点基本工资，活在自己做了大官为民主持公道的狂想中。

选自腾讯《大家》2014 年 6 月 29 日

　　评 鉴 与 感 悟

　　这个关于疯狂的故事多么像一个寓言。但它看上去又是如此真实，说它只是象征，显然有损它的情感。与其说他是在重构寓言，还不如说他是在为这个社会的前景做出预言。当然，本文并不是以简单的轻视，粗暴的愤慨，或者是装模作样的冷嘲热讽，来攻击浅表的荒谬。他反省的是我们的欲望，这个时代的病灶。

耻 | 塞 壬

1

现在都尘埃落定了吧。我开始慢慢平静地正视它。云淡风轻是一种太高的境界，于我，似乎永难抵达。在过去的那么多的时光里，那些不可言说的事物一直在那里，它让一个人的天空那么灰暗，那么卑微。即使是在片刻的欢愉里，那些长年郁结在内心深处的阴霾便迅速面目清晰地浮现开来——它们从来就没有离开过，不安的情绪就会再次笼罩着我。用抖索的手指去摸火机点烟，但依然无所适从。我开始流连赌坊，或者沉迷昏睡，为的是转移这无孔不入的侵扰。当我写下"耻"，可我发现，它既不代表羞耻，也不代表耻辱。它是一个动词，硕大地、持续地梗在人的心里，一直损害着你。"你怎么走不出来啊？你到底要怎样才能释怀？"面对这样的诘问，我只能沉默。我的睚眦必报，我的耿耿于怀说到底竟没有一个具体的对象。难以言表是因为一语中的的失效。这让人无法直视的"耻"，如果一一剖开来给人看，那将是一个永无止境的、无法痊愈的疾病。这个字牢牢地嵌在我的命里，深入骨血。我想起霍桑的《红字》，女主人公佩戴的那代表通奸罪的耻辱红字具有明显的公共性，昭告天下，那是毁灭性的。而某种私密性的"耻"，对于无耻的人来说几乎是无效的。写作，在我看来，很大程度上是抛出只可意会的秘密，然后每个人就对号入座般地去解读这个秘密，最终把自己也保存在这个秘密里。尤其是"耻"。有一次在电视台做一个女性话题的聊天类节目，邀请的嘉宾都是优秀的女性，她们在职场、商场上风头正健，还有两个是本地名媛类的角色。而我，一个作家，居然忝列其间，跟一帮代表这个城市主流价值观的女性一起，探讨着关于女性的话题。毫不意外地，这些成功的女人在那里大谈特谈女性要如何自信，自立，如何保持人格独立，甚至还说起拥有财富和美貌远不及拥有丰富的内涵，内涵对一个女性来说何等重要，是的，内涵。一直坐在旁边沉默不语的我对她们所说的一切并无异议，没错，非常正确啊，我认同。尽管这类话题的讨论不适合我，跟她们相比，我缺乏有效的经验去验证她们的说法。但方向上我依然认为这些是正确的。直到最后，有一位女性突然总结出这么一句话：女性唯有如此才会活得有尊严。前面那一堆正确的废话在我耳边滑过，不以为意。然而这一句，却一下子就刺中了我。原来，在这些女人那里，所谓尊严，居然是以自信、自立、独立人格以及高端的内涵来垫的底。我猛地抬起头，用荒凉的眼神打量着这群人，形同异类，我瞬间就意识到，我跟她们是两个世界的人。如果不是当天听到"尊严"二字，这遥远而陌生的两个字，在我的世界里，它几乎从未闪现过。我仰望着她们的尊严标准，私底下慌张地搜索我在何时把它给弄丢了。

我前面提到的尘埃落定是指那些人和事已时过境迁。从事多年的媒体工作，我对书写即刻的、现场的题材感到厌倦与无奈，太多时候，仿佛是把一个未成熟的果子强行摘下了。经过这些年的沉淀，那些居无定所、落魄、一次次被命运驱逐的漂泊时光都已被我一寸一寸地埋藏，像宝藏一样地埋藏。历经一次又一次的人生低谷，我的生命都会有新鲜的生长。当我再次面对我即将写到的"耻"，在我均匀的呼吸里，在我波澜不惊的语速里，我相信我已经具备了某种内心的硬度和厚度。比如现在，我可以很坦然地把衣服掀开，把身上多处丑陋的、可怖的伤疤露出来。我甚至可以一一道出每一道疤痕的由来。不，我不会声泪俱下的。哪怕说起这些又是一次可怕的亲历。这些斑斓的疤痕璀璨在我的身体里，已经没有了早先那样的狰狞，随着时光的洗涤，那些凸起的青紫、猩红的筋状条疤已暗淡下去，成片成片的擦痕已由原先的浅褐慢慢融进在肤色里,只不过,那一道一道线状的擦痕居然比正常皮肤更加亮白,反而更加醒目了。我右边大腿外侧有一个茶杯口大的圆形的伤疤,摸起来有点糙,但看上去,真是熠熠生辉啊,它似乎在发着光,在滴溜溜地转动,这枚耀眼的徽章结实地刻在我的身体里,散发着呈堂证供般的真相气息。我的额头,手肘,腿,都或深或浅地有这种亮白的光芒,我披着长发,蓄着刘海,把额上的一条长长的横条纹伤疤盖住。写到这里,忽然一股新鲜的、浓烈的血腥味漫上来,萦绕在我的周遭,闭着眼睛,我看见了血,那么多的血,黏黏的,全身都是,这熟悉的梦境的血的深渊啊。我唯独记不起疼痛,我破败的身体,千疮百孔,可我记不起疼痛的感觉。它一定不是被时光冲淡而流逝了,相反,它被某种意志和力量吸走,向内,并转化成另一种东西。猛然间,我意识到,很多年了,我没有为此流过一滴眼泪。

在广东十一年,我先后五次在大街上被抢劫,其中有两次被摩托车拖在地上十几米,这两次抢劫都发生在东莞。我身上的伤痕大部分皆来自于这两次摩托车飞车抢劫。我在一篇名叫《声嚣》的散文作品里写到了这种飞车抢劫,有些读者对我提出了质疑,认为这种经验是一种胡编乱造,我对他们说,请你们百度一下"东莞治安"这四个字就会明白的。也就是说,飞车抢劫不是某一个人的经验,在东莞,这是极其普遍的一种人生经历。尤其是女性。我身边非常多的女性遭遇过飞车抢劫,身体落下了跟我一样的伤痕,有的甚至更多。2004年,我在东莞一家大卖场做企划,办公室的六个女孩子几乎是轮流遭遇飞车抢劫,别的办公室也一样。擦伤,摔倒,流血,包包被抢,手机、现金、钥匙一并落入劫匪手中。我们合租在一起,有一个晚上,这帮年轻的女孩子居然在宿舍脱衣服比赛展示身上的伤疤,她们美丽的青春的身体,无辜的身体,都不同程度地刻上了这耻辱的伤疤,没有人为这一切买单,唯有肉身在默默承受,承受,然后再去遗忘。然而,在这场嬉闹中,在她们清泉般的咯咯咯的笑声中,没有一个人对此表现出愤怒或者伤感,娱乐消解了一切,并在一种可怕的"蚀财消灾"的观念中获得了安慰。我的两次被抢都是发生在晚上相对偏僻的路段，那个瞬间时常出现在我的噩梦里，然后我大喊大叫地醒在床上。当路边的摩托车幽灵般的从暗处蹿出来，当魔爪探向我的肩膀，我头顶的天空一定被一只巨大的、罪恶的黑色翅膀所覆盖。一场捕猎正在上演。我清澈如水的魂灵与肉身，如同羔羊一般经历着这人世间的劫难。我的包包是斜挎的，一旦被拽起，就会连同我的身体。我被拖在地上，惨叫，刺痛，砂粒硌进我的肉体，我的裙子被磨破了，我的皮肤也被磨破了，一地的血，我在哭喊，却什么也听不见。终于，包包的带子突然断掉了，我被甩出几米远，滚到路边，额头撞到一块钢架的角铁上，我记不清楚过了多久，我是怎么爬起来的，非常可怕的是，我的血都快凝固了，它们混合着沙土，浸染在蓝色的裙子上居然是黑色的，这黑色的血让我害怕。大腿上有一块受伤的地方血肉模糊地跟裙子粘在一起，也凝固了，凝固成一块黑色的记忆。

　　我相信，我描述的这一切并不比别的人更悲惨。我的肉身并不比别人更高贵，在很多人看来，我似乎没有理由耿耿于怀。这是一种普遍的经验，它的残酷、它对人精神的损害以及我们对所处的环境的不满和愤怒都被消解。甚至是在一种娱乐的氛围中被消解。然而，我之所以难以释怀不是因为这种遭遇无法获得补偿，而是，在我的精神世界里，一个让女性的肉体无法有安全感的世界不该被轻易原谅。如果说到女性的尊严，满身疤印，满身伤痕的女性，她们的尊严在哪里呢？面对这个陌生的大词，那些成功的女性抛出了优雅的、高端的见解，而在我这里，我的底线却是她们的负数。我生活在她们的负极里，她们所谈论的那一切，我根本够不着。她们谈论着女性在职场、社会、家庭中的种种压力，种种困扰，声称精神的痛苦远远甚于肉体。而在我这里，我居然还在纠结于肉体之痛，如同动物般低级。当我此刻面对"耻"，我无意呈现这个世界上有着猖獗的飞车抢劫，无意控诉这人间之劫难，让我们无辜的肉身遭受流血疼痛的伤害，我更无意告诉世人，这个至今没有被我完全原谅的世界。这一切是显现的，甚至是，没有人以此为耻。然而我将要写到的"耻"，它来自于肉身之痛，成长之痛，来自于一个隐秘的世界。

2

　　我在郊区长大，杂居在工人和农民交界的地方，小学和初中是在乡村的学校读完的。在我的印象里，不论是工人还是农民，都存在有严重家暴的家庭，虽然这两类家庭的表现有所不同。这种有家暴行为的家庭是公开的，生活在那一块的人全都知道。我得知"家暴"一词相当晚，那是我毕业后参加工作在报社做记者的时候，这个词进入我的视野，我颇为不屑，第一反应居然是，打个老婆有这么严重吗？在我的家乡那里流传着这样一句话，"老婆三天不打，上房揭瓦"，意思是，打老婆天经地义，别人管不着。啊，在我荒凉贫乏的少女时代，目睹过多少残忍粗野、懦弱无能且性情暴戾的男人啊，他们喝了酒发酒疯，或者在外面赌博输了钱、受了别人的气，甚至是扳腕输了丢了面子这些鸡毛蒜皮的小事，都足以让他们回家把瘦弱的孩子他娘拎出来暴打一顿。有的时候，他们也打发育成熟、体态丰满的成年女儿，吊着打，边打边骂可怕的脏话。撕衣服，用脚踢，甩响亮的耳光，女人在地上翻滚，用破了喉咙的嗓子沙哑惨叫、求饶，我相信，她们的身上一定布满了伤痕，她们的泪水从一个一个的黑夜流到天亮。这一切回想起来，历历在目啊。孩子们都退缩在角落里，大的捂住小的，恐惧让他们不敢吭一声。这样的混蛋后来都是被他们长大的儿子们收服的，几乎无一例外，长大的男孩用有力的双手擒住父亲的肩膀，或者用自己的身体去护着母亲。"你知道吗，最近父亲在打我的时候没有以前疼了，他只打了几下就停下来喘气，他开始老了……"这是我初中的一个男同学跟我说的，多少年之后，他侍奉病倒在床上的父亲，居然没有半点怨恨，以至于这样的老混蛋还得以善终，而岁月也抚平了女人的伤痛，欢笑绽放在她们满是沟壑的脸上，儿孙绕膝，嬉闹于农家的小院里。那个时候，我们虽然在心里诅咒这些天杀的男人不得好死，但我们全然没有意识到，这样的施暴是犯法的。至于尊严，这个词从未出现在我们的生活里。某种既定俗成的伦理维系了一代又一代的人，在我们朴素的善恶标准里，福报消解了恶报。

在漫长漫长的童年及少女时代，某种文明开始流进了我们所在的村庄，年轻人去外面谋生，带回新鲜的意识和文化。而我们去更远的城市读书，在那些文明的地方，我再也没有见过男人公开暴打女人。人们都讲普通话，开口都带敬语，让你觉着，你存在，你很重要。我再回望故乡，那里的妇女是天底下最美好的人，她们的灵魂是纯银的质地，明亮，干净。身后是一堆鸡仔般的孩子，嗷嗷待食。她们勤劳、聪慧、隐忍，瘦弱的肩膀有强大的力量。与生俱来的善良品性，就像一团火，穷其一生地温热着她们的家和孩子们。令我不解的是，我们那里的男人很多都热衷于喝酒、赌钱、打老婆。在我的印象里，父亲打过母亲一回，我在门外听见碗被摔碎了，父亲的咆哮，母亲尖声战栗着哭泣，他应该操起了什么，在满地追打躲闪的母亲，怒吼、恐惧的惨叫交织在一起。我无法再听下去了，只得逃离，那可怕的声音太具有摧毁性了，它时常出现在我的梦境里，在我头顶响彻。就在那个时候，我明白了一个道理，对于一个孩子而言，没有什么比父母相爱更让他觉得幸福的了。我年幼的弟弟在屋子里目睹了这一切，他的哭声渗着血，都撕裂了，仿佛要把五脏六腑都哭喊出来，这哭声加重了这场灾难的悲剧性。我一路狂奔下了楼，跑出工厂宿舍区，沿着煤屑路，一直跑到铁路边的一个湖边。我坐在湖岸上，直到月亮升起来。我为什么不敢推门而入，用自己的身体去挡住母亲？我今后如何面对此次的逃离？啊，我的懦弱，多少年之后，我无数次地践行着，我如何的懦弱。那些长期目睹母亲被施暴的孩子们，他们是怎么长大的？那些长大后原谅了父亲暴行的人，他们是如何做到的？

　　我在报社做记者的时候，接触到越来越多的家暴事件，接受采访的女子向我展露了她们的累累伤痕，包括身体隐秘的部位及私处。原来在文明的城市，家暴从来就没有消失过，只不过，它们都隐藏在这些文明人的内心深处。它不再像我童年时代目睹的那样，公开地打，有明显的表演性，同时还附带有无耻的炫耀性。然而通过采访，我发现在这类事件中，有某种潜在的、微妙的复杂心理，这种心理的罪恶甚至消解了家暴本身。我想起张爱玲有句名言，大意是，一个女人再怎么优秀，一旦没有男人的爱，她就会被同性看轻。延伸来说，一个优秀的女人一旦暴露其弱势及不堪的一面，往往会被同性怜悯甚至是幸灾乐祸。

　　2005 年，我在深圳做一本珠宝杂志，当时我把杂志交给一家文化传播公司设计、编排。这家公司的老板是一位漂亮的时尚女性，三十五六岁，有明媚的笑容，神采奕奕。她有时说错了某句话，或者是犯了一个常识性错误，居然会满脸通红，然后优雅地跟大家抱歉着。我们都羡慕她，美貌多金，有自己的事业，老公在珠宝界也是风云人物。因为我为她写过一个专访，她说在所有的关于她的采访中，我写的那篇最好。偶尔有分量较重的文字活，她也交给我做。时间久了，我们成了朋友，虽然在我看来，这女人虚荣、高调，有些许的做作，但这些都在我能接受的范围内，大体上，她是个爽快的人，仗义，还有一幅好心肠。在外面漂泊，艰难生存，我渴望朋友，渴望倾诉，并希望她能够接受我卑微的热情和最干净的善意。然而，见惯太多的冷漠，在利益互换的职场，没有人能看得上我贫乏、清可见底的筹码，除了真诚，剩下的仅只那点薄薄的才华。遇见杨蓉，我希望能跟她有不同寻常的交往，那只关乎心灵，关乎灵魂质量的交往。在很多种公开场合，我以得体的文采和可怜的知识储备常常为她打开场面，并及时把她的观点表达得更加完美。我非常识趣，谦卑地退在她身后，成全她的风头。有时在凌晨两三点，杨蓉会突然打电话来让我陪她去外面宵夜,她开车来接我,我们去那种偏僻但又异常美味的小店,自带洋酒,每每喝上几杯。我隐约觉得她心事重重,但从未敢轻易开口去问,陪着她胡扯些关于人生的许多虚空话题。在那样的夜晚,我跟她文艺得一塌糊涂。

那年秋天,我们去上海参加国际珠宝展,杨蓉要求我跟她住酒店的同一间客房。晚宴很热闹,我们见到了来自全国珠宝界的名流,杨蓉的朋友甚多,她频频举杯,四处敬酒,娇笑连连。我其实不太喜欢这样的场合,虚假的寒暄,没有底线的吹捧不绝于耳。再说,我只是一个不起眼的角色,认识的人不多,加上一路坐飞机过来,我也觉得很是疲惫,于是就先回房休息了。大概在午夜时分,杨蓉才回房。我起床开门,迎面扑来她一身的酒气。我把她扶进洗手间,她开始对着马桶呕吐。我站在她旁边,轻轻地拍打她的后背,希望她能吐得顺利一点。嘴里轻声地埋怨着,为什么要喝这么多酒。我转身拿起水壶去烧开水,给她泡了杯热的普洱茶。才几分钟,我再进洗手间一看,杨蓉屈腿伏在地上了。我想把她拉起来,可她又滑溜了下去,她的身体软得像一摊泥,拉扯间,真丝衬衫被拉起,她洁白的后背,竟露出了可怕的斑斑伤痕,瘀青的块、长紫痕,片片红疹,触目惊心,像一种毒,在肉体上艳丽地盛开。我整个人待在那里,不知所措。杨蓉自己翻身坐了起来,用手扯平衬衫,然后用她的醉眼凄然地看着我说,薇温(我的英文名字),我嫁了一个畜生……他以前不这样的,顶多脾气大一点,可是这几年他变得很怪,喝了酒之后,他就咬我,用烟头烫我,抓着我的头发把我的头往床上撞,然后又发疯地亲吻这些伤口……她的语调平缓,像是在说一件遥远的事。"吓着你了吧,我没事的,你先睡吧。"

从那以后,我们之间就有点别扭起来,第二天晚上,她就住了另一间房。她似乎在回避我,而我在她面前无所适从,不知道说些什么好。我万万没有想到,像她这样一个让人羡慕的成功女性居然有着这么不堪的秘密。在我看来,她的生活形同地狱,她跟一个魔鬼在一起。回深圳的几天后,一个傍晚,她打电话来说晚上请我去圆通寿司吃饭。我去了,刚进包间,看见她已经等候在那里。气氛有点怪,往日姐妹般的调侃嬉笑荡然无存,她从头至尾都没有笑,很客气地招呼我坐下。我表情讪讪地,生怕说错一句话,连问好都小心翼翼。杨蓉忽然拿出一个崭新的夏奈尔的包包来,说一直想送给我一款夏奈尔的包包,这是刚出的新款,我一定会喜欢的。我正要推辞,她看了一眼我背的无名包说,你也该拥有一个像样的包了。沉默,我埋头吃眼前的紫菜虾卷,这时,我听见杨蓉用一种轻松的语气说,她的家庭很幸福,先生一直对她很好,那天晚上,她说的酒话,希望我不要当真。我怔住了,同时瞬间明白过来,她想用这款夏奈尔的包来封我的口。她非常后悔告诉我那个秘密。

可是,我从未有过要把这件事泄露出去的想法。当我看见她满身的伤痕,我痛恨的是那个变态的衣冠禽兽。我没有当面表露出这种情绪,是因为担心敏感的杨蓉觉得我在同情她。一事无成、处处卑微的我,没有资格去同情任何一个人。啊,杨蓉她一定不知道吧,我也一身的伤痕啊,青的、紫的、红的都有,永远都不可能痊愈的伤痕。当看到那些斑斓的可怕伤痕时,我有一种物伤其类的悲凉与伤感。那一刻起,我比任何时候都爱她,我觉得我已经无法向她准确地传达这一情感了。接着,杨蓉又跟我说起她跟他先生相识、相恋的浪漫往事。语气非常温柔,像是一个梦幻。我听着听着,觉得她只想让我相信,他的先生依然爱她,她还是过去那个让我们都羡慕的成功女性。太可怕了,家暴根本不重要,她扛得起,她唯独扛不起的是她千疮百孔的里子被外人知晓。好吧,你的逻辑是,只要面子有尊严,里子你不在乎。现在是,全世界只有我一个人知道这个秘密。我跟杨蓉已是陌路,我觉得她已经清晰地把鸿沟划了出来,我们回不去了。

然而我还是把事情想得太简单了。三天之后,杨蓉突然打电话来质问我，是不是我在网络上散布她先生打她，要跟她离婚的消息？我大吃一惊，没等我开口，她在电话那边开始骂我，骂得很脏，难以启齿，完全没有任何交情可言。骂我穷酸、心机女、一心攀龙附凤、自己交友不慎也就算了，杨蓉竟然失控到骂我丑八怪、性冷淡、没有一个男人愿意上我等语。这还是我一直以为可以交心的、彼此只注重灵魂质量的杨蓉吗？还是长期以来她就是这么看我的？我一言不发，听她一气骂完，如果我中途挂断电话，她一定会发疯的。末了，我给她发了条短信，说她看错我了。我完全没有料到杨蓉遭受的折磨是因为我，而不是她那可怕的家暴。不论我是否泄露这个秘密，我的存在是个巨大的钉子，令她寝食难安。这是被害妄想症吗？不，这是不可遏制的恶念使她整个人走向了负数。紧接着，她彻底摧毁了我。

杨蓉的文化传播公司下面也有一家珠宝媒体。她本不指望这本杂志赚钱，而仅仅是作为一个平台存在去做各种文化推介活动。然而，她这本杂志做得早，在业内的知名度比我的大，而我才刚起步，不到一年。从资金、背景、资源各个方面来看，我不堪一击。我唯有创业的激情和初犊的拼劲。广告收入是我们生存的唯一来源，但我总有抢眼的专题策划，深度的对话专访，图片、排版时尚大气。这本年轻的杂志在深圳有了让人耳目一新的朝气与锐气，很多大的珠宝厂家开始注意我了。啊，那个时候，我刚刚而立之年，踌躇满志，浑身有使不完的劲，感觉肩上要生出翅膀，我的理想是，做最好最专业的珠宝杂志，以我的规划来看，要实现这个愿望起码还要三年。然而，杨蓉以极其低廉的价格甚至免费出售、抛送她的版面广告，她用这种不正当的竞争手段公开地挤兑我，我只要两个月没有广告收入，杂志就会全面告急。隐约有谣言传出来，说我跟XXX公司的总监有不正当的男女关系，不，说我用肉体换取广告。我非常清楚这一切背后的缘由，但是，只要杂志能够撑下去，我就能顶住所有的毁谤与压力。然而，好几次我去客户那里采访，对方表现得都很怪异,都急于要避开我似的,仿佛我是个很脏的人。居然有一个小厂的老板一脸贱笑,眯着眼,无耻地说:薇温小姐,听说你是一个豪放的人,其实我也是……

很快,我接到一个函,工商局发过来的,大意是我的杂志申请的是DM广告刊号,而我却做成了一本集新闻、时尚娱乐为一体的综合媒体,涉嫌违规,勒令查封。这个时候,天才真正塌下来。这种做法本来就是打一个擦边球,市场上充斥着大量的这类杂志和报刊,只要不刊登色情暴力,不刊登虚假广告,一般情况下是没有人管的。我拿着那款崭新的夏奈尔的包包,径直奔往杨蓉的办公室。

"你为什么不杀人灭口呢?"我把包包狠狠地朝她掷过去,水杯砸翻了掉在地下摔得粉碎。

"所以你要感谢我不杀之恩啊,薇温,我应该拿你怎么办呢,你让我非常痛苦,对,只有你从这个世界上消失,我才能解脱。"不到一个月,杨蓉脸色苍白得可怕,两颊凹陷,颧骨高高耸起,两只眼睛如同被烧成炎炎的大洞,这副模样,如同一幅骷髅头的面上绷了一张白布。"薇温,你握着我整个生命中最脆弱的部分,我快要疯了!"我再次想起,她的身上那些斑斓的伤痕,而我身上也是,一阵酸楚涌上胸口,百感交集,我无法恨她了。我们原本是一类人,而我却成为她面临遭受巨大耻辱的那个人。她的先生不是,她本人不是,这个操蛋的世界不是,唯独我是。我长长地叹了口气,扔下了一句话:你真给我们女人丢脸,如果我是你,我会把里子那个真正让你蒙羞的奇耻大辱踩到脚下。

3

可是,我做到了把自己身上的那些奇耻大辱踩到脚下了吗? 不,我太懦弱了,我只能捶着胸口,无力地捶着胸口,一声接一声地叹气。我最终选择了逃离，回避。我跟杨蓉唯一的区别在于，我不会恶意地去加害无辜的人，这是我能坚守的底线。然而，身在局中，谁不比谁更无辜呢？当我们的肉体受到伤害，而伤害我们的对象是一个巨大的存在，我们无法撼动，那是不是在潜意识里，我们就应该把它默认成一个既定的事实？并放弃抗争？是从什么时候开始，我们默认了它，让它成为我们生活的一个背景？"小姐，你只提供了抢劫的时间和地点，你什么都没有看清，我们是很难抓到劫匪的……你呢，平时不要背包上街，晚上不要轻易独自出门，只要做好自我保护，是不会遭遇这种事情的，你怎么这么不小心呢？"去派出所报案，结果是，你怎么这么不小心呢？

我怎么就这么不小心呢？前年，在一次由妇联主办的"今日巾帼"座谈会上，我见到了暌别多年的安妮太太。她四十好几了吧，保养得真好，脸上没有一丝皱纹，想来生活如意，事事顺心吧。这几年，她跟她老公经营的几处大型商业地产出租得真不错，购物中心、休闲娱乐城、小吃一条街，当年略显偏僻的物业天天都在绞尽脑汁寻求出租，可几年过去后，那地方竟成了那个镇区的商业中心，如今是寸土寸金了。安妮太太染着金发，大卷，风情妩媚；穿着黑色修身的职业西装，里面是柠檬黄的蕾丝抹胸，长裤，细跟尖头的高跟鞋。她假装没有看见我，我可是结结实实地把她从头到脚打量个遍。人生无常啊，有些人总是阴魂不散。亲爱的安妮太太，今天晚上你会不会做噩梦呢？这个女人现在是本地大作家了，当年她离开东莞去了深圳，然后辗转去了广州，还在佛山待了好一阵子，最后她居然折回东莞，还人模狗样地混进这么高端的巾帼座谈会与你诗意邂逅。

依然是那个2004年，那家大型的卖场，我，企划部经理整天埋头撰写各类企划案，策划各类招商活动，从制定到执行，每周加班，那个时候不知道为什么身上总是有一股使不完的劲，眼皮一翻就是一个点子，有了好的想法兴奋得要命，仿佛吸引那些大牌入驻进来，我能捡个大便宜似的。生活上，我非常简单，从不化妆，一年四季穿着工服，在办公室叫外卖，加班晚了睡办公室沙发，还经常跟清洁工阿姨这类人一起去超市抢打折的换季商品。由于所有的稿最后要安妮太太定了，签了字才能执行，应该说，在公司除了财务，我是跟安妮太太打交道最多的人。安妮太太对我不修边幅很是不满，她说工服是公司对外接待或者窗口岗位的姑娘才穿的，我可以穿得个性化一点，应该要化点淡妆，要使用香水。她这个话，我们全公司的女孩子都清楚，安妮太太在代理一种叫作玫琳凯的化妆品，其营销模式类似于安利，直销式的，不知道为什么，这种营销模式一直没有让我从传销的印象中纠正过来，所以，她的玫琳凯，我连一只小唇膏都没有买。每当我身上桂林米粉那刺鼻的酸笋味让她难受的时候，她就念经一般向我兜售她的玫琳凯。我身上有一种很硬的东西，让她不自在。这一点，我感受到了。

那一年快要到中秋节了，公司要策划一台晚会，活动是我策划的，所有的东西基本准备停当，我跟安妮太太去选购礼品，因为晚会有抽奖活动。我记得那天下午三点钟的光景，我跟她步行去公司附近的银行取钱，银行很近，她也就没有开车。当时她挎着一只铰链的小皮包，刚好垂在她腰与臀衔接的部位，大红的，非常醒目。我陪她取了钱，从银行走出来，刚拐了一个路口，斜对面就望见公司办公楼。这时一辆摩托车从她旁边掠过，那摩托车到近处才加的速，呜呜呜，呜呜呜，在身边急促而过，非常突然。坐在摩托车后座的年轻男子拽住安妮太太的包，她被拽倒了，那摩托车把她拖在地上，一路往前急奔，很本能地，我狂追不放。她的鞋很快就被蹭掉了，膝盖在地上摩擦了好几米，一定刮破了皮，流了血，衬衫被掀起，她在挣扎，在喊叫："放开我，我求求你们放开我……"我看见她雪白的腰腹露出来，包包的带子太结实了，没有拽断，摩托车后座的人一把抓起娇小的安妮太太，一路往前方急驰，我追不上了，我眼睁睁地看着董事长夫人安妮太太消失在眼前。她那绝望的"救命啊——"一直在我耳边响彻。刚才那一幕不正是我曾经历过的吗？为什么看着他人历经此劫，我竟本能地把拖在地上的那个人幻想成了自己，刚才，有那么一瞬间，被摩托车拖走的，不正是我自己吗？我再一次血淋淋地经历了这可怕的猎杀。

在我看来，所有被拖在地上的人是平等的。甚至跟猪狗一样是平等的。就像在癌症面前一样，所有生命是平等的。啊，我有幸跟冷艳高贵的安妮太太站在同等级别上，这是从未有过的。公司办公室那么多的女孩子都有过被抢经历，我们都有幸跟自命不凡，骨子里瞧不起我们的安妮太太站在了同等级别上。我不应该高兴吗？对，摩托车应该去抢有钱人才对啊，可是有钱人都有车，很少步行，所以摩托车只能抢我们这些步行的弱女子。很突然的，我心里居然有了一丝快慰，公司大部分员工都不喜欢安妮太太，这抠门刻薄的坏女人，向员工兜售化妆品，公司福利少得可怜，报销很不痛快，请假压了又压。我们早就怨声载道了。然而很快地，我就从这邪门的幸灾乐祸中醒了过来，我吓坏了：安妮太太被劫走了。脑子一片混乱，我是不是应该跟董事长打个电话呢？还是报警？我慢慢镇定下来，给公司人力资源部经理凯恩打了个电话，公司是家族式管理，人力资源部的经理是安妮太太的妹妹。电话那边传来冷静得要命的声音，不许报警，不许跟任何人说起这件事，好了，没你什么事了。

几天之后，那是多么可怕的几天啊，我每天都心神不定，恍恍惚惚，总隐约听到有人在喊救命，我看着镜子里的脸，双颊削下去了，眼睛陷成一个窝。头发蓬乱，嘴唇起皮。整个人非常憔悴。人力资源部经理请我去她办公室一趟。一种很不好的感觉笼罩着我，在这么多年的漂泊生涯里，这种感觉既熟悉又可怕，它再一次将我席卷。果然，这位凌厉的凯恩小姐，用一种不容置疑的残酷语气说，你被公司解雇了，明天就不用上班。

很奇怪的是，我忐忑不安的心居然像石头一般落了地，非常利落。

那一瞬间,我如释重负。仅止解雇我而已,没有别的麻烦?这个结果我太乐意接受了。是啊,我怎么可以继续待在公司呢,那高贵的安妮太太以后如何面对我?我是她耻辱的目击者,见证者,我本人也成了她耻辱的一部分。她,在喊救命,在求饶,在魂飞魄散,被两个男子劫走,露出了雪白的腰腹,还有她的大腿,她被匪徒劫到无人的地方,美丽的安妮太太,他们会对她做什么呢?公司有一个人目睹了这个过程,董事长太太仅仅只是解雇了她,这难道不是天大的恩赐吗?我害怕节外生枝,当天晚上就急忙卷铺盖走人了。这个走更像是逃走,坐在逃往广州的大巴上,我开始汹涌地流泪,我看看自己瘦弱的身体,就一把骨头,小小的脏器,这个备受摧残的肉身被命运驱逐,亡命天涯。然而,我清楚的是,正是这一次一次的逃离,我的生命慢慢走向强大。我从未想过去劳动部门维权,从未讨要属于我的公道。除了一身的伤痕,我活得好好的,这就足够了。

4

有人跟我说,你现在是作家了,怎么这么不爱惜自己的羽毛啊,你应该把这些不堪的经历隐藏起来。可是,我因何而写作呢,是为了作家这个名号吗?我太了解拥有光鲜名号的那种人了,难道我最终也要去做一个让我终生唾弃的人吗?不,尽管我的底线比太多人要低,但我绝不会成为那样的人。我看不见肉身之耻,是因为它在我的身体里从未离开过,我不太在意是否有尊严,芸芸众生里,太多的人比我更苦难。有一天,我猛然发现,这世上好像没有东西能够再伤害到我了,我低至肉身,伏在地上,惯于穿越人生的低谷,但我始终清晰着什么是真正的耻。当我开始写这篇文章,忽然感觉到自己被一群人热切地注视,我们忽然有了相同节奏的呼吸,每一个词攒着力量,发着光,太多的人是沉默的。如果我看到任何一个人遭遇肉体的伤害，我会不自觉得产生幻象，会瞬间置换成受苦的那个人，然后看见自己再一次遭受肉体之痛。巨大的耻嵌进身体，那些斑斓的伤痕暗自妖娆，它隐隐作痛，可我依然向宝藏那样珍藏，我真实地存在过，我跟很多人一起，有过共同的命运，在那一瞬间，我们平等，像疾病那样平等。

选自《十月》2014年第4期

评鉴与感悟

　　塞壬下笔狠辣，对待自己也毫不留情。她似乎全身上下都充满道德勇气。这篇内省式的体验文章，看似破碎，实则带着作家的体温，丰富，粗粝，撕开了暧昧的表皮，直抵存在真相。当然，她的文笔也有些含混。她好像完全不管读者的心理接受程度。她执着地描述那些暧昧不明的心理。她用力那么凶猛，时而甚至能感受到她的狂乱紧张，可以想象，为了写出最为真实的作品，塞壬是怎样的耐心。

奶奶本纪 | 周同宾

　　似乎是毫无缘由地，蓦然想起奶奶。我的妻儿都没有见过奶奶，老家仍然在世的乡亲，见过她的也已不多。我顿时有一种紧迫感，若不为她写若干文字，不太久以后，她就如同没在这个世界上生存过一样。

　　奶奶没有名字。娘家姓党，村里的长辈人都叫她党姐儿。1954年登记户口，她的姓名被写作"周党氏"。她不认识那三个字，也从未用过那三个字，或许就意识不到自己还会有名字。

　　爷爷早逝，据说是在地里割豆子，突然吐血，当即死了。爷爷没有遗言，或许，把一腔鲜血洒在自己的土地里本身就是遗言。爷爷留下八亩半地，三间低矮的每隔两年就得苫一层麦秆的草屋。那时，父亲才十来岁，小小年纪就接过了爷爷留下的土地，和有关土地的一切农活。

　　奶奶是小脚。她出生在大清光绪年间，当然要裹脚，脚也真有那么三寸。每天早起的第一件事就是坐床头缠脚，用五尺多长四指多宽的裹脚布狠狠地缠啊缠啊，把脚缠成粽子形。她裹脚或洗脚时，从不让人看见。我见过一次，蜷屈挤压变形得可怕。她说过小时候缠脚的痛苦，开始缠常常哭，下床、出门都要大人抱着或者扶着。她移动脚步走路，像两根木棍在地上捣。雨天，路似刚刚发酵的红薯面，简直是在黏糊糊的烂泥里杵。奶奶身躯在女人中应属高大，却用一双尖尖的脚支撑着，下地掰玉米、捎芝麻叶、起五更薅麦（为了不留麦茬，更为了多收些柴，小麦要连根拔起。薅就是拔的意思。《诗经·良耜》里就有"以薅荼蓼"，三千多年来音义未变。故乡的方言里有很多古汉语的孑遗）。母亲生于1920年，京城里早就没了皇帝，可硬是被外婆逼着裹了小脚。"大跃进"中，她就是颠着那双小脚在水库工地上，挖土、挑土、抬石头的。母亲到晚年还埋怨过外婆"老思想"。却从没听到奶奶埋怨过谁,好像原本就该如此。

我上中学时,毛泽东在关于"农业合作化"的文章中,把"右倾分子"比作小脚女人,一下子全国批判"小脚女人",似乎小脚女人都是最可恶的人。那时候全中国的成年女人大部分是小脚啊。我心里很不是滋味,总是想到奶奶,想到母亲。不能无视她们的艰辛,她们的血泪,更怎忍心把她们和全民痛骂的坏人连在一起作践啊。我只是心里想,绝不敢说出。

奶奶会弹棉花,是全村有名的弹花匠。在方言里,棉花简称为花。她去各家弹花。轧过的皮棉要纺线,必须弹,那时没有弹花机。奶奶的工具是一张弓,洋槐木的,弯作初四初五的月牙儿形,用时勒上细而韧的皮弦,一把弹花槌,枣木的,手握的一端稍细,另一端有楞,弹花时就是用那楞拨动皮弦,在结成团的皮棉上颤动,发出"嘣、嘣、嘣、嘣……"闷闷的漫长的响声,往往,从早饭后,持续到黄昏,如一首单调的乐曲,有一种无尽的沉重感,压抑感。弹三遍,棉花才变成蓬蓬松松白云状的棉絮。给别人弹花,中午管顿饭,工钱是一把花捻儿——纺线前把棉絮用高粱莛儿卷成近一尺长的薄薄的筒状,那叫花捻儿。七斤棉花可织一匹布,弹七斤棉花耗时一整天。

有一幕情景至今不忘,六十余年过去,仿佛犹在眼前。

盛夏的傍晚,满天瓦片云,被落日烧成了火红色,反射着炙人的酷热。黄澄澄的太阳光充塞地面、空中,像熔化了的铁汁子,烫得狗伸着舌头张嘴喘气,南瓜叶蔫蔫地扑塌着,如收起的伞。在门口,我远远地看见奶奶从南庄回来了,一手拿把花捻儿,扶着肩上的弓,一手掂着弹花槌,蹒蹒跚跚走着碎步。宽大的粉蓝土布上衣,老蓝的扎了腿的土布裤子,在强光下显得铅一样惨白。头顶、两肩、衣袖,毛茸茸的粘满棉絮,棉絮上挑着夕阳。走近了,见老人家鼻孔里也钻了棉絮,已被灰尘沾成灰色。布衫后背的汗渍一直洇湿到下摆,水淋淋地贴在身上。从水缸里舀半瓢凉水喝下,奶奶换了衣裳,坐院里捏下湿了的上衣、裤子上面粘的棉絮,终于积成枣儿那么大一团;丝丝缕缕都舍不得糟蹋。

奶奶每天夜里纺线。椿木做的纺车儿,已古旧成了铁灰色,暗红的枣木轴磨得变细。油灯放在锭子旁,灯焰儿只有黄豆大。每年种半亩芝麻,不为吃油,只为点灯和给锭子膏油。冬日夜长,总要再添一次油。坐下纺线前,总要把泡好的芝麻叶搣出拳头大一疙瘩,手巾包了揣怀里,到半夜暖热了吃下充饥。嗡嗡嗡,嗡嗡嗡,纺车声是一支无头无尾的枯燥的歌儿,始终缭绕在我的整个童年。纺车声中,我慢慢长大,奶奶很快变老,满脸深刻的皱纹里,积淀着溢满两颊、额头的艰辛日子。有一天晚上,老人家教我一首歌谣:

> 纺花车儿哼哼,
> 老娘累得腰疼。
> 小娃夜里踢腾,
> 被子蹬个窟窿。
> 大娃裤裆漏风,
> 闹着要打补丁。
> 纺花纺到五更,
> 房檐挂了冰凌。

从纺出线,到织成布,有一个长长的过程,一家老小只能在寒冷中日日夜夜等待。把嗡嗡的纺车声说成"哼哼",更像呻吟,像叹息,像无言的哭诉。这哼哼声一直延续着,和抽出的线同样长,和庄稼人的苦日子同样长……

还记得一件事。

奶奶有个弟弟,小时候上树掏鸟窝,摔下来断了腿,成了拐子。为和其他几个舅爷区别,向我提起时总称拐子舅爷,简称拐爷。拐爷干不成农活,就学会用牛皮做牛套、笼头、牛绳、役使牛干活时的皮鞭(据说鞭梢儿的技术含量最高,用一季子也不会断的),是方圆几十里有名的皮匠,在隔日逢集的镇上街边柳荫下摆摊,边做边卖。有一次,我跟父亲去赶集,见了他,马上想到年画《八仙过海》里的铁拐李,他比李铁拐更胖些。把手上的活儿地上一丢,拍掉身上的碎皮子,斜斜地站起,拐两步去给我买了一笾箩儿水煎包子(卖水煎包子的平底锅就支在他的皮货摊旁边)。我吃撑了,肚子好大。他说:"别吃了,剩下的拿回去。"说着,伸手折根柳条儿,捋掉叶子,把包子穿成串,又绾成了圈儿,递给我提着。

一天,村人赶集回来说,拐爷明天要来我家。我立即想起圆圆的两面焦黄的水煎包子,不禁流口水。次日上午,我正要用梢头抹了椿树胶的长竹竿去粘知了,扭脸看见拐爷从西南角的草滩上一瘸一瘸走来,背的布袋在身后左甩右甩。手里还提着一捆儿用麻扎了的尺把长的金黄的油条,随着脚步前甩后甩。奶奶噔噔噔踩着碎步迎到大门外,接过布袋和油条。拐爷在院里石桌边坐下,奶奶去灶屋打荷包蛋。瓦盆里只剩一个鸡蛋,刚好母鸡叫,又从鸡窝里收一个。按礼法,来了贵客应当打六个荷包蛋。奶奶很遗憾,深感对不起拐爷,絮絮地解释说,一群鸡被黄鼠狼拉走两只,剩下的一入秋就不好好干活儿,攒的鸡蛋前天换盐了……那个年代,养鸡主要为下蛋换盐,农谚说,鸡蛋换盐,两不见钱。拐爷打开他的布袋,里边是十几个熟透的红柿子,在他身后一路摆来摆去,已成了一团糊糊,就让我倒碗里吃,一再交代:"少吃点,吃多了肚疼。"我刚吸溜了小半碗,拐爷把盛荷包蛋的碗递给我,还剩一个:"娃吃,娃吃了长大个儿。"挨近他,闻见他身上有一股牛皮味,或者说一股臭味(所以有谚语"三个臭皮匠,顶个诸葛亮"的说法),好像仍坐在他的皮货摊边。我对那臭味不恶心,反倒更有一种亲切感。听说拐爷来了,半个村子的男人都来给他打招呼,他们都是他的老主顾。

1958年"大跃进",全民不得安生。拐爷的皮货摊子被迫收起,干了一辈子的手艺再没用场。"人民公社"派他去修拦河坝,四个人四根绳拉一百多斤的石夯,拉起一人高,在大坝上狠砸。为了显示"跃进"的气势,还要跟着石夯起落喊口号。瘸了腿的人个子矮,拐爷就得拼命用力。在那个晚霞似血的黄昏,眼看就要收工,一头栽倒,顷刻死了,就在工地附近,草草挖坑埋掉。那年头,死人似乎很正常,口号里就喊道:"头可断,血可流,鼓足干劲争上游。"……

没了皮匠这一行,牛笼头、牛套之类坏了就只能以麻绳、草绳凑合。好像没人怀念拐爷,因为牛是集体的,集体的事儿马马虎虎即可。除了奶奶,好像再没有人提起拐爷。奶奶想去拐爷坟前烧几张纸,一百多里路,她不可能走到;即便走到,那坟很可能没了。浅浅一堆土,一场雨过后就会淋平。

拐爷终生未娶。

印象中,奶奶说过很多话,甚至常常唠叨。我记得的只有几句,都是乡谚。

奶奶说:"人操好心,神有感荫。"

她认为操好心,神看着;做恶事,天报应。我家是中农,一般年景,粮食够吃,还有剩余。那年春梢,婶子家揭不开锅,提着草筐来借二升高粱。奶奶用瓢给舀了满筐。足有三升多,婶子说用升子量量,奶奶说扛回去先吃,不够了再来。老人家乐于助人。土地改革那阵儿,地主家的老太太趁着夜色,拿一包衣服送我家隐藏,都是土布裤褂,只一件阴丹士林长衫算得上体面。奶奶当即把衣服塞进床下的桐木箱子,而后送老太太到大门外。父亲害怕,一再埋怨,奶奶说,地主咋啦?地主家的东西也不是偷来的,抢来的。

奶奶说:"记仇两天,记恩百年。"

意思是说,别人对不起自己的事儿,睡一夜到第二天就不必再计较了。别人对自己做一件好事，应当记一辈子。不记得奶奶和谁有过嫌隙，她不会对不起任何人。只记得奶奶一再提到，爷爷死后，父亲年幼，挑不动水，她每天用瓦罐去井上打水。一个夏天，连阴多日，村路上泥浆尺把深，奶奶双脚插进泥里拔不出来，没走两步，摔到地上，沾一身泥水，瓦罐也摔破。老成爷看见，连说"可怜，可怜"，把奶奶扶进家。一会儿，挑来两桶水，赤着脚，裤子卷到膝盖上，半截腿都是泥。倒进瓦缸，扭头就走。那年隆冬，一天夜里，老成爷家灶屋失火——老成奶做黄酒，把酒坛放在灶膛边，为加温，挨酒坛烬了草末子，谁知草末子燃着了柴，灶屋立即起火。老成爷把棉被塞水缸蘸了水，盖在正房的房坡，才保住正房。老成爷喊救火时，父亲起床去了，什么也没救出，米面都烧光了。第二天早晨，奶奶说，囤囤籽儿粮食咋吃？湿被子夜里咋盖？不一会儿，我看见母亲抱两条棉被，奶奶用柳条筐提了半筐苞谷糁，里面放了一瓢小米，朝老成爷家走去，橘色的霞光洒满她俩头上身上。老成爷死后，奶奶仍不忘他的恩德，多次述说担水的事儿，和他的家人关系仍然热火。

奶奶说："椿头菜绾纂儿，老婆饿成黄脸儿。"

这是说的荒春。椿树发芽晚，直到四月里，枝头才吐露出拢成纂儿状的青紫色的雏叶，那就叫椿头菜。这是麦熟前最难熬的一段日子。大部分人家吃食都紧，常常挨饿。奶奶对饥饿的印象特别深，多次提起民国十八年（1929年）的饥荒，人吃人，小妞头上插根草在集镇上卖，一升苞谷就能买走。还说到三十一年（1942年）的饥荒，先是涝，后是旱，接着是蝗灾，蚂蚱飞过来把日头都挡了，满天都是黄的，落地里一片唰唰声，瘆人，一会儿就吃光庄稼，再去另一块地。蝗虫过后连一把草也没收，只土里的还没长成的红薯保住了。从秋后到次年麦收前，日子越来越难，饿死人没有数。

奶奶熬过了那两场饥荒。

衣裳破了，缝缝补补还能穿。没了吃食，不到七天就要死。奶奶最怕挨饿。

老人家还说过一首儿歌：

地里活，家里活，
忙坏老头和老婆。
拿根长绳拴日头，
你想落，不得落，
——一天能干两天活。

这应是"长绳系日"典故的农家版。庄稼人一年四季忙，冬天也不闲。父亲伺候牛驴，出粪，拉末子（即垫牛圈积肥的土），丢了笆子掂扫帚。母亲织布，缝补衣裳。奶奶除了外出弹棉花，就是纺线、缠线、络线，为织布做准备。奶奶没看过戏，听过艺人说书，没去东邻西舍串过门，来了人，招呼坐下，就边纺线边拉家常，两不误。奶奶曾有一个比喻：庄稼人啊，就像牛，受苦受累、使死使活伸长脖子曳一辈子，直到走不动。人比牛强些，牛老死剥皮吃肉，人老死躺到坟里歇息。

奶奶终生没走出过方圆十里。

还记得奶奶说过有关政治的话。一次说："毛泽东坐朝（我记得很清，她没说'毛主席'而是直呼其名），好处是打死了崔二旦、老王泰（崔、王是我们那一带最有名的土匪、杆子），天下太平，再也不怕半夜来抢，来拉票儿。坏处是地都充公，一大群人一块儿干活儿，都不出力。人哄地皮，地哄肚皮，吃不饱饭活该。"20世纪50年代前几年，是奶奶一生最舒心的时候，全家男耕女织，日子红火。正是在1955年，我家又买了五亩地。可只收了一季庄稼，来了个"合作化"运动，拢进集体了。还有一次，听到拐爷惨死，奶奶说："啥大跃进，不是跃进，是要命。"（在方言里，跃进的'跃'读'要'）自"大跃进"开始，家里没了锅灶，奶奶住进了敬老院。头几个月还能吃饱，后来就不行了……

1959年秋天，我去卧龙岗上的一所专科学校上学，吃的当然是商品粮，每顿饭一个白面馍。1960年春节放假前几天，忍着饿每天省下半个馍，最后攒了三个馍，早饭后装进书包步行回家。离家七十里，走到下午饿得迈不开步，吃了一个，下好大决心不吃，还是吃了。日落前到家，见奶奶睡在堂屋东间靠山墙的地上，铺的是麦草，一块坯上垫着旧衣做枕头，脸没血色，苍白头发蓬乱。我拿出馍，给奶奶一个，给父母一个。母亲掰开，让我吃了半个，另半个又掰开，给父亲一半。奶奶大口大口吃，一会儿就吃完了，唇上沾的碎屑也舔进嘴里。而后，切切地看着我，浑浊的泪顺眼角流下，滴湿土坯上的旧衣。我看见她的手指细而尖，瘦干的胳膊上条条青筋好似死了的蚯蚓。我后悔路上吃掉了一个馍……那是个惨淡的春节，没有馒头，更没有肉菜，只吃了一碗红薯面包红薯叶的饺子。一天后父母就让我回校，母亲恳求管食堂的大队干部，几乎跪下，给我要了一个红薯面掺糠蒸成的馍，路上做干粮。

大概我走了不多久，每人每天还能从大食堂领到两瓢稀汤时，奶奶就去世了。下葬没有棺木（她的棺材十年前就已备好，"大跃进"中拉走，劈开，扔进了炼钢炉）。父亲最后悔的是，没把灶屋的门取下，挡在墓坑上，不让泥土砸了奶奶的脸，每提起总叹气，愧疚不已。庄稼人称棺材为"老屋"，奶奶死后没有屋住啊。令父亲稍感宽慰的是，在食堂断粮前，早已没柴烧火，就趁着夜色去扒故去的先辈们的坟，扒出棺木当柴烧，煮红薯叶、叶柄和秧子，而奶奶死后，却没受折腾，没被掘墓动尸。

奶奶死时父母没告诉我，大概一来没法捎信儿，二来怕我回去没饭吃。直到暑假结束前几天（暑假期间校方不准学生离开），我才回家，在爷爷奶奶合葬墓前叩头烧纸。我想象不出奶奶死前的情状，父母从未说过。我只强烈感觉到，老人家躺地下，黑土重重挤压着，一定很不舒服，怎好歇息？

记得，我小时候一个夏天，一个算命先生一手拿木杖探路，一手提一面上带小锤的小锡锣时时叮叮敲着（叮叮声是招揽生意的广告），从我家门前经过。突然下了暴雨，奶奶正在石榴树下纺线，立即去把瞎子领回家避雨。锥子雨下了两天，算命先生在我家住了三天，夜里睡磨坊，白天坐堂屋说闲话，说他年轻时候的苦难经历，奶奶感动得唏嘘不已。先生还掐着指头、仰着空洞无物的眼，念念有词地认认真真地给全家四口算了命。那几天，除了早饭，顿顿炒菜。第四天，地上没了泥才送他上路。给父母算命的结果我已模糊，只记得，瞎子预言我将来要当大官，奶奶大半辈子受苦，临老要享福。

看来，被乡民尊为"小诸葛"的先生绝对是算错了。我直到范进中举的年纪，才混个副科级，奶奶最终却是那样……

1987年春，进城跟我们同住的母亲说，爷奶的坟本来已小，被承包那块地的村民犁耙得更小了，必须立块碑挡住。碑上要刻名字，问爷爷叫啥，母亲不知道，特地回老家遍询村中高寿老人，皆无印象。墓碑上的爷爷只好以"周公"二字代之（又过数年，我才在一本民国初年手抄族谱的最后一页，找到爷爷的名字"周金波"）……

选自《散文百家》2014年第8期

评鉴与感悟

看题目，《奶奶本纪》显然就是要立传。读完也真是让人感动，让人情绪飞扬，久久不能自已。不过，我更看重的，还是周先生对对待生命的态度。在这个求奇求怪的时代，在这个生怕语不惊人死不休的当下，周先生将深厚的感情灌注在笔尖，在他简洁凝练的叙述中，一个温厚善良的长者形象，出来了。

陈贞

陈贞十六岁嫁给了毛仔。

毛仔比她大二十岁，还在县农贸市场杀猪。其他屠夫杀猪，猪的惨叫声扯得疼人的耳朵；毛仔杀猪，跟变戏法一样，蒲扇大的巴掌伸出，在猪腹某个位置抓挠几把，再凶悍的猪也乖乖挨宰，顶多在利刃入脖时哼唧几声。

别人家的猪肉卖两块五，毛仔卖两块七，大家还争破头，据说，"那些会惨叫的猪，肝脏会分泌毒素；而毛仔家的，不仅没毒，还有利于阴阳协调"。

我们乐得喘不过气来，尤其是当试图逃婚的陈贞，被她爹指挥人手绑在乌黑条凳上，抬进毛仔的新房后，都笑开了颜。

陈元庆开盘与我们打赌，说陈贞一窝起码能下出十三只"小猪仔"。陈元庆疯了，陈贞一次下三只"小猪仔"有可能，下十三只，除非她真是母猪。可陈元庆非一口咬定毛仔就有这个本事把陈贞变成母猪。

我们不信，陈贞的爹要给她弟看病，把她当猪卖，这是可以理解的，但人怎么可能真的变成猪呢，何况陈贞还长了一张狐狸小脸，一点也看不出有变成猪脸的征兆。我们异口同声赌陈元庆输，赌注是各自的心爱之物。如果陈元庆输了，他还要从我们每个人的胯下钻过。为了保证赌约的严肃性，我们在新房的白墙壁上书写赌约内容的全文，并一一落款签名，用从学校美术老师那里偷来的蜡笔。

这带来了麻烦。

翌日，披头散发的陈贞出现在教导主任那，两只红肿的眼睛喷着怒火，好像我们是她那个该死的爹。这个比喻不大准确，"我们"，包括陈元庆在内，共计六个人；不过，也幸好是六个人，我们才不必独自用脸蛋承受这女人嘴里喷出的唾沫。

是的，唾沫，与密集的雨点一样。陈元庆朝我吐舌头。我懂他的意思。一夜之间，原本见到我们要绕弯走的陈贞，敢对我们吐唾沫了！而且还敢叉着腰站在教导主任面前，开口闭口就是"我们家的毛仔说"。真奇怪，几个时辰前，她还哭天抢地嚷着要拿刀劁了那个又老又丑的毛仔。劁，知道是什么意思吗？特制小刀，顶部一指，三角，尖端和两边极锋利，手指长的把，末端带弯钩，看着别说猪，连人的下腹某部位也会隐隐作痛。被劁了的猪啥都不想，吃一斤长一斤，一点也不浪费粮食。

别问我为什么懂这样多。不是陈元庆家才有《辞海》。

我们挨个向陈贞道歉。陈元庆贼滑头，说，小猪仔是比喻，是多子多福的意思。还说陈贞明年肯定会生一对龙凤胎，把陈贞说得眉开眼笑，把教导主任说得慈眉善目，把我们说得愁眉不展——觉得自己比被劁过的猪还蠢。

老天不开眼，陈贞转过年真的诞下一对龙凤胎。毛仔特意拎了一副猪下水到学校找教导主任，说要感谢他培养出来的好学生，别小看那头道口彩，那里头藏着天机与命数。毛仔口里直喊"高人"，还说我们有幸成为教导主任的学生，那是前世苦修了三百年。

毛仔无耻。

一个杀猪的怎么也会沦为无耻之辈？

陈元庆一眼洞察了他的用心。教导主任的老婆是县幼儿园的。毛仔这是把革命工作从娃娃尚是婴儿时抓起。

但问题是，等到龙凤胎长到能进幼儿园，这得搭进多少副猪下水？毛仔再笨，也不可能做不来这道算术。我们百思不得其解，陈元庆支支吾吾解释不清楚。我们长吁一口气，觉得他与我们还算是同一物种，原谅了他过去犯下的错误，重新接纳他成为我们中的一员。没多久，答案有了，陈贞的弟弟，那个著名的癫痫病患者，念了三次四年级的笨蛋，从三小转学到我们学校。我们乐坏了，没事便拿指头去戳他那个特别大的脑袋，用很严肃的口吻告诉他，他这一生要感谢猪下水，是杂碎改变了他的命运。

他拼命点头。我们哈哈大笑，捧腹、跺脚、在地上打滚。我们笑出了眼泪。但说真的，我们羡慕他。每周五上午，毛仔都来送他上学，顺便带一副猪下水给教导主任。毛仔那张黑不溜秋的脸上开着花朵，春天是牵牛花，夏天是杜鹃花，秋天是油菜花，冬天是雪莲花。一年四季，毛仔笑惨了，忙惨了，累惨了。过去他一天杀一头猪，现在他杀十头，还雇两个青皮后生做帮手。说来也怪，他那双手还是蒲扇大，在杀猪前仍然会在猪腹某个位置抓挠几把，可不管用了，那些待宰的猪叫得如丧考妣——这个成语是陈元庆说的。陈元庆说，过去猪不叫，是因为毛仔会先去猪圈里蹲半个时辰，与猪谈心，告诉这些体肥肢短的黑面郎，他这是在超度它们早脱畜生道。黑面郎也是讲道理的。道理不讲不明。现在毛仔不与它们讲这个理，它们当然不服。

陈元庆太坏了，拿什么黑面郎忽悠我们。

我们面面相觑，终于忍不住，发一声喊，把他暴打一顿。

就有一只黑面郎闯下大祸。

一口咬掉毛仔两腿中间的物事。陈贞的弟弟给我们表演他姐夫遭遇不幸时的细节，人往地上一躺，身子痉挛伛偻，手脚不停抽搐，全身开始剧烈地颤抖。我们吓坏了，以为他癫痫发作，一哄而散。

我跑得飞快，隐隐约约觉得有一事大为不妙。被劁过的猪卵子一般会被扔到屋顶瓦沟里，还有可能找得回来；被猪咬掉的恐怕是找不来了。毛仔以后该怎样活啊？我一口气跑到陈贞家附近，在土坡上望着哭得像个泪人儿的陈贞,半晌,痴痴呆呆。

她长得真美。

"她的美好像夏日里的玫瑰。让我的指头红肿"。

一个句子犹如鸟鸣,在脑子里叫了一声。

那对绕着她嬉闹追逐的龙凤胎跟书里说的金童玉女一模一样。

我的眼泪下来了,感觉到一阵阵清风透体。眼前的这个世界被重新打开,有了与上一刻迥异的纲目科属。我突然发现自己不再那么讨厌陈元庆。这与对错无关。

当然,更令我高兴的是:

直到今天,陈贞与毛仔仍然活着,还是夫妻,在新农贸市场开着一家"毛仔肉铺",卖猪肉,也卖牛羊肉。他们的生活偶有磕绊争吵,总体上还算现世安稳,岁月静好。那个被劁过的老男人面白肤净,手掌柔软丰润,就有一点不好,与唐僧一样唠叨。他不再杀猪,只管收钱。是陈贞操起屠刀,替他撑住门户。

那对龙凤胎目前在各念一所不错的大学。

陈贞的弟弟,成了国税局的一名正式员工。这个昔日无比羸弱的家伙,如今体胖腰圆,没事骑着一辆摩托车在梨桥县的中心街道风驰电掣,还给我与陈元庆打电话,一口一个哥。他的癫痫病在初中一次手术后未再复发过。

我想,这就是我们的生活。

刘志军

叫刘志军的人很多,过去、现在、未来加在一起的总和,会比地球上现有人口的总数还要多。我要说的这个刘志军出生在1971年11月21日晚零时,死于1995年6月4日下午4时左右。

那时我们没读过《午夜之子》，也不曾听闻"11月22日同时受主宰天蝎座的冥王星和主宰射手座的木星交互影响"什么的，但听老人们说出生在零时的人有一双阴阳眼，能看见普通人肉眼看不见的，是天生的巫婆神汉。这让我们如获至宝。我们这些背诵着"唯物主义的三种历史形态"长大的学生，合谋出种种恶作剧来折腾这个可怜的人儿。

高二那年，一个春风荡漾的夜晚，我们说服一个长头发的大胆女生。半夜三更，这位许姓女生戴起纸糊的面具，踩着高跷，从窗户外去敲他寝室的玻璃窗，嘴里还拖长声调喊："刘志军，我是你奶奶。"

刘志军病了整整三个星期，成绩也掉了一大截。这让我们略有不安，不过很快就转为愤怒：许姓女生居然与他搞起早恋，还倒贴上门，每天早上买了油条稀饭送到男生寝室来。

我们决定惩罚这对奸夫淫妇。

一个蒋姓女生自告奋勇要拿下刘志军，再一脚踹掉他。我们看不出蒋姓女生的优势所在，考虑到她的勇气、队伍的团结、"女追男隔件衫"、说"拿下"时声调的铿锵有力，以及可能出现的二女争一夫的滑稽场面，我们还是同意了她的请求，但万万没想到一个月后，蒋姓女生居然与许姓女生互称姐妹，分工协作配合默契，照料起刘志军的日常起居。我们傻眼了，分别找许姓女生与蒋姓女生谈心，指出她们这是对革命事业的背叛，没想到她俩异口同声地说道："管得着吗？我乐意。"

有必要指出"我们"是谁。这是一组奇异的复数，是一个"介于存在与不存在之间的两栖物"，每时每刻都在以病毒传播的方式进行自我繁殖，又始终处于一个自我清洁的奇异过程中。但毫无疑问，它只有一个大脑，一张嘴，很多双手，很多条腿。

我们难以容忍这种公然的挑衅。

我们的反击是高效且有效的。没多久，许姓女生的妈妈拿着把菜刀到男生宿舍要找刘志军拼命，而蒋姓女生则被她父亲送去了另一个城市。我们很满意这样的战果,派出代表,买了个大西瓜找刘志军谈心,问他为什么能把那两个女生弄得死心塌地。结果他吭哧吭哧啃完西瓜,抹干净嘴就问我们瞎掰个啥,装出一副"神女有心襄王无梦"的熊样。我们只好把他暴打一顿了事。

刘志军有女人缘。

很奇怪。

这是一道不可解的方程式。

刘志军考上省城的一所师范学院。他的大专三年,基本上就是被各种女孩子包围,还有外地女生赶到他家门口要割脉自杀。这在我们那个屁大的小县城成了头条新闻。大家喜气洋洋地赶到车站,去看刘志军与那个一脸惨白的小女生送别,还故意大声地唱叶倩文那首火到爆的《潇洒走一回》。我们都以为刘志军会像戏文里那样,结识一个省城高官的女儿,然后才子佳人后花园,变成一个真正的城里人。这在那个"八仙过海走后门"的时代,是值得夸耀的。我们没想到刘志军还是回来了,还带回来一个手牵着五岁男孩的女人。我们全傻了眼,不明白这个世界是怎么了。

我们中最胆大的一个跑去问刘志军是不是失心疯。刘志军笑着说了一大堆我们都听不明白的话。这很让人讨厌。读了一个大专就了不起啊,还不是娶一个拖油瓶的。

我们决定要孤立刘志军。

可刘志军的妈不肯,找到我们这些老同学,作揖磕头,请我们去做刘志军的思想工作;还说那个眉心有痣的女人是狐狸精,会吸男人阳气的。我们勉为其难,分别去与刘志军谈心,也与那个女人谈。也不知道是谁说错了哪句话,不久,刘志军看到我们中的任何一位有意登门拜访,就立刻提起锄头,蹿出屋外,横眉怒视。

几个月后的毕业分配,刘志军带着女人与男孩去了梨桥县仁义乡坪上村,当起一名乡村教师。按他的条件,本来起码可以留在县城二小。刘志军的妈快哭瞎了眼,可又有什么办法呢? 转过年,那个狐狸精就替刘志军生了一个男孩。刘家也算是有后了。

刘志军就这样从我们的视线里消失了。

我是在1995年国庆回老家时听到他的死讯。

"他死在找他老婆的路上。"那个大胆的许姓女生一仰脖把杯中酒倒入喉咙,眼睛湿润发亮,"嘿嘿,他可能以为前面那个女人是她,结果拼命追上去,闯了红灯不说,还被一辆开得飞快的公交车压扁了。是真扁了哦。跟拿擀面杖碾过的一样。"

大家都不吱声,互相瞅,最后不约而同地把目光落在我脸上。我浑身不自在,想了半天,才想起是自己喝酒时多了一嘴。

隔了半天,她又接着往下说。

"他呀,真傻。就算追到了,又能怎么着? 她还是会带着她第一个孩子离开他的。他们本来就不是一路人。"

"哪路人?"我小心翼翼地问道。

"哪路人? 揣着明白装糊涂? 在座谁不心知肚明?"许姓女生斜睨来一眼,语气尽是刻薄的嘲讽,"算了。说那些事也没意思。来喝酒。"

这回,她没给众人倒,自个给自己满上了,一仰脖,又是一杯,然后又是一杯。

三杯过后,许姓女生抚案大恸,口中直骂着"龟孙子"。

我想这个"龟孙子"指的该不是我。她的酒量不好,很快,吐了我一身。我与几个同学把她搀扶进隔壁服务员的卧室,好不容易侍候她躺下,替她掖好被角,她突然紧紧地抱着我,喃喃自语,反复地说:"志军,你为什么不爱我?"说真的,当时我情愿那个被公交车撞死的人是我。

数年后,我才从我们中的一个人嘴里得知了事情的真相。尽管那个眉心有痣的女人替刘志军生下了一个男孩,但他俩并没有登记领证。女人是有丈夫的,她丈夫跑去国外。1995年,女人得知她丈夫回来找她,就带着大儿子偷偷离开。她没带走小儿子。刘志军死后的几年,那个顽皮的男孩也不小心溺死于河里。刘志军的妈妈这回是真哭瞎了眼,一直到现在,我回乡过年还会偶遇到在路上乞讨的她。

　　她老得像一个孩童,走在街头,老是无缘无故地笑,无缘无故地哭。我把钱塞入她手掌,她便不停地作揖,千恩万谢。我很难过,很想把刘志军从坟墓里一脚踢出来,让他看看自己都干了什么。可我知道我什么也做不了,只能这样卑微而又无望地活着。

选自《南方周末》2014年2月9日

评鉴与感悟

　　这一组人物群像,都贯穿在"县城"的主题之下。县城的素材不少,黄孝阳独独挑了这么几个人,写他们的命运。命运何其诡秘,他抽丝剥茧,写得具象,不乏生趣。也是在对他人的观照之中,我们似乎也看清了自己的面目。

我的大学 | 王云超

1. 哭鼻子的贫困生

我曾经有个习惯，新环境迅速忘记老伙伴。很多人说这是自私，其实我很早就觉察到缘分的阶段性，缘尽不可强求，只要还在成长，昨天的骄傲也许就是明日的笑柄。比如学校这种东西，就是个半胁迫似的群落，你没有权利选择班级，没有权利选择师长，没有权利选择下铺的室友，毕业后总会有人注定不再相见，区别只是谁先忘了谁。

淅淅沥沥的秋雨天，我被分到全校设施最好的宿舍，占好下铺，咬着苹果，看着一个又一个陌生男孩跟随家人走进来，他们和我进来时一样，捧着蓝色被罩和迷彩军服。之后半月，是无休止的踢正步、站军姿、军事理论，偌大操场。秋老虎肆虐，上万名孩子在烈日下哆嗦。我至今都认为大学军训是件无聊的事情，老师和兵油子在小孩子面前耍够威风，却只给他们留下黝黑的皮肤与满腔的鼻屎。这种官僚味极浓的运动，实际上只存在一种价值——选美，镶满黄土的军帽下，姑娘们集体失去魅力，突然闪现出一张动人的脸蛋，这便是系花了。

军训结束当天，宿舍区出现凄凉一幕，一个女孩子哭着鼻子在老父亲带领下跟几名女同学依依不舍地道别，大家说这个女孩子家里条件不好，与老家乡绅的儿子有婚约，家里没同意她上学，她私自拿着通知书前来报到。

师大生源多来自三线小城和底层农村，贫困生规模庞大。贫困生在这里的定义已不是拿不出学费，是连借都借不到的那拨穷孩子。他们大多出自西部山区，全家靠着坡上几亩耕地生活，兄弟姐妹好几个，还有帮冷血的穷亲戚。拿不出学费,要申请贫困生资格,等待助学贷款,而即便是功德无量的助学贷款,也不是天上的馅饼,毕业前你必须将它还清,不然就没有学位证。

学费有着落后,生活怎么办,靠着师大每月四十五元的学生补助根本不够活,你得去刷盘子、举家教牌、拖图书馆的地、上富家子弟的车。总之,靠一己之力完成四年学业。当然,作为老字号地方名校,师大也有贫困生奖学金和助学金,可这些东西不会普度所有人,它们时不时还会去临幸那些拿着高档手机穿着名牌鞋帽的家伙。我有一个勤奋刻苦的同窗,期末拿到贫困生奖学金,校方二话不说先送他一个价高质次的MP3播放器,扣去播放器剩下的钱给他打到私营食堂的饭卡上,想套现,只有将饭卡折价转让,这种变着法儿侵吞善款的事情在校园里屡见不鲜,中国人发起国难财来历来不畏鬼神。

在师大,我算不上贫困生,但敬佩那些勤工俭学的学生。家姐上大学时,家里困难,她一边申请助学贷款,一边将所有节假日利用起来打工,同时她还是校学生会的主席。我中文系最好的朋友小高没申请到贫困生资格,更没有助学贷款,他的学费是向几个高中同学借的,而后他做家教,做餐馆服务生,同时兼着两三个工作,他哥哥来省城找工作,没处落脚,住进他宿舍,他以一己之力养活着两个人,身体和精神时刻面临着崩溃。

晚十点,小高做兼职归来,睁着无神双眼,踩着凌波微步,我端着脸盆跟他打招呼,他一脚踏空楼梯,差点魂断当场。与小高同社团的一个小个子女生也是贫困生,在校外餐馆做迎宾女招待,我和同学逛夜市路过她身旁,她笑着与我们打招呼,我们回来时她依旧站在晚风中跟我们打招呼,只是那张脸分明哭过。

我从没怀疑过贫困学生的未来,他们的艰辛与他们的学生身份一样,都是暂时的,都会有结束的一天。但我着实为他们的心灵担忧,日复一日尊严的丧失,人生观价值观会不会扭曲——他们完全有资格扭曲。当然,对贫困生的解读还有很多,比如一些三好学生就冲我说:"中国人太多,大学师资又有限,不应该只看到贫困生的生活难处,也应该看到国家扩招政策给予更多年轻人接受高等教育的机会。"这些三好学生里也有贫困生,他们可能永远都不会相信这个国度许多教育机构第一运作目的是盈利,其次才是育人。中国大学有着不逊于英美的专业数量,却没有足够专业的人才,我们处处学着西方,最后只学了个样子,很多本科生的课程本可以压缩在两年内上完,却逼着他们交了四年学费。

四年后,我毕业了,顺利拿到学位证。我找到辅导员,问道:"我们是学设计的,为什么给我们文学学士证?"她说:"哎呀,咱们学校文科类只有这几个学位有颁发资格,有你的就不错了,你还挑。"

2. 姓焦的老师

我出身不好,加上顽皮,从小到大没上过什么好学校,也没遇到什么好老师。小学他们拿柳条子抽我,罚我去北风呼啸的门口站着。初中他们当众挖苦我,将我画的四格漫画撕碎后扔进炉火。高中他们干脆把我爹叫到学校揍我,我被揍急了,却不能揍爹,只能当着他们的面哭了。

大学老师显然比中学老师和蔼许多,因为这种地方没有升学压力,学生成绩的优劣不会影响到他们的收入,加上学生们正值娇滴滴的年华,他们尽可能地与学生们打成了一片。

我们辅导员是个年轻的姐姐,音乐学院刚毕业的研究生,活泼可爱,笑靥如花。她虽是师长,却也是个孩子,擅长当众唱歌跑调和手绘各种惨不忍睹的儿童画。这个大孩子辅导员被学生传诵最多的是她的择偶段子,她身家显赫,父亲是将军,母亲是教授,哥哥也刚刚晋升中校,简直不可一世,她公开自己的择偶标准:有长相、有才华、有大钱,满足其中两条即可参选，所以至今也没听到她结婚的消息。

作为传播学院的艺术生，我们有着全师大最新潮的领导。院长本是名画家，写生季跟着学生一起上山下海，到了晚上，他还会怀着浓浓牵挂不顾小伙子们赤裸的胸膛溜进男生宿舍进行慰问，他拉开灯，摆出白酒和烟草，嚷嚷道："都起来都起来，才几点就睡觉！"学生有不抽烟的，他照发不误，嘴里唠叨："不抽烟算什么男子汉。"学院新调来的副书记，比画家院长更加年轻，嗓门儿更加洪亮。他原是校长秘书，因办事利落得到提拔，同时他也是石家庄知名司仪，平日里开着私家车到处参加红白喜事赚钱。他的代表歌曲是"这个人就是娘啊，这个人就是妈……"每次在学校大舞台唱这首歌总能震翻全场，站在远处的外学院学生呆呆站着，真以为台上这位是总政歌舞团来走穴的。

男生最喜欢的，永远是体育课。师大的体育课根据志愿调配，每个学期都要填写自己的体育志愿，包括我在内，多数人第一志愿永远勾选舞蹈，但最后总会被调整到其他课程。我没有气馁，孜孜追求，第四次在表格上勾选"舞蹈"后，终于被分到了散打班。散打课是所有体育课中人气最低的，不是说大家不喜欢格斗，实在是害怕那个散打老师，他是学校体育部主任，他的课不论男女，上来就是几十个俯卧撑，不标准，就踹你屁股；下课，再做几十个俯卧撑，还是不停地踹屁股。散打老师喜欢边抖动肌肉边讲述他见义勇为斗歹徒的故事。他一遍又一遍地教育我们不吸烟不吃酒每日坚持晨练便可如他一般健美。2006年冬日清晨，人们在单杠旁发现他的尸体，脑溢血。

春末夏初，师大女生集体开始饿肚子，因为游泳课又要来了。蛙泳是师大的必修课；但平原子女，着水就紧张，一个个地窝在浅水区发憷。游泳老师扯着一脸的横肉说："怕什么？都给我往深水区走，一脚把你们踢过去喝几口水什么都能学会！"我们蛙泳考试最终全数通过了，包括那个游了半截儿实在撑不下去换成狗刨儿的学生，游泳老师在岸边扯着一脸横肉不停地鼓励他:"你他娘的快点刨儿!"

大三后,再没有了艺术课与体育课,只剩下软件课与理论课,于是我开始频繁逃课。我连班会都不参加,整日闷在图书馆和宿舍里,笃信图书馆随便挑本书都能秒杀那些虚张声势的理论课教授。可即便是理论课,也开始减少,渐渐地,传播学院变成青年疗养学院,大把的课余时间,接踵而至的节假日,让那里的学生更加散漫与堕落。我们班有一个神一样的女生,四年里,她只有开学交学费和期末考试时才现身,大家都说她和她的警察男友云游四海去了,可就是这样的家伙,最后也顺利参加了毕业答辩。

师大的毕业答辩,同样是走过场儿,老师们根本不看学生从网上下载的论文,只是象征性聊聊天,就算通过。也许是我"逃课王"的招牌太大,坐在对面的两个老师准备好好释放一下成见,他们一脸不屑地说:"王云超,哈哈,你小子,我给你们上了一个学期的课就没见过你几回,现在设计类工作竞争多激烈啊,就你这个样子,以后能不能吃碗饭都不好说,你好自为之吧。"

五年后,从别人口中得知,当初嘲笑我的两个答辩老师,一个因为和女学生约炮差点挨打,一个做生意失败头发掉光。读书人不一定都有出息,更多读书人的心胸与性格决定了他们的一生不过是个微不足道的小人物。在我眼里,那两个狗眼看人低的答辩老师还不如当初教我们马哲课的焦老师,焦老师除了在课上大声介绍自己是传播学院唯一姓焦的老师,再无其他事情供我们回忆。

3. 后荷尔蒙时代的爱情

谈恋爱,是大学最著名的景观,每一个中学时代饱受压抑的人,一上大学便迅速脱下裤子。家境好的,追求长相姣好的。家境一般的,冲身边姿色一般的下手。糟糕的性启蒙教育,使中国大部分大学生的爱情观远不及他们的下半身成熟。很多大学生的爱情,根本称不上爱情,不过是一堆粉饰过的性欲与赤裸裸的虚荣,不甘心躲在厕所自慰的男生,被言情小说迷得晕头转向的女生,携手品尝真正的禁果。尝完,上瘾,开房租房,直到其中一方腻了,找个漂亮的借口离开,留下另一个在原地迎风流泪或破罐子破摔。

相比那些坐在网吧角落搜黄图的外学院男生,艺术系男生十分幸运,大家都有自己的电脑,可以利用蜗牛般的校园网熬夜下载Ａ片,然后光明正大地在机房交换Ｕ盘。Ａ片几乎占据了师大艺术系男生四分之一的时间与精力,这种氛围下催生出来的男女交往,也基本以肉体的喜厌为标准,那些高富帅级别的艺术系男生,成为各大艺术类学院的山大王,他们恨不得将所有能追到手的漂亮女生睡个遍。

因为对摇滚乐近乎疯狂的追求,我无暇他顾,很快就成为班上刺眼的单身汉。大二上半学期,山区贫困生都有了妞,他们从出租屋泄欲归来,自然要冲单身汉耍耍优越,趾高气扬地站在床头说:"超,你怎么不找个女朋友啊?"我说:"没有不要紧,但也不能凑合啊。"这句话很快传到他们女朋友耳朵里,女朋友们一下子全急了,大骂我是王八蛋。

长久以来我都有严重的中文系情结,这可能与自己喜欢文学并且家中几个姐姐都是中文系出身有关。入学师大时,我就混进中文系文学社,结交了一大堆中文系的学生,但不到半年就和他们结伴滚了出来。大学社团,是个和军训一样无聊的东西,它只能成就一两个人的学分与威风,其他大部分时间只是个意淫官场的游戏。

社团的中文系女编辑出于挽留,也出于怜悯,主动介绍她们宿舍最后一个单身女生给我,我果断笑纳。与我约会的中文系姑娘,长相、气质、成绩均属一流,她知道我私下在搞文字创作,提出阅读要求,我思考再三,还是将含有自己身世描写的随笔集送给了她,之后她就没了人影儿。她向我叙述过她的身世，她是三线城市的市民，也出自小户人家。父亲早年嗜赌，几乎败光家产，其母生于贫苦也醒于贫苦，平日里常常告诫女儿：男人都靠不住，攀枝要攀高枝，嫁郎要嫁金郎。显然我不是什么金郎，连个银郎都算不上，这着实气坏了她。

我托人传话数次，终于在舞蹈系练功房后见到了她，那时候我并不知道她放弃我的真正原因，一路旁敲侧击问她缘何如此。她鼓足勇气，停下脚步，望着我说："咱们还是做好朋友吧。"我说："不行。"她说："你怎么这样？"我说："就不行。"自此，不复相见。

据说这个姑娘随后又搞了两次对象，想必都是家境殷实的男生。可不知为什么，也都无果而终。总之，她也失败了，她为此付出的不仅仅是贞节，还有学业，同宿舍的其他女生都考上了研究生，她只能拿着一纸本科文凭回老家任教，接着火速相亲，嫁给当地一个二百多斤的富二代。

几年后，提起这个中文系姑娘，社团的老同学们直言她有这样的结局也算不错。但我还是为那份长相和气质唏嘘，作为一个少有的知性范儿的姑娘，她不应该只得到这些。

老同学们提供了更多的八卦，说这个姑娘生了娃娃，做了母亲，各类聚会，从来都是一个人参加，还是喜欢摆出一副高贵的架子。她喝完酒后喜欢对身边的人抱怨，抱怨过去，抱怨现在，抱怨所有曾令她付出过的东西。她注册了两个QQ号，一个号码扮演贤妻良母，一个号码贴满黑金属摇滚和极端自由主义的绘画，她一遍又一遍地对人诉说着"婚姻就是长久地忍受痛苦"。

有人说：女人是爱情最大的消费者。可现实中很多女人并不迷信爱情，她们更迷信物质带来的生活。女人的物质，源于中华千年的男权，生产资料由男人把持，女人就不容易得到尊重，选择更好的男人成为她们唯一可追求的人生目标，也是她们唯一的安全感，薛宝钗这样冰雪聪明的女子也只能把前途押在男人身上。

　　所以，我不恨那个中文系姑娘，每个人都有选择生活的权利，我也不再诋毁大学生的恋爱。这显然低估了大学生的心机，一部分大学生确实付出过真心，比如我这样的，一部分大学生也远比我想象中成熟，比如那个最终得到了金钱的中文系姑娘。

　　与中文系姑娘分手的当晚，石家庄下了四十年来最大的一场雪，我望着窗外灯光中凌乱的雪花，几乎心碎了。这段夭折的感情给我价值观带来的毁灭性冲击影响了我许多年，我再不敢轻易相信女人，再不敢轻易触碰心灵，一个人穿着盔甲走到了今天。

4. 轰隆隆的歌谣

　　尽管遭遇过有史以来最严重的一次情劫，如今回忆起大学，我还是会告诉人家我的大学是幸福的，因为我有摇滚乐。

　　为什么总会有人在青春期迷上这种吵闹的颓废的音乐，也许真像某位朋友说的：这些孩子的童年太糟了。不幸的身世让我们比同龄人早一步见识到人性的丑恶，也早一步学会了独立思考。对我们来说，摇滚乐带来的不只有感官高潮，还有一扇重新认识世界的窗口，没有人再去听那些无病呻吟的港台流行乐，也没有人再去信那些虚伪的主流教条，大家拥有了属于自己的诗歌与哲学，拥有了属于自己的追求快乐的方式。

　　红旗大街，石家庄最知名的高校区，也是省城最知名的夜市，这地方只有一样商品与我有关，就是打口唱片。作为最后一代打口青年，卡带、CD、音像店、地下演出、摇滚杂志几乎占据了我全部课余时间和全部零花钱。那个时候的师大，整届中文系也不见得有五个人知道大卫·鲍伊，更不会有人理解为什么要花钱买这些残破的卡带和光盘。

　　当年石家庄有三处著名的打口店，分别是倚梦、极端音乐以及金旋律。我对倚梦的感情很深，不光因为这个店在师大旁边，也因为他们光明正大在货架上摆打口唱片。倚梦店员是老板娘的弟弟，也是个人见人爱的个小帅哥，他每次看到我都会递一支烟笑着打招呼。他蹲在地上，拧开功放，陪我一起聆听Tiamat的专辑，曲酣，指着窗外的雾霾天说："你看，这种天儿配上这种音乐，多带劲儿！"

可惜，我们赶上的只是打口时代的小尾巴。2004年始，铺天盖地的MP3蠢蠢欲动，喜爱音乐的青年有了更多获取国外音乐的渠道。很快，倚梦开始为客户提供下载服务，金旋律也摆上了空白盘和刻录机，卡带、CD彻底被淘汰，我们亲眼看见了唱片工业的衰落。

因为品位的独特，我在学校的朋友不多，基本都是通过摇滚乐小圈子认识的，分散在不同的学院不同的班级。那几年，我一直扮演着摇滚乐迷召集者的角色，穿着重金属的T恤戴着耳钉四处奔走，在校园二手市场摆摊卖打口带，在社团报纸写有关摇滚乐的文章，在其他学院宿舍发放摇滚杂志，甚至和朋友一起接受学校电台专访，用公共平台向全校师生播放Metallica和Pink Floyd的歌。但这些举动无一不是徒劳，没有人响应我们，反倒是我们参与编辑的报纸停了刊。

我最后一次在公众场合传播摇滚乐，是在学院的送老生晚会上。当时我背着一把破吉他走到舞台中央，低着脑袋演唱一首改编自鲍勃·迪伦的民谣，台下小马扎上坐着数百名大一新生，远处角落围着数十名大三大四的老生，他们一个个地盯着我，等着我出洋相。我唱到一半，台下开始"嗡嗡"作响，显然大家不喜欢这歌，也不喜欢我，他们多么希望我演唱的是乌龙节目表上的那首《同桌的你》。

演出结束后第二天，我在机房观看晚会录像，发现自己在台上傻得不能再傻了，灯光把我的脸照得跟失去亲人一样，脸上腿上的大肉随着和弦上下抖动，活脱一胖乞丐民谣。我不忍心再看，走到楼道默默点燃一支烟，心想这他妈是何苦呢，将来我要是成了伟人，这段录像还不得传疯了啊。人都是这样，只有站在第三方的角度审视自己才能发现自己的丑态,而在外人眼里,摇滚乐又何尝不是丑陋的音乐呢,我们真的没有必要将全部的快乐都拿出来与人分享。

我放弃了召集者的角色,伴随着无尽的失落,这份失落远胜当初那个中文系姑娘对我的遗弃。因为在我看来,别人的否定远没有自我质疑来得可怕,当你最引以为傲的东西不能给你带来理解与尊重,也就是孤独到了最深处的时候。我归还朋友的吉他,扔掉床头的摇滚杂志,重新回到图书馆三楼,整整一年趴在厚厚的书籍上睡觉,等待着这一切的最终落幕。

2005年冬,某学院的某些学生手持棍棒冲出校门,光天化日打砸高教市场里的平民超市,蓝色碎玻璃和白色运动鞋散落在街边,无一人敢去打扫。2006年秋,红旗大街夜市上发生群殴,十几个设计学院的男生追打一名校外摊贩,板砖泡着鲜血静静躺在路人的脚下。2007年春,北宿舍一名女生从六楼飞下,原因是保研未果。同一天,河北科技大学也有一名女生轻生,原因是相恋四年的男友把她玩腻了。2009年夏,音乐学院晚会舞台上演真实版"王子复仇记",女演员谢幕时被上台献花的男生一刀刺死。

现实生活远没有摇滚乐真诚,却远比摇滚乐残酷。

大四,是就业的年份,已没有什么课可上,少数与老师关系好的学生获得保送,大多数学生自己制作简历在招聘会上投递。我得到一家广告公司青睐,成为班上首批签约工作的人,吓了所有人一跳。他们眼里,我就是个不务正业逃课玩摇滚的败类,我这样的人,根本不可能有什么出息,更不可能走在他们前面。我搬出学校,去槐安路一处公寓租住,离校前,招来所有同窗,打开自己收藏的那一箱子打口唱片,说:"要毕业了,没什么送给大家的,大家认识我也就是从这些东西开始的,随便拿吧,喜欢哪张就拿哪张。"半小时后,箱子空掉,我的青春正式宣告结束。

我最后一次停在舞蹈系练功房后,透过灯火向内望去,女孩子们穿着统一的黑色紧身衣扎着统一的马尾辫子,旋转着,跳跃着,细长的手指划破飘舞的光线,绽放的睫毛挑动流动的琴声,像一群恸哭不止的精灵。离开练功房,我的美好蜕变为邪恶,眼前师大的孩子们,他们将来会做骗子会做走狗会融入各种潜规则,他们会变成形形色色的坏人,因为他们向往美好的生活。

5. 没有母校的人

昔日的大学同窗,如今从事了各行各业,进事业单位的,回老家做人民教师的,在私企公司做小主管的,开网店搞创业的,时光飞逝,岁月匆匆,男人们开始发福,女人们开始变形,有房的结婚,没房的也要结婚,接着为孩子的户口发愁,为事业的出路焦虑,为爱人的不忠愤怒,为亲人的逝去伤神,有些人在股票大盘前手舞足蹈,有些人万念俱灰站到了天桥边缘。仅仅十年前,他们都是那个跟着家人踏进师大校门的一脸羞涩的孩子。

我一直在思考一个问题,男人如何才算成功,男人们向往妻妾成群车库并排随从遍地,是钱,是地位,是声名,那有了钱有了地位有了声名以后呢? 人生是不是只剩下了吃喝玩乐或者说人生本来就是吃喝玩乐。当年在一起玩摇滚的美术学院的小哥们儿毕业后丢掉画板剪掉长发在高教区支摊卖起女装,不出两年就开了分店,三年后更是买到曾经梦寐以求的天价限量版电琴,可他还会弹吗,还有时间弹吗,他会不会摆出一副恶心样子直接告诉别人他买这把琴只是为了证明他有能力买到。中文系的贫困生小高,毕业后选择去遥远的塞北教学,选择塞北,不是因为那里的马奶酒和烤羊肉,是与世隔绝的环境,他期望着坝上的清风能一点点洗去他往日的耻辱与伤痛。五年后,他洗完了,吃胖了,用公积金买到当地一所两室一厅的房子,可他随后跑到北京,告诉我他受够了那个地方,他想去大城市发展,他甘愿为此辞去教师的工作、卖掉新买的房子,只要能走出那片草原。

2010年,我在通州遇到两个80年代末出生的男孩子,其中一人是我同学所在公司的少东家,也是他的直属上司。这些人在我的住处冲我显摆他们的奥迪车,显摆他们的漂亮女友,显摆他们能够熟练演唱周传雄的歌熟练偷取QQ农场的蔬菜。但他们不知道姜文是谁,更别提梁实秋、黑泽明、巴菲特、史蒂芬·霍金、米兰·昆德拉这些浮云般的名讳,他们生活得很幸福,他们会这样幸福地生活三十年,直到大厦崩塌。

2011年,我回到师大,那里盘给了其他学校,图书馆、文学院的牌子都没了,传播学院看起来也更加陈旧。我们当年入住的宿舍区,被当地政府收回后变成了鬼城,门窗生锈,灯柱破裂,杂草丛生,纸屑遍地,长长的树荫下,只有我一个人慢慢走着,我努力幻想着这里曾有过的无数的年轻的嘈杂的灵魂,却不过是一段与这里相似的凋零的往事。回京火车上,我对朋友说:"北大清华的学生到六十岁还能拥有母校和青春印象,师大的一部分孩子不再有了。"事实上,我的小学校址、中学校址也都不存在了,我和这个时代众多城乡接合部的孩子一样,正式成为"没有母校的人"。

2012年,我破例第一次参加师大老同学的聚会,也最后一次失望,在场所有人的言谈举止尽是阿谀与势利,市井之态远超我的想象。讽刺的是,他们也指责我变了,说我变得世故、变得冷漠、变得虚伪。我告诉他们,我真实过,只是他们忘了。那天的酒刚喝到一半我就提前离开了酒店,独自一人去逛后海。前井胡同的尽头,我邂逅一双黄绿相间的袜子,我盯了它很久很久,离开时又情不自禁地哭了,它如此眼熟,我竟想不起谁曾经穿过,是男生还是女生,是我曾经爱过的人吗? 他们穿着这双鲜艳的袜子在风中游走,像团燃烧殆尽的火焰。

2013年平安夜,我终于梦到了那个中文系姑娘。她远远站在舞蹈系练功房后等我，依旧那么年轻，依旧那么漂亮，我笑着走过去，告诉她我愿意做她的朋友，她也笑起来，问我将来有什么打算。我说我要去北京，她说为什么，我说也许那里有特别的东西，我会在那里租房，在那里工作，甚至爱上那里的一个姑娘。我会忘了她，忘了师大，忘了自己来自什么地方，因为缘分是有尽头的。

选自《一个4：不散的宴席》，作家出版社2014年7月版

评鉴与感悟

　　他描写的不只是新一代年轻人的生存困境，还有他们的精神生活。大学四年，究竟遭遇了什么，塑造了什么？他想要解决的恐怕也并非这些困惑。笔调看似散漫的，却触摸了这个时代的焦虑症候。

第五辑　宇宙风

茶园日记 | 唐望

　　大年初二收到一条微博里的留言,有位并不认识的网友问,可在山上?方便拜访吗?自西藏归来索居昆明,得此良言兴冲冲地答应对方,咱们初四山中见吧。

　　芝麻是位大姑娘,见我去车站接她,小镇的人就说,看——老三的媳妇回来过年了。这大过年的,孤男寡女走在行人寥寥的小镇上是够刺目的。

　　我问芝麻,你为什么过年不陪着家人?

　　她说,只有春节有长一点的假期,所以,她有好几个春节都是在旅途中度过的。

　　一位在旅途中过年的姑娘,好像有许多故事的样子。我接过她的背包,觉得实沉沉的,边走边聊,我们居然还有共同相识的朋友在武夷山开旅馆。芝麻说有一年,她专程赶到武夷山去,待在旅馆里,哪也不去,后来,旅馆里的人每天做点吃的,喝喝茶也是很开心的一件事。

　　寂寥小镇的街上,春天的暖阳挂在灯台树梢,我愉快地与商店门口的小商小贩点头问好,这里的旅馆过年关着门,没多久我们就在山中小院喝上热气腾腾的普洱了。

　　现在想起来,收到芝麻留言那天还收到台湾林姐的短信,她是在德国小秀的茶店喝了我们的银针,也许念念不忘?问了小秀我的联系方式,想在3月过来实地看看。送别芝麻那天感觉天气就热了起来,小伟、阿凡约去小河拿鱼,原以为会像往年那样收获很多,可天热水少,鱼更少,最后烧了一锅小河鱼汤,我没兴趣喝,倦怠地独自回家睡去。半夜醒

271

来，接着读木心的《文学回忆录》，这本书充满了智性的声音，似在春困时遇上良师益友，长河泛舟，漫夜闲聊，于悲处流泪，于喜处狂笑。茶事清闲的日子看来不多了，如果有什么事是我最喜欢的就是睡觉，读书。昼夜过得颠倒也是无所谓的。

3月22夜，惊雷狼突，雹如飞弹，击我制茶陋所透明瓦顶，狂风大作间碎片如屑，我在屋里制紫霞头锅，接着干了三十多个小时的活，迷迷糊糊却思绪万千。不知为什么，整个过程诸多败笔，觉得怎样补救都是不可逆转。心想，做失败了，今年就得喝它们吧。

翌日，把烘焙之事交代老憨哥赶往普洱接远道而来的林姐，同行有林姐的先生本民老师，他的发小同学景山先生。本民寡言，景山开朗，林姐兴致盎然，一路欢声笑语，好似故友相遇。到了小镇，房门一开，景山忍不住大笑起来，他指着长长的茶板，拥挤的书架对本民说，"你们这些种有机茶的，自然农法的怎么连居家摆设都一个样。阿望，要是下次你去了台中，你就会发现我说的一点没错，本民先生家也像你这样布置。"我说，原是想去的，自从羊不能养，没了羊粪，就开始寻思自然农法了。可我现在没办到去台湾的自由行。林姐说，以后有需要可以请景山帮你想办法，他好歹过来投资有几年了，这些事他更知道程序。说话间开泡了他们带来的自家采制的台湾乌龙，香高气爽，厚积薄发，让我深深地感动。

进山的路况不佳，我们弃车而行，一路走一路谈笑，我觉得人与人的质朴相处就像阳光，空气一样，没有刻意做什么却不知不觉和乐融洽。

林姐的山野经验丰富，看到松针就给我介绍松针酒与醋的制法，各种能食能用的小花小草也如数家珍，我对台湾的社会感兴趣，曾在台公办的景山却说，同文同种，华人社会缺乏的其实就是诚实两字。我问，如何解决这个问题？他认为基本是无效的。对此他持悲观态度。当我说自由民主的社会让人向往时，本民却说，也许共产主义社会才是人类追求的目标。这些相互矛盾的观点谈起来非常有趣。

　　到了茶园，本民对翻耕的土地修剪后的茶篷有不同意见，关于施用羊粪，林姐也说，这会不会让茶喝上去有羊膻味儿呢？关于福冈正信的自然农法，Rosemary Morrow 的朴门设计手册我有过一些阅读，可老实说，我对照搬书本来管理自己的茶园是吃过不少苦头的。

　　老憨哥对景山的大三星手机来了兴趣，那天他喝多了，老责怪老胡把他藏着的一大瓶自烤酒偷干了，他们东一句西一言的吵嘴。我有些尴尬，可林姐却说，看他们吵架也好有意思。

　　在去山神庙茶园的路上，我们遇见了靠在核桃树上的山宝，刚开始林姐一行以为看到的是一假人，类似于稻草人之类的，我这兄弟黑如焦炭只穿着裤衩，山宝动起来显然吓到了他们，我转过身说，这位是赛德克巴莱。我把对兄弟之爱与尊敬准确地传达了。景山后来跟我说，你也是一名赛德克巴莱啊，一个人守在大山里。我们聊了聊那部让我印象深刻的魏德圣的作品。

　　给我教益最多的是少言的本民，他喜欢掀开森林里的泥土给我看，那下面腐质丰富，保湿松软。他说，如果把请工翻耕的费用拿来收集落叶堆放茶园效果不知会怎样？我想想也对，决心今年先拿一块茶地来尝试。本民原是大学的网球教练，与那个社会不大合。大致在我上山那年前后也从学校辞职，他们有块大小与我类似的茶园，按着自然农法摸索种茶制茶。我泡了刚做的一款叫青岗的茶给他们品尝，本民觉得有意思，让我留点茶样给他带走。

　　临别前，林姐向我买点茶，我非常为难地告诉她，我从来不卖茶给来山看望我的人。我希望她能体谅我的心情。她不说什么，但我想她也许在问我，你能体谅我们为了来这里赶了七天的路吗？各种飞机，计算航班时间。我想我小小地冒犯了林姐。本民一门心思做茶，林姐负责销售，他们刚开始并不被专业人士看好，老拿一些问题困扰他们。譬如说，你们的是高山茶吗？海拔那么低怎么可能做出高香的乌龙茶呢？你们是茶学专业出身的吗？什么样的种植方式都要接受专业的训练才能做出地地道道的台湾茶来。我在一边听着，一边在想景山说的，同文同种，远隔千里，不同的社会，我们遇到的问题有类似之处。

有天，我与老憨哥在采紫芽茶，我想跟他说说那天与老胡吵架的事。来了客人，是不是克制一些。他漫不经心地看着被风吹落的梨花，"老三，我们今年得把这些紫芽茶全砍了嫁接成黄芽茶，你看怎么样？"我把到嘴边的话压进肚里。蜜蜂嗡嗡地叫着，它们在忙着采取花蜜，非常专注满足的样子。回到台湾的本民尝试用台湾种做了一次晒青普洱，林姐觉得有趣就用Line发了图片给我看，我觉得非常开心。茶是开放的，那种狭隘的地域之分是我们所不认同的，当然，于专业人士也许是件肤浅得逗他们讥笑的事吧，谁又知道。

三月九，风和日丽，是2014年头采的日子。今年请来了老胡一家，是专业在秧塔采茶的外地人，听他说，我们几乎是同一年上的茶山，他小我一岁，有两个儿子，他的样子黑黑瘦瘦的，如果有点瑜伽常识的人也许会说老胡是带火命的人。他的老婆比他还瘦，有一年，我想是人生中最苦困潦倒的日子，我在后山找走散多日的羊群，从大箐那高耸入云的松林里往老面头茶地方向，顺着小道来到一排采茶人临时搭建的简陋房前，一个在院角洗菜的妇人笑着对我说，你就是那个放羊的大学生吧。你的羊把我们种的萝卜全吃完了。然后像看到自己那片被羊践踏的小菜园似的生起气来，嗓门调高向我发泄她对羊对我不负责的怨气。我说，对不起，都是我和羊的不好。你看看你的那片萝卜值多少钱，我给你赔上。她这时才转怒为笑，不好意思开口，在我一再恳求下，她说，那总得值一二十元吧。我说，那就赔你二十。说完摸摸裤包，身上只有最后五十块钱。我递给她，又不好意思说找补，那女人也实在，脸上笑开了花，把那张皱皱巴巴的青蛙皮收好，不说话了。我待了一会儿，也觉无趣。又去找羊，走了一段又不知去哪儿找，回到那个小院时，看到老胡一家正在讲那片桌子大的萝卜得了五十块的事，我打扰了他们一家人的欢乐气氛。临走时对老胡说，下次羊来吃了菜，我就不赔了。那剩下的钱总还能来吃几次吧？老胡一脸严肃地说，我也不种了，看你的羊怎么吃。

过年前，老憨哥就跟我讲了老胡一家来采茶的事。老实说，我不大情愿。怎么不愿意呢？我一时也不想说，年过后，我问老憨哥，大嫂还能不能跟我们一块上山采茶，老憨哥说，常年的骑摩托上下，冷风冷雨的，大嫂的身体不像往年了。然后，小娃娃们又在家里养猪养鹅，光操持家畜一天吃的也够大嫂忙的，街天还得帮领小妹妹。我骑坏了两辆山地摩托，这一早一晚地跑上跑下，有个雨天阴天的关节也痛得咯咯叫。那条被人遗忘的便路，旱天，尘土飞扬，雨天，泥浆落石。在这条走了不知多少次的路上，我看到的只是根杂技表演时的钢丝。我对老憨哥说，真是不情愿啊，这块茶地，就像自己领到七八岁的孩子，现在大了却要交给别人。这一说，连老憨哥也有些不禁。

老胡的大儿子上初三了，小儿子还在读小学，他们来自一江之隔的平村。因为是自己的妹妹嫁到了茶山，所以，这些年一直固定给茶园最多的人家采茶。采茶是按斤头讲价，每年一家人就围着茶树的萌芽生长忙碌，期间还要按时接送俩儿子到小镇上学。我们与老胡一家签了协议，因为产量不及别家的，工价日常管理多有优惠。头采前，他们安顿好住处，就前年大兴大贵们用竹子搭的临时房子，再盖了一个伙房，他们这种随遇而安的日子到了哪里好像都只是一家人在流浪似的，极尽简单，味同嚼蜡。

这天，来了两位外乡镇的年轻人。说是在微博里认识我的，一位大学刚毕业,一位与亲戚在学做茶叶生意。他们直呼我——三哥,我却觉得像他们的三叔。新年伊始,询茶的电话纸条不断,许多人都说从三联一路寻来的,留存几年的普洱也开始往外销了。用心种茶,收到最多的是人们的善意,也有期待太高,喝过茶觉得不过如此的。被人赞誉过头我非常的惶惑,我不善表达自己的感谢,总不能以自己的温情回应对方的热情,也许在别人眼前还是一个硬硬冷冷的山里人吧?赞誉归于茶,我不算什么,也没有你们想象的那么清苦。小舅读了读那篇文章对我说,你不是这样的,我觉得你活得很好,阳光,健康,也充实。对我的茶有些失意的人,我感到非常抱歉,茶就是这样,喝茶是件很主观的事,我改变不了什么,我希望我们看重的是种有机茶这件事上,这真的非常辛苦。现在,写这个的时候,外面春雷轰轰,其实早上起来我的骨头就开始叫了,它在刺我的心。

没几天对老胡一家不适应的竟是老憨哥,他开始向我抱怨,对老胡厉声叫唤。他老在怀疑一切,忍不住对变坏的卫生凌乱的厨房失望沮丧。这让我想起过去读过的一篇《世说新语》"华歆、王朗俱乘船避难,有一人欲依附,歆辄难之。朗曰:幸尚宽,何为不可?后贼追至,王欲舍携人。歆曰,本所以疑,正为此耳。既经纳其自托,宁可以急相弃邪?遂携拯如初。"文虽如此,却也不便与老憨哥研究。两年多未见的胜观来时,老胡一家已经在采大白茶一芽一叶。胜观在萎凋槽前看了看,说这茶采得没有过去的认真。今年他把无量山茶厂的老张也约来,正赶上我杀青,两人也不生分,上手就在大铁锅前炒了起来。同行的交流是有益的。只是经过这么些年,我在他们这些茶人眼中仍旧是个有着理想主义情怀的文艺青年,而文青眼里又觉得三哥活得一点不雅致。茶农眼里呢,他们也不觉得我跟他们一样,所以,小镇上有人说我是三不像,不像读书人,不像农民,当然也不像老板。好在我从未对此烦恼,知道自己是谁就得了。

开采一周后，老胡顶不住了。他那黑黑瘦瘦的身子，被太阳晒烤红的脸上汗涔涔的，"你们两个摘紫芽茶，我跟我家那个摘大白茶。这是什么茶园，东发一片，西发一棵，我们只顾得上满园子跑，可跑得骨头痛也摘不了几斤茶啊。"老憨哥问他，你是老板吗？怎么安排起我们来了，我们不是每天也忙得团团转，又要炒茶，又要摊晒，还要准备一年的柴火和栗炭。可要不摘，茶老一次影响一年，我又背上小箩筐带个笋叶帽，又恢复了往日的忙乱与操劳。

胜观一行临走前，我们喝着茶，聊到了建陶，我才开口说了一句，建陶富含矿物质，就被他劈头盖脸数落一顿，说什么，建水有什么陶瓷，所有款式都是仿宜兴的，现在连最基本的漏水你们省的省级大师也没解决。面对这种不客气的大汉中心主义，我也像烈火一样的反击。说的话倒痛快了，可事后只有深深的懊悔。

太阳一天热烈起来，茶园里渐渐一扫冬景的萧条，那新吐的嫩芽翠绿泛青，蜜蜂们嗡嗡嗡吵嚷着忙着采取花蜜，攀枝花，布谷叫，三月九，采春茶。

选自新浪博客2014年6月6日

评鉴与感悟

唐望以前写过诗，后来去了云南秧塔种茶，种茶之余写不写诗，不大清楚，但他会写些随笔。我向往他的生活，并非是像梭罗一般，拿着斧子找个瓦尔登湖思考社会反省俗世。唐望的野心应该没有那么大，或者说，他的志趣不在这上头。读这些劳作之余的记录，就像春夜听雨打芭蕉，那清脆的声响，一声声，都结结实实敲在心底，滤却了尘世的嘈杂，骨子里却又有非比寻常的热烈，好像时刻都会有一种原生态的力量即将爆发。那里，绽放的，正是希望，是醇厚的茶香回甘，是生命的礼赞。

物质还原 | 黄永玉

我说我那个妈真行。她活着的时候,我曾经问过她:

"妈,你今年多大了?"

"跟润之同年。"她说。

"你见过他?"我问。

"嗯!"她答。

我那时多蠢!"文革"过了不少日子了,该乘机多问她一些事。什么时候入的党? 怎么入法? 谁介绍的?"文革"两次关进班房,审问你些什么? ……还可以再找些有意思的事问她。现在想起来,一切都来不及了。

她的牙齿一颗没掉,胃口特别好,精神特别之足,那时候大家都穷,如果多寄点钱给她,肚子油水足一点,起码能活到九十多或一百多岁。

她的思想十分开通:

"我喜欢火葬,干干净净,省地方、省心。"

她逝世之后,遗憾的是在家的弟弟孝心太重,没按她的想法办,并且千辛万苦从清浪滩盘回父亲的遗骨,把老两口合葬在屋背后的山上。

世界至今对于火葬还不习惯。

我对于葬仪的知识,除日本的"楢山节考"之外,几乎跟大家一样,或者多一点。比如"崖葬""水葬""天葬",东北小兴安岭森林地带亲眼碰见死了的小孩挂在树枝上之类……

我从小至今,不太把死亡放在心上,只是有过一次伤心。

大概是1941年、1942年前后,我在福建福清市一个剧团待过。一天跟同龄的团员好友颜渊生到四十里外(?)一个名叫"东张"的乡下去探望一位戏剧界资深的朋友陈津汉，（长话短说）回城的时候，我建议不绕回还的山路而直接从东西方向山岭上走回去。据说这一道起起落落的山脉多年前跟日本军队有个惨烈的战斗。"去看一看！"颜渊生同意了。

我们一直从东西向的山脊小路上走着，忽然一颗雪白的骷髅头横在眼前，我们惊呆了。

绕了两圈，我跪下来捧起他。

"救护队怎么把他漏了？"

把他一个人留在山峰顶上，让风吹，让雨淋，太阳晒，每天晚上月亮和星星陪着，他姓甚名谁？哪里人氏？……

右前方有座大石头。我们把他安放在可以挡风雨的缝隙里。

该讲点什么呢？面对着他，一句话也讲不出。想到我们这一分别，世上就永远留他一个人在这里了……

回来之后我写了一封长信给妈妈。妈妈回信说几天都睡不着……

这际遇，眼泪，不济事的。

"文革"后期，我从中央美术学院下放到石家庄部队劳动三年，曾经到火葬场搬过一次骨灰。

是一布袋一布袋的东西。运回场地，堆起来有两层楼高，像一座小金字塔。我们种了很多水稻，这东西很肥田，种出的稻谷颗粒又大又油，大家吃过自己种出的稻米两年。

我们这个世界是个很实际的世界。人死了之后愿意送火葬场的，家人取回来的骨灰只是一小包圣洁珍重的纪念品，不是全部。你要那么多干什么？都运回来你往哪里放？

所以我自己有个打算，遗嘱上一定要写得明明白白，死了之后给我换上最不值钱的衣服，记得剥下左手腕上的手表，家人和亲戚朋友送我到火葬场，办完手续交了费上车回家，一齐到家里喝杯咖啡或茶。一点骨灰纪念品都不要，更谈不上艺术骨灰瓷罐和黄花梨骨灰盒。

试问,你把我骨灰带回家干什么? 好好一间客厅、一间卧室放这么一个骨灰盒煞不煞风景? 阴风惨惨。儿女说不煞,孙子孙女说不煞,重孙子孙女呢? 他们知不知道这盒子里头装的什么鬼玩意儿? 分家呢? 怎么分? 有心的说,找个地方挖个洞埋了罢! 到时候那地方搞旅游,修飞机场,弄公共厕所……

　　所以,全尾全须交给火葬场什么都不带回来最是妥当。

　　当然,我最大的后顾之忧是有人舍不得把我送火葬场而偏要把我装进棺材深埋泥坑里,地面上再弄些神乎其神的手脚,花岗岩、大理石,刻上狗屁的言不由衷的表扬文章。正如菲尔汀先生在《汤姆琼斯》第八章描写碧姬小姐所说的:

　　"一个女性脸红若没人看见,她就等于根本不曾脸红。"

　　我从来脸皮厚,对我来说,不是脸红问题,我困守泥坑,动弹不得,破口骂娘他们也听不到。直到百年、千年以后,渊博的考古学家把我挖出来,经过多种仪器测验做出的结论是:

　　"这个人虽然脸皮厚,由于地面多角度的强烈刺激,百千年至今脸上还常常透出蚩尤之色。"

　　一个人,死了就死了,本是很自然的事,物质还原嘛! 却喜欢鼓捣灵魂有无的问题。要是真有灵魂,那可能比活在世上自在多了! 遨游太空,见到好多老熟人,爱说什么就说什么,爱到什么地方就到什么地方,连汽车飞机钱都省了。顺这个道理说,全尾全须送火葬场的应该比埋进土里的自由得多吧? 比死了之后还要过集体生活的当然更不用说了!

　　讲一个解放前的老笑话。

　　老华侨夫妇回国过海关,检验行李。

　　"这是什么?"检查员问。

　　"玻璃丝袜。"华侨答。

　　"玻璃还能做丝袜? 瞎扯!"

"这是什么?"检查员问。

"巧克力。"华侨答。

"干什么的?"检查员问。

"吃的。是一种糖。"华侨答。

"毒品吧?"检查员问。

"甜的,我吃给你看!"华侨答。

打开一个木盒子,很多粉末,检查员抓了一把放进嘴里:"这是什么?"

"我爹的骨灰。"华侨答。

选自《读者》2014年第10期

<u>评 鉴 与 感 悟</u>

死亡,多么让人难过的事,可是在这个精灵老头的笔下,又另有一番趣味。他的语言真是好,也不深奥,也不华美,这是洗尽铅华之后的老道文字,童心未泯,处处都能感受到他对生活的洞见。

杨苡和她的《青春者忆》 | 毕飞宇

在南京，有一堆关系松散的朋友，这些朋友见面之后都要这样问一句："最近去看杨苡了吧?"对外，我们都说"杨苡先生"，但是对内，我们都直呼"杨苡"，这是我们的一点小虚荣，都直呼其名了，足以证明"杨苡先生"是"自己的人"。

先生生于1919年，她从事文学创作的时间是1935年，那一年我的父亲刚好一岁，而我的母亲还没有出生。在我的心里，先生自然是泰斗一般的人物。可这个泰斗一般的人物有着非同寻常的亲和力，二十年前吧，对，是二十年前了，我刚满三十岁，而杨先生也还"小"，才七十多，我和先生在一个会场里相识了。先生很安静，端坐在遥远的角落里，通身洋溢着不属于我们这个时代的高贵与优雅。一位长者把我拉到先生的面前，把我介绍给了先生。杨苡先生望着我，说："你教我写小说吧。"我说："好的。"回头一问，原来是杨苡，翻译《呼啸山庄》的那个杨苡。我臊得不行，轻狂啊，轻狂，可再怎么轻狂也知道羞愧，好长时间我都不愿意再见到先生。真的到了再见面的时候，先生一点责怪的意思也没有。嗨，也是的，先生什么样的人没见过，她哪里能介意一个毛头小子的冒失。

有一件事情我是自豪的。是2007年还是2008年，资中筠先生和陈乐民先生来南京大学的中美中心讲学，我去看望他们，闲聊的时候我们怎么就聊起杨苡了，资先生愣了一会儿，突然说："我们大约有好几十年没见面了。"这句话有点吓人了，很辽阔，从这头都望不到那头。我冷不丁地冒了一句，说："前几天我还去看望过她呢。"陈乐民先生似乎不相信，就好像我说我们家有故宫的藏品似的。陈乐民先生说："我们去看看她，方便吗?"我的胳膊一抬，说方便哪，下了楼几分钟就到。是的，无论是资先生还是陈先生，他们再也想不到"下了楼几分钟"就可以见到杨苡。历史就是这么个东西，它有多复杂就有多简单，十几分钟之后，资中筠先生和陈乐民先生真的坐在了杨苡先生的客厅了。到了这个时候我才知道，就在"好几十年前"，就在天津那时的英租界昭明里，少女杨苡和少女资中筠曾经是邻居。那以后，十七岁的静如(杨苡)和伟大的巴金开始了他们的"世纪友谊"。

陈乐民先生仙逝之后，我曾经写过一篇文章，文章里记录了这次见面。我附带记录了两位世纪女性的美。是的，我很负责任地说，是美。时光是一种神奇的化学反应，绵软、缓慢，却坚决，它能把遗传、教养、学识、修为、智慧与心性耐心地组合起来，变成待人与接物、言谈与举止，一颦与一笑，一句话，变成一种特别的风度，和光同尘，月明风清。我要承认，这样的风度不属于我们这个时代，那是"讲究的岁月"在她们的身上留下的非物质留存。

有一件事情杨苡先生也许不知道，在她和资中筠、陈乐民先生见面的时候，我是幸福的。这是一次普通的见面，没有任何"远大的历史意义"和"深刻的现实意义"，仅仅是一次礼节性的见面而已。我什么都没有见证，但是，我见证了。从头到尾，我几乎没有说话。我只是幸运，幸运的人是不该说话的。往事历历在目，可陈乐民先生已经永远地缺席了，再听他们三个人说话，不能够了。作为一个小说家，我要说，想象比记忆重要;作为一个人，我想强调的是，记忆比任何想象都要珍贵。

我和杨苡先生的交往并不多，可是，因为年纪的差距，我和杨苡先生的每一次交往都特别地快乐。为什么呢? 在先生面前，我可以"童言无忌"。我是一个吐噜嘴，偶尔会"吐噜"出不太得体的话，杨先生不介意。其实杨先生自己也是一个吐噜嘴，用杨先生自己的话来说:"我都这个年纪了，我还在乎什么?"面对不喜欢的事、面对不喜欢的人，杨先生的风格是快刀斩乱麻，一两句话就"吐噜"了，那可是稳、准、狠的。别以为杨苡先生足不出户，但她什么都知道，因为她每天都在阅读。她的视力和记忆力是我这个"小帅哥"没法比的。嗨，"小帅哥"也是五十出头的人了，视力和记忆力都远不及先生。

马年的春节前，赵翼如女士给我打来了一个电话，说，杨苡批评你了，说"飞飞"好久都没来了。我一想，也是的，好久都没去看望杨苡了。说去就去。我给先生带去了一本《苏北少年堂吉诃德》，这是我的新作，先生回送了一本她的新书，《青青者忆》。这本书是复旦大学出版社出版的，是《巴金研究丛书》中的一本。我在当天的夜里就把这本书读完了。和陈思和、李辉、周立民的专著比较起来，这本书真是太独特了。在未来的巴金研究中，我敢说，这本书不可或缺，它的立足点不是学术，是人生。你要想知道巴金到底是一个怎样的人，那么，从《青青者忆》开始吧。《青青者忆》告诉了我们两件事：一、平凡是如何抵达伟大的；二、伟大怎样才能抵达平凡。

说白了，巴金和杨苡的故事就是一个关于文学的故事。文学，嗨，一个多么无聊的东西，在今天，你怎么轻贱它都无所谓了。但是，不要着急，在我们的上一辈、上上一辈那里，文学，它是多么贵重。在"写"的那一头，文学是贵重的，在"读"的这一头，文学依然是贵重的。这样的贵重其实和文学本身没有多大的关系了，它关乎生活，它关乎生命。这里头有一个天大的秘密，也可以说天大的常识，——当你还在意生活的意义、还在意生命品质的时候，文学它势必贵重；相反，如果你视生活为草芥、视生命为蚁蝼，文学它只能降格为"鱼鳖"。

杨苡先生自己就是一位作家、一位翻译家。她的作品《自己的事自己做》、译作《呼啸山庄》已然成为我们文学记忆中的瑰宝。但是，那一代人毕竟是那一代的人，他们见证过大的时代，面对过大的灵魂，他们始终怀揣着一颗谦卑的心，无论杨苡先生有过怎样的成就，先生始终把自己定义为一个"读者",一个巴金的"读者",一个文学的"读者",一个生活的"读者",一个生命的"读者",一个灵魂的"读者",一个自由的"读者"——如斯,人生之中一种最美妙的关系浮现出来了,那就是创作与阅读的互文,文学和生命就是这样相得益彰的。

恰恰是因为这个缘故,我读《青青者忆》的心态是复杂的,一方面,我对书中的每一个章节都坚信不疑,另一方面,我在时间上始终有一个错觉:总觉得书里所记录的一切都是"很久很久"之前的事了,像穿越,像传说,带有隔世的色彩。说到底,那样一种动人的"互文关系"。今天已经不复存在,可以证明这种"互文"的,是活着的、健康的、敏锐的、偶尔还会"吐噜嘴"的杨苡。巴金对杨苡说,"长寿是惩罚",我想告诉杨苡先生,在这个问题上你不要相信巴金。长寿是奖励,是荣耀,这奖励与荣耀不止是给你的,是给中国的当代文学和现代文学的。

选自《文汇读书周报》2014年3月14日

评鉴与感悟

有两年,特别迷毕飞宇,就不能和人说毕飞宇,一说就激动。现在也仍喜欢看他的书,只要是他写的文章,都想搜罗到手。很少想过到底是因为什么喜欢。因为他的认真?因为他的讲究?因为他的有趣?还是因为他的智慧?说不清了。就像这篇,一篇写人记事的文章,感觉他就是和别人写得不一样。这不一样里,有他体察人情的态度,还有他对汉语节奏的优雅把握。

《老生》后记 | 贾平凹

    年轻的时候，欢得像只野兔，为了觅食去跑，为了逃生去跑，不为觅食和逃生也去跑，不知疲倦。到了六十岁后身就沉了，爬山爬到一半，看见路边的石壁上写有"歇着"，一屁股坐下来就歇。歇着了当然要吃根纸烟。

    女儿一直是反对我吃烟的，说：你怎么越老烟越勤了呢?!

    我是吃过四十年的烟啊，加起来可能是烧了个麦草垛。以前的理由，上古人要保存火种，保存火种的是部落里最可信赖者，如果吃烟是保存火种的另一种形式，那我就是有责任心的人么。现在我是老了，人老多回忆往事，而往事如行车时的路边树，树是闪过去了，但树还在，它需在烟的弥漫中才依稀可见呀。

    这一本《老生》，就是烟熏出来的，熏出了闪过去的其中的几棵树。

    在我的户口本上，写着出生于陕西丹凤县的棣花镇东街村，其实我是生在距东街村二十五里外的金盆村。金盆村大，1952年驻扎了解放军一个团，这是由陕南游击队刚刚整编的部队，团长是我的姨夫，团部就设在村中一户李姓地主的大院里。是姨把她挺着大肚子的妹妹接去也住在团部，十几天后，天降大雨我就降生了。那时候，棣花镇还轰轰烈烈闹土改，我家分到了好多土地，我的伯父是积极分子，被镇政府招去做了干部。所以在我的幼年，听的最多的故事，一是关于陕南游击队的，二是关于土改的。到了十三岁，我刚从小学毕业到十五里外去上初中，"文化大革命"爆发了，只好辍学务农，棣花镇人分成两派，两派都在造反，两派又都相互攻击，我目睹了什么是革命，和革命的文斗武斗。后来，当教师的父亲被定为历史反革命分子，而我就是黑五类子弟，知道了世态炎凉，更经历了农民在无产阶级专政下如何整肃、改造、统一着思想和行为。再后来，我以偶然的机会到了西安，又在西安生活工作和写作，十几年里高高山上站过，也深深谷底行过。又后来是改革开放了，史无前例，天翻地覆，我就在其中扑腾着，扑腾着成了老汉。

这就是我曾经的历史，也是我六十年来的命运。我常常想，我怎么就是这样的历史的命运呢？当我从一个山头去到另一个山头，身后都是有着一条路的，但站在了太阳底下，回望命运，能看到的是我脚下的阴影，看不到的是我从哪儿来的又怎么是那样地来的，或许阴影是我的尾巴，它像扫帚一样我一走过就扫去痕迹，命运是一条无影的路吧，那么，不管是现实的路还是无影的路，那都是路，我疑惑的是，路是我走出来的？我是从路上走过来的？

三年前的春节，我回了一趟棣花镇，除夕夜里到祖坟上点灯，这是故乡重要的风俗，如果谁家的祖坟上没有点灯，那就是这家绝户了。我跪在坟头，四周都是黑暗，点上了蜡烛，黑暗更浓，整个世界仿佛只是那一粒烛焰，但爷爷奶奶的容貌，父亲和母亲的形象是那样的清晰！我们一直在诅咒着黑夜，以为它什么都看不见，原来昔人往事全完整无缺地在那里，我们只是没有猫眼罢了。也就在那时，我突然还有了一个觉悟：常言生有时死有地，其实生死是一个地方。人应该是从地里冒出来的一股气，从什么地方冒出来活人，死后再从什么地方遁去而成坟。一般的情况都是从哪里出来就生着活着在哪里的附近，也有特别的，生于此地而死于彼地或生于彼地而死于此地，那便是从彼地冒出的气，飘荡到此地投生，或此地冒出的气飘荡于彼地投生。我家的祖坟在离村子不远的牛头坡上，牛头坡上到处都是坟，村子的家家祖坟都在那里，这就是说，我的祖辈，我的故乡人，全是从牛头坡上不断冒出的气又不断地被吸收进去。牛头坡是一个什么样的穴位呀，冒出的是一种什么样的气，清的，浊的，祥瑞的，恶煞的，竟一茬一茬的活人闹出了那么多声响和色彩的世事！

从棣花镇返回了西安，我很长时间里沉默寡言，常常把自己关在书房里，整晌整晌什么都不做，只是吃烟。在灰腾腾的烟雾里，记忆我所知道的百多十年，时代风云激荡，社会几经转型，战争，动乱，灾荒，革命，运动，改革，在为了活得温饱，活得安生，活出人样，我的爷爷做了什么，我的父亲做了什么，故乡人都做了什么，我和我的儿孙又做了什么，哪些是荣光体面，哪些是龌龊罪过？太多的变数呵，沧海桑田，沉浮无定，有许许多多的事一闭眼就想起，有许许多多的事总不愿去想，有许许多多的事常在讲，有许许多多的事总不愿去讲。能想的能讲的已差不多都写在了我以往的书里，而不愿想不愿讲的，到我年龄花甲了，却怎能不想不讲啊？！

这也就是我写《老生》的初衷。

写起了《老生》，我只说一切都会得心应手，没料到却异常滞涩，曾三次中断了，难以为继。苦恼的仍是历史如何归于文学，叙述又如何在文字间布满空隙，让它有弹性和散发气味。这期间，我又反复读《山海经》，《山海经》是我近几年喜欢读的一本书，它写尽着地理，一座山一座山地写，一条水一条水地写，写各方山水里的飞禽走兽树木花草，却写出了整个中国。《山海经》里那些山水还在，上古时间有那么多的怪兽怪鱼怪树，现在仍有着那么多的飞禽走兽鱼虫花木为我们惊奇。《山海经》里有诸多的神话，那是神的年代，或许那都是真实发生过的事，而现在我们的故事，在后代来看又该称之为人话吗？阅读着《山海经》，我又数次去了秦岭，西安的好处是离秦岭很近，从城里开车一个小时就可以进山，但山深如海，进去却往往看着那梁上的一所茅屋，赶过去却需要大半天。秦岭历来是隐者的去处，现在仍有千人修行在其中，我去拜访了一位，他已经在山洞里住了五年，对我的到来他既不拒绝也不热情，无视着，犹如我是草丛里走过的小兽，或是风吹过来的一缕云朵。他坐在洞口一动不动，眼看着远方,远方是无数错落无序的群峰,我说:师傅是看落日吗? 他说:不,我在看河。我说:河在沟底呀,你在峰头上看? 他说:河就在峰头上流过。他的话让我大为吃惊,我回城后就画了一幅画。我每每写一部长篇小说,为了给自己鼓劲,就要在书房挂上为新写的小说画的书画条幅,这次我画的是"过山河图",水流不再在群山众沟里千回百转,而是无数的山头上有了一条汹涌的河。还是在秦岭里,我曾经去看望一个老人,这老人是我一个熟人的亲戚,熟人给我多次介绍说这老人是他们那条峪里六七个村寨中最有威望的,几十年来无论哪个村寨有红白事,他都被请去做执事,即便如今年事已高,腿脚不便,但谁家和邻居闹了矛盾,谁个兄弟们分家,仍还是用滑竿抬了他去主持。我见到了老人问他怎么就如此德高望重呢? 他说:我只是说些公道话么。再问他怎样才能把话说公道,他说:没有私心偏见,你即便错了也错不到哪儿去。我认了这位老人是我的老师,写小说何尝不也就在说公道话吗? 于是,第四遍写《老生》竟再没有中断,三个月后顺利地完成了草稿。

《老生》是四个故事组成的,故事全都是往事,其中加进了《山海经》的许多篇章,《山海经》是写了所经历过的山与水,《老生》的往事也都是我所见所闻所经历的。《山海经》是一个山一条水地写,《老生》是一个村一个时代地写。《山海经》只写山水,《老生》只写人事。

如果从某个角度上讲,文学就是记忆的,那么生活就是关系的。要在现实生活中活得自如,必须得处理好关系,而记忆是有着分辨,有着你我的对立。当文学在叙述记忆时,表达的是生活,表达生活当然就要写关系。《老生》中,人和社会的关系,人和物的关系,人和人的关系,是那样的紧张而错综复杂,它是有着清白和温暖,有着混乱和凄苦,更有着残酷,血腥,丑恶,荒唐。这一切似乎远了或渐渐远去,人的秉性是好光景过上了就容易忘却以前的穷日子,发了财便不再提当年的偷鸡摸狗,但百多十年来,我们就是这样过来的,我们就是如此的出身和履历,我们已经在苦味的土壤上长成了苦菜。《老生》就得老老实实地去呈现过去的国情、世情、民情。我不尊重那些戏说，虽然戏说都以戏说者对现实的理解去借尸还魂。曾经的饥荒年代，食堂里有过用榆树皮和苞谷皮去做肉的，那做出来的样子是像肉，但那是肉吗？现在一些寺院门口的素食馆，不老实的卖素饭素菜，偏要以豆腐萝卜造出个鸡的形状，猪的味道，佛门讲究不杀生，但手不杀生了心里却杀生，岂不更违法？要写出真实得需要真诚，如今却多戏谑调侃和伪饰，能做到真诚，我们真诚了，我们就在真实之中。写作因人而异，各有各的解数，生一堆火，越添柴火焰越大，而水越深流越平静，火焰是热闹的，炙热的，是人是兽都看得见，以细辨波纹看水的流深，那只有船家渔家知道。看过一个材料，说齐白石初到北京，他的画遭人讥笑，过了多少年后，世人才惊呼他的旷世才华而效仿多多，但效仿者要么一尽写意，要么工笔筑构，齐白石这才说了"似与不似之间"的话。似或不似可以做到，谁都可以做到，之间的度在哪里，却只有齐白石掌握。八大山人也说过立于金木水火土之内，而超于金木水火土之外，形上形下，园中一点。那么，园在哪儿，那一点又在园中的哪里，这就是艺术的高低大小区别所在了。看山是山看水是水，看山不是山看水不是水，看山还是山看水还是水，年龄会告诉这其中的道路，经历会告诉这其中的道理，年龄和经历是生命的包浆啊。

　　至于此书之所以起名《老生》，或是指一个人的一生活得太长了，或是仅仅借用了戏曲中的一个角色，或是赞美，或是诅咒。老而不死是为贼，这是说时光讨厌着某个人长久地占据在这个世上，另一方面，老生常谈，这又说的是人越老了就不要去妄言诳语吧。书中的每一个故事里，人物总有一个名字里有老字，总有一个名字里有生字，它就在提醒着，人过的日子，必是一日遇佛一日遇魔，风刮很紧，花开花也疼，我们既然是这些年代的人，我们也就是这些年代的品种，说那些岁月是如何的风风雨雨，道路泥泞，更说的是在风风雨雨的泥泞路上，人是走着，走过来了。

故乡的棣花镇在秦岭的南坡，那里的天是蓝的，经常在空中静静地悬着一团白云，像是气球，也像是棉花垛，而凡是有沟，沟里就都有水，水是捧起来就可以喝的。但故乡给我印象最深最难以思议的还是路，路是那么多，很瘦很白，在乱山之中如绳如索，有时你觉得那是谁撒下了网，有时又觉得有人在扯着绳头，正牵拽了群山走过。路的启示，《老生》中就有了那个匡三司令。匡三司令是高寿的，他的晚年荣华富贵，但比匡三司令活得更长更久的而是那个唱师。我在秦岭里见过数百棵古木，其中有笸篮粗的桂树和四人才能合抱的银杏，我也见过山民在翻修房子时堆在院中的尘土上竟然也长着许多树苗。生命有时极其伟大，有时也极其卑微。唱师像幽灵一样飘荡在秦岭，百多十年里，世事"眼看着起高楼，眼看着楼坍了"，唱师原来唱的是阴歌，歌声也把他带了归阴。

《老生》是2013年的冬天完成了，过去了大半年了，我还是把它锁在抽屉里，没有拿去出版，也没有让任何人读过。烟还是在吃，吃得烟雾腾腾，我不知道这本书写得怎么样，哪些是该写的哪些是不该写的哪些是还没有写到，能记忆的东西都是刻骨铭心的，不敢轻易去触动的，而一旦写出来，是一番释然，同时又是一番痛楚。丹麦的那个小女孩在夜里擦火柴，光焰里有面包，衣服，炉火和炉火上的烤鸡，我的《老生》在烟雾里说着曾经的革命而从此告别革命。土地上泼上了粪，风一过粪的臭气就没了，粪却变成了营养，为庄稼提供了成长的营养。世上的母亲没一个在咒骂生育的艰苦和疼痛，全都在为生育了孩子而幸福着。

所以，2014年的公历3月21，也是古历的二月二十一，是我的又一个生日，我以《老生》做我的寿礼，也写下了这篇后记。

选自《当代》2014年第5期

贾平凹好像特别喜欢一个词,海风山骨。大概是九几年,在给雷达写的一篇散文评论里就用到了。有的人对某些词有偏爱,就像他,这回写长篇,又是好好琢磨了一回。闲扯几笔,倒也不是为了考证,就是想说,由一个词,看出了他的审美。古人云:精神到处文章老,学问深时意气平。这么一篇后记,可供谈论的东西太多了,能否看出他的生活状态,倒在其次,在他绵密紧实的文字里,有种叫作格局的气象氤氲出来了。

随笔三则 | 王祥夫

吃螃蟹

白石老人画螃蟹，用笔真是精准，感觉真是好。老人作画素喜薄纸，而唯画螃蟹却用另一种纸，一笔下去，再接一笔，一笔下去，再接一笔，螃蟹的八条腿皆动。吴作人先生也喜欢用这种纸，画金鱼画骆驼，用墨行笔，笔路极是清楚。白石老人笔下的螃蟹与虾，直到今日无人能望其项背。说到螃蟹，家大人说乡下人打上灯笼去地里的高粱穗上捉，相信这是真实的生活，如果虚构，哪能知道螃蟹会爬到高粱穗子上去？螃蟹之味美，在其蟹黄和蟹膏，时下酒肆饭庄，喜用咸蛋黄替代蟹黄，"蟹黄豆腐"也只好叫作"咸鸭蛋豆腐"，只是颜色仿佛而已。海蟹比之河蟹，味道相去甚远，吃海蟹如没有工具非好牙口不行，海蟹是硬盔硬甲，下锅之前如不处理，是给食客出难题。河蟹壳软，容易对付，但一桌十人，每人两只螃蟹，顷刻之间，满桌狼藉，且不说食客的嘴上手上，服务员忙不迭地递纸巾，一时间，桌上地下白花花一片。请客吃螃蟹，麻烦不少，剔剔剥剥，还耽误说话。所以想吃螃蟹最好回家，热两三斤老绍兴酒，足可细吹细打，自己家自己做主，只管把细功夫放开慢慢来，学学上海人，半天时日只在一只螃蟹身上。

家父吃蟹只吃蟹黄和蟹膏，腿和螯上的肉向来不动，嫌麻烦，这便是东北人。过去吃蟹不像现在的轰轰烈烈当作一件大事，水产多多，螃蟹算不上什么正经东西，大一点的上市，小一点的都做了虾酱，更多的是做了腌蟹，一般人还不愿吃，不像时下，普天下几乎所有的螃蟹都一齐叫了"阳澄大闸蟹"。过去家里吃蟹，动辄买一蒲包来。放大盆里洗，一时螃蟹乱爬,捉东捉西,好不热闹,煮熟上桌,随意劈剥,吃到后来,只可怜母亲一个人在那里辛劳。把吃剩下的蟹腿蟹螯细细拆开,把里边的肉再一点一点剔出来,隔天母亲便会用猪油把剔剥下来的螃蟹肉都放在里边滚几滚,然后连油带蟹肉都一起放在一个坛子里封存起来,日后吃面用,一碗面煮出来,放些酱油和葱花,再挑一些螃蟹油在里面,这碗面真是够鲜美。那年在杨春华家与周一清喝酒,杨春华在那里弄螃蟹,一时螃蟹大突围,争先恐后满地爬,杨春华好一阵子捉来捉去。周一清好酒量,后来又来毛焰和苏童,直把我喝倒。杨春华的菜做得有手段,颜色与味道俱佳,有一道菜是油焖笋,味道之好,至今难忘。

小时候猜谜,有一谜语是,"说它丑它真丑,骨头包在肉外头"。便是说蟹。对时事不满的画家画螃蟹,有愤然题"看你横行到几时"的。想想,恐怕螃蟹永远不会改变它的路数,八条腿一起挪动,它也只好那样横着来,再进化一万年,相信它也不会在天上飞。螃蟹好吃,但太麻烦。画家多爱画此物,但还要数白石老人手段好,只用墨色,腹白壳青。

说荠菜

去年承《钟山》的盛情去南京小住了几天,其间去看了赛珍珠的故居,说是故居也只是赛珍珠在里边住过,那幢小楼派作他用已近半个世纪,不知有多少人在里边出出进进吃喝拉撒,现在把它重新修起来,实实在在不知道应该说是多少人的故居了。故居前边有赛珍珠的半身塑像。不免和她合影,合影的时候忽然想起读她的《大地》已是三十多年前的事。说来好笑,今天准备要写荠菜,却忽然从荠菜一下子想到了赛珍珠。也是因为那句俗谣:三月三,荠菜花赛牡丹,赛牡丹、赛珍珠、赛金花,前边都有个赛字,当然,不免也想到了赛金花。

荠菜实在是很好吃的野菜,在北京到了吃饭的钟点没事就专门找荠菜大馄饨，坐了作家丁国祥的车一路飞奔，他开车，我负责四处张望，到处找"上海老城隍庙小吃"店，因为只有这家店有荠菜大馄饨。荠菜大馄饨比一般的馄饨像是要大上两三倍，不是两边尖尖四川抄手的小模小样，而是像一个长长的小枕头，一碗上来，清汤里八九枚这样的馄饨，很好吃，馄饨里边自然碧绿碧绿的都是荠菜。我常无事一个人去吃，一碗这样的馄饨，再要两个角粽和一枚茶蛋，很好了。几次拉了丁国祥去吃，他也说好。还有就是大早晨赶去庆丰包子铺吃荠菜馅儿包子，庆丰包子铺忽然红了之后便不再去了，说实话去吃庆丰包子也只是吃它的荠菜馅儿，因为别处没有荠菜馅儿包子，庆丰的包子皮太薄，但又不是小笼包子，这就让人不能满意，但现在想要找到那种发面大包子还不容易，馅儿好，皮儿也好的发面大包子，三个便会让你大腹便便起来，这样的包子只好在家里自己做了吃。我往往是在庆丰包子铺买五个荠菜包子，然后出门往右一拐进到"武圣羊汤店"再来一碗羊汤就着吃，这搭配对我来说可以说是绝配。吃完这个早点，再一路朝南走，前面便是潘家园。

　　吃荠菜多年，却没怎么见过荠菜，因为在我们那里是没有荠菜的，第一次见到荠菜倒是在日照，路边有几个妇女在挑什么，每人挑了一小堆在那里，叶子碎叨叨的，一问，是荠菜。这便勾起吃荠菜的念头，居然在吃中午饭的时候吃到了一盘荠菜拌豆腐干儿，当然一律都切得碎叨叨的，味道却很清鲜。荠菜的味道很特殊，那一点点清香好像离你很远。

　　农历三月三，把荠菜花放在灶台上，据说一年到头蚂蚁都不会光顾，用荠菜花煮鸡蛋有什么典故或说法鄙人是一向不知，鄙人是只问味道不问意义。再说荠菜，虽说山西的北部没有荠菜，而鄙人家中阳台上的那个蜡梅花盆里却长了不少荠菜，此刻已经开花，虽然按农历推算还没有到三月三。

胭脂考

少时读《匈奴民歌》，及至读到"失我胭脂山，令我妇女无颜色"这一首，便令人做无尽想象，只想这山上到处是胭脂。及至后来才知道胭脂只是一种草的提取物，再后来查诸书，知道匈奴民歌里所说的胭脂山上产一种花草，名字叫红蓝草，能做染料。《五代诗话·稗史汇编》上所记如下："北方有焉支山，上多红蓝草，北人取其花朵染绯，取其英鲜者作胭脂。"这里有一个问题，好像是这种草整株的取来都能用，花朵可做绯色染料，而叶子倒用来做胭脂？古代的美人或不怎么美的妇女日常生活像是都离不开胭脂，鄙人家中曾旧藏两个唐代的小胭脂银盒，一个鎏金的，有墨水瓶盖大小，上边自然是花草飞鸟；一个纯银的菱形盒，略比火柴盒小一些，上边的图案也不外是花草飞鸟，当年都是放胭脂的，那一年南京两位女画家杨春华和吴湘云上门来喝茶作画，便翻出来送了她们，看别人喜欢我自己亦喜欢。《红楼梦》中的小丫头调笑宝玉，想不起是哪一位了，说的话就是"我这里的胭脂你不来吃一吃？"一张脸，胭脂能抹到哪里去？我们那地方，把亲嘴叫作"吃老虎"，北京叫"哏儿一个"，"接吻"是洋派的说法，翻译小说的滥觞。

说到胭脂，凡画花鸟的都离不开。好胭脂，调淡了十分娇艳，说不出的那个娇艳，画海棠离了胭脂就不行。调浓了会厚到没底，一眼不到底的那种艳丽，但还是通透，不是一片死颜色，用胭脂，最好是膏，密封它，不令它干掉，干掉再用水兑胶重新调过，便不好使。去苏州，第一件事就是去找胭脂，姜思序的当然最好。朋友送我一点清代的老胭脂，更好，画萝卜调一点，旁边的草虫一定发呆。民间的过年过节蒸大馒头，馒头上要点梅花点，雪白的馒头，用胭脂一点喜气便出来。过年过节，小小孩儿的额头眉心也要用胭脂点几个点，也煞是好看。在鄙乡，民间把几乎所有的颜色都叫作"胭脂",早些年的衣服,颜色旧了就要染,灰的染蓝,蓝的染黑,粉的染红,红的染紫,总让人感觉是新衣服在身。染衣服就要去买染料,若哪位是去买染料,你要是问她:做什么去啊,她会说:去买点胭脂。没有人会说是去买颜料,或是说去买染料。那年去印度,让人眼睛看不过来的就是到处可见的各种一大堆一大堆的颜色,我想看有没有胭脂和洋红,但独独没有这两样,印度那些一堆一堆的颜色不是用来作画和染衣服,而是五花六绿全部下肚子。也有用丹砂粉来点眉心,赤红无比。

胭脂在古代不便宜,即以唐代的物价而论,当时的一两胭脂值"玖拾文",而上等的沉香才值"陆拾伍文"。我作画,素喜古法胭脂,清邹一桂《小山画谱》中载"胭脂"一条:"法用红蓝花、茜草、苏木以滚水挤出,盛碟内,文火烘干,将干即取碟离火,干后再以温水浮出精华而去其渣滓则更妙。初挤不过一二,再挤颜色略差,烘之以调紫色、牙色、嫩叶、苞蒂等用,至点染花头必用初挤。"

古法上品胭脂膏现在市上已找不到,或有售小干块儿者,加水兑胶均难如人意。

选自《随笔》2014年第3期

<hr>

评鉴与感悟

见过祥夫老师几面,每回少不了的,都是喝酒。他人本就热情,喝酒喝得也利落。他的文章,也像他的喝酒,至情至性,读来让人快活。这几则随笔,看起来家常,读得却是满脑子杂花生树,又玲珑,又通透。

说说赵际滦的画 | 续小强

画评其实不好写，好比看花瓶，你说它好看，讲点道理出来，还真是难。只能说它好看好看就是好看，接着再说啊说，竟然就好像都是胡说了。际滦约我为他的画写几句，我就以"不懂"来搪塞，一推再拖，许多年就过去了。人事变幻啊，今儿还捏着笔端着酒杯子，过几天，人呀也找不着了。

……逝者如斯夫。说到时间，想起际滦的老师吴冠中先生，他在谈及"诗中画"与"画中诗"时说过几句话，大概为了有足够的说服力，老先生把莱辛的《拉奥孔》拉出来，说，诗歌是时间的节律，而画呢，则是空间的构成。明确界限，站定立场，一定非此即彼就偏颇了，画怎么能和时间没有关系呢？是先有人，才有画；而只有人，才会对着时间的哗哗河水发出浩叹。画，就是人情感的一种记忆，记忆为何，沧桑而已。

记得最早看到际滦的画，是在李锐、蒋韵夫妇家。当时我做着自己的文学梦，对画也有一些小兴趣，看到那种新鲜和特别，便记住了他这个名字。后来做了同事，偶尔还像忘年交一般喝一点烧酒，上一点头了，就总拿这个说事儿。那种样式的画，他现在也还在画：农村肥嘟嘟的小姑娘、愣乎乎的二小子，咧开嘴就那么超级萌地笑着，真是无所顾忌，你看着，总能想起小时候，那嘎嘎的笑声，仿佛真是就绕过小坡坡传过来了。

他尝试过多种表达，有些画画着画着就不再画了，有些画画着画着就转到新的内容上去了，童年记忆的这个主题系列他好像一直都没变过。画法也许是有变化的，但里边的情感一直保持着浓烈。前几天，又看了他的新作，我写了几个字在册页本子上，开头即是"真人好"。这个"真"字，当是一切艺术的基本素质吧。他保养得很好，五十而知天命，他的心地和思维，仍有大男孩的那种真诚、痴狂和倔强。

际滦画猴有很大的名气。大家喜欢，不仅喜欢，而且非要买来挂在家里，不仅买了挂在家里，还要送一张给朋友。我想这些朋友不一定都是为了真要当个官什么的，我猜他们是把这猴当成了他们生活的保护伞，仿佛有一只猴挂在家里，便没什么人敢来造次了。际滦的猴，有了护身符的功用，我想也是充分实现了艺术的正能量吧。他最近画猴，又精进了许多，有骨有肉，笔意清晰，墨法自然淡定，更好的，是猴的眼神，过去许多精灵气，现在又有了许多空透和苍茫的味道。

际滦胸怀广大，他一直有股子广种广收的劲头。也许是因为有超强的造型功底，他总是敢于去涉猎新的多样的题材。这几年，他在山水上用力极深，颇多实验。晋西北的风景，依我看，其实甚合他的裸露坦荡性怀和笔墨恣意的情绪。今年的新作与前年在北航的个展相比，刻意的视觉性少了，虚灵的气韵一望即出。混沌中见光明。我想，山水画面如果透气与透光做不到做不好的话，应该就是很失败的。

我曾见到际滦在90年代初与朱新建先生的一张合影。大概是在际滦和几个人的联展上吧，他们两个清瘦的年轻人立在一起，"形影相吊"。那是旧时光，那是他们已经逝去的青春。每每想起这张照片，我就特别的感慨。人生短暂，画画还真是消磨这生命的一个好手段，此之谓好色之徒。新建有新建的快活，际滦有际滦的痴苦，但他们对生命与艺术的真是一样的。水墨艺术的光大，这样的责任感我看还是少些为好。临走时，别说自己画了一辈子"假"画，就已经很ok了。

选自新浪博客2014年4月22日

　　我读过一点小强兄的诗,虽然不懂诗,但还是读进去了。这篇文字,也和他的诗一样,写得含蓄、节制。是画论吗? 不像。可他又把人的胃口吊得十足。我甚至还专门去网上找了半天赵际滦的画。画自然是更看不懂。只好接着看小强兄的文章。读他的文章,就像是走在长满霜芽的早晨,有点清冷,也有点萧疏,又像是酒后喝的一碗浓茶,澄澈的茶山能不能看到,不重要,一切都在舌尖,都在眼中,都在他的笔下了。

过渡的空白 | 崔蔓莉

卡雅和我聊天时，我常有错乱感。

一个金发碧眼的老外，张口闭口"我小时候的北京，海淀32路、滑冰……"京味儿十足。似乎还有一个人坐在她的身体内。她是老外，负责张着嘴，里面的人滔滔不绝地说着中国话。

卡雅母亲是前苏联支援中国的专家，父亲是美国人，早年热爱共产主义。二人于北京相识结婚，生下卡雅。后因对中国理解发生分歧，导致离婚。卡雅幼年时，父亲回了美国，母亲在中国工作生活了一辈子，死在了北京。

卡雅在北京长到十八岁，中美建交那一年，父亲回北京，将她带去新国度。上高中时，她参加北京市中学生运动会，投铅球得了第一名，正高兴又被取消了，理由是人种不同。有一次，我们在798艺术区看影展，她看见墙上遗留的"干革命靠毛泽东思想"，激动地唱起了红歌，一边唱一边跳。旁边有个在北京留学的意大利女生，目瞪口呆地问："你的中文怎么学得这么好?!"卡雅急了："我的母语是中文！中文是我的母语！"

她到哪里都是翻译，因为经常会有老外在，也会有中国人在。在两种语言间光速穿梭，说个不停，我都替她口干。话说多了劳神，她的脸上常有倦容，话却不少，尤其说起北京，口水都说干了，我们还得坐着听她唠："当年的北京呀……"我在北京多年，从未见过北京的大爷大妈们如此爱追忆这片土地。她说一次打车，出租车司机和她聊起了海淀，说海淀以前怎么美，骑车去颐和园，必在海淀歇脚。司机又说，原来的北京城，登高一望，满北京都是灰色的瓦片，像一条鱼，可美了，现在全拆了，鱼刮了鳞，还能活吗，北京就是一条死鱼。

对于海淀我无法想象，因为我来时，海淀就有了三环、四环，无法理解她说的美丽。对于北京的发展，她赞同又耿耿于怀，因为她童年与少年时所有的记忆，都无法在生活中复原了。景色依旧，故人不再，容颜已老。略带诗意的伤感卡雅无法拥有，发展带来的商业化，让她惊悚于北京从这一变到那一变的迅速，她总说，应该留下一点什么，应该自然一点。

不知她到美国后的经历，因为她太爱说在北京的故事。只知她是教授，教中国古代美术史，有时也教学生中国饮食等。她的丈夫是美国人，被她取了个中国名字叫富贵。她一说，就是我们家富贵怎么怎么样了。听起来不像人，很像一只宠物。

她回北京时，富贵会帮她挑选给北京朋友的礼物。她还有个女儿叫飞飞，中文听力尚可，说不行。飞飞幼年时，就有一种奇怪的能力，她总能从正常的视线中，发现另外的角度。她拍出的照片，从不PS，但总有一些让人惊异的影像。原来生活真不是没有，是我们看不见。

她用相机表达她的看见。同时，练习瑜伽，吃素，光脚走路。小骄傲小感觉，在同龄女生身上，都能发现。唯有相片，真像有另一双眼睛，藏在体内，而那双眼，从未用人习惯的角度，看过这个世界。

她坚持不PS照片，却坚持寻找更好的打印机打印照片。既别于现代常用的电脑技术，也别于传统摄影家的手工冲印。年轻，却已有方向。《纽约时报》给了她一个选题，让她拍中国的商场。她来拍的同时，想拍一组有关北京的照片。准确地说，是卡雅和她说过的北京。卡雅不明白，因为她少年时的北京已经拆没了，没有的东西要怎么拍？

"白石桥原来真的有座桥，现在没有了。32路沿线多美呀，现在也没有了。"卡雅说。但是，飞飞在外婆的故居前，拍了不远处的一堵广告墙，墙上一位型男张开双臂，赤着上身，下身前写着四个大字：爱美无罪。广告墙右上角，由于光线，反射出地上一块正在拆的棚户，和环路一角，角上正堵车。飞飞将"文革"的一张招贴画和它放在一起,画上是个朴素的工人阶级,手拿着红宝书,笑得热情,前面也有四个大字:造反有理。

卡雅见片无语,拿给朋友看。我想,女儿捕捉到了母亲对北京的感受,彼时是革命浪潮之极端,此时是商业浪潮之极端。而卡雅的离开,使过渡成为空白。母女俩在下意识中,都在质疑,这个空白,是离开造成的,还是本身的缺失。

看完照片,给二人。我从未招待过卡雅喝茶。一来见面太少,仅几次;二来没有听说她爱茶。这次她说,为了教美国学生们喝中国茶,她买了中国所有的茶论学习,还去马连道小店里淘茶叶,又说正山小种早就名扬欧洲,可她少年时在北京,居然找不到。

话至此,茶是一定要喝了。我找了三款大红袍,都已存了三年。一款清焙火,茶极香,并有兰花调。一款正常焙火,叶质佳,当年喝时觉得火冲,现已醇和。最后一款是重焙火,刚得几日,在别人处已存三年,火味全消,浓厚朴素。我日常喝茶,不喜欢谈,喜欢品。因为茶自己会说话,就像一个人听说怎么样,那是传说,得面对面坐下,聊一聊,才知道。

先喝正常焙火,好喝。再喝清焙火,真是独特,且香味雅致沁人心脾,令人感动。这款茶我已不多,先拿出来。给卡雅喝,一是觉得她真,二是想,她既然给美国学生讲茶,感受越丰富越好。飞飞说,这款茶比前一款好,虽然先喝重的,再喝清的,依然觉得清的好。这姑娘是灵。最后一款茶,我自己的感觉,有点像巧克力。其实味道口感完全不是一回事,感觉上却是那个感觉。

飞飞喝着,也觉得像,而且她说,像卡雅给她煮的中国杂粮粥,虽然是喝下去的,但是有嚼头。卡雅觉得,这茶让她想起,小时候在北京的外国人,会把北京的栗子蒸熟了,磨成粉,在盘里堆成小山,上面洒满奶油,再用勺舀着吃。她说,再也吃不到这么好吃的栗子了。各人比喻了半天,最后回到那款清焙火的红袍上,说,忘不掉了。

这就是比较,没有比较,不会有这么显明的感受。人比人气死,物比物人会气死人,物还是那个物。北京变了吗,变了,真变了吗,也许只是人变了,建筑变了,北京从没有变过。

选自《南方周末》2014年7月25日

评鉴与感悟

　　老一代人对北京的回忆是骑在自行车上的时光,缓慢,朴素,有太多的念想。年轻一代呢,他们感受到的,他们听闻的,都像提速的高铁。是人的趣味变了吗? 在崔蔓莉的笔下,北京仍然是那个北京。现在,就看她沏一泡茶,听她讲讲北京的前世今生。

十诫（外一篇）| 小宝

七八年前，出门装备中还没有电子阅读器，旅行时常在机场书店里乱逛，看见顺眼的书就买。随意买进的书很像露水姻缘，一夕缘尽，看完就扔。保留到现在，偶尔还会翻翻的是一本《无用书》(*The Book Of Useless Information*)。这本书当年(2006年)是《纽约时报》畅销榜的头牌，美国读友称赞它是"厕上第一书"。

编辑这本书的是一个秘密社团，叫"无用知识协会"(UIS)，由英美一批读书人、作家、艺术家纠集而成。他们志同道合，立志发掘、分享暗藏在全世界犄角旮旯里古怪的无用知识。这些知识虽然离奇，但必须真实，言之有据。协会有不少口号，直译成中文都不算贴切，我替它拟了一个：难称有用之学，并非无稽之谈。

《无用书》2006年首版。2008年出了第二本《神奇的无用书》(*The Amazing Book Of Useless Information*)。每本有几千条无用知识，差不多每条都透着诡异，读来有趣。比如：

彼得大帝时期俄国男子如果留胡子，就要缴纳蓄须税。

19世纪以前，鞋匠制鞋左右脚的鞋样完全一样。

1666年的伦敦大火，半个城市被烧毁，但只伤了六个人。

19世纪，英国海军为了破除礼拜五行船不吉利的迷信，造了一艘新船。船名叫礼拜五，下水日挑礼拜五，船长的名字也叫礼拜五，开航日还是礼拜五。结果这艘新船一去不复回，音讯全无。

马克·吐温晚年每天抽四十支雪茄。他出生那年(1835年)哈雷彗星飞越地球，去世那年(1910年)哈雷再次飞临。

勿忘我的名字来自一位德国骑士。他在河边采摘勿忘我给他的情人,结果落水而死。

英文里,同样是"裸",Naked 的意思"不设防、无保护",Nude 的意思是"不穿衣"。同样是"市",Town 是"市镇",不能称 City(城市),区别在有没有大教堂……

好玩、冷门、无用——不知无用之事,何以遣有涯之生。《无用书》的确是枕边厕上的良伴。这两本书已不能算新书,但它碎片化的分类和编排,与当下新媒体的编辑思想如出一辙。

说到新媒体,UIS 早就开始经营网络。出人意料的是,它的网站一反编书路线,求"全"忌"碎",出手多是"无用知识"的大块文章,零打碎敲的什锦拼盘被压缩得几乎无容身之地。另外,"无用"的选题标准似乎也逐渐淡化。"冷门"和"有趣"成了主要诉求。

这类大块文章也很好看。UIS 不知不觉地正在网络上编纂一部欧美文明的暗黑历史。我喜欢读历史上的各种骗局。最精彩的,当然是骗子之王维克多·拉斯梯格的故事。

拉斯梯格生于 1890 年,死于 1947 年。他是捷克人,混迹于美国和欧洲。他穿着考究,有"催眠般的魅力",会五国语言,用过二十二个假名。他什么人都敢骗,什么钱都敢拿,什么局都敢设。

他骗过美国最有名的黑帮大佬艾尔·卡朋。他告诉卡朋,他有大生意需要投资,卡朋给了他五万美金。他把五万美金锁进保险箱,两个月后,带着这些钱又找到卡朋,平静地说:我生意失败了,但我不能坑朋友,你的钱我一分不少还给你。卡朋大感动,抽了一千美金给他——他算好就骗这一千美金。

1925 年,他在巴黎顶级的克里雍大酒店以政府邮电部次长的身份宴请五位钢材商人。他淡淡地说,政府决定把埃菲尔铁塔拆了,七千吨钢材卖给你们,你们分别报个价。文化界对这个世博会建筑很有意见。大仲马说,这个建筑令人作呕。莫泊桑说,我们不拆了这个瘦骨嶙峋的金字塔,无颜面对后人。政府一来没钱维护,二来从善如流,你们好自为之吧。宴罢,他又对踊跃报价的商人索贿——扫清了他们最后的一点怀疑。他笑纳贿赂后立刻离开法国。上当的商人后来都不敢报案。这是他一生中最有名的骗局。1936年,拉斯梯格因欺诈罪被美国联邦政府投入大狱,最终病死狱中。临死前,他给骗子同行留下遗言,一共十条。"无用知识"网站对拉斯梯格的报道极其详细,唯独漏了他的最后十诫。我猜他们有点作茧自缚,落进自设的"无用"陷阱,生怕无法自圆其说。因为这十诫太有用了:

一、永远耐心地倾听对方诉说;二、永远生机勃勃;三、让对方先表明政治倾向,然后附和;四、让对方先表明宗教立场,然后附和;五、轻微的暗示性话题,但不要发挥,除非对方表现出强烈的兴趣;六、不要谈论任何疾病,除非对方特别关注;七、不要打听对方的私人情况(最终他自己会说);八、永远不要自吹自擂,自然明确地显示你的分量;九、永远衣冠整洁;十、永远不要喝醉。

这不仅仅是给骗子的应对箴言。所有积极社交人士、商业谈判人士、新媒体跃跃欲试者、企图攀龙附凤的人士,这是前辈的度人金针。其实,社交、谈判、攀龙附凤等等,离大大小小骗局的距离并不遥远。

罪案小说的技术手册

我年轻的时候,亲眼看到文学的败坏:一位普通的小伙伴,写不了通顺的句子,语文课每次造句都不及格,他交了第一个女友后,决定开始写诗。从此,新诗的基础就是不及格的造句。

另外的小伙伴,什么常识也没有,一直以为白粉是粉刺做的,他爸爸说,你这么无知,看来只能写小说了。他果然当上小说家。小说天地成为无知者的乐园。

当然，那都是过去的事。现在不一样了——现在更糟糕。以现在中国一些年轻作家的写作素质和知识水平，当年如果自称作家，胆小的老百姓会去报案，警察逮住后会送劳教，和黄海波关在一起。

无知是本土特色，走出国门，风景迥异。叙事文学特别讲究知识含量。一般小说家知识准备和写作的时间分配是四比一，四个月做研究，一个月写作。高眉研究大学问，低眉研究小知识。时间久了，知识准备本身也成了写作题目。

道格拉斯·莱尔博士，美国的执业医师，鉴识医学的权威，罪案小说、影视剧作家的顾问。他自己也是作家。他写作的主要领域就是他成名作的书名：《鉴识科学和小说》，用鉴识科学的知识丰富、验证罪案文学。台湾麦田去年、今年出版了他的新书《法医、尸体、解剖室》（1、2），一共搜集了四百零四个问答，都是和罪案及罪案想象有关的病理、毒物、鉴识知识。台湾的书评人概括道，"提问的角度具有浓厚的故事性，回答的内容充满画面感"，比一般的小说还要好看。

谋杀其实不算难——比如说杀死一名花生过敏症患者。你买一袋花生，打开，双手搓摩，然后把沾满花生粉末的双手触碰患者的食物：三明治、奶酪、冰块。患者吃几口就挂掉——杀人也太简单了吧。莱尔说，如果那个人对花生严重过敏，这样的谋杀完全成立。更快捷有效的方法是在三明治上倒点花生油，"几分钟后就会出现反应。他会呼吸困难、双唇肿胀，出现点点红斑状的弥漫性皮症，喉咙和气管收缩，喘不过气，血压下降，休克，丧失意识，昏迷乃至于死亡。整个过程最快只要两三分钟"。

要害贪杯的朋友更容易，还可以更隐蔽。当酒徒烂醉，杀人犯可以把酒精注入酒徒的静脉，血液中的酒精含量超过百分之零点四就会致命。看上去他是死于饮酒过量。美国的一位电影编剧把注射部位设计在脚踝，逃过法医的检查。

这两本书并非一直在琢磨谋杀细节。有些问答视野开阔，极富教益。作者介绍18世纪以前的医疗观，说那时候的欧洲人相信希腊医师加仑的理论，认为体液（血液、黄胆汁、黑胆汁、黏液）的好坏决定健康和疾病。不同的草药和软膏加上放血疗法能够治疗一切疾病。

科学昌明的现代医学在医疗效果上远胜古代医术。但现代科学冷冰冰地开列出种种绝症，医士束手，病患等死。而在古代，根本没有绝症之说，号称任何疾病都能治疗。所以古人在生死问题上比现代人要乐观。

乐观的古人也会闹笑话。莎士比亚名剧《泰特斯·安特洛尼克斯》里泰特斯把祈伦和狄米斯杀死，剁成肉酱做成肉饼，骗他们的父亲塔摩拉亲口品尝。莱尔觉得这件事不可思议——不是过于血腥，而是技术手段不够。"泰特斯没有现代的研磨机，连较近期的手转式研磨机也没有。他的工具就是刀、锯子和斧头。"他要把骨头磨成粉，要断肢、剥皮、去肉，割掉所有器官，把骨头剁成小块，再用研钵和杵把骨头磨成细末。这件事需要漫长的时间，还有像插电机器人一样永不衰竭的体力。莎翁漏算了罗马肉饼案的技术困难。莱尔对莎翁很宽容，引了马克·吐温的名言："我们不需要知道法律或熏肠是如何制造的。"

实为医生、虚写罪案，莱尔非常不在乎血腥。他兴致勃勃地为提问者创建了一个当代科学条件下活人剥皮的案例。

首先要使用氯胺酮，氯胺酮是问世已四十年的强效全身麻醉剂。凶手要会调节氯胺酮的剂量，太少会痛死，太多被害人深度麻醉，无法自行呼吸，要配合施行人工呼吸。氯胺酮是短效型药剂，凶手要多次小剂量注射，维持被害人的麻醉深度。要剥而不死，必须防止体液流失和体温过低。剥皮会造成人体组织外露，大量渗出体液，最后被害人因体液流尽，休克死亡。另外，缺少皮肤保护，人体会迅速失温。凶手要为被害人安置静脉注射，不断输液，改善体液流失的状况。还要盖一条隔热毯减少热量损失。这样被害人可以存活四十八小时。失去皮肤的屏障,细菌会侵入潮湿组织迅速增生,在血液中繁衍,引发败血性休克,最终导致死亡。想要存活更久,还要安排一个无菌病房。

现代科学能够达到的残忍恐怖丧尽天良,莎士比亚无法想象,千刀万剐不足以形容。

选自《东方早报》2014年6月1日

<u>评鉴与感悟</u>

读小宝的文章,没来由的会精神一振。搞不明白他的兴致为什么会那么高。到了最后,剩下的就是服气。说到底还是他眼神儿好,平常事物,一旦转化为他的笔墨,就有了让人惊奇的气质。何况节奏还那么明快,语短意长,还有幽默,不乏思辨。